KB113612

한국단편문학선 2

세계문학전집 20

한국단편문학선 2

김동리 외

이남호 엮음

민음사

차례

김동리

1913. 11. 24 – 1995. 6. 17

●

황토기
까치 소리

1913년 경북 경주시 성건리에서 출생.
1920년 경주 제일교회부설학교 입학.
1928년 대구 계성중학 2년 수료 후 경신고보 3학년에 전입.
1934년 《조선일보》 신춘문예에 시 「백로(白鷺)」가 입선하여 시인으로 문단에 데뷔.
1935년 《조선중앙일보》 신춘문예에 단편 「화랑의 후예」가 당선.
1936년 《동아일보》 신춘문예에 단편 「산화」가 당선된 후에 본격적인 창작 활동.
1936년 《시인부락》 동인.
1995년 사망.
    시집으로 『바위』, 소설집으로 『실존무』, 『사반의 십자가』, 『무녀도』, 『등신불』, 『을화』, 『밀다원 시대』 등이 있으며, 수필집으로 『자연과 인생』, 『사색과 인생』이 있고, 평론집으로 『문학과 인간』, 『문학 개론』, 『문학이란 무엇인가』 등이 있다.

황토기

금오산(金鰲山)과 수리재(鵄述嶺)에서 뻗쳐내리는 두 산맥이다.

등성이를 벌거벗은 채 이십 리 삼십 리씩을 하나는 서북, 하나는 동북으로 보고 뛰어내려 오다가, 겨우 황톳골이란 조그만 골짜기 하나를 낳은 것뿐으로, 거기서 그 앞을 흘러가는 내물〔龍川〕을 바라보며, 동네 늙은이들의 입으로 전하는 상룡(傷龍), 혹은 쌍룡(雙龍)의 전설을 이룬, 그 지리적 결구(地理的結構)는 여기서 끝을 맺는 것이다.

용내〔龍川〕를 건너 황톳골 앞 들에는 두레논을 매는 한 삼십여 명 되는 사람이 한 일 자로 하얗게 구부려 있고 논두렁에는 농기(農旗)를 든 사람과 풍물 치는 사람들이 모두 너댓이나 나서 있다.

해는 바야흐로 하늘 한가운데서 이글거리고 있다.

억쇠는 아까부터 벌써 두 차례나 허리를 펴고 일어나 분이가 술을 가져오는가 그것을 살펴보는 것이지만 아직 오는 데가 없다. 오늘 이 부근 사람들은 모두 처 두레논을 매러 모이고 온 들에는 두레꾼과 억쇠밖에 사람의 그림자라고는 거이 보이질 않는다.

그는 논 매던 손을 쉬고 논두렁으로 나와 담배를 한 대 피워 물었다. 한 대를 다 태우고 나도 상기 오는 데가 없으면 가까운 주막으로나 집으로 내려갈 참이다.

담배를 두어 모금 뻑뻑 빤 뒤 낯을 젖혀 연기를 불 제, 그의 두 눈에 비치는 것은 언제나 마찬가지 건너편의 벌건 황토재다. 여쉰 이전까지 그렇게 무심히 들어오던 상룡설(傷龍說)이니 쌍룡설(雙龍說)이니 하는 것도 이제 와서는 도저히 지나가는 말로만 들리지는 않게 되었다.

하긴, 그의 할아버지나 아버지들이 다 저 산에서 새어나는 물을 먹고 살다 도로 그리로 돌아가 묻히었고 그 역시 오늘날까지 그 물을 먹는 터이매, 그 산이 낳은 전설, 가령, 옛날 등천(騰天)하려던 황룡(黃龍) 한 쌍이 때마침 금오산에서 굴러떨어지는 바위에 맞아 허리가 끊어지고 이 황룡 두 마리의 피가 흘러 황톳골이 생긴 것이라는 상룡설(傷龍說)이나, 또 역시, 등천하려던 황룡 한 쌍이 바로 그 전야(前夜)에 있어 잠자리를 삼가지 않은지라 천왕(天王)이 노하여 벌을 내리사, 그들의 여의주(如意珠)를 하늘에 묻으시니, 여의주를 잃은 한 쌍의 황룡이 크게 슬퍼하여 서로서로 저희들의 머리를 물어뜯고 피를 흘리니 이 피에서 황톳골이 생긴 것이라는 쌍룡설(雙龍說)이나, 혹은 상룡설, 쌍룡설들과는 좀 달리, 옛날 당(唐)나라에서 나온 어느 장수가 여기 이르러 가로되 앞으로 이 산맥에서 동국(東國)의 장사가 난다면 능히 대국을 범할 것이라 하여 이에 혈(血)을 지르니, 이 산골에 석 달 열흘 동안 붉은 피가 흘러내리고, 이로 말미암아 이 일대가 황토지대로 변한 것이라는 절맥설(絶脈說)이나, 이런 것들이 다 본디 그의 운명에 아주 교섭이 없으리란 법만도 없는 터이었다.

논두렁에 서 있는 소동나무에서는 매아미가 한참 운다.

억쇠는 이때 갑자기 가슴에서 화가 치오름을 깨달으며 담배를 떨고 일어나니 그제야 저쪽 소나무 사이로 조그만 술동이를 머리에 이고 오는 분이가 보이었다.

「멀 하고 인제사 와?」

내를 건너오는 분이를 보고 약간 노기(怒氣) 띤 목소리로 이렇게 묻는다.

「멀 하긴 멀 해」

분이가 이렇게 도로 뱉어놓은 말에 그는 그만 더 꾸짖고 어쩌고 할 생각조차 없어지는 것이다.

「왜, 늦조?」

「……」

억쇠의 대답이 없으니까, 분이는 다시

「흥, 이년을 어디 보자」

이렇게 딴전으로 한번 종알거리며 머리에서 술동이를 내려놓는다.

그 입에서는 술 냄새가 훅 끼치고, 양쪽 눈언저리와 귓바퀴와 입 가장과, 온 낯이 군데군데 붉은 물을 친 듯 빨긋빨긋하다.

(또 술을 처먹은 게로군…….)

먹쇠는 혼자 속으로 중얼대는 것이다.

(딴은, ……헌데, 누굴 보자는 겐가, 원…….)

「자아, 옛수」

술을 치는 분이의 입가에는 언제나 그러한 그 야릇한 웃음이
끊일 새 없이 뱅뱅 돈다.

「웨, 술맛이나 좀 조와? 흥」

「……」

억쇠는, 분이의 낯은 거들떠보지도 않고, 그 손에서 사발을
받아 손수로 동이를 기울여가며 거푸 석 잔을 들이켜는 것이다.

「참, 내 건너 아저씨는 새벽에 산에 가고 여태 안 오신대여」

이건 또 득보의 이야기를 꺼내는 것이다. 분이는 어떠한 자
리에서라도 입을 떼면 세 마디 넘어가지 않아서 어느덧 그 〈아
저씨〉의 말을 꺼내는 것이 보통이다.

그러나, 이날에는 공교롭다고 할까 분이가 이렇게 그 아저씨
의 말을 꺼내고 있을 때, 분이의 아저씨 득보는 한쪽 손에 멧돼
지 한 마리를 대룽대룽 흔들며 그 윗산골에서 내려오고 있던 것
이다.

조금 뒤에 분이가 깜짝 놀라,

「아, 제 오네」

하고, 발딱 일어나 손으로 산 쪽을 가리키던 때에는 득보는
벌써 그 산골에서 나와 억쇠와 분이들이 있는 이쪽 논두렁으로
향해 펄럭펄럭 걸어오고 있던 것이다.

「연장이 탈이 나서 빈손으로 갔더니 인제사 겨우 이거다」

득보가 멧돼지를 억쇠 앞에 던지고 그 곁에 털썩 주저앉으니,

「한 사발 허라문」

억쇠는 그에게 술 사발을 건넨다.

「이번 술은 맛이 하 조와요, 자아 먹어보믄 알 겐데 뭐……」

득보에게 술을 치는 분이의 입가에는 역시 그 야릇한 웃음이
끊일 새 없이 뱅근거린다.

득보는 술을 받아 마시고 나서,

「참, 좋긴 좋다…… 얼마나 남었누?」

「얼마나 남었다께 아즉 그냥 있지, 그냥 있어…… 이번에 첨으로 걸러왔는데, 아니 두번쩬가? 아니, 세번쩬가?」

「어쨌던, 내일 모다 걸러라, 걸러, 응」

득보는 멧돼지를 들고 벌떡 일어나더니 벌겋게 핏대가 선 두 눈으로 억쇠의 낯을 한번 버언히 바라보고는 그대로 털럭털럭 걸어가 버린다.

(흥, 이년을 어디 보자.)

억쇠는 분이가 집으로 들어간 뒤에도 아까 분이가 술동이를 내리며 뱉어놓던 이 말과 함께, 그 붉은 물을 친 듯이 두 눈 언저리와 입갓이 빨긋빨긋하던 그의 낯이 다시금 머릿속에 떠오르곤 하였다.

그날 밤 억쇠가 일을 마치고 집으로 돌아오니 분이는 다리——징검다리다——건너 득보네 주막으로 가고 없었다. 그는 분이가 아침에 해놓은 식은 밥을 손수 다시 끓여서 그의 늙은 어머니와 그냥 저녁을 치르고 나서, 그때까지도 상기 낮에 얼핏 들은 분이의 말과 거동이 머리에서 사라지지 않음을 깨닫고, 그 길로 이설에게로 넘어가기로 하였다.

과연, 낮에 분이에게 머리가 다 뜯기인 이설(利薛)은 방에 불도 켜지 않고 그냥 베 이불을 뒤쓴 채 죽은 듯이 누워 있다.

「설이」

「……」

「설이」

「……」

이설은 대답이 없고, 억쇠가 그의 손목을 쥐니까 그제야 약간 몸을 꿈직이어 겨우 아는 체를 해줄 뿐이다.

억쇠는 화로의 재를 헤치고, 성냥개비로 불을 당겨서 이를 등잔에 붙인 뒤 시렁 위에서 담뱃대를 내려 담배 한 잎을 말아넣었다.

(고년 괘씸타.)

담배를 뻑뻑 빨며 다시 생각해도 괘씸한 것은 분이 년의 소행이었다.

못과 논에서 떼를 지어 우는 개구리 소리는 밤이 깊어갈수록 더욱 야단스럽고, 방구석에 켜놓은 기름불은 땅속에서 새나오는 지렁이 울음소리만치나 어둡고 희미하다. 초록빛 모기장을 바른 방문 밖으로 훤히 비치곤 하던 이웃집 모깃불도 인제는 아주 꺼져버렸는지 다시는 비치지 않는다.

이때까지 꼼짝도 하지 않고 누워 있던 이설은 마침 억쇠의 담뱃재 떠는 소리를 듣자 조용히 일어나 앉으며 뜯기이고 흐트러진 머리를 쓸어넘겨 비녀를 꽂으며 긴 한숨을 짓는다.

「아니, 그년이 무슨 상판으로 와서 그래?」

「……」

우두커니 한참동안 맥없이 앉아 있던 이설은 또 한번 긴 한숨을 짓더니,

「난 언제든지 그 손에 죽을 것 같소」

이설은 종잇장같이 파리한 낯을 들어 억쇠를 한참 바라보고 있다가 다시 고개를 떨어뜨리고 손으로 저의 배를 가리키며,

「이게 더 원통해…… 내 죽는 거보다……」

그의 두 볼엔 눈물이 흘러내린다.

「원, 별 걱정을 다하네」

억쇠는 이설이 측은하고 안쓰러운 동시에 분이가 곧장 괘씸해지지 않을 수 없다.

(허어, 고년 괘씸타.)

그러나 실상 억쇠에게 있어서는 분이 하나쯤은 처리하기가 그다지 어려운 것은 아니었고 그보다는 그에게 과연 거북하다면 할 것은 차라리 득보란 그 사내일 것이었다. 그리고 이것은 이설에게 있어서도 역시 그랬을 것이었다.

이튿날은 여름 하고도 유달리 더운 날씨였다.

하늘에는 불꽃과 연기가 어우러진 듯한 구름오리들이 햇볕에 그슬리며 피어나며 하고 있었다.

억쇠는 술을 걸르고 득보는 멧돼지를 삶고 하여 아침 참에 제각기 안냇벌까지 날르기로 하였다.

안냇벌은 황톳골에서 잔등 하나 넘어 있는 아늑한 산기슭이요 또 냇물가이었으므로 거기엔 흰 모랫벌과 푸른 잔디밭과 게다가 그늘진 노송(老松)까지 늘어서 있어서 억쇠와 득보들과 같이 한종일 놀고 먹고 싸우고 할 장소로서는 구할래야 더 구할 나위 없이 좋은 데였다.

두 사람은 단강한 잠뱅이 하나씩만 걸치고는 몸을 벌거벗은 채 소나무 그늘 밑에 술자리를 벌이고, 돼지 족(足)을 한 가리씩 째들고는 서로 권해 가며 술을 마신다.

「얼른 들어 마셔라, 백정놈아」

「도적놈 같으니라구, 어느새 고기만 다 처먹누? 술은 안 먹구……」

이러한 투로 주고 받으며 술잔은 두 사람의 손에서 건너갔다 건너왔다 하는 것이다. 이러한 때의 두 사람의 낯은 참으로 기

뺨과 만족으로 빛나고, 그 네 눈방울에는 야수(野獸) 같은 정열
이 가득히 고여 도는 것이다.

싸움은 대개 득보가 먼저 돋구는 편으로, 술이 얼근해지면, 발
길로 술자리를 걷어 차며,

「대강 핥고 일어나, 이 더럽게 늙은 놈아!」

하고 욕을 하는 것이었고, 그러면 억쇠 역시 뜯어먹던 갈비
쪽을 내던지며,

「흥, 너 이놈, 도적놈 어디 보자」

하고 대드는 것이다.

득보는 주먹을 건짓 들어 억쇠의 면상을 겨누며,

「얼시구 저절시구, 가엾다 이 늙은 놈아…… 내 한 주먹 번
득하면……」

득보는 아주 노래조(調)로 목청을 뽑으며, 껑충껑충 억쇠에
게로 다가들며 연방 뛰어들 틈을 엿본다.

「자아, 너 이놈 새〔鳥〕 뼈 같은 주먹으로 네 멋대로 한번 때
려 봐라, 허어, 고놈……」

억쇠는 아주 멸시하는 낯으로 뱉어버린다.

「내 한 주먹 번득하면…… 네놈 대가리가 박살이라」

또, 이렇게 노래를 부르는가 하니, 어느덧 뛰어들어 주먹으
로 억쇠의 왼쪽 눈과 광대뼈를 훑친다.

눈 하나가 핏물로 잠기고, 광대뼈는 어느덧 거멓게 멍이 든다.

억쇠는 저만치 물러선 득보를 바라보더니, 갑자기 미친 사람
모양으로 허연 이발을 드러내고 큰소리로 껄껄껄 웃어버렸다.

득보는 역시 먼저와 같이 저만치 물러서서,

「내 한 주먹 번득하면……」

하고, 목청을 뽑더니, 또 어느덧 뛰어들어 이번에는 억쇠의

오른쪽 목을 갈겼다.

억쇠는 역시 껄껄껄 웃었다.

「너 이놈 그 주먹으로 저 건너 산을 한번 물려봐라」

득보는 늘 마찬가지,

「내 한 주먹 번득하면……」

하는 가락으로 목청을 뽑다가는 뛰어들어 억쇠의 면상과 목과 가슴과 허구리를 지르고, 억쇠는 그때마다 번번이 흰 이빨을 사뭇 드러내며 큰소리로 껄껄거려 웃을 따름, 같이 주먹질을 시작하지 않는다.

득보는 다섯번째 뛰어들 제는 주먹으로 억쇠의 콧잔등을 후려 갈겼다. 그 코에서는 금세 시뻘건 피가 주르르 쏟아진다. 억쇠는 얼른 한쪽 손으로 턱을 받고 고개를 제껴서 그 피를 도로 입으로 쓸어넣으며, 바른손으로는 한 머리 득보의 공격을 막는 것이다.

득보는 더욱 힘이 솟아오르는 듯 발길로 억쇠의 아랫배를 내리 질렀다. 억쇠는 발길을 피하느라 한쪽 주먹을 두르며 몸을 모로 꼬았으나, 발길은 의외로 날카로워서 한순간 그 자리에 척 끓어질 뻔하다가 겨우 한쪽 팔로 억쇠의 목을 후려 안고 어깨를 솟구치며,

「이놈아」

산골이 쩌르렁 하도록 큰 고함을 질렀다.

이리하여 한 덩어리로 어우러진 그들은 어느덧 노랫소리도 웃음소리도 동시에 뚝 끊어져 버리고 다만 시근거리는 숨소리와 뿌득뿌득 밀려나갔다 들어왔다 하는 소리뿐이다. 이렇게 체력(體力)과 꾀를 다하여 서로 겨루고 기틀을 엿보기 반 시간 남짓하여 두 사람의 코에서는 거의 동시에 피가 주르르 쏟아져 내

렸다. 눈에도 핏물이 돌고, 목으로도 피가 터져나왔다. 그 차에
땀으로 번질번질하는 두 사람의 온 낯과 어깨와 가슴은 어느덧
아주 벌건 피투성이로 변하여 버렸다.

이러할 즈음 득보는 몸을 빼치며 주먹으로 억쇠의 이미 멍이
거멓게 들어 있는 왼쪽 광대뼈와 눈을 또 한번 걸쳐서 후려갈겼
다. 광대뼈와 눈을 훑친 그 주먹은 뒤이어 억쇠의 겨드랑이로
면상으로 가슴으로 세 번 네 번 두르는 동안, 억쇠는 겨우 한번
힘을 다한 발길로 득보의 허구리를 고누어 질렀을 따름으로, 그
겨냥이 빗나가매, 그는 다시 두 번 손을 쓸 생각은 없이 그냥
득보에게 제 몸을 맡기다시피 하고 서 있었다.

득보는 다시 목청을 뽑았다.

「옛날도 그 옛날에 봉새란 새가 있었나니, 수격 삼천리, 니
일니일 얼시구야」

그는 입에 가득히 피거품을 문 채 활개를 벌려 춤을 덩실덩
실 추면서 억쇠에게로 다가들어왔다 뒤로 물러나 갔다 한다.

억쇠 역시 일그러진 입에 피를 물고 빈정거렸다.

「네까짓 놈의 새 뼈 같은 주먹으로……」

득보의 주먹질은 다시 시작하였다. 목이고 면상이고 가슴이
고 옆구리고 주먹이 치는 곳마다 피였다.

억쇠는 마치 피철갑을 해놓은 장승처럼 꼼짝도 않고 뻣뻣이
서 있을 따름이었다.

억쇠는 피장승이 된 채로 더 견디어내지 못하게 되었다.

그때 마침 또 득보가 물러나가서 목청을 한번 뽑고 다시 뛰
어들어오며 그 핏방울이 듣는 큰 주먹으로 그의 턱밑을 힘껏 치
질렀던 것이요, 그와 동시에 억쇠 역시 최후의 힘을 다한 주먹
으로 득보의 왼쪽 갈비뼈에 벼락을 쳤던 것이다.

갈비뼈에 억쇠의 모진 주먹을 맞은 득보는 갑자기 얼굴이 아주 잿빛이 되어 비실비실 뒤로 몇 걸음 물러나가다 그대로 모래 위에 고꾸라져 버린다.

일방, 억쇠의 목과 입과 코에서는 피가 멎지 않고 쏟아진다. 그는 얼른 바른손으로 턱을 만져본다. 턱은 아주 물러나지는 않은 모양이고, 허나, 목에서 터져 코와 입으로 쏟아지는 피를 도로 목으로 넘길 수 없는 게 안타까웠다. 그는 마치 정신나간 등신 모양으로 두 손으로 아랫턱을 받쳐 피를 받으며 우두커니 앉아 있다 이윽고 뒤로 자빠지는 것이다.

누구의 입으로 항복이 나온 것도 아니요, 어느 쪽에서 먼저 쉬기를 청한 것도 아니다. 잠들듯이 자빠지고 죽은 듯이 늘어졌으나 정말 잠이 든 것도, 아주 숨통이 멎은 것도 아니다.

이리하여 여름의 하루 해가 서쪽 하늘로 기울도록 두 사람은 마치 무슨 마주(魔酒)에나 취한 것처럼 늘어져 누워 있다.

흐르는 냇물에서 저녁 바람이 일고 높은 소나무 가지에서 매미 소리가 다시 상냥해질 무렵이 되면 그들은 마치 미리 약속이나 했던 것처럼 털고 일어나 아침에 먹다 남은 술을 마시고 고기를 뜯는다.

「너 이놈 아죽 멀었나?」

이것이 그들이 두번째 술잔을 나눌 때 억쇠가 득보에게 던지는 인사요,

「흥 이놈 어디 보자」

하는 것은 득보가 억쇠에게 술잔을 건네는 말이다.

두 사람의 눈에서는 또다시 야릇한 광채가 난다.

이리하여 저녁때의 싸움이 다시 어우러진다.

이번에는 억쇠가 처음부터 주먹질을 시작하였다. 허나 몇 번

모질게 부딪고 할 새도 없이 두 사람의 몸뚱이는 이내 피투성이
가 되어버린다.

득보는 억쇠가 그의 어깻죽지를 서너 번 훌칠 때까지는 그
시뻘건 입을 벌리고, 먼저판에 부르던 〈수격삼천리〉라는 둥, 〈내
한 주먹 번득하면〉이라는 둥 하는 노래를 부르고 하더니 억쇠
의 주먹이 그 입을 한번 내리덮치자 노래는 금세 쑥 들어가 버
리고, 오른쪽 팔로 억쇠의 목을 후려안고 뒤로 툭덕 자빠져 버
렸다.

쓰러져 엎치락뒤치락 구르기를 한 시간 넘어 하였을 때 갑자
기 억쇠는 온 골짝이 울리도록 소리를 질러 껄껄껄 웃었다. 그
의 왼쪽 귀가 붙어 있을 자리엔 다 찢기인 살과 피가 있을 따름
이요, 귀는 아주 득보의 입 속에 들어가 있고, 득보는 아끼는
듯 그것을 얼른 뱉어내지를 않았다.

귀가 떨어지건 코가 없어지건 이렇게 자빠져서 싸우기란 몸
을 겼고 서서 서로 겨루기보다는 우선 쉽고 편한 노릇이라, 해
가 지고 어두운 산그늘이 내려와도 이 커다란 피투성이들은 일
어날 생각이 없이 마주 피를 뿜으며 아직도 엎치락뒤치락하기
를 쉬지 않는다.

억쇠는 이 황톳골에 나서 황톳골에서 자라 일찍이 황톳골 밖
을 멀리는 나가본 일이 없는, 이를테면 순수한 황톳골 〈토종〉
농부였고, 득보는 지난해 봄에 처음으로 황톳골로 들어온 타지
사람이라, 그들이 서로 보게 된 것도 그때가 처음이었다.

억쇠의 나이 여쉰두 살, 수염과 머리털이 희끗희끗 반이나
세인 오늘날까지 그는 항상 가슴속에 홀로 타는 불덩이를 지닌
채 이 황톳골을 지키고 살아왔다. 그것은 글자 그대로 운명 같

기도 하였다.

그가 열두살 때 동네 장골들이 겨우 다루는 들돌 하나를 성큼 들어 배를 편 것으로 온 마을에 말썽을 일으켰다.

「장사 났군!」

「황톳골 장사 났다!」

사람들은 쑥덕거리기 시작하여, 이튿날 늙은이들은 이관들을 하고 모여앉아,

「예로부터 우리 황톳골에 장사가 나면, 부모한테 불효가 아니면 역적이 난댓것다」

「하긴, 인제야 대국 명장이 혈을 지른 뒤라니까 별수는 없으리다만……」

「그 말은 당찮으이, 온 바로 내 증조뻘 되는 이가 그때 장사 소릴 듣구 그만 사또 앞에 잡혀가 오른쪽 팔 하나를 분질러 나왔거든」

이따위 소리를 주고 받고 하다가 나중에는, 어깨의 힘줄을 끊으란 둥 침을 맞히자는 둥 팔을 하나 부질르란 둥 별별 방책을 다 털어 내놓았다.

그중에도 유독 심히 구는 사람이 그의 〈큰아버지〉로,

「황톳골 장사가 나면 나라에서 아는 거다, 자식 하나 병신만들 작정하면 고만일 걸 잘못하다 괜히 온 집안 멸문당할라」

하고, 그의 아버지를 윽박질렀었지만 그의 아버지는 잠자코 입을 떼지 않았으니, 딴은 그에게는 억쇠 하나밖에 더 자식이 없었던 것이다.

그의 어머니는,

「이것아 어쩌다 그리 철없는 짓을 했누? 너희 아바이 속을 너는 모를라」

하며 울었다.

하루는 잠을 자다가 여러 사람들이 왁자지껄하는 소리에 눈을 떠보니 그의 큰아버지가 이웃 사람들을 여럿 데리고 그의 팔과 다리를 묶는 중이었다. 놀라 뛰어 일어나다 그 자리에 쓰러지며,

「아버지!」

그는 목이 째지도록 고함을 질렀다.

「자아, 괜찮다, 괜찮아, 잠깐만 참으면 아무 일 없는 거다, 자아」

그의 큰아버지는 손에 끌을 쥐고 대드는 것이었다.

「싫다, 싫어, 난 죽어도 싫다!」

그는 구울며 울었다.

그때, 그의 아버지가 손에 도끼를 들고 뛰어들어왔다.

「아버지!」

그는 방 안 사람들의 귀가 멍멍하도록 고함을 질렀다.

「그만 놓고들 이리 나오소, 모두……」

그의 아버지가 그에게 도끼를 겨누며 떨리는 목소리로 이렇게 외칠 즈음, 밖에서 그의 어머니가 뛰어들어와 도끼 자루에 매어 달리며,

「나를 죽여, 나를, ……그게 무슨 죄가 있어, 무슨 죄가…… 인제 열두 살 그걸 죽이고 그 죄를 누가 받누, 그 죄를」

마치 실성이나 한 것처럼 울며 외쳤다.

그의 큰아버지와 이웃 사람들은 모두 그 부모를 마땅찮이 여기며 물러나갔다.

이튿날 그의 아버지는,

「네 나이 열두 살이다, 몸 하나라도 성히 가지랴든 그래 알

아서 아무데나 함부로 나서지 말아라…… 네 일신 조지고 온 집
안 문 닫게 할라, 모두가 네 맘 먹기다」

억쇠는 아버지의 이 말을 가슴에 새겨 들었다. 그리하여 씨
름판이고 줄목이고 들돌을 다루는 데고 혹은 무슨 짐 내기를 하
는 데고, 사람들이 많이 모인 곳이나 힘겨룸을 하는 곳에는 일
체 나가지를 않았다. 그러나 그것은 쉬운 일이 아니었다. 제 기
운을 세상에 자랑하구 싶어서가 아니라, 여러 사람이 보는 데
서 그것을 제 스스로 시험해 보구 싶은 충동 그것이었다.

그가 스무 살 남짓 했을 때는 과연 저의 기운을 제 스스로
감당할 바를 몰랐다. 밤으로는 매양 산에 가 혼자서 돌을 들지
만 그것만으로는 그 미칠 듯한 혈기가 잡히지 않았고, 낮이 되
면 또 무엇이든 눈에 보이는 대로 때려부시구 싶고, 들어메치
구 싶고, 온갖 몸부림이 다 나는 것이었다. 어떤 날 밤에는 혼
자서 바위를 안고 산꼭대기로 올라갔다. 골짝으로 내려왔다 이
러는 동안 그만 밤이 새어버리는 것이었으니, 상투가 풀려 머
리칼이 헝클어지고 두 눈은 벌겋게 충혈이 되고 하여 흡사 미친
사람의 형용이었다.

억쇠의 이러한 소문이 또 한번 황톳골에 퍼지자, 그의 큰아
버지는 그의 아버지를 보고,

「인제는 그놈이 무슨 일을 낼 게다, 자아, 그때 내 말대로
단속을 했드면 이런 후환은 없을걸, 자아 인제 그놈을 누가 능
히 감당할꼬, 자아, 그러면 네 자식 네가 혼자 맡아라, 나는
여기 황톳골에 못 살겠다」

이러고는 재를 넘어 이사를 가버렸다. 억쇠는 그의 백부가
기어코, 이사를 떠난다는 말을 듣고, 혼자 깊은 산속으로 들어
가 목을 놓고 울었다. 그리하여 그는 일찍이 백부의 말대로 어

깨를 파내지 않았던 것을 후회하고, 집으로 돌아와 제 손으로 낫을 갈아서 오른쪽 어깨를 끊고 피를 흘렸다.

이것을 본 그의 어머니는,

「어리석게 인제 와서 그게 무슨 짓이람, 힘 세다고 다 부량할까, 제맘 먹기에 달렸을 걸…… 괜히 너희 어른 알면 시끄러울라」

도리어 못마땅히 말하였다.

그의 할아버지가 세상을 떠날 때 그에게 남긴 유언도 역시 그에게 힘을 삼가라는 것뿐이었고, 그의 아버지가 임종에 이르러 그에게 특별히 부탁한 말도 또한,

「네가 어려서 누구에게 사주를 뵈었드니, 너의 팔자에는 살이 세다구, 젊어서 혈기를 삼가지 않으면 큰 화를 당할거라드라, 그렇지만 사람에겐 힘이 보배니 네만 알아 조처할 양이면 뒤에 한번 쓸 날이 있을 게다, 언제라도 턱없이 나서지 말고 가만히 그때가 오기를 기둘르고 있어라」

하였다.

이리하여 억쇠는 나날이 그 미칠 듯이 솟는 힘을 누르고 누르며 그 한번 크게 쓰일 날을 기둘리느라 오늘인가 내일인가 하는 동안에 어느덧 수염과 머리털이 희끗희끗 반이 넘어 세어버렸던 것이다.

나이 여쉰이 넘으매 억쇠는 그 한번 크게 쓰일 날을 기둘르는 안타까운 희망도 끊어버리고, 사람에 쌔여 술도 마시고 계집도 찾고 노름꾼과 더불어 주먹을 두르는 일도 있고 하였다.

하루는 〈삼거리〉 주막에서 젊은 계집과 더불어 술을 먹다 하니, 계집이 잠깐 밖에서 손님이 저를 찾는다면서 나가더니 하마나 들어올까, 들어올까 기다려도 종시 들어오는 일이 없이, 때

마침 밖에서는 무슨 싸움 소리 같은 것이 왁자지껄하기에 문을 열어보니 어떤 낯선 나그네 하나가 주인의 멱살을 잡아 이리 나꾸고 저리 채고 하는 중이다.

이러는 중에 뒤안에서 노름을 하고 있던 패들이 우 몰려나와 이 말 저 말 주고 받고 하던 끝에 시비를 가로 맡게 된다. 그것은 주인의 말이,

「아, 생전 낯선 나그네가 와서 남의 주모더러 이 여자는 내 딸이다 이리 내달라 하니 온 세상에 이런 경오가 어디 있는가베!」

하매, 필시 이 나그네가 분이의 상판대기에 탐을 낸 모양이리라고, 허나, 분이는 저이들도 누구나 다 끔직이 좋아하는 터이요, 더구나 생전 낯선 작자가 돈 한푼 어떻다 말없이 가로 집어채려 하니, 이 부량하고 경위 없는 사내를 그냥 둘 수가 없다 하여, 노름패 중에서 누가 먼저 뺨을 한찰 올려붙였더니, 낯선 사내는 펄쩍 뛰듯이 일어나 그 노름꾼의 멱살을 잡아 땅에 메꽂아놓는다.

이것을 본 한마당 사람들은 다 겁을 집어먹었으나 노름꾼 중에는 힘센 놈도 있고, 부량한 자도 있자니까 그렇다고 그대로 물러설 리가 없다. 이놈이 대들고 저놈이 거들고 하나, 낯선 사내는 좀처럼 끓려들어가질 않는데 하나둘 자빠지는 것은 모두 이쪽 편이다. 머리가 깨진 놈, 손목이 부러진 놈, 아랫배를 채인 놈, 허구리를 맞은 놈, 부상자들이 마당에 허옇게 나누었다.

억쇠도 술이 얼근한 터이라 이 꼴을 보고만 앉아 있을 수가 없다 하여, 방에서 일어나 밖으로 나오며,

「아니 웬 놈이 저렇게 부량한 놈이 있누?」

이렇게 한번 집이 쩌르렁 하도록 큰소리로 호령을 하였지

만, 허나 아무리 술기야 좀 있었다기로니 여쉰 살 안쪽 같으면
이런 판에 이렇게 참견을 하고 나왔을 그는 아니었다.

　낯선 사내는 이쪽으로 고개를 돌려 억쇠를 한번 흘겨 보더니,

　「홍, 너도 이놈……」

　하는 말도 채 맺지 않고 별안간 뛰들어 복장을 갈기고 또 어
느덧 머리로 미간을 받으매, 억쇠도 한순간 정신이 다 아찔하
였으나 그 다음 순간엔 그도 바른손으로 놈의 먹살을 잡아쥘 수
있었다.

　보매, 골격도 범상히는 생긴 놈이 아니되, 그래도 처음에 억
쇠는, 그저 힘깨나 쓰는 데다 싸움에나 익은 놈이려니 하는 것
쯤으로밖에 더 생각하질 않았던 것인데, 먹살을 잡고 체력을
한번 다루어보니 결코 그저 이만저만 힘센 놈이나 부량한 놈이
아니란 것을 깨달았다. 그러자 그는 문득 자기의 몸이 공중으로
스르르 떠오르는 듯한 즐거움이 가슴에 솟아오름을 깨닫고 저
도 모르게 먹살 잡았던 손을 놓아버리고 먹살 대신 그의 손을
꾹 잡았다.

　이 낯선 사내가 황톳골로 들어와, 억쇠네와 징검다리 하나
건너 마주 보고 살게 된 것은 바로 그 이튿날부터다.

　그러고 한 사나흘 지난 뒤 득보는,

　「털이 저렇게 반이나 세인 놈이 여태 자식 새끼 하나도 없다
니 가련타, 자아, 네 새끼삼아 분이는 네가 데리고 살아라」

　억쇠에게 그 여자를 데려다주며 하는 말이다.

　「너는? 이놈아」

　억쇠가 묻는 말에,

　「늙은 놈이 젊은 놈 걱정까지 하나? 술이나 한턱 내지」

분이는 억쇠가 가르쳐주는 대로 술 항아리를 찾아 술을 걸른 것이지만 이것이 분이의 시집이요, 시집살이의 시작이었다.

「젊은 놈이 되려 계집을 갖어야?」

억쇠가 또 한번 은근히 던지는 말에, 득보는,

「세상에 계집이 없어?」

뿜을 내더니, 다시,

「계집이 없기로니 조카년 데리구야 살겠나?」

했다.

득보는 처음 주막에서는 분이를 저의 딸이래 놓고 그뒤에는 양딸이라고도 하고 혹은 생질이라고도 하였다. 무엇이래든 억쇠는 그렇지 않아도 후처는 어차피 얻어야 할 형편이요, 게다가 분이와는 그가 주모로 있을 적부터 이미 정이 든 셈이라 이를 물리칠 까닭이 없었다.

분이는 그뒤 즐겨 득보에 대한 이야기를 하였는데, 분이 역시 그를 가리켜 아저씨랬다 아버지랬다 어떤 때는 득보랬다 혹은 그이랬다 대중이 없었다.

어느 날 밤엔,

「아무것도 아니요, 외가는 외가 뻘이래지만 그이와는 아무것도 걸리지 않고, 그저 내 정말 외삼촌 되는 이와 배다른 형제라요」

했고, 어느 날은 또 술이 취해서,

「왜 내가 아일 못 낳아? 저 건너 득보한테 가 물어보지, 분이가 열여섯에 낳은 옥동자를 어쨌는가…… 사내 글러 못 낳지 어디 내 배 탈인줄 아나?」

라고도 하였다.

이 모양으로 분이는 무슨 말 끝에나 걸핏하면 곧잘 득보를 끌고 들어오는 것이었는데, 억쇠는, 그 위인이 본래 이러한 성질의 이야기에는 비교적 신경이 무딘 편이었음에도 불구하고 분이의 그 야릇한 말투에는 언제나 그 무슨 거북한 것을 깨닫지 않을 수 없었다.

분이의 말——맥락도 조리도 잘 닿지 않는——을 통하여, 득보와 분이의 과거를 따져보면, 득보는 본래 이 황톳골에서 한 팔십 리 가량 떨어져 있는 어느 동해변(東海邊)에서 그의 이복(異腹) 형제들과 함께 성냥간(錫冶場) 일을 하고 있었는데, 한번은 그 형제들과 싸움을 하여 괭이로 머리를 찍어 형제 하나를 죽이고 그 길로 서울까지 달아나 거기서 무슨 군관 노릇을 하던 중 이번에는 또 그곳 어느 대가의 유부녀와 관계를 해서 이것이 세상에 탄로가 되매 서울을 도망하여 도로 고향 근처로 내려와 다시 옛날과 같은 성냥간 일을 벌여놓고 있으려니까 이번엔 또 한 그가 옛날 살인 죄인이란 소문이 퍼져 거기서도 살 수가 없게 되고 그리하여 다시 나그넷길을 떠나지 않을 수 없었던 것이라 한다.

분이는 득보가 두번째 그의 고향 근처로 내려와 살려다 말고 다시 그곳을 떠나게 된 데 대하여 혹은 옛날의 살인죄 때문이 아니라 분이 제가 아이를 낳았기 때문이었노라고도 한다. 그렇다면 분이가 아이를 낳은 것과 득보와의 사이에 어떤 관계가 있어야 할 터인데 분이는 그 관계에 대해서는 별로 말이 없고 분이의 그 야릇한 말투와 행동으로 추측하여 그 관계란 것을 가령 분이가 아직 열여섯 살의 계집애로서 이미 득보의 아이를 낳았던 것이라, 해보더라도, 득보와 같은 그러한 위인(爲人)으로 그만한 윤리적 탈선이나 가책으로, 일껏 벌였던 일터를 그냥 내버리고 길을 나섰을 것 같지도 않다. 만약 득보가 두번째 저의 고향 근처에 와서 풀무간 일을 벌여놓고 살려다 말고 떠난 것이 사실이라면, 거기엔 분이가 말한 두 가지 이유가 다 있었을 것이다.

분이가 밤낮 즐겨 득보의 이야기를 하는 것은 마음이 거기 있는 까닭이었고, 마음이 있는 곳에 몸도 대개 가 있었다. 낮에 가서 술잔이나 팔아주고 돼지 마리도 삶아주고 하는 짓은 분이의 과거 경력이 그러한 터이매 혹례 사라고도 하려니와 한 달 잡고 스무 날은 잠까지 거기서 자게 되니, 제 말대로 아무리 저의 외삼촌의 이복형제 뻘이 된다고는 할망정 징검다리 하나 건너 바로 제 서방의 집을 두고 있는 여자로서는 암만 해도 해괴한 일이라 안할 수 없다.

억쇠가 혹,

「너, 분이는 왜 네 집에 붙여두고 주야로 안 보내는 거냐?」

하면, 득보는,

「설마한들 이놈아 흥…… 더럽게 늙은 놈이 샘은 또 웬 샘인구?」

가래침을 뱉는 것이다.

「어디 보자, 네놈 주둥아리가 늘 성한가?」

「허허, 그놈 내 온, 득보가 계집 주려 죽는 놈인 줄 아네! 세상에 어디 계집의 씨가 말랐나? 오나가나 흔한 게 계집인걸, 허어, 더러운 놈, 내 온……」

딴은 저의 말대로 계집에 그리 주릴 새는 없이, 어딜 한번 나가 며칠을 묵고 들어올 적에는 일수 낯선 계집 하나씩을 데리고 들어왔다. 그리하여 사흘이 못 가 대개 달아나긴 하였지만.

그런데 여기 한 가지 고약한 일은 이와 같이 득보가 종종 후려들이는 계집들에게 분이가 번번이 샘을 하는 것이었다. 샘을

하되 어처구니도 없게 함부로 무슨 구실을 지어서 가령 남의 은
가락지를 왜 훔쳤느냐, 내 달비를 찾아내라, 수젓가락이 없어
졌다, 모시 치마는 어쨌느냐 이러한 투로 낯선 계집들의 노리
개나 옷가지를 곧잘 빼앗고, 그래도 계집이 얼른 꽁무니를 빼지
않으면 이번에는 대들어 머리를 뜯고 옷을 찢고 하는 것이었다.

한번은 역시 그러한 여자가 득보에게 정이 들어서 달아날 생
각을 않고 한 달포 동안이나 같이 살았다. 분이가 그러한 수작
을 붙이면, 서슴지 않고 제 보따리를 톡톡 털어서 분이 앞에 내
던진다. 게다가 이 여자는 기운이 세어서, 분이가 본래 남의 머
리를 뜯고 옷을 찢는 데 솜씨가 익었다고는 할망정 이번에는 제
맘대로 되지 않는 모양이었다. 밥도 잘 먹지 않고 잠도 거의 안
자고 며칠 동안이나 낯이 파래서 득보네 방구석에 박혀 앉았더
니 하룻밤에는 돌연히 득보의 상투를 잡아채며 걸삼스런 울음
보를 터놓았다.

몸과 마음의 대부분이 득보에게 가 있는 분이는 그러면 제
서방격인 억쇠를 통해 안 볼라느냐 하면 그렇지도 않고 턱이 간
부는 간부요 서방은 서방이란 속인지 득보의 집에서 밥그릇도
얻어 나르고 국 사발도 안고 오고 해서는 시어머니의 밥상을 본
다 억쇠의 술안주를 해드린다 하고, 가다 빨래가 밀리면 또 빨
래 방망이까지 들고 나선다. 그러면 그밖에 무슨 잠자리 같은
데서 몸을 사리거나 그러는가 하면 그것은 억쇠에게뿐만 아니
라 일찍이 누구에게도 그런 일은 없었고, 오히려 분이에게는
억쇠가 너무 늙어서 잠자리에 심심타는 것이 그 으뜸 되는 불만
이라 한다. 하지만 이것은 제 말대로 억쇠가 그렇게 심심토록
늙었던 것은 아니요, 보다도 제가 그 자리에 너무 과한 여자였
으니 제 아무리 그러한 선천적 체질을 타고 났다기로니 억쇠가

아직 정력이 부대낄 리는 없었고, 다만 여러 가지 성격의 차이로 거기 대하는 태도가 달랐기 때문이었다.

억쇠의 심경이 비록 가정적(家庭的)은 아니었다 할지라도 그의 혈통이 농부요, 과거가 또 그러니만치 잠자리에 있어서만 아니라 분이의 일체 생활 감정이란 그에게 용납이 될 리 없었다. 더구나 아직 늙은 어머니까지 살아 있었으므로 이왕에 저의 팔자는 그른 것이라면, 늙은 어머니의 봉양이나마 유감 없이 해드리고 싶은 생각이었고 자기 역시 늘그막에 여태 소생 하나도 없다는 것은 좀 서운한 일이었으매, 부모에 대한 도리로나 제 자신의 심경으로나 아들 자식 하나쯤은 진작 가졌으면 싶었다.

그러나 마음씨와 몸가짐이 그러한 분이에게 이러한 통정을 하고 싶지도 않았고, 않는대서 또한 꺼릴 리도 없다 하여, 그와는 의논도 없이, 저 이설을 보게 되었던 것인데, 분이는 또 분이라 걸핏하면,

「흥, 씨 글러 못 낳지, 배 글러 못 낳는 줄 아나, 어느 년의 배는 별난가 어디 보자」

이를 갈고 앙탈이다.

진정으로 말하면, 억쇠는 분이를 보기 전부터 이설에게는 마음이 있어서 두어 번이나 집적거려도 보았지만 이설이 굳이 응하질 않으매 어찌 하는 수 없이 그만하고 지내던 차에 분이를 보게 되었던 것이요 이제 분이에게 자기의 뜻을 더 바랄 수 없게 되매 이번에는 저쪽의 응불응(應不應)도 가리잖고 그를 저의 손에 넣고 말았던 것이다. 거기엔 물론 그의 처지의 절박함과 분이에 대한 반발도 쌓여 있었겠지만 그보다도 더 긴한 원인은 득보란 자가 그새 자기와 이설을 두고 대립해 있었기 때문이었다.

이설은 인물도 이런 두메에서는 유달리 아름다웠지만 마음도

또한 거죽과 같이 어여쁜 여자였다. 열여덟에 홀로 되어 그 동안 친정 쪽에서 수없이 권하는 개가도 듣지 않고서, 식구래야 하나밖에 없는 늙은 시아버지를 정성껏 섬겨가며 집안일 들일 부지런히 거두어 누구에게도 군색한 빛 보이잖고 살아왔다. 이렇게 한 십년 지내는 동안 별별 유혹을 다 겪고 일찍이 동함이 없던 그이건만, 두 해 전에 그 시아버지마저 세상을 떠나니 인제는 어디다 몸붙일 곳이 없게 되어 있었던 것이다.

이런 경우에 일이 바뀌게 되어서 가령 득보가 먼저 이설을 그의 손에 넣었더라면, 억쇠는 그것을 알고는 더 머뭇거리지 않고 거기에 물러섰을 것이다. 허나 득보는 그와 좀 달리, 이설이 이미 억쇠의 손에 든 것을 보자 부쩍 더 군침이 돌고 심장이 편치 않는 것이었다.

「늙은 놈이 계집을 둘씩이나 두고 함부로 거드렁거리다 쉬자빠질라, 괜히 헛욕심 부리지 말고 진작 하날랑 냉큼 내놔!」

안냇벌에서 돌아오며 억쇠에게 하는 말이었다.

억쇠는 그냥,

「그놈 주둥아릴……」

하고 말았지만, 속으로는,

(이놈이 끝내 그냥 있진 않겠구나.)

했던 것이다.

어느 날 밤에는 비가 부슬부슬 내리는데 한 이경이나 되어 그가 이설에게로 가니 이설의 방문의 불빛은 언제나와 마찬가지 불그레하게 비쳐 있는데 그 안에서 사내의 코 고는 소리가 〈드르렁〉〈드르렁〉 난다. 〈아차〉 싶어 신돌을 보니 신돌가에는 아니나다를까 그 침침한 불빛에서도 완연히 크고 낯익은 메투리 한 켤레가 놓여 있다. 그 순간 그는 저도 모르게 주먹이 불끈 쥐어지며 온몸의 피가 가슴으로 쫙 모여드는 듯하였다. 그래 푸들푸들 떨리는 손으로 막 문고리를 잡으려 할 때에 저쪽 뜰 구석에서 사람의 기척 소리가 난다. 얼른 고개를 돌려보니, 그쪽 어두컴컴한 거름 무더기 곁에 하얗게 서 있는 것이 분명히 사람의 모양이라 한두 걸음 가까이 들어서면서 보니 다른 사람도 아니요 이설이 그다.

이설은 억쇠의 턱 밑으로 다가 들어서며,

「득보요, 벌써 초저녁에 와서 어른을 찾습데요, 그래 안 계신대도 그냥 들어와서 아주 치근치근이 굴어요. 그래 헐수없어 측간엘 간다구 나와서 뒤꼍에 숨었으려니 암만 해두 기척이 없기 가만히 나와보든 참인데…… 마침 어른이 들오싯데요」

낮으나마 침착한 목소리로 소곤거린다.

(마침 다행이다 많이 놀랬겠네.)

하고, 다시 혼자 속으로,

(죽일놈이다.)

하며, 방문 앞으로 걸어갔다.

문고리를 잡을 때에 그는,

(이놈을 아주 잠이 든 채 대가리를 부숴놔라)

하였다.

득보는 억쇠가 문을 열고 들어와도 모르고, 방에 하나 가득 차는 그 큰 신장을 뻗뜨리고 자빠져 누워 〈드르렁 드르렁〉 코를 곤다. 유달리 넓고 검붉은 상판에 희미한 불 그림자가 가로 비꼈고, 여주 덩이만이나 한 콧마루 위에는 어인파리 한 마리가 날아와 앉아 있다. 파리는 콧마루에서 콧잔등을 타고 기올라 가다가 산근 지음에서 날려서 다시 그의 왼쪽 눈썹 끝의 도토리만 한 혹 위에 가 앉는다. 파리와 함께 그의 시선도 그 혹 위에 가

멎어서 더 움직이지 않는다. 그것은 금년 삼월 삼짇날 싸움에 자기의 주먹에 맞아서 생긴 게라는 그 혹이다. 그러자 그는 문득 어떤 비참한 생각이 들면서 그 쇠같이 굳게 쥐었던 두 팔에서 어느덧 맥이 풀려짐을 깨닫지 않을 수 없었다.

다음 순간 그는 후들거리는 발길로 득보의 엉덩이를 걷어차며

「이놈 득보야!」

하고 그를 깨웠다.

몸부림을 좀 하다 그대로 다시 코를 골기 시작하는 득보를, 이번에는 좀더 거세게 지르며,

「네 이놈 득보야!」

소리를 지르니 그제야 핏대가 벌겋게 선 눈을 뜨며 기지개를 한번 켜더니 부스스 일어나 앉는다.

억쇠가 목소리에 위엄을 차려,

「네 이놈 여기가 어디여?」

「……」

「네 이놈 여기가 어디여?」

거듭 호령을 하니 그제야 벌건 눈으로 그를 한번 힐끗 쳐다보더니,

「어딘 어디라?」

하고 만다.

「흥, 이놈……」

억쇠는 한참 득보의 낯을 노려보다 다시 얼굴을 고쳐,

「따로 매는 맞을 날이 있을라, 오늘밤엔 우선 술을 먹어라」

하고, 이설을 불러 술을 청했다.

그뒤부터 득보의, 이설에 대한 태도가 다소 은근해진 듯하기는 했으나 그와 동시에 그는 거의 매일같이 밤이고 낮이고 이설

을 찾아오는 것이었다.

「아지메 있소?」

「안 계시는데요」

이설은 처음에는 이렇게 자기를 부르더라도 으레 바깥주인이 안 계신다는 뜻으로 대답을 하였으나 득보는 억쇠가 있든 없든 불게하고 그냥 방으로 들어오므로 나중에는 잠자코 방문만 열어보는 것이었다.

득보는 이설의 방에만 들어오면 처음엔 으레 무슨 수작을 걸어보는 것이었다. 그때마다 이설의 눈에 싸늘한 칼날이 돋혀 있음을 보고는 그만하고 뒤로 물러 앉아서 잠자코 한참 질질 노리다가 어느덧 쓰러져 누워 코를 골기 시작하는 것이었다.

「이놈아 맞어 죽을라, 괜히 조심해라」

억쇠가 가끔 이렇게 경계를 하면,

「더럽게 늙은 놈아, 내 온, 친구가 네 계집 궁덩이에 좀 붙어 자기로니 늙은 놈 처신으로 그까지 샘을 하나?」

득보는 아니꼬운 듯이 가래를 돋구곤 하는 것이다.

그러나 억쇠는, 득보가 언제 분이를 두고도 이렇게 가래를 뱉던 것을 잊지 않았으므로,

「흥」

하고, 콧소리로 얼러놓곤 하였다.

억쇠는 암만 해도 아주 마음이 놓일 리가 없어서 어쩌다간 술이 취하면 이설을 보고도 또,

「난 자네가 암만 해도 염려스러이」

이렇게 어름하게 다루어보면 이설은 언제나 소곳이 고개를 수그릴 뿐 별 대답이 없는 것이다.

한번은 분이의 이야기를 하던 꼴에 이설이 억쇠에게,

「그래 말구 아주 떼내 버려요」

하기에, 그때 역시 억쇠는 술기가 있던 참이라, 농담 삼아,

「그랬다가 자네마저 득보놈이랑 붙어버리면 어쩌누?」

했더니, 이설은 갑자기 상판이 파래지며 잠자코 고개를 수그리고 앉아 있더니만 한참 만에 다시 조용히 얼굴을 들어서,

「내같이 팔자 험한 년이 앞으론들 어째 좋기로만 바라겄소? 그저 이후에 더 팔자나 고치지 마를 작정……」

수건으로 낯을 가리며 조용히 느껴 울매, 억쇠는 술이 취한 중에서도 이설의 팔자란 말에, 문득 자기의 반 넘어 세인 수염을 쓸어 쥐며,

「미안하이, 미안해」

진정으로 언짢아 하였다.

득보가 밤낮없이 이설의 방에 걸음이 잦게 되던 그 무렵에, 밤마다, 달이 있을 때에는 그집 뒤꼍의 늙은 회나무 그늘에 숨고, 달이 없을 때에는 그 컴컴한 어둠에 싸여서, 그 불빛이 희미하게 비쳐져 있는 이설의 방문을 노리고 서 있는 여자가 있었다. 그는 낯이 희고, 입술이 푸르고, 두 눈에는 야릇한 광채가 있고, 그리고 그 품속에는 날이 파랗게 선 비수 하나가 헝겊에 싸여 들어 있었다.

얼마 전에, 그때는 아직 득보가 이설의 방에 드러누워 코를 곤다든지 하는 일은 있기 전이요, 억쇠만이 종종 드나들던 그때에 이미 이설의 이야기를 하면 이를 갈아붙이던 분이였다.

억쇠와 득보가 다 이설에게 다니기 시작한 뒤부터 분이의 낯과 거동엔 변화가 생겼다.

그는 전과 같이 수다스레 지껄이지도, 노골적으로 입을 비쭉

거리지도 않고, 밤으로는 또 무엇을 하는지 집에 붙어 있지도 않다가 낮이 되면 온종일 이불을 뒤쓰고 잠을 자는 것이다. 그의 본래 흰 낯은 더 창백해지고, 눈동자는 전에 없던 야릇한 열을 띠고, 그 푸른 입술에 언제나 뱅글뱅글하던 웃음도 잠깐 흔적을 감추었다.

이러한 분이가 더구나 저도 그리 먹지 않을 밥을 매일 때때로 지을 리가 없으매, 억쇠에게는 이설이 있었고, 득보는 또 득보대로 변통이 있었다 하더래도 제일 곤란하게 된 것이 도리어 억쇠의 늙은 어머니였다.

억쇠가,

「엄마도 그만 저 안골로 들어갑시다」

해도, 평소로 그렇게 기리고 귀애하는 이설이건만 어쩐지 고개를 두른다.

어느 날 밤에는 그의 어머니의 몸이 편치 않아서 억쇠는 그 시중을 들고 있노라니 밤이 이슥해서, 건너편 득보네 집에서 떠들썩한 소리가 나기에 잠깐 귀를 기울이니 득보와 분이가 둘이서 싸움을 하는 모양이었다. 이윽고 분이의 비명 소리가 나더니 이내 싸움 소리는 멎고 여자의 거센 울음 소리만 들리었다. 이때 문득 그의 늙은 어머니는 깜짝 놀라며,

「야야, 저게 무슨 소리고! 저게! 저게!」

하고 상반신을 일으켜 억쇠의 소매를 끌어당겼다.

이때부터 병세는 갑자기 위독해져서, 그런지 사흘째 되던 날 이맘때에는 이미 저승 사람이 되어 있었다.

황톳골 뒷산 붉은 등성이에 억쇠네 무덤 한 상이 더 늘던 바로 그날 밤 억쇠가 그의 친척 몇 사람과 더불어 아직 상복도 끌르지 않았을 그때, 그의 어여쁜 이설은 그 뱃속에 또 한 개의 생

명을 가진 채, 목에 푸른 비수를 꽂고 원통한 일생을 마치었다.

이설의 몸이 채 식기도 전에 손과 소매와 치마폭을 모두 피로 물을 들인 채, 분이는, 다시 그 캄캄 어두운 회나무 밑을 돌아, 득보를 찾아오던 길이다. 상기도 핏방울이 듣는 그의 오른쪽 손에는 다시 이설의 집에서 들고 나온 식칼이 번득이었다.

낮에 상여를 메고 가서 또 거의 혼자 손으로 무덤 하나를 파다시피 하고 온 득보는 일이 다른 일과 달라 그런지, 몸이 고단타기보다는 어쩐지 마음이 흐렁해서 산에서 내려오던 길로 이설에게로나 들르려다가 그 길도 역시 그러함을 깨닫고, 고추 삼거리 주막까지 나가 거기서 얼근히 취하도록 술을 마시고 나서, 마침 분이가 품에 그것을 품고 이설의 방 안을 엿보던 바로 그때 그는 그의 캄캄한 방으로 들어와 등잔에 불도 하나 붙여보지 않고 그대로 그 거창한 몸을 뻗치고 자빠져 잠이 들었던 것이다.

방문 앞까지 와서, 방 안에서 득보의 코 고는 소리를 들은 분이는 흡사 조금 전에 이설의 방문 고리를 잡으려던 그 순간과 같이, 별안간 가슴에서 걷잡을 길 없는 쌍방망이질이 일어나며 그와 동시에 코에서는 어릴 적 남몰래 쥐어먹던 마른 흙 냄새가 훅 끼쳐오르며 정신이 몽롱하여졌다. 그리고 그 다음 순간 분이는 반무의식 상태에서 바른손에 든 그것으로 어둠 속에 코를 골고 자는 득보의 목을 내리쳤다, 허나, 칼은 그의 목을 베지 못하고 목에서는 한 뼘도 넘어 아래로 빗나가 그의 왼편 가슴을 찍었다.

가슴이 뜨끔하는 순간, 득보는,

「앗!」

하고 놀라 뛰어 일어나는데, 캄캄한 어둠 속에서 무엇이 나무 토막같이 그에게로 뛰어들어오매, 그 순간 무의식적으로 몸을 움추리려니까 흡사 아까 잠 중에서와 같이 또 한번 가슴이 뜨끔하였고, 그와 거의 동시에 그의 손에 잡히는 것은 나무 토막보다 의외로 부드러운 물건이라는 촉감이 섬광처럼 번쩍하던 다음 순간, 무슨 악몽에서나, 깰 때처럼 그 부드러운 것을 내후려버렸다. 그러자 그 부드러운 물건은 그쪽 문턱에가 떨어지며,

「헥! 캑!」

하고는 만다.

그제야 정말 정신이 홱 돌아 들어오며 거의 본능적으로 그 손이 그쪽 가슴에게로 간다, 가슴에서 어떤 뜻뜻한 것을 깨닫자, 그 순간, 또 어떤 새 사실에 대한 경악과 공포와 고통과 절망이 한데 엉긴 채로 꿈속에 벼락을 맞듯 등골이 찌르르 하여짐을 느끼고 그대로 쓰러져버렸다.

이튿날 아침 억쇠가 숨을 헐떡이며 뛰어오니 온 방이 벌건 피요 비린 냄새가 코에 훅 치받는다, 문턱에 팔을 걸치고 착 엎어져 있는 것은 틀림없는 분이요 거창한 신장을 피에서 그냥 건져낸 것처럼 온몸에 피를 쓰는 방에 가로 자빠져 있는 것은 득보다.

그는 처음 어찌된 셈판인지 워낙 의외의 일이라 한참 동안 그냥 멍멍히 바라만 보고 있다가 우선 문턱에 걸쳐 있는 분이부터 손을 대어 흔들어보니 그 몸의 촉감으로나 빛깔이 아주 송장은 아닌 모양인데 그래도 움직이는 기척이 없고, 그래 분이를 넘어서 이번에는 득보의 팔을 잡고 흔들며,

「득보!」

큰소리로 불렀다.

「……」

득보는 눈을 떠서 억쇠를 쳐다본다. 그 피어린 두 눈에는 이상한 광채가 있었다.

억쇠는 신발째 방으로 들어왔건만 신이 또 피에 젖는다.

「득보!」

「……」

역시 눈으로 응할 뿐이다.

「죽던 않겠나? 죽던!」

「……」

대답 대신 손으로 바른편 가슴을 더듬기, 그리로 보니 거기엔 시뻘건 핏덩이가 풀처럼 엉겨붙어 있고 이와 아울러, 억쇠의 오금 밑에서 피철갑이 된 식칼 하나를 보자 더구나 그것이 이설에게서 가끔 보던 그것 같으매 이것 저것 미루어 사실의 전말이 대강 짐작될 것 같기도 하였다.

「한번 더 살겠나? 살어?」

억쇠는 어쩐지 약간 골이 돋은 듯한 목소리로 이렇게 물었다.

「으—ㅁ」

득보는 고개를 끄덕이며 부러운 듯이 그를 번히 쳐다본다.

억쇠는 상기도 골이 돋은 낯으로, 그러나 그의 손을 꾹 쥐어주었다.

아까 억쇠가 이설의 집에서 숨을 헐레벌떡이며 이 득보를 찾아올 때에는 자기 손으로 득보를 이 모양으로 만들 생각을 하였던 것이니, 그가 처음 안골 사람들의 기별을 받고 숨을 씨근거리며 이설에게로 뛰어가 거기서 그러한 광경을 보았을 때 그때그의 머릿속에 떠오른 생각은 세상에 남아 있는 오직 한 가지자기의 할 일은 이 득보의 처리가 있을 따름이라 하였다. 그것이 이 모양으로 벌어져 있으므로 모든 것이 그에게는 의외의 일 뿐이었고 모든 것이 의외의 일뿐이매 모든 것이 너무도 고약하 고 허전키만 하였다.

득보의 가슴의 상처는 달포 만에 거죽만은 대강 아물어 붙었 으나 그 속이 웬일인지 자꾸 더 상해만 들어가는 모양이었다.

양쪽 광대뼈가 불거져 나오고, 광대뼈 밑에는 우물이 푹 패 이고, 게다가 낯빛은 마른 호박같이 싯누렇게 되어 옛날의 그 넓고 검붉던 모습은 볼 길이 없는데, 이마에는 칼로나 그어낸 것처럼 전에 없던 굵은 주름살이 하나 더 가로 늘었다.

그는 온종일 아무 말도 없이, 움쑥 들어간 굵은 두 눈에 이 상한 광채를 번득이며 그냥 드러누워 있다, 문득 입을 떼는가 하면,

「저 건너 가보구 오너라」

하는 것뿐이요, 그러면 분이는 아무 영문도 모르고 시키는 대로만 가보고 오는 것인데 처음에는 억쇠를 데려오라는 말인 줄로도 알았더니만 그렇지도 않고, 그저 가서 보고만 오면 되 는 것이었다.

「멀 하더누?」

「혼자 있데요」

그러고는 그만이다.

어떤 때는 뭘 하더냐 묻지도 않고 그저 돌아오는 분이의 상 판만 한번 힐끔 쳐다보고는 만다.

혹은 캄캄 어두운 밤중에도 곧잘 분이를 깨워서 건너가 보구 오라는 것인데 그래도 분이는 꺼리는 빛도 괴로운 빛도 없이 눈 을 부비며 갔다 오는 것이다.

「멀 하더누?」

「혼자 누었데요」

하룻밤에 같은 짓을 두세 번 거듭 하는 수도 있다.

분이는 그의 앞에 장치된 한 개의 기계와도 같았고 그는 이 기계가 자기를 배반하고 어디로 달아나지 못할 것을 알았다.

한밤중에 두세 번씩도 가보고 오라던 억쇠이건만 그 억쇠가 어쩌다 그를 보러라도 오면, 그는 오히려 별로 반가워 굴지도 않고 시무룩해서 그냥 누워 있다가 겨우 입이 열리는가 하면,

「이즘은 멀하누?」

이렇게 한마디 던지고는 그뿐이었다.

어느 날 그는 억쇠가 말리는 것도 듣지 않고, 가슴에 해롭다는 술을 먹기 시작하였다.

술을 시작하면서부터 또 노름도 시작하였고, 노름을 시작한 뒤부터는, 거의 날마다 싸움을 하여 사람들을 쳐 눕힌다는 소문이 났다.

걸핏하면,

「아즉 멀었다!」라거나,

「흥, 요것이 누굴 깔봐!」

하고 먹살을 잡아 밀어 던진다는 것이다.

그러더니 얼마 뒤에는 참말인지 헛소문인지 득보도 인제는 노름꾼을 여럿은 한참에 못 당해 낸다는 소리도 들리었다. 그런지 한 보름 되어서 하루는 억쇠를 찾아오더니, 인제는 가슴이 아주 다 나았으니 그리 알라고 하였다. 억쇠에게는 이 기쁜 소식이 전혀 뜻밖의 일이라 즐겁기도 하려니와 또한 놀라지 않을 수 없어, 그래,

「아, 다행이다, 어디서 그런 선약을 얻어 썼누?」

한 즉, 득보는 그저 코대답으로 「응」 하면서 저쪽으로 가버
렸다.

그런지 며칠 뒤 이번에는 노름을 해서 돈을 땄으니까 같이
술을 먹자고 억쇠를 찾아왔다. 그래 술을 먹다 득보의 거동이
암만 해도 의아해서 그럴 듯한 고패에 억쇠가,

「그렇지만 어디 그런 선약이 있더누?」

며칠 전에와 같은 말뜻을 또 한번 거듭 물었더니, 그는 조금
있다가,

「저어, 남쪽에 내 아는 의원이 있너이」

이러고 말았다.

술을 다 마셔갈 무렵에 그는 돌연히 억쇠를 보고,

「너 이놈 네 죄 알지?」

하며, 바지춤에서 날이 퍼렇게 선 단도를 내놓는다.

그러나 억쇠는 마치 자기 자신도 모르게 그러한 것을 예기하
고나 있었던 것처럼 조그만치도 당황하거나 겁을 먹는 빛이 없
이 오히려 그러는 득보가 딱하고 민망한 듯이 그 단도를 바라
보았다. 허나 이러한 경우에 자기의 그러한 태도를 득보에게 보
인다는 것은 얼마나 승겹게 그리고 또 무의미하게 일을 그르치
는 것이 되랴 하는 것을 깨달은 그는 만족한 듯이, 그러나 두
눈에 불을 흘리며,

「홍, 내가 이놈…… 네놈의 목숨 하나 여태 그냥 붙여둔 게
네놈을 위해서가 아니다」

한즉, 득보는,

「네놈이 인제사 그런 계집 같은 소릴 한다구 그리 쉽게 넘어
떨어질 득보는 아니다…… 허지만 네놈이 끝까지 방 안에서 자
빠지기가 억울커던 나서거라」

하며 칼을 도로 싸서 옷 속에 감추고 자리에서 일어났다.

억쇠는 혼자 짐작되는 바가 있어 득보를 먼저 안냇벌로 들여보내고 나서 자기는 주막에 말을 하여 다시 소주 한 두루미를 받아 메고 그의 뒤를 좇았다.

해는 벌써 황토재 위에 설핏한데, 한 마장 가령 앞서 득보는 용냇가로 내려가고 있었다.

《문장》 1939. 5

까치 소리

단골 서점에서 신간을 뒤적이다 『나의 생명을 물려다오』 하는 얄팍한 책자에 눈길이 멎었다. 〈살인자의 수기〉라는 부제가 붙어 있었다.

생명을 물려준다, 이것이 무슨 뜻일까. 나는 무심코 그 책자를 집어들어 첫장을 펼쳐보았다. 〈책머리에〉라는 서문에 해당하는 글을 몇 줄 읽다가 〈나도 어릴 때는 위대한 작가를 꿈꾸었지만 전쟁은 나에게 살인자라는 낙인을 찍어주었다〉라는 말에 왠지 가슴이 뭉클해짐을 느꼈다. 비슷한 말은 전에도 물론 얼마든지 여러 번 들어왔던 터이다. 그런데도 이날 나는 왜 그 말에 유독 그렇게 가슴이 뭉클해졌는지 그것은 나도 잘 모를 일이다. 〈위대한 작가를 꿈꾸었다〉는 말에 느닷없는 공감을 발견했기 때문일까.

나는 그 책을 사왔다. 그리하여 그날 밤, 그야말로 단숨에 독파를 한 셈이다. 그만큼 나에게는 감동적이며, 생각게 하는

바가 많았다. 특히 그 문장에 있어, 자기 말마따나 〈위대한 작
가를 꿈〉꾸던 사람의 솜씨라서 그런지 문학적으로 빛나는 데가
많은 것도 사실이었다.

나는 다음에 그 수기의 내용을 소개하려 하거니와 될 수 있
는 대로 그의 문학적 표현을 살리기 위하여, 본문을 그대로 많
이 옮기는 쪽으로 주력했음을 일러둔다. 특히 내가 재미있다고
생각한, 소위 그의 문학적 표현으로서, 그의 본고장인 동시, 사
건의 무대가 된 마을의 전경을 이야기한 첫머리를 그대로 옮겨
보면 다음과 같다.

──마을 한복판에 우물이 있고, 우물 앞뒤엔 늙은 회나무
두 그루가 거인 같은 두 팔을 치켜든 채 마주 보고 서 있었다.
몇 아름씩이나 될지 모르는 굵고 울퉁불퉁한 둥치는 동굴처럼
속이 뚫린 채 항용 천년으로 헤아려지는 까마득한 세월을 새까
만 침묵으로 하나 가득 메꾸고 있었다.

밑둥이에 견주어 가지와 잎새는 쓸쓸했다. 둘로 벌어진 큰
가지의 하나는 중둥이가 부러진 채, 그 부러진 언저리엔 새로
돋은 곁가지가 떨기를 이루었으나 그것도 죽죽 위로 벋어오른
것이 아니라 아래로 한두 대가 잎을 달고 되려진 것이 고작이
었다.

둘 중에서 부러지지 않은 높은 가지는 거인의 어깨 위에 나
부끼는 깃발과도 같이 무수한 잔가지와 잎새들을 하늘 높이 펼
쳤는데, 까치들은 여기만 둥지를 치고 있었다.

앞나무에 둘, 뒷나무에 하나, 까치 둥지는 셋이 쳐져 있었으
나 까치들이 모두 몇 마리나 그 속에서 살고 있는지는 아무도
똑똑히 몰랐다. 언제부터 둥지를 치기 시작했는지도 역시 안다
는 사실은 없었다. 나무와 함께, 대체로 어느 까마득한 옛날부

터 내려오는 것이거니 믿고 있을 뿐이었다.

……아침 까치가 울면 손님이 오고, 저녁 까치가 울면 초상이 나고…… 한다는 것도, 언제부터 전해 오는 말인지 누구 하나 알 턱이 없었다. 그래서 그런지, 아침 까치가 유난히 까작거린 날엔 손님이 잦고, 저녁 까치가 꺼적거리면 초상이 잘 나는 것 같다고 그들은 은근히 믿고 있는 편이기도 했다.

그런 대로 까치는 아침저녁 울고 또 다른 때도 울었다.

까치가 울 때마다 기침을 터뜨리는 어머니는, 아주 훅훅 하며 몇 번이나 까무라치다시피 하다 겨우 숨을 돌이키면 으레 봉수(奉守)야. 하고, 나의 이름을 부르곤 했다. 그것도 그냥 이름을 부르는 것이 아니라 반드시 〈죽여다오〉를 붙였다.

……쿨룩 쿨룩 쿨룩 쿨룩 쿨룩 쿨룩 쿨룩 쿨룩, 쿨룩 쿨룩, 쿨룩, 쿨룩, 쿨룩 쿨룩 쿨룩 쿨룩 쿨룩, 쿨룩…… 이렇게 쿨룩은 연달아 네 번, 네 번, 두 번, 한 번, 한 번, 여섯 번, 그리고 또다시 세 번이고 네 번이고 두 번이고 여섯 번이고 종잡을 수 없이 얼마든지 짓이기듯 겹쳐지고 되풀이되곤 했다. 그 사이에 물론, 오오, 아이구, 끙, 하는 따위 신음 소리와 외침 소리를 간혹 섞기도 하지만 얼마든지 〈쿨룩〉이 계속되다가는 아주 까무러치는 고비를 몇 차례나 겪고서야 겨우, 아이구 봉수야, 한다거나, 날 죽여다오를 터뜨릴 수 있는 것이다.

어머니의 기침병(천만)은 내가 군대에 가기 1년 남짓 전부터 시작되었으니까 이때는 이미 3년도 넘은 고질이었던 것이다.

내 누이동생 옥란(玉蘭)의 말을 들으면, 내가 군대에 들어간 바로 그 이튿날부터 어머니는 나를 기다리기 시작했다는 것이다. 마침 아침 까치가 까작 까작 까작 울자, 어머니는 갑자기

옥란을 보고,

「옥란아 네 오빠가 올랴는가부다」

하더라는 것이다.

「엄마도, 엊그제 군대 간 오빠가 어떻게 벌써 와요?」

하니까,

「그렇지만 까치가 울잖았냐?」

하더라는 것이다.

이렇게 처음엔 아침 까치가 울 때마다 내가 혹시 돌아오지 않나 하고 야릇한 신경을 쓰던 어머니는, 그렇게 한 반년쯤 지난 뒤부터, 그것(야릇한 신경을 쓰는 일)이 기침으로 번지기 시작했다는 것이다.

〈반년쯤 지난 뒤부터〉라고 했지만 그 시기는 물론 확실치 않다. 옥란의 말을 들으면 그전에도 몇 번이나 그런 일이 있었다고 한다. 몇 달이 지나도록 편지도 한 장 없는 채, 아침까지는 곧장 울고 하니까, 그럴 때마다 어머니의 눈길엔 야릇한 광채가 어리곤 하더니, 그것이 차츰 기침으로 번지기 시작하더라는 것이다. 첨에는 가끔 그렇더니, 날이 갈수록 점점 더 심해져서 한 1년 남짓 되니까, 거의 예외 없이 회나무에 까작 까작 하기만 하면 방 안에서는 쿨룩 쿨룩이 터뜨려지게 마련이었다는 것이다. (처음은 아침 까치 소리에 시작되었으나 나중은 때의 아랑곳이 없어졌다.) 그러나 이런 것은 누구나 이해할 수도 있는 일이라고 나는 생각한다. 아들을 몹시 기다리는 병(천만)든 어머니가 아침 까치가 울 때마다 (손님이 온다는) 기대를 걸어보다간 실망이 거급되자, 기침을 터뜨리고(그렇지 않아도 자칫하면 터뜨리게 마련인), 그것이 차츰 습관성으로 발전하게 되었다는 것은 얼마든지 있을 수도 있는 얘길 테니까 말이다.

그렇게 해서 터뜨려진 질기고 모진 기침 끝에 아들의 이름을 부르고, 또, 〈날 죽여다오〉를 덧붙였대서 그 또한 이해하기 힘든 일도 아니었다. 어머니는 전에도 그렇게 까무러칠 듯이 짓이겨지는 모진 기침 끝엔 〈오오, 하느님!〉〈사람 살려주!〉 따위를 부르짖은 일이 있었던 것이다. 〈오오, 하느님!〉〈사람 살려주!〉가 〈아이구 봉수야!〉〈날 죽여다오〉로 바뀌졌을 뿐인 것이다. 살려달란 말과 죽여달란 말은 정반대라고 하겠지만 어머니의 경우엔 그렇지도 않았다. 오히려 비슷한 말이라고 보는 편이 가까울 것이다. 〈죽여다오〉는 〈살려다오〉보다 좀더 고통이 절망적으로 발전되었음을 나타내는 것이 아닐까. 나는 그렇게 생각했다.

따라서 나는 군대에서 돌아와, 처음 얼마 동안은 어머니의 입에서 이 말을 들을 때마다 견딜 수 없는 설움과 울분을 누를 길 없어 나도 모르게 사지를 부르르 떨곤 했었다.

(아아, 오죽이나 숨이 답답하고 괴로우면 저러랴, 얼마나 지겹게 아들이 보고 싶고 외로웠으면 저러랴.) 나는 그럴 때마다 어머니가 측은하고 불쌍해서 그냥 목을 놓고 울고만 싶었던 것이다.

그러면서도 나에게는 어머니를 치료해 드리거나 위로해 드릴 수 있는 어떠한 힘도 재간도 없었다. 그럴수록 어머니가 겪는 무서운 고통은 오로지 나의 책임이거니 하는 생각만 절실했을 뿐이다.

그리고, 이러한 나의 심경도 누구에게나 대체로 이해될 수 있으리라고 믿는다.

그런데 다른 사람은 고사하고 내 자신마저 잘 이해할 수 없는 일이 이에 곁들여 생긴 것이다. 그것을 한마디로 말하면 나

의 심경의 변화라고나 할까——, 나는 어느덧 그러한 어머니를
죽여주고 싶은 충동 같은 것을 느끼기 시작한 것이다. 어머니가
〈아이구, 봉수야 날 죽여다오〉 하고 부르짖는 것은, 〈오오, 하
느님 사람 살려주〉 하던 것의 역표현(逆表現)이라기보다도 진한
표현 같은 것에 지나지 않는다는 것은 위에서도 말한 대로다.
나는 그것을 충분히 이해하고 있었던 것이다. 그럼에도 불구하
고 나는 왜 그러한 어머니에게 죽여주고 싶은 충동을 느끼게 되
었을까.

  그것도 어쩌다 한번 그런 일이 있었다는 얘기가 아니다. 처
음 한번 그런 일이 있고 나서는 그뒤부터 줄곧 그렇게 돼버린
것이다. 까치가 까작 까작 까작 하면, 어머니는 쿨룩 쿨룩 쿨룩
을 터뜨리는 것이요, 그와 동시 나의 눈에는 야릇한 광채가 어
리기 시작하는 것이다. (옥란의 말을 빌리면, 옛날 어머니가 까
치 소리와 함께 기침을 터뜨리려고 할 때, 그녀의 두 눈에 비치
던 것과도 같은 그 야릇한 광채라는 것이다.) 어머니가 목에 걸
린 가래를 떼지 못하여 쿨룩 쿨룩을 수없이 거듭하다 아주 까무
러치다시피 될 때마다 나는 그녀의 꺼풀뿐인 듯한 목을 눌러주
고 싶은 충동에 몸이 부르르 떨리는 것이다.

  그것은 처음 며칠 동안이 가장 강렬했었던 것같이 기억된다.
더 정확하게 말할 수 있다면, 내가 그것을 경험하기 시작한 지
사흘째 되던 날에서 2, 3일간이었다고 믿어진다. 나는 그 무서
운 충동을 누르지 못하여, 사흘째 되던 날은, 마침 곁에 있던
물사발을 들어 방바닥에 메어쳤고, 나흘째 되던 날은 꺽꺽거리
며 고꾸라지는 어머니를 향해 막 덤벼들려는 순간, 밖에 있던
옥란이 낌새를 채고 뛰어와 내 머리 위에 엎어짐으로써 중지되
었고, 닷새째 되던 날은, 마침 설거지를 하는 체하고 방문 앞

에 대기하고 있던 옥란이 까치 소리를 듣자 이내 방으로 뛰어들어왔기 때문에 나는 숫제 단념을 했던 것이다. 그런데도 역시 어머니의 까무라치는 꼴을 보는 순간, 나는 갑자기 이성을 잃은 듯 나와 어머니 사이를 가로막다시피 하고 있는 옥란을 힘껏 떠밀어서 어머니 위에다 넘어뜨리고는 발길로 방문을 냅다 지르며 밖으로 뛰쳐나갔던 것이다.

그 며칠 동안이 가장 고비였던 모양으로, 그뒤부터는 어머니의 기침이 터뜨려지는 것을 보기만 하면, 나는 그녀의 〈봉수야, 날 죽여다오〉를 기다리지 않고, 미리, (그때는 대개 옥란이 이미 나와 어머니 사이를 가로막듯 하고 나타나 있게 마련이기도 했지만) 방문을 박차고 밖으로 나와버릴 수 있었다.

이렇게 내가 미리 자리를 피할 수만 있다면 다행이나 그렇지 못할 경우도 얼마든지 생각할 수 있었다. 여기서 먼저 우리집 구조를 한마디 소개하자면, 부끄러운 얘기지만, 세 평 남짓 되는 (그러니까 꽤 넓은 편이긴 한) 방 하나에 부엌과 헛간이 양쪽으로 각각 붙어 있을 뿐이었다. 따라서 우리 세 식구는, 자고, 먹고, 하는 일에 방 하나를 같이 써야 하게 되어 있었다. 그러므로 전날 술을 좀 과히 마셨다거나 몸이 개운치 못하다거나 할 때에도 내가 과연 그렇게 까치 소리를 신호로 얼른 자리를 뜰 수 있게 될진 아무도 장담할 수 없는 일이었다.

여기다 또 한 가지 해괴한 일은 어머니의 기침이 멀어짐과 동시 나의 흥분이 갈앉으면, 나는 어느덧 조금 전에, 내가 겪은 그 무서운 충동에 대하여 내 자신이 반신반의를 일으킨다는 사실이다. 나는 왜 그러한 충동에 사로잡히게 되었던가, 그것은 정말이었을까, 어쩌면 나의 환각(幻覺)이나 정신착란 같은 것이 아닐까──적어도 나에겐 이러한 의문이 치미는 것이다.

그런 대로 까치 소리와 어머님의 기침은 하루도 쉬는 날이 없었고, 그럴 때마다 나는 대개 방문을 박차고 나오는 데 성공한 셈이다.

그러나 방문을 박차고 나온다고 해서 나의 흥분이 감쪽같이 사라져버리느냐 하면 그렇지는 물론 않았다. 방문 밖에서 어머니의 까무라치는 소리를 듣는 것이 방 안에서 직접 보는 것보다도 더 견딜 수 없이 사지가 부르르 떨릴 때도 있었다. 다만 방 안에서처럼 눈앞에 어머니가 있는 것은 아니니까 당장 목을 누르려고 달려들 걱정만이 덜어질 뿐이었다.

그대신 검둥이(우리집 개 이름)를 까닭없이 걷어찬다거나 울타리에 붙여세워 둔 바지랑대를 부질러놓는 일이 가끔 생겼다.

어저께는 동네 안 주막에서 술을 마시다가 술잔을 떨어뜨려 깨었다. 그때 마침 술도 얼근히 돌아 있었고 상대자에게 대한 불쾌감도 곁들어 있긴 했지만 의식적으로 술잔을 깨뜨릴 생각은 전혀 없었고 또 그렇게 해서 좋을 계제도 결코 아니었던 것이다. 그런데 마침 까작 까작 하는 저녁 까치 소리가 들려오자 갑자기 피가 머리로 확 올라가며 사지가 부르르 떨리더니 손에 잡고 있던 잔을 (술이 담긴 채) 철걱 떨어뜨려 버린 것이다. 아니 떨어뜨렸다기보다 메어쳤다고 하는 편이 옳을지 모른다. 그렇지 않고서야 마루 위에 떨어진 하얀 사기잔이 아무리 막걸리를 하나 가득 담고 있었다고는 할망정 그렇게 가운데가 짝 갈라질 수 있겠느냐 말이다.

지금까지 나는 내 자신의 일에 대하여, 〈내 자신도 잘 모르겠다〉고 몇 번이나 되풀이했지만 이것은 결코 발뺌이나 책임 회피를 위한 전제가 아니다. 그래서 나는 우선 내 자신이 어떻게 해서 어머니의 기침에 말려들게 되었는지 그 전후 경위를 있는 그대로 적어보려고 한다.

　여기서 미리 고백하거니와 나는 한번도 어머니를 미워한 적은 없었다. 그렇다고 집에 돌아온 뒤, 날이 갈수록 어머니가 더 측은해지고 견딜 수 없이 불쌍해졌다는 것도 아니다. 다만 〈봉수야 날 죽여다오〉가 처음 생각했던 것처럼 그냥 고통을 못 이겨 울부짖는 넋두리만은 아니라고 차츰 깨닫게 되었던 것은 사실이다. 그것은, 〈내가 죽고 없어야 옥란이도 시집을 가고 늬도 색시를 데려오지〉 하는 어머니의 (가끔 토해 놓는) 넋두리가 어쩌면 아주 언턱거리 없는 하소연만은 아니라고 생각하기 시작했을 때부터다. 옥란의 말을 들으면 (내가 군에 가고 없을 때) 위뜸의 장 생원 댁에서 옥란을 며느리로 달라는 것을, 옥란이 자신이 내세운 〈오빠가 군에서 돌아올 때까지는〉이라는 이유로 거절 아닌 거절을 한 셈이지만, 누구 하나 돌볼 이도 없는 병든 어머니를 혼자 두고 어떻게 시집갈 생각인들 낼 수 있었겠느냐는 것이 그녀의 실토였다. 뿐만 아니라, 정순이가 나(봉수)를 기다리지 않고 상호(相浩)와 결혼을 해버린 것도, 아무리 기다려봐야 너한테 돌아올 거라고는, 주야로 기침만 콜록거리고 누워 있는 천만쟁이(어머니) 하나뿐이라는 그의 꼬임수에 넘어갔기 때문이라는 것이다. 상호는 내가 이미 전사를 했다면서, 그 증거로 전사통지서라는 것까지 (가짜로 꾸며서) 정순에게 내어보이며 결혼을 강요했다는 것이다.

　이것이 사실이라면 정순이는 상호의 〈꼬임수〉에 넘어간 것이 아니라, 바로 속임수에 넘어간 것이 된다. 다시 말하자면 〈주야로 기침만 콜록거리고 누워 있는 천만쟁이〉보다도 나의 사망 〈통지서〉 때문이라는 편이 옳을 테니까 말이다. 그러니까 정순

이를 놓친 원인이 반드시 어머니에게 있는 것은 아니라는 말이
된다.

따라서 나도 어머니의 넋두리를 곧이곧대로 듣는 것은 물론
아니다. 그러나 나의 그 〈알 수 없는〉 야릇한 흥분에 정순이가
(그리고 상호가) 전혀 관련되지 않는다고 할 수도 없다.

하여간 나는 여기서 그 경위를 처음부터 얘기할 차례가 된
것 같다.

내가 군에서 (명예제대를 하고) 돌아왔을 때——그렇다, 나
는 내가 첨으로 집에 돌아왔을 때부터 얘기하는 것이 순서일 것
같다. 그러니까 내가 우리 동네에 들어서면서부터의 이야기가
된다. 그렇다, 내가 우리 동네 어구에 들어섰을 때, 제일 먼저
내 눈에 비친 것은 저 두 그루의 늙은 회나무였다. 저 늙은 회
나무를 바라보자 비로소 나는 내가 고향에 돌아왔다는 실감이
들었던 것이다. 저 볼모양도 없는, 시꺼먼, 늙은, 두 그루의
회나무, 그것이 왜 그렇게도 그리웠을까. 그것이 어머니와 옥
란이와 정순이들에 대한 기억을 곁들이고 있었기 때문이었을
까, 아니, 그것이 고향이 가진 모든 것을 상징하고 있었기 때
문일까, 오오, 늙은 회나무여, 내 마을이여, 우리 어머니와 옥
란이와 그리고 정순이도 잘 있느냐——나는 회나무를 바라보며
느닷없는 감격에 잠긴 채 시인 같은 영탄을 맘속으로 외치며 동
네 가운데로 들어섰던 것이다.

나는 지금 〈어머니와 옥란이와 그리고 정순이〉라고 했지만, 사
실은 정순이와 어머니와 옥란이라고 차례를 바꾸고 싶은 것이
나의 솔직한 심정이었을지도 모른다. 왜 그러냐 하면, 내가 그
렇게 살아서 고향으로 돌아올 수 있는 것은 오로지 정순이에 대
한 그리움 하나 때문이라고 해도 좋았기 때문이었다. 이렇게 말

하면 나는 돌아가신 아버지와 병들어 누워 있는 어머니에 대한 불효자요, 가련한 누이동생에 대한 배신자같이도 들릴지 모르지만, 나로 하여금 그 마련된 죽음에서 탈출케 한 것은 정순이라는 사실을 나는 의심할 수 없는 것이다. 그렇다, 그 〈마련된 죽음〉과 거기서의 〈탈출〉 이야기는 다음으로 미루자.

하여간 나는, 나를 구세주와도 같이 기다리고 있는 어머니와 누이동생들 앞에 나타났다. 내가 동네 복판의 회나무 밑의 우물가로 돌아왔을 때, 우물 앞에서 보리쌀을 씻고 있던 옥란이가 먼저 나를 발견하고, 처음 한참 동안은 정신나간 사람처럼 멀거니 나를 바라보고 있더니 다음 순간, 그녀는 부끄럼도 잊은 듯한 큰소리로 〈오빠〉를 부르며 달려와 내 품에 얼굴을 묻으며 흐느껴 울었던 것이다. 1년 반 동안에 완전히 처녀가 된, 그리고 놀라리만치 아름다워진 그녀를 나는 거의 무감각한 사람처럼 물끄러미 내려다보고 서 있었다. 어쩌면 이다지도 깨끗한 처녀가 거지 꼴이 완연한 초라한 군복 차림의 나를 조그만한 거리낌도 꾸밈도 없이 마구 쏟아지는 눈물로써 이렇게 반겨준단 말인가. 동기! 아, 그렇다, 그녀는 나의 누이동생이었던 것이다. 나는 그때같이 옥란의 행복을 빌어주고 싶은 강렬한 충동을 느껴본 적은 일찍이 없었다.

나는 옥란을 따라 집안에 들어섰다. 헹뎅그렁하게 비어 있는 뜰! 처음부터 무슨 곡식 가마라도 포개어져 있으리라고 예상했던 것은 아니지만, 나는 이때같이 우리 집의 가난에 오한을 느껴본 적도 없었다.

「엄마, 오빠야!」

옥란은 자랑스럽게 방문을 열었다.

어머니는 놀란 듯이 자리에서 상체를 일으켰다. 주름살과 꺼풀뿐인 얼굴은, 두 눈만 살아 있는 듯, 야릇한 광채를 내며 나를 쏘아보았다. 그러나 기침이 터뜨러질 것을 저어하는 듯, 입은 반쯤 열린 채 말도 없이 한쪽 손을 가슴에 갖다 대고 있었다.

「어머니!」

나는 군대 백(카키빛의)을 방구석에 밀쳐둔 채, 무릎을 꿇고 절을 했다.

그 동안 어떻게 지냈냐든가, 기침병이 좀 어떠냐든가, 하는 따위 인사말도 나는 물어보고 싶지 않았던 것이다. 눈에 뻔히 보이지 않느냐 말이다. 병과 가난과 고독과 절망에 지질린 몰골!

「구, 군대선 어땠냐? 배는 많이 고, 곯잖았냐?」

어머니는 가래가 걸려서 그르렁거리는 목소리로, 띄엄띄엄 이렇게 물었다.

그러나 나는 그녀의 묻는 말엔 아무런 대꾸도 없이 성이 난 듯한 뚱한 얼굴로 맞은편 바람벽만 멀거니 건너다보고 있었다.

(나는 어머니에게 무엇을 가지고 돌아왔단 말이냐. 어머니가 낳아서 길러준 온전한 육신을 그대로 가지고 왔단 말이냐. 그녀의 병을 치료할 만한 돈이라도 품에 넣고 왔단 말이냐. 하다못해 옥란이를 잠깐 기쁘게 해줄 만한 무색 고무신이나마 한 켤레 넣고 왔단 말인가. 그녀들은 모르는 것이다, 내가 그녀들을 위해서 돌아오지 않았다는 것을. 내가 정순이를 위해서, 아니 정순이와 나의 사랑을 위해서, 군대를 속이고, 국가를 배신하고, 나의 목숨을 소매치기해서 돌아왔다는 것을 그녀들이 알 리 없는 것이다.)

「엄마, 또 기침 날라, 자리에 누우세요」

옥란이는 어머니의 상반신을 안다시피 하여 자리에 눕혔다.

「오빠도 오느라고 고단할 텐데 잠깐 누워요, 내 곧 밥 지어

올게」

　옥란은 나를 돌아다보며 이렇게 말할 때도, 방구석에 밀쳐둔 군대 백엔 우정 외면을 하는 듯했다. 그것은 역시 너무 지나친 기대를 그 백 속에 걸고 있기 때문일 것이라고 나에게는 헤아려졌다.

　나는 백을 끌르기로 했다. 옥란이로 하여금 너무 긴 시간 거기다 기대를 걸어두게 하기가 미안했기 때문이었다.

「이건 내가 쓰던 담요와 군복」

　나는 백을 열고, 담요와 헌 군복을 끄집어내었다. 그러고는 내복도 한 벌. 그러자 백은 이내 배가 홀쭉해져 버렸다. 남은 것은 레이션 상자에서 얻어진(남겨두었던) 초콜릿 두 갑, 껌 두 매듭, 건빵과 통조림이 두세 개씩, 그러고는 병원에서 나올 때, 동료에게서 선사받은 카키빛 장갑(미군용)이 한 켤레였다. 나는 이런 것을 방바닥 위에다 쏟아놓았다.

　그러나 백 속에는 아직도 한 가지 남아 있었다. 그것은 포장지에 싸여 있었다. 나는 그것만은 옥란에게도 끌러보이지 않았다. 그 속에 든 것은 여자용 빨강빛 스웨터요, 내가 군색한 여비 중에서 떼내어 손수 산 것은 이것 하나뿐이란 말도 물론 하지 않았다. 뿐만 아니라 나는 방바닥에 쏟아놓았던 물건 중에서도 초콜릿 한 갑과 껌 한 매듭을 도로 백 속에 집어넣으며,

「이것뿐야. 통조림은 따서 어머니께 드리고 너도 먹어봐. 그리고 이것 모두 엄마나 너한테 소용되는 건 다 가져」

　했다.

「……」

　옥란은 처음부터 말없이 내 얼굴만 가만히 바라보고 있었다. 그것은 나를 원망하는 눈이기보다 무엇에 겁을 집어먹은 듯한

표정이었다.

「아무것도 없지만…… 넌 나를 이해해 주겠지?」

「아냐, 오빠, 난 괜찮지만……」

옥란은 무슨 말을 하려다 말고 끝도 맺지 않은 채 방문을 열고 나가버렸다.

(역시 토라진 거로구나. 정순이한테만 무언지 굉장히 좋은 걸 준다고 불평이겠지. 그래서 〈난 괜찮지만〉 하고 어머니를 내세우겠지. 〈난 괜찮지만〉 어머니까지 무시하고 정순이만 생각하기냐 하는 속이겠지.)

나는 방바닥에 쏟아놓은 물건들을 어머니 앞으로 밀쳐두고 접혀진 담요(백에서 끄집어낸)를 베개하여 허리를 펴고 누웠다. 그녀가 섭섭해하는 것도 무리가 아니지만 나로서도 하는 수 없는 일이었다고 체념할 수밖에 없었다.

점심 겸 저녁으로, 해가 설핏할 때 〈식사〉를 마치자 나는 종이에 싼 것(스웨터)과 초콜릿을 양복 주머니에 넣고 밖으로 나왔다.

「오빠, 잠깐」

부엌에서 설겆이를 하고 있던 옥란이 나를 불러세웠다.

「정순 언닌……」

옥란은 이렇게 말을 시작해 놓고는 얼른 뒤를 잇지 못했다.

순간, 나는 어떤 불길한 예감이 확 들었다. 그것은 내가 집에 돌아온 지 꽤 여러 시간 되는 동안, 그녀의 입에서 한번도 정순이 얘기가 나오지 않고 있었기 때문인지도 몰랐다.

「……?」

「결혼했어」

「뭐? 뭐라고?」

당장 상대자를 집어삼킬 듯한 나의 험악한 표정에 옥란은 질린 듯 한참 동안 말문이 막힌 채 망설이고 있더니 어차피 맞을 매라고 결심을 했는지,

「숙이 오빠하구⋯⋯」

드디어 끝을 맺는다.

「뭐? 숙이라고? 상호 말이냐?」

「⋯⋯」

옥란은 두 눈을 크게 뜬 채 나의 얼굴을 똑바로 지켜보며 고개를 한번 끄덕인다.

「그렇지만 정순이 어떻게⋯⋯」

나는 무슨 말인지 내 자신도 모르게 이렇게 중얼거리다 입을 닫아버렸다.

옥란이 안타까운 듯이 다시 입을 열었다.

「숙이 오빠가 속였대, 오빠가 죽었다고⋯⋯」

「뭐? 내가 주, 죽었다고?」

나는 떨리는 목소리로 이렇게 다짐해 물으면서도 일방, 아아, 그렇지, 그건 어쩌면 정말일 수도 있었다, 이렇게 속으로 자기 자신을 조롱하고 싶은 충동을 느끼기도 했다.

「오빠가 전사를 했다고, 무슨 통지서래나 그런 것까지 갖다 뵈더래나」

옥란도 이미 분을 참지 못하는 목소리였다.

순간, 나는 눈앞이 팽그르르 돌아감을 느꼈다. 그때 만약 상호가 내 앞에 있었다면 나는 틀림없이, 당장에 달려들어 그의 목을 졸라 죽였을 것이다.

다음 순간, 나는 어디로 누구를 찾아간다는 의식도 없이 삽

짝 쪽으로 부리나케 뛰어나갔다. 그러나, 삽짝 앞 좁은 골목에
서 큰 골목(회나무가 있는)으로 접어들자 나는 갑자기 발길을
우뚝 멈추고 섰다. 그와 거의 동시, 누가 내 팔을 잡았다. 옥란
이었다. 그녀는 나의 뒤를 따라오고 있었던 모양이었다.

「오빠, 들어가」

그녀는 내 팔을 가볍게 끌었다.

나는 흡사 넋 나간 몸뚱어리뿐인 듯한 내 자신을 그녀에게
맡기다시피 하며 그녀가 끄는 대로 집을 향해 돌아섰다. 돌아서
지 않으면 어쩐단 말인가. 내가 그녀를 뿌리칠 수 있다면 그것
은 무슨 이유와 목적에서일까. 그렇다, 나에게는 그녀의 손길
을 뿌리칠 수 있는 아무런 이유도 목적도 없었다. 〈내〉가 없어
진 거와 마찬가지였다. 〈내〉가 있었다면 나는 무엇을 생각하고
무엇을 행동했을까. 그랬을 것이다. 그렇다, 〈내〉가 없었기 때
문에 나는 나를 일단 가련한 옥란에게 맡길 수밖에 없었던 것
이다.

나는 옥란이 시키는 대로 방에 들어와 누웠다. 아랫목 쪽에
는 어머니가, 윗목 쪽에는 내가, 이렇게 우리는 각각 벽을 향
해 돌아누워 있었다. 나는 흡사 잠이나 청하는 사람처럼 눈까지
감고 있었지만 물론 잠 같은 것이 올 리 만무했다.

해가 지고, 어스름이 짙어지고, 바람이 좀 불기 시작했고, 설
거지를 마친 옥란이 물을 두어 번 길어왔고…… 나는 눈을 감고
벽을 향해 누운 채 이런 것을 전부 알고 있었다.

저녁 까치가 까작 까작 까작 까작 울어왔다. 어머니가 자리
에서 몸을 일으키며 기침을 터뜨리기 시작했다. (나는 물론 그
때만 해도 까치 소리는 까치 소리대로 회나무 위에서 나고, 어
머니의 기침은 기침대로 방 안에서 터뜨려졌을 뿐이요, 때를

같이(전후)한대서 양자 사이에 무슨 관련이 있다고는 전혀 상상
도 할 수 없었던 것이다.) 나는 어머니의 그 길고도 모진 기침
이 끝날 때까지 그냥 벽을 향해 누운 채, 〈오오, 하느님!〉〈봉
수야, 날 죽여다오〉 하는 소리까지 다 들은 뒤에야 자리에서 몸
을 일으켰다. 그러나 어머니의 등을 쓸어준다거나 위로의 말 한
마디를 건네보지도 못한 채 그냥 방문을 밀고 밖으로 나왔다.

밖은 완전히 어두워져 있었다. 집 앞의 가죽나무 위엔 별까
지 파랗게 돋아나 있었다.

내가 막 삽짝 밖을 나왔을 때였다. 담장 앞에서 다른 동무와
무엇을 소군거리고 있던 옥란이 또 나를 불러세웠다.

「오빠 어딜 가?」

「……」

나는 그냥 고개만 위로 꺼떡 젖혀 보였다.

그러자 옥란은 내 속을 알아채었는지 어쩐지,

「얘가 영숙이야」

하고 자기 앞에 서 있는 처녀를 턱으로 가리켰다.

(영숙이가 누구더라?)

하는 생각이 내 머릿속을 잠깐 스쳐갔을 뿐, 나는 거의 아무
런 관심도 없이 그냥 발길을 돌리려 했다. 그러나 이와 거의 같
은 순간에, 영숙이 나를 향해 몸을 돌리며 머리를 폭 수그려 공
손스레 절을 하지 않는가. 날씬한 허리에 갸름한 얼굴에, 옥란
이보다도 두어 살 아래일 듯한 소녀였다.

(쟤가 누구더라?)

나는 또 한번 이런 생각을 하며, 역시 입은 열지도 않은 채
그냥 발길을 돌리려 하는데,

「오빠 아직 면에서 안 돌아왔어요」

하는 소녀의 목소리였다.

순간, 나는 이 소녀가 바로 상호의 누이동생이란 것을 깨달았다. 내가 군에 갈 때만 해도 나를 몹시 따르던 달걀같이 매끈하고 갸름하게 생긴 영숙이. 지금은 고등학교 2, 3학년쯤 다니겠지, 나는 이런 생각을 하며 소녀를 한참 바라보고 섰다가 역시 그냥 발길을 돌리고 말았다.

「오빠, 영숙이한테 얘기해 줄 거 없어?」

(그렇다, 달걀같이 뽀얗고 갸름하게 생긴 소녀, 그녀는, 정순이나 옥란이를 그때부터 언니 언니 하고 지냈지만 그보다도 나를 덮어놓고 따르던 상호네 식구답지 않던 애. 그리고 지금도, 내가 군에서 돌아왔단 말을 듣고 기쁨을 못 이겨 찾아왔지만, 그러나, 나는 무슨 말을 그녀에게 할 수 있단 말인가?) 나는 그냥 돌아서 버리려다,

「오빠 들음 나 좀 만나잔다고 전해 주겠어?」

겨우 이렇게 인사땜을 했다.

「그렇잖아도 올 거예요」

영숙의 목소리는 조용하고 맑았다.

나는 〈부엉뜸〉으로 발길을 돌렸다. 옥란의 말을 의심하는 것은 아니지만 정순이 친정사람들의 얘기를 직접 한번 들어보고자 했던 것이다.

정순이네 친정사람들이라고 하면 물론 그 어머니와 오빠다. (아버지는 일찍이 죽고 없었다.) 그리고 오빠래야 정순이와는 나이 차가 많아서 거의 아버지 같은 인상이었다. 나와 정순이는 약혼한 사이와 같이 되어 있었지만 (우리 고장에서는 약혼식이란 것이 거의 없이 바로 결혼식을 가지기로 되어 있었다) 나는 그를 형님이라고 부르지 않고 언제나 윤이 아버지라고만 불

렀다.

윤이 아버지는 이날도 나를 반갑게 맞아주었으나, 면구해서 그런지 정순이 말은 입밖에 내비치지도 않은 채, 전쟁 이야기만 느닷없이 물어대었다.

나는 통 내키지 않는 얘기를 한두 마디씩 마지못해 대꾸하며 그가 따라주는 막걸리를 두 잔째 들이켜고 나서,

「근데 정순이는 어떻게 된 겁니까?」

이렇게 딱 잘라 물었다.

「그러니까 말일세」

그는 밑도끝도없는 말을 대답이랍시고 이렇게 한마디 던져놓고는,

「자 술이나 들게」

내 잔에다 다시 막걸리를 따라주었다.

「자네도 알다시피 내야 어디 술을 좋아하는가? 이런거 한두 잔이믄 고작이지. 그런 걸 자네 대접한다고 이게 벌써 몇 잔째야? 자 어서 들게, 자넨 멀쩡한데 나 먼저 취하면 되겠나?」

(정순이 일이 어떻게 된 거냐고 묻는데 웬 술 이야기가 이렇게 길단 말인가.)

나는 또 한번 같은 말을 되풀이해 물으려다 간신히 참고, 그 대신, 그가 따라놓은 술잔을 들어 한숨에 내었다.

「자네야 동네가 다 아는 수재 아닌가? 지금이라도 서울만 가면 일등 대학에 돈 한푼 내지 않고 공부시켜 주는 거 뭐라더라? 장학관이라던가? 그거 돼서 집에 다 도루 돈 부쳐보내 가며 공부할 꺼 아닌가? 머리 좋고 인물 좋겠다, 군수 하나쯤야 떼논 당상이지. 대통령이 부럽겠나 장관이 부럽겠나. 그까진 시골 처녀 하나가 문젠가? 자네 같은 사람한테 딸 안 주고 누구 주겠

나. 응? 우리 정순이 같은 게 문젠가? 그보다 몇 곱절 으리으리
한 서울 처녀들이 자네한테 시집오고 싶어서 목을 매달 껜
데…… 그렇잖나? 내 말이 틀렸는가?」

나는 그의 느닷없이 지루하기만한 말을 더 듣고 있을 수가
없어,

「그런데 정순이는 어떻게 된 겁니까?」

먼저와 같은 질문을 다시 한번 되풀이할 수밖에 없었다.

「정순이는 상호한테 갔지. 상호 같은 자야 정순이한테나 어
울리지. 그렇잖나? 자네는 다르지. 자네야 그때부터 이 고을에
선 어떤 처녀든지 골라잡을 만치, 머리 좋고 인물 좋고, 행실
착하고…… 유명한 사람이 아닌가?」

「그게 아니잖아요?」

나는 상반신을 부르르 떨며 겨우 이렇게 항의를 했다. 내 목
소리가 여느때와 다른 것을 깨달았는지, 그도 잠깐 말을 그치
고 내 얼굴을 잠깐 바라보고 있더니 다시 말을 이었다.

「사실은 자네가 전사를 했다기에 그렇게 된 걸세. 지나간 일
가지고 자꾸 말하든 무슨 소용 있겠는가. 참게. 자네가 이렇게
살아올 줄 알았으면야……. 다 팔자라고 생각하게」

「그렇지만 정순이가 그렇게 쉽사리 속아넘어 가진 않았을 텐
데……」

「여부가 있나. 정순이야 끝까지 버텼지만 상호가 재주껏 했
겠지, 나도 권했고……. 헐 수 있나? 하루바삐 잊어버리는 편이
차라리 날 줄 알았지. 저도 그렇게 알구 간 거고……」

「알겠습니다」

나는 곧 자리에서 일어나버렸다.

윤이 아버지는 깜짝 놀란 듯이 따라 일어나며,

「이 사람아, 그러지 말고 좀 앉게. 천천히 술이라도 들며 얘기라도 더 나누다 가세」

나는 그의 간곡한 만류도 듣지 않고 그대로 돌아오고 말았다.

상호는 출장을 핑계로, 내가 돌아온 지 일 주일이 되도록 나타나지 않았다. 직접 그의 집으로 찾아가면 출장을 가서 돌아오지 않았다는 것이나, 주막에 나가 알아보니 면(사무소)에서는 만난 사람이 있다는 것이었다. 그렇다고 내가 직접 면(사무소)으로 찾아가서 그의 출장 여부를 알아보기도 난처한 점이 많았다.

그러자, 그가 출장을 간 것이 아니라 면에는 출근을 하되 자기 집으로 돌아오질 않고 읍내에 있는 그의 고모 집에서 묵고 있으면서 어쩌다 밤중에나 몰래(집엘) 다녀가곤 한다는 소문이 들려왔다.

그 무렵 나는 그를 만나기 위하여 동구에 있는 주막에 늘 나가 있었기 때문에 여러 가지 정보를 들을 수 있었던 것이다.

하루는 내가 주막 앞에 앉아 장기를 두고 있는데 저쪽에서 상호가 자전거를 타고 오는 것이 보였다. (그것도 당장 그렇게 알아본 것이 아니고, 술꾼 하나가 저거 상호 아닌가 하고 귀띔을 해줘서 돌아다보니 바로 그였던 것이다.) 나는 장기를 놓고 길 가운데 나가 섰다. 그가 혹시 모른 척하고 자전거를 달려 주막 앞을 지나쳐 버리지나 않을까 해서였다.

나는 길 가운데 버텨 선 채 잠자코 손을 들었다.

그도 이날은 각오를 했는지 순순히 자전거에서 내리며,

「아, 이거 누구야? 봉수 아닌가?」

자못 반가운 듯이 큰소리로 내 손까지 덥썩 잡았다.

(나야. 봉수야.)

나는 그러나 입밖에 내어 대답하진 않았다.

「언제 왔어?」

(정말 출장을 갔다 지금 돌아오는 길인가?)

이것도 물론 입밖에 내어 물은 것은 아니다.

「하여간 반갑네. 자, 들어가지, 들어가 막걸리나 한잔 같이 드세」

그는 자전거를 세우고 술청으로 올라서자 주인(주모)을 보고 술상을 부탁했다.

나는 그의 대접을 받고 싶진 않았지만, 그런 건 아무려나 중요한 문제가 아니라고 생각하고 일단 그가 하는 대로 내버려두고 보기로 했다.

주막에 있던 사람들이 모두 우리에게 시선을 쏟았다. 그것은 그들이 우리의 관계를 알고 있기 때문인 듯했다. 따라서 나는 될 수 있는 대로 내 자신을 달래며, 흥분하지 않으리라 결심했다.

「자, 들게, 이렇게 보니 무어라고 할 말이 없네」

상호는 나에게 술을 권하며 이렇게 말을 건넸다.

〈할 말이 없네〉──이 말을 나는 어떻게 들어야 할까. 이것은 미안하단 말일까, 그렇지 않으면 뭐라고 말할 수도 없이 반갑단 뜻일까. 물론 반가울 리야 없겠지만, 옛친구니까 반가운 척할 수도 있을 것이다.

나는 그가 권하는 대로 잠자코 술잔을 들었다. 물론 맘속으로 좀 꺼림칙하긴 했으나 그것과는 전혀 별문제란 생각에서 일단 술을 들 수밖에 없었던 것이다.

얼마나 고생을 했는가, 주로 어느 전선에서 싸웠는가, 중공군의 인해전이란 실지로 어떤 것인가, 이북군의 사기는 어떤가, 식사 같은 건 들리는 말같이 비참하지 않던가, 미군들의 전의(戰意)는 어느 정도인가, 그들은 결국 우리를 포기하지 않을 것인가, …… 그의 질문은 쉴새없이 계속되었으나, 나는 그저, 글쎄, 아냐, 잘 모르겠어, 잊어버렸어, 그저 그렇지, 따위로 응수를 했을 뿐이다. 나는 그가 돈을 쓰고 징병을 기피했다고 이미 듣고 있었기 때문에 그와 더불어 전쟁 얘기를 하기는 더구나 싫었던 것이다.

그러는 중에서도 술잔은 부지런히 비워냈다. 나도 그 동안 군에서 워낙 험하게 지냈기 때문에 막걸리쯤은 여간 먹어야 낭패볼 정도론 취할 것 같지 않았지만, 상호도 면에 다니면서 제 말마따나 늘은 게 술뿐인지, 막걸리엔 꽤 익숙해 보였다.

「그 동안 주소만 알았대도 위문편지라도 보냈을 겐데 참 미안하게 됐어」

(그렇다, 주소를 몰랐다는 것은 정말일 것이다. 내가 소속된 부대는 한 군데 오래 주둔해 있지 않고 늘 이동했으니까 말이다. 그러나 위문편지가 문제란 말이냐.)

나는 이런 말을 혼자 속으로 삭히며 또 잔을 내었다.

내가 속으로 무엇을 생각하고 있는지를 전혀 알 리 없는 그는 다시 말을 계속했다.

「영숙이가 말야, 자네 기억하지, 우리 영숙이 말야, 정말 그게 벌써 고삼(고교 3년)이야, 자네한테 위문편질 보내겠다고 나더러 주솔 가리켜 달라지 뭐야. 헌데 나도 모르니까, 옥란이한테 가서 물어오라고 했더니, 옥란이 언니도 모른다더라고 여간 안타까워하지 않데」

(그렇지 영숙인 물론 너보다 나은 아이다. 그러나 영숙이가 무슨 관계냐 말이다. 영숙이보다 몇 갑절 관계가 깊은 정순이 문제는 덮어놓고 왜 영숙이는 끄집어내냐 말이다.)

나는 또 술잔을 내면서, 이제 이쯤 됐으니, 내 쪽에서 말을 끌어낼 수밖에 없다고 생각했다.

「정순이 말일세. 어떻게 된 건지 간단히 말해 줄 수 없겠는가?」

나는 눈을 크게 뜨고 그를 정면으로 바라보며, 그러나 한껏 부드러운 목소리로 이렇게 입을 떼었다.

상호는 들고 있던 술잔을 상 위에 도로 놓으며 고개를 푹 수그렸다. 그러고는 가만히 한숨을 짓고 나더니,

「여러 말 할 게 있는가, 내가 죽일 놈이지. 용서하게」

뜻밖에도 순순히 나왔다. 이럴 때야말로 술이 참 좋은 음식이란 생각이 들었다. 그와 나는 한 동네에 같이 자랐으며, 국민학교에서 고등학교까지 동창이었기 때문에 우리는 서로 상대자의 성격이나 사람됨을 잘 알고 있는 편이다. 그는 나보다 가정적으로 훨씬 여유했지만 워낙 공부가 싫어서 고등학교까지를 간신히 마치자 면 서기가 되었고, 나는 그와 반대로 줄곧 우등에다 장학금으로 대학까지 갈 수 있게 되어 있었지만, 나는 그에게 친구로서의 신의를 잃은 일이 없었고, 또, 그가 여간 잘못했을 때라도 솔직하게 용서를 빌면 언제나 양보를 해주곤 했던 것이다. 이러한 과거의 우정과 나의 성격을 알고 있는 그는 정순이 문제도 이렇게 해서 용서를 빌면 내가 전과 같이 양해를 할 것이라고 딴은 믿고 있는 겐지 몰랐다.

그러나 이것만은 문제가 달랐다.

「자네가 그렇게 나오니 나도 더 여러 말을 하지 않겠네. 그러나 이것은 자네의 처사를 승인한다거나 양해를 한다는 듯이 아닐세. 그건 그렇다 하고, 나는 내 태도를 결정하기 위해서 자네하고 상의할 일이 있어 그러네」

「……?」

그는 내 말뜻을 잘 이해할 수 없다는 듯이 고개를 들어 내 얼굴을 유심히 바라보았다.

나는 다시 말을 이었다.

「간단히 말할게. 정순이를 한번 만나봐야 되겠어. 이에 대해서 자네의 협력을 구하는 걸세」

나는 말을 마치자 불이 뿜어지는 듯한 두 눈으로 상호를 쏘아보았다.

그는 역시 나의 말뜻을 잘 알아듣지 못하는 사람처럼 멍하니 마주 바라보고 있다가는 시선을 아래로 떨어뜨려 버렸다.

「……」

「대답해 주게」

내가 단호한 어조로 답변을 요구했다.

그는 겁에 질린 사람처럼 나의 눈치를 살펴가며 천천히 고개를 들더니,

「안 된다면?」

떨리는 목소리로 물었다.

「그것은 자네 상상에 맡기겠네. 어차피 결말은 자네 자신이 보게 될 것이니까. 다만 자네를 위해서 말해 주고 싶은 것은, 자네같이 안온한 일생을 보내려는 사람이라면 극단적인 행동은 피하는 것이 좋을 걸세」

「자넨 나를 협박하는 셈인가?」

상호는 갑자기 반격할 자세를 취해 보는 모양이었다.

「……」

나는 눈썹 하나 움직이지 않고 그를 한참 동안 묵묵히 바라보고 있었다. 그리하여 먼저보다도 더 부드럽고 더 낮은 목소리

로 다시 입을 열기 시작했다.

「나는 지금 자네에게 어떤 형식으로든지 보복을 한다거나, 어떤 유감이나 감정 같은 것을 품어본다거나 그런 것은 단연코 없네. 이 점은 나를 믿어주어도 좋아」

「그렇다면⋯⋯?」

「내가 정순이를 한번 만나보겠다는 것은 자네에 대한 복수라든가 원한이라든가 그런 것과는 아무런 상관도 없는 문젤세. 아까도 말하지 않던가, 〈그건 그렇다 하고〉라고. 과거지사는 과거지사대로 불문에 붙이겠다는 뜻일세」

「그렇다면 꼭 정순이를 만나봐야 할 이유도 없지 않는가?」

「내가 과거지사를 불문에 붙이겠다는 것은 자네와 정순이의 관계에 대해서 하는 말일세. 나와 정순이의 관계나 내 자신의 과거를 모조리 불문에 붙이겠다는 뜻이 아닐세. 나는 정순이와 맺은 언약이 있기 때문에 정순이가 살아 있는 한, 정순이를 만나봐야 할 의무가 있는 거야」

「그 동안에 결혼을 해서 남의 아내가 되고, 애기 어머니가 돼 있어도 말인가?」

「물론이지. 남의 아내가 돼 있든지 남의 노예가 돼 있든지, 내가 없는 동안, 내가 모르는 사이에 생긴 일은 불문에 붙인다는 뜻일세」

여기서 상호는 자기대로 무엇을 이해하겠다는 듯이 고개를 두어 번 주억거리고 나더니,

「자넨 너무 현실을 무시하잖아?」

이렇게 물었으나 그것은 시비조라기보다 오히려 어떤 애원 같은 것이 서려 있었다.

「현실? 그렇지, 자넨 아직 전장엘 다녀오지 않았기 때문에

그런 말을 하고 있는 거야. 자, 보게, 이게 현실인가 아닌가?」

나는 그의 앞에 나의 바른손을 내밀었다. 식지(食指)와 장지(長指)가 뭉턱 잘라지고 없는, 보기도 흉한 검붉은 손이었다.

「자네는 내가 군에 가기 전의 내 손을 기억하고 있겠지. 지금 이 손은 현실인가 꿈인가?」

「참 그렇군, 아까부터 손을 다쳤구나 생각하고 있었지만 손가락이 둘이나 달아났군. 그래서야 어디?」

「자넨 손가락 얘길 하고 있군. 나는 현실 얘기를 하는 거야. 손가락 두 개가 어떻단 말인가? 이까짓 손가락 몇 개쯤이야 아무런들 어떤가? 현실이 문제지. 그렇잖은가? 그렇다, 정순이가 이미 결혼을 한 줄 알았더면 나는 이 손을 들고 돌아오진 않았을 거야. 자넨 역시 내가 손가락을 얘기하는 줄 알고 있겠지? 그나 그게 아니라네. 잘못 살아 돌아온 내 목숨을 얘기하고 있는 걸세. 이제 나는 내 목숨을 처리할 현실이 없다네. 그래서 정순이를 만나야 되겠다는 걸세. 이왕 이 보기 흉한 손을 들고 돌아온 이상, 정순이를 만나지 않아서는 안 되네. 빨리 대답을 해주게」

「정 그렇다면 하루만 여유를 주게. 자네도 알다시피 나 혼자 결정할 문제도 아니겠고, 우선 당자의 의사도 들어봐야 하겠지만, 또 부모님들이 뭐라고 할지, 시하에 있는 몸으로서는 부모님들의 의견을 전적으로 무시할 수도 없는 문제겠고, 그렇잖은가?」

나는 상호의 대답하는 내용이나 태도가 여간 아니꼽지 않았지만 지그시 참았다. 그를 상대로 하여 싸울 시기는 아니라고 헤아려졌기 때문이었다.

「내일 이 시간까지 알려주게, 정순이를 만날 수 있는 시간과 장소를」

　나는 씹어뱉듯이 일러주고 자리에서 일어났다.

　이튿날 저녁 때 영숙이가 쪽지를 가지고 왔다.

　작일(昨日)은 여러 가지로 군(君)에게 실례되는 점(點)이 많았다고 보네. 연(然)이나 군의 하해(河海) 같은 마음으로 두루 용사해 주리라 신(信)하며, 금야(今夜)에는 소찬이나 제의 집에서 군을 초대하니 만사 제폐하고 필(必)히 왕림해 주시기 복망(伏望)하노라.

죽마고우 상호 서

　내가 상호의 쪽지를 읽는 동안 툇마루에 걸터앉아 있던 영숙이, 발딱 일어나며,

「오빠가 꼭 모시고 오랬어요」

　새하얀 얼굴에 미소를 짓는다.

「미안하지만 좀 기다려줘」

　나는 영숙에게 이렇게 말한 뒤 옥란을 불러서 종이와 연필을 내어오라고 했다.

　자네의 초대에 응할 수 없음을 유감으로 생각하네. 어저께 말한 대로 정순이를 만날 수 있는 시간과 장소를 내일 오전중으로 다시 연락해 주게. 만약 정순이가 원한다면, 그때, 영숙이를 동반해도 무방하네.

봉수

내가 주는 쪽지를 받자 영숙은 공손스레 머리를 숙여 절을 하고 돌아갔다.

이튿날 저녁 때에야 영숙이 다시 쪽지를 가지고 왔다. 오빠는 오전중으로 전하라고 일러두고 갔지만, 자기가 학교에서 돌아온 시간이 늦기 때문에 이렇게 되었노라고, 영숙이 정말인지 꾸며낸 말인지 먼저 이렇게 변명을 늘어놓았다.

쪽지엔 역시 상호의 필치로 다음과 같이 적혀 있었다.

군의 회신(回信)은 잘 보았네. 연이나 정순이 일간 친정에 근친갈 기회가 도래(到來)하여 영숙이를 동반코 왕복케 할 계획이니 그리 양해하고, 그 시기는 다시 가매(家妹) 영숙을 시켜 통지할 것이니 그리 아시게.

상호 서

이틀 뒤가 일요일이었다.

영숙이 와서 언니가 친정엘 가는데 자기도 동반하게 되었노라 옥란을 보고 넌지시 일러주는 것이었다. 나는 그녀가 왜 나에게 직접 말하지 않고 옥란을 통해 간접적으로 알리는지를 곧 이해할 수 있었기 때문에 더 묻지 않기로 했다. 그대신 나는 옥란에게 그녀들이 떠나는 것을 보아서 나에게 알려주도록 부탁해 두고 오래간만에 이발소로 가서 귀밑까지 덮은 머리를 쳐냈다.

면도를 마친 뒤, 옥란의 연락을 받고 내가 부엉뜸으로 갔을 때는 점심 때도 훨씬 지난 뒤였다.

내가 뜰에 들어서자, 장독대 앞에서 작약꽃을 만지고 있던 영숙이 먼저 나를 발견하고 알은체를 하더니 곧 일어나 아랫방으로 들어가버렸다. 정순이 그 방에 있음을 알리는 모양이었다.

이윽고 방문이 열리더니 정순이, 아, 그 어느 꿈결에서 보던 설운 연꽃 같은 얼굴을 내밀었다. 순간, 나는 그녀가 무슨 옷을 입고, 얼굴의 어디가 어떻다는 것을 전혀 의식할 수 없었다. 다만 저것이 정순이다, 저것이 아, 설운 연꽃 같은 그것이다, 하는 섬광 같은 것이 가슴을 때리며 전신의 피가 끓어오름을 느낄 뿐이었다. 나는 그 집 식구들에 대한 인사나 예의 같은 것도 잊어버린 채 정순이가 있는 방문 앞으로 걸어갔다. 그리하여 나는 방문 앞에 한참 동안 발이 얼어붙기라도 한 것같이 우두커니 서 있었다.

정순은 곧 자리에서 일어났으나, 고개를 아래로 드리운 채 입을 열려고 하지 않았다. 영숙도 정순이를 따라 몸을 일으키긴 했으나, 요 며칠 동안 나에게 보여주던 그 친절과 미소도 가뭇없이, 이때만은 새침한 침묵에 잠겨 있을 뿐이었다.

나는 그녀들에게서, 〈들어오세요〉를 기다릴 수 없다고 알자, 스스로 신발을 벗고 방으로 들어갔다.

내가 방에 들어가도, 그리하여 스스로 자리에 앉은 뒤에도, 그녀들은 더 깊이 얼굴을 수그린 채 그냥 서 있었다.

그러나 나는 실상, 그녀들이 서 있건 말건 그런 것보다는, 내 자신 갑자기 복받쳐 오르는 울음을 누르느라고 어깨를 들먹이며 고개를 아래로 곧장 수그리기에 여념이 없을 정도였다.

내가 간신히 고개를 들었을 때엔 그녀들도 어느덧 자리에 앉은 뒤였다.

(이것은 분명히 꿈이 아니다. 나는 정순이를 보았다. 아니, 지금도 정순이는 바로 내 눈앞에 앉아 있지 않는가. 그렇다. 정순이다. 정순이다. 나는 이제 후회하지 않아도 된다.)

이러한 울부짖음이 내 마음속을 지나가자 나는 비로소 이성

(理性)을 돌이킨 듯했다. 나는 고개를 들었다. 그리하여 정순의 얼굴을 비로소 정면으로 바라보았다. 정순은 물론 고개를 수그리고 있었지만, 나는 그녀의 이마를 바라보는 것이라도 좋았다.

「정순이」

내 목소리는 굵게 떨리어나왔다.

「이것이 마지막이 될진 모르지만, 이 자리에서만이라도 옛날대로 부르겠어. 용서해 줘요. 영숙이도」

내가 이까지 말했을 때, 나는 또 먼저와 같은 울음의 덩어리가 가슴에서 목구멍으로 치솟아오름을 깨달았다. 나는 그것을 참느라고 이를 힘껏 아물었다. 울음의 덩어리는 목구멍을 몹시 훑으며 뜨거운 눈물이 되어 주르르 흘러내렸다. 소리를 내며 흐느껴지는 울음보다는 그것이 차라리 나았다. 나는 손수건을 내어 천천히 눈물을 훔친 뒤 다시 입을 열기 시작했다.

「내가 괴로운 것만치 정순이도 괴로울 거야. 내 이 못난 눈물을 보는 일이 말야. 그러나 내가 정순이를 만나려고 한 것은 이 추한 눈물을 보이려고 한 것이 아니야. 이건 없는 것으로 봐줘. 곧 거둬질 거야」

나는 담배를 꺼내어 불을 붙였다. 연기를 두어 모금이나 천천히 들이켜고 나서 다시 말을 시작했다.

「하긴 이 자리에 앉아 생각하니 내가 전선에서 생각했던 거와는 다르군. 이럴 줄 알았더면 이렇게 하지 않아도 좋았을 걸을. 될 수 있는 대로 정순이를, 그리고 영숙이도 그렇겠지만, 너무 오래 괴롭히지 않기 위해서 내 얘기를 간단히 할게」

나는 이렇게 허두를 뗀 다음 내 바른손을 그녀들 앞에 내놓았다.

「이것 봐요. 이게 내 손이야. 식지와 장지가 무질러져 나가고 없잖아. 덕택으로 나는 제대가 돼 돌아온 거야. 이런 손을 갖고는 총을 쏠 수 없으니까.

그런데 말야, 이게 뭐 대단한 부상이라고 자랑하는 게 아냐. 팔다리를 송두리째 잃은 사람도 있고, 눈, 코, 귀 같은 것을 잃은 놈들도 얼마든지 있는데 이까짓 거야 문제도 아니지. 아주 생명을 잃은 사람들은 또 별도로 하더라도.

그런데 내가 지금 와서 뼈아프게 후회하는 것은, 역시 이 병신된 손 때문이야. 이건 실상 적에게 맞은 것이 아니고 내 자신이 조작한 부상이야. 살려고. 목숨만이라도 남겨 가지려고. 아아, 정순이 요렇게 해서 지금 여기까지 달고 온 내 목숨이야」

나는 얘기를 하는 동안에 내 자신도 걷잡을 수 없는 흥분에 사로잡힘을 깨달았다. 나는 다시 담배에 불을 붙인 뒤 한참 동안 고개를 수그리고 있었다.

정순이와 영숙이도 먼저보다 훨씬 대담하게 고개를 들어 내 얼굴을 바라보곤 했다.

나는 연기를 뿜고 나서 다시 이야기를 계속했다.

「내가 소속된 부대는 ○○사단 ○○연대 수색중대야. 수색중대! 정순이는 이 말이 무엇인지를 모를 거야. 그 무렵의 전투사단의 수색대라고 하면 거의 결사대라는 거와 다름이 없을 정도야. 한번 나가면 절반 이상이 죽고 돌아오는 것이 보통이야. 어떤 때는 전멸, 어떤 때는 두셋이 살아서 돌아올 때도 여러 번 있었어. 그러자니까 원칙적으로는 교대를 시켜줘야 하는 거야. 그런데 워낙 전투가 격렬하고 경험자가 부족하고 하니까 교대가 잘 안 되거든. 가운데서도 내가 특히 그랬어. 머리가 좋고 경험이 풍부하대나. 나중은 불사신(不死身)이란 별명까지 붙이더군. 같이 나갔던 동료들이 거의 다 죽고들 올 때도 나는 번번

히 살아왔으니까. 얘기가 너무 길군. ……나는 생각했어. 정순
이를 두고는 죽을 수 없는 몸이라고. 내가 번번이 죽지 않고 살
아 돌아온 것도 정순이 때문이라고. 거기서 나는 결심을 했던
거야. 사람의 힘과 운이란 아무래도 한도가 있는 이상, 기적도
한두 번이지 결국은 죽고 말 것이 뻔한 노릇 아닌가. 위에서는
교대를 시켜주지 않으니까. 결국 죽을 때까진, 죽을 수밖에 없
는 일을 몇 번이든지 되풀이해야 하는 내 자신의 위치랄까 운명
이랄까 그런 걸 깨달은 거야. 거기서 나는 결심을 했어. 정순이
를 두고는 죽을 수 없다고. 나는 내가 꼭 죽기로 마련되어 있는
운명을 내 손으로 헤쳐나가야 한다고. ……이런 건 부질없는 얘
기지만, 정순이, 나는 결코 죽음 그 자체가 두렵지는 않았어.
더구나 생사를 같이하던 전우가 곁에서 픽픽 쓰러지는 꼴을 헤
아릴 수도 없이 경험한 내가 그토록 비겁할 수는 없었던 거야.
국가 민족이니 정의 인도니 하는 건 집어치고라도, 우선 분함
과 고통을 견딜 수 없어서라도 얼마든지 죽고 싶었어. 죽어야
했어. 정순이가 아니더라면 물론 그랬을 거야」

나는 잠깐 이야기를 쉬었다.

정순이는 아까부터 벽에 이마를 대인 채 마구 흐느끼고 있었
고, 영숙이도 손수건으로 두 눈을 가린 채 밖으로 달아나 버렸
던 것이다.

「그런데 어떤가. 돌아와 보니 정순이는 결혼을 했군. 나는
지금 정순이를 원망하려는 건 아냐. 상호의 속임수에 넘어갔다
는 것도 듣고 있어」

「아녜요, 제가 바보예요, 제가 죽일 년이에요」

정순이는 높은 소리로 이렇게 외치며 또다시 흑흑 느껴 울
었다.

「그런데 지금부터가 문제야. 나는 어떻게 하느냐 하는 문제
야. 내 목숨을 말야. 나는 이렇게 해서 스스로 훔쳐낸, 그렇지
소매치기 같은 거지, 그렇게 해서 훔쳐낸 내 목숨이 이제 아무
짝에도 쓸 데가 없이 됐거든. 내가 이 목숨을 가지고 이대로 산
다면 나는 하늘과 땅 사이에 용서받을 수 없는, 국가 민족에 대
한 죄인인 것은 말할 것도 없지만 그 불쌍한, 그 거룩한, 그 수
많은 전우들, 죽어 넘어진 놈들에 대해서, 내가 어떻게 산단
말인가. 배신자란, 남에게서 미움을 받기 때문에 못 사는 것이
아니라 자기 자신이 외로워서 못 사는 거야. 정순이가 없는 고
향인 줄 알았더라면 나는 열 번이라도 거기서 죽고 말았어야 하
는 거야. 전우들과 함께, 그들이 쓰러지듯 나도 그렇게 쓰러졌
어야 하는 거야. 그것도 조금도 괴롭거나 두려운 일이 아니었
어. 오히려 편하고 부러웠을 정도야. 이 더럽게 훔쳐낸 치사스
런 이 목숨을 나는 어떻게 해야 하는가?」

「저를 차라리 죽여주세요. 괴로워서 더 못 듣겠어요」

정순이는 소리가 나게 이마를 벽에 곧장 짓찧으며 사지를 부
르르 떨고 있었다.

「정순이 들어봐요. 나는 상호에게도 말했어. 내가 없는 동
안, 상호와 정순이 사이에 생긴 일은 없었던 거와 같이 보겠다
고. 정순이가 세상에서 없어진 것이 아니라면, 정순이가 나와
같이 있을 수만 있다면, 그 동안에 있은 일은 없음으로 돌리겠
어. ……정순이, 상호에게서 나와주어. 그리구 나하고 같이 있
어. 우리는 결혼하는 거야. 이 동네서 살기가 거북하다면 어디
로 가도 좋아. 어머니와 옥란이도 버리고 가겠어. 전우를 버리
고 온 것처럼」

「그렇지만 그 집에서 저를 놓아주겠어요?」

정순이는 나직한 목소리로 혼자말같이 속삭였다.

「내가 스스로 목숨을 훔쳐서 돌아온 거나 마찬가지지. 결심하면 돼. 그밖엔 길이 없어. 그렇지 않으면 내 목숨을 돌려줘야해. 이건 내게 아니야. 정순이와 같이 있기 위해서만 얻어진 목숨이야. 그렇지 않으면, 세상에도 무서운 반역자의 더럽고 치사스런 목숨인걸. 잠시도 달고 있을 수 없는 추악한 장물이야. 어디다 어떻게 갖다 팽개쳐야 좋을지 모르는 추악한 장물이야. 정말야, 두고보면 알걸」

「무서워요」

정순이는 아랫턱을 달달달 떨고 있었다.

「무서울 게 뭐야? 정순이 첨부터 상호를 사랑해서 결혼을 했다거나, 지금이라도 사랑하고 있다면 별도야. 그렇지 않다면 내 목숨에 빛을 주고, 두 사람의 행복을 찾아 나서는 거니까 어디까지나 정당한 일이지 잘못이 아니잖아? 알겠지? 응? 대답을 해줘」

「……」

정순이 대답 대신 고개를 한번 끄떡해 보였다.

이때 영숙이 방문을 열었다.

「언니, 저기……」

문 밖에는 정순이 올케(윤이 어머니)가 진지상을 들고 서 있었다.

「국수를 좀 만들었어. 맛은 없지만……. 그리고 아기씬 안에서 우리하고 같이 할까?」

그녀는 국수상을 방 안에 디밀어놓으며 이렇게 말했다.

정순이는 국수상을 다시 들어 내 앞에 옮겨놓으며,

「천천히 드세요. 그리고 그 일은 제가 알아 하겠어요」

이렇게 속삭이고 나서 밖으로 나갔다.

나는 국수상엔 손도 대지 않은 채 담배 한 가치를 피워물자 밖으로 나와버렸다.

정순이한테는 연락이 오지 않았다.

애기 낳고 살던 여자가 집을 버리고 나오려면 어려운 일이 한두 가지일 리 없다고는 나도 짐작할 수 있었지만 끝없이 날만 보내고 있을 수도 없는 노릇이었다.

여러 가지 어려운 점이 많다는 것은 나도 안다. 남편이나 애기도 걸리고 친정도 걸리겠지만 죽느냐 사느냐 한 가지만 생각해야 한다. 내가 그랬듯이 말이다. 한시바삐 결행 바란다.

나는 이렇게 쪽지에 써서 옥란에게 주었다.

「이거 네가 정순이 언니한테 남 안 보게 전할 수 있거든 전해다오. ……역시 영숙이한테 부탁할 순 없겠지?」

「요즘은 우물에도 잘 안 나오니 어려울 거야. 영숙인 오빠를 너무 좋아하지만 아무럼 저의 친오빠만이야 하겠어?」

옥란은 쪽지를 접어 옷 속에 감추며 혼자말같이 중얼거렸다.

그러나 옥란도 좀체 정순이를 직접 만날 기회가 없는 모양이었다. 그런데도 영숙이와는 자주 왕래가 있어 보였다.

「영숙이한테 무슨 들은 말 없어?」

「걔도 요즘은 세상이 비관이래?」

「왜?」

「그날 정순이 언니하고 셋이서 만났잖아? 자기는 누구 편이 돼얄지 모르겠대. 그리구 슬프기만 하대」

「자기하고 관계 없는 일이니까 모르면 되잖아?」

「그렇지도 않은 모양야. 걘 책도 많이 읽었어. 오빠 한번 만나주겠어? 오빠가 잘 부탁하면 걘 무슨 말이라도 들을지 몰라」

「……」

나는 대답을 하지 않았다.

옥란에게 쪽지를 맡긴 지도 닷새나 지난 뒤였다. 막 저녁을 먹고 났을 때 영숙이 정순의 편지를 가지고 왔다.

저의 계획을 집안에서 눈치채어 버렸습니다. 저는 지금 꼼짝도 할 수 없는 몸이 되었습니다. 저는 영원히 봉수 씨를 배반할 마음은 아닙니다. 다시 맹세합니다. 언제든지 봉수 씨가 기다려 주신다면 저는 반드시 그 일을 실행할 날이 있을 줄 믿습니다. 그러나 지금은 간도 쓸개도 없는 썩은 고깃덩어리 같은 년이라고 생각해 주십시오. 죽지 못해 살아 있는 불쌍한 목숨이올시다. 부디 용서해 주시고 너무 조급히 기다리지 말아주시기 바랍니다.

정숙이 올림

나는 편지를 두 번이나 되풀이해 읽었다. 내용이 복잡하다거나 이해하기 힘든 말이 들어 있었기 때문이 아니었다. 무언지 정순이의 운명 같은 것이 거기서 느껴졌기 때문이었다.

(정순이는 이런 여자였어. 참되고 총명하고 다정하고 신의 있는. 그러나 강철같이 굳센 여자는 아니었어. 순한 데가 있었지. 환경에 순응하는. 물론 지금도 그녀가 나에게 거짓말을 하거나 자기 자신을 속이고 있는 것은 아니야. 그러나 환경에 순응하고 있는 거야. 그녀를 결정하는 것은 그녀 자신의 의지이기보다 그녀를 에워싼 그녀의 환경이겠지.)

나는 편지를 구겨서 바지 주머니에 쑤셔넣은 뒤 영숙을 불렀다.

「숙이 나한테 전한 편지 누구 거지?」

「언니 거예요」

영숙은 얼굴을 약간 붉히며 대답했다.

「……」

영숙은 갑자기 얼굴이 홍당무같이 새빨개지며 대답을 하지 않았다.

「난 영숙일 옥란이같이 믿고 있어. 알면 안다고 대답해 줘. 알지?」

「……」

옥란이 이번에는 고개를 끄덕여 보였다.

「내가 없더라도 옥란이하고 잘 지내줘」

나는 무슨 뜻인지 내 자신도 잘 모를 이런 말을 마지막으로 남기곤 밖으로 훌쩍 나와버렸다.

나는 어디로든지 가버릴 생각이었던지도 모른다. 그야말로 어디로든지 꺼져버리고 싶었던 건지도 모른다. 하여간 나는 방안에 그냥 자빠져 누워 있을 수는 없었던 것이다. 나는 막연히 정순이를 기다리고 있는 것보다는, 아니 막연히 정순이를 원망하고 있는 것보다는 차라리 내 자신이 세상에서 꺼져버리는 편이 낫다고 생각했는지도 몰랐다.

나는 집 뒤를 돌아나갔다. 우리집 뒤부터는 보리밭들이었다. 보리밭은 아스라이 보이는 산기슭까지 넓은 해면같이 출렁이고 있었다. 지금 한창 피어오르는 보리이삭에서는 향긋한 보리 냄새까지 풍겨져 오는 듯했다.

내가 보리밭 사잇길을 거의 실신한 사람처럼 터덕터덕 걷고 있을 때 문득 뒤에서 사람의 발자국 소리 같은 것이 들려왔다.
그러나 나는 그런 것을 뒤돌아볼 만한 관심도 기력도 잃고 있었
다. 나는 그냥 걷고 있었다. 그렇게 걷는 대로 걷다가 아무데나
쓰러져 버렸으면 하고 있었는지도 모른다.

검푸른 보리밭 위로 어스름이 덮여왔다.

그 어스름 속으로 비둘기뗀지 다른 새뗀지 분간할 수도 없는
새까만 돌멩이 같은 것들이 날아가고 있었다.

문득 나는 내가 어쩌면 꿈속에서 걸어가고 있는 겐지도 모른
다는 생각이 들었다. 나는 발을 멈추고 섰다. 그리하여 아까 날
아가던 새까만 돌멩이 같은 것들이 사라진 쪽을 멍하니 바라보
고 있었다.

그때다.

「오빠」

거의 들릴 듯 말 듯한 잠긴 목소리였다. 영숙이었다.

나는 영숙의 얼굴을 넋나간 사람처럼 어느때까지나 멍청히
바라보고 있었다.

(너도 슬프다는 거냐? 나하고 슬픔을 나누자는 거냐?)

나는 혼자 속으로 영숙에게 이렇게 묻고 있었다.

영숙도 물론 꼼짝하지 않고 있었다.

(오빠 제발 죽지 마세요, 제가 사랑해 드릴게요. 오빠를 위
해서, 오빠의 도움이 될 수 있다면, 오빠의 아픈 마음을 위로
해 드릴 수 있다면 무슨 짓이라도 하겠어요.)

영숙의 굳게 다문 입 속에선 이런 말이 감돌고 있는 듯했다.

다음 순간 영숙은 내 품에 안겨 있었다. 그보다도 내가 먼저
영숙의 손목을 잡아 끌었다고 하는 편이 순서일 것이다. 그러자
영숙이 내 가슴에 몸을 던지다시피 안겨왔던 것이다.

그러나 거기서 내가 영숙에게 갑자기 왜 다른 충동을 느끼기 시작했는지 그것은 내 자신도 해명할 길이 없다. 아니 그보다도, 갑자기 야수가 돼버린 나에게서 영숙이 왜 자기 자신을 지키기 위해서 마지막 반항을 하지 않았는지 이 역시 해명할 길이 없는 것이다.

하여간 나는 다음 순간, 영숙을 안고 보리밭 속으로 들어갔다. 그리하여 그녀의 간단한 옷을 벗기고 그 새하얀 천사 같은 몸뚱어리를 마음껏 욕보이기 시작했던 것이다. 영숙은 어떤 절망적인 공포에 짓눌려서인지, 그렇지 않으면 일종의 야릇한 체념 같은 것에 자신을 내던지고 있었기 때문인지 간혹 들릴 듯 말 듯한 가는 신음소리를 내었을 뿐, 나의 거친 텃치에도 거의 그대로 내맡기다시피 하고 있었다.

그녀는 그때 이미 실신 상태에 빠져 있었는지도 몰랐다. 아니 그보다도, 역시 자기의 모든 것을 생명을, 내가 그렇게 원통하다고 울어대던 것의 대가를 대신 나에게 갚아주는 것이라고 생각하고 있었는지도 모른다.

이때 까치가 울었던 것이다. 까작 까작 까작 까작 하는, 어머니가 가장 모진 기침을 터뜨리게 마련인 그 저녁 까치 소리였던 것이다. 그리고 이와 동시 나의 팔다리와 가슴속과 머리끝까지 새로운 전류(電流) 같은 것이 흘러들기 시작했던 것이다.

까작 까작 까작 까작 그것은 그대로 나의 가슴속에서 울려오는 소리였다. 나는 실신한 것같이 누워 있는 영숙이를 안아 일으키기라도 하려는 듯 천천히 그녀의 가슴 위에 손을 얹었다. 그리하여 다음 순간 내 손은 그녀의 가느다란 목을 누르고 있었던 것이다.

《현대문학》 1966. 10

황순원

1915. 3. 26-

소나기
비바리

1915년 평남 대동군 재경면 빙장리 출생.
1936년 와세다대학 제이고등학원 졸업.
1939년 와세다대학 영문과 졸업.
1940년 첫 창작집 『늪』 간행.
1945년 해방 직후 월남하여 조선청년문학가협회 가담.
1951년 한국문학가협회 소설분과 위원장 등 역임.
1957년 예술원 회원.
　　　시집으로 『방가(放歌)』, 『골동품』, 『시선집』 등이 있고, 소
　　　설집으로 『황순원 단편집』, 『목넘이 마을의 개』, 『별과 같
　　　이 살다』, 『기러기』, 『곡예사』, 『나무들 비탈에 서다』, 『카
　　　인의 후예』, 『학』 등이 있다.

소나기

소년은 개울가에서 소녀를 보자 곧 윤 초시네 증손녀딸이라는 걸 알 수 있었다. 소녀는 개울에다 손을 잠그고 물장난을 하고 있는 것이다. 서울서는 이런 개울물을 보지 못하기나 한 듯이.

벌써 며칠째 소녀는 학교서 돌아오는 길에 물장난이었다. 그런데 어제까지는 개울 기슭에서 하더니 오늘은 징검다리 한가운데 앉아서 하고 있다.

소년은 개울둑에 앉아버렸다. 소녀가 비키기를 기다리자는 것이다.

요행 지나가는 사람이 있어 소녀가 길을 비켜주었다.

다음날은 좀 늦게 개울가로 나왔다.

이날은 소녀가 징검다리 한가운데 앉아 세수를 하고 있었다. 분홍 스웨터 소매를 걷어올린 팔과 목덜미가 마냥 희었다.

　한참 세수를 하고 나더니 이번에는 물 속을 빤히 들여다본
다. 얼굴이라도 비추어보는 것이리라. 갑자기 물을 움켜낸다.
고기새끼라도 지나가는 듯.

　소녀는 소년이 개울둑에 앉아 있는 걸 아는지 모르는지 그냥
날쌔게 물만 움켜낸다. 그러나 번번이 허탕이다. 그래도 재미있
는 양, 자꾸 물만 움킨다. 어제처럼 개울을 건너는 사람이 있어
야 길을 비킬 모양이다.

　그러다가 소녀가 물 속에서 무엇을 하나 집어낸다. 하얀 조
약돌이었다. 그러고는 홱 일어나 팔짝팔짝 징검다리를 뛰어 건
너간다.

　다 건너가더니 홱 이리로 돌아서며,

「이 바보」

　조약돌이 날아왔다.

　소년은 저도 모르게 벌떡 일어섰다.

　단발머리를 나풀거리며 소녀가 막 달린다. 갈밭 사잇길로 들
어섰다. 뒤에는 청량한 가을 햇살 아래 빛나는 갈꽃뿐.

　이제 저쯤 갈밭머리로 소녀가 나타나리라. 꽤 오랜 시간이
지났다고 생각했다. 그런데도 소녀는 나타나지 않는다. 발돋움
을 했다. 그러고도 상당한 시간이 지났다고 생각됐다.

　저쪽 갈밭머리에 갈꽃이 한 움큼 움직였다. 소녀가 갈꽃을
안고 있었다. 그리고 이제는 천천한 걸음이었다. 유난히 맑은
가을 햇살이 소녀의 갈꽃머리에서 반짝거렸다. 소녀 아닌 갈꽃
이 들길을 걸어가는 것만 같았다.

　소년은 이 갈꽃이 아주 뵈지 않게 되기까지 그대로 서 있었
다. 문득 소녀가 던진 조약돌을 내려다보았다. 물기가 걷혀 있
었다. 소년은 조약돌을 집어 주머니에 넣었다.

다음날부터 좀더 늦게 개울가로 나왔다. 소녀의 그림자가 뵈지 않았다. 다행이었다.

그러나 이상한 일이었다. 소녀의 그림자가 뵈지 않는 날이 계속될수록 소년의 가슴 한구석에는 어딘가 허전함이 자리잡는 것이었다. 주머니 속 조약돌을 주무르는 버릇이 생겼다.

그러한 어떤 날, 소년은 전에 소녀가 앉아 물장난을 하던 징검다리 한가운데에 앉아보았다. 물 속에 손을 담갔다. 세수를 하였다. 물속을 들여다보았다. 검게 탄 얼굴이 그대로 비치었다. 싫었다.

소년은 두 손으로 물 속의 얼굴을 움키었다. 몇 번이고 움키었다. 그러다가 깜짝 놀라 일어나고 말았다. 소녀가 이리 건너오고 있지 않느냐.

숨어서 내 하는 꼴을 엿보고 있었구나. 소년은 달리기 시작했다. 디딤돌을 헛 짚었다. 한 발이 물 속에 빠졌다. 더 달렸다.

몸을 가릴 데가 있어줬으면 좋겠다. 이쪽 길에는 갈밭도 없다. 메밀밭이다. 전에 없이 메밀꽃내가 짜릿하니 코를 찌른다고 생각됐다. 미간이 아찔했다. 찝찔한 액체가 입술에 흘러들었다. 코피였다. 소년은 한 손으로 코피를 훔쳐내면서 그냥 달렸다. 어디선가, 바보, 바보, 하는 소리가 자꾸만 뒤따라오는 것 같았다.

토요일이었다.

개울가에 이르니 며칠째 보이지 않던 소녀가 건너편 가에 앉아 물장난을 하고 있었다.

모르는 체 징검다리를 건너기 시작했다. 얼마 전에 소녀 앞에서 한 번 실수를 했을 뿐, 여태 큰길 가듯이 건너던 징검다리를 오늘은 조심스럽게 건넌다.

「얘」

못 들은 체했다. 둑 위로 올라섰다.

「얘, 이게 무슨 조개지?」

자기도 모르게 돌아섰다. 소녀의 맑고 검은 눈과 마주쳤다. 얼른 소녀의 손바닥으로 눈을 떨구었다.

「비단조개」

「이름두 참 곱다」

갈림길에 왔다. 여기서 소녀는 아래편으로 한 삼 마장쯤, 소년은 우대로 한 십리 가까이 길을 가야 한다.

소녀가 걸음을 멈추며,

「너 저 산 너머에 가본 일 있니?」

벌 끝을 가리켰다.

「없다」

「우리 가보지 않을래? 시골 오니까 혼자서 심심해 못 견디겠어」

「저래 뵈두 멀다」

「멀믄 얼마나 멀갔게? 서울 있을 땐 아주 먼 데까지 소풍갔었다」

소녀의 눈이 금세, 바보, 바보, 할 것만 같았다.

논 사잇길로 들어섰다. 벼 가을걷이 하는 곁을 지났다.

허수아비가 서 있었다. 소년이 새끼줄을 흔들었다. 참새가 몇 마리 날아간다. 참 오늘은 일찍 집으로 돌아가 텃논의 참새를 봐야 할 걸 하는 생각이 든다.

「아, 재밌다!」

소녀가 허수아비 줄을 잡더니 흔들어댄다. 허수아비가 대고 우쭐거리며 춤을 춘다. 소녀의 왼쪽 볼에 살포시 보조개가 패었다.

저만치 허수아비가 또 서 있다. 소녀가 그리로 달려간다. 그 뒤를 소년도 달렸다. 오늘 같은 날은 일찌감치 집으로 돌아가 집안 일을 도와야 한다는 생각을 잊어버리기라도 하려는 듯이.

소녀의 곁을 스쳐 그냥 달린다. 메뚜기가 따끔따끔 얼굴에 와 부딪친다. 쪽빛으로 한껏 개인 가을하늘이 소년의 눈앞에서 맴을 돈다. 어지럽다. 저놈의 독수리, 저놈의 독수리, 저놈의 독수리가 맴을 돌고 있기 때문이다.

돌아다보니 소녀는 지금 자기가 지나쳐 온 허수아비를 흔들고 있다. 좀전 허수아비보다 더 우쭐거린다.

논이 끝난 곳에 도랑이 하나 있었다. 소녀가 먼저 뛰어 건넜다.

거기서부터 산밑까지는 밭이었다.

수숫단을 세워놓은 밭머리를 지났다.

「저게 뭐니?」

「원두막」

「여기 차미 맛있니?」

「그럼. 차미 맛두 좋지만 수박 맛은 더 좋다」

「하나 먹어봤으면」

소년이 참외그루에 심은 무 밭으로 들어가, 무 두 밑을 뽑아 왔다. 아직 밑이 덜 들어 있었다. 잎을 비틀어 팽개친 후 소녀에게 한 밑 건넨다. 그러고는 이렇게 먹어야 한다는 듯이 먼저 대강이를 한 입 베물어낸 다음 손톱으로 한 돌이 껍질을 벗겨 우적 깨문다.

소녀도 따라 했다. 그러나 세 입도 못 먹고,

「아, 맵고 지려」

하며 집어던지고 만다.

「참 맛없어 못 먹겠다」

소년이 더 멀리 팽개쳐버렸다.

산이 가까워졌다.

단풍잎이 눈에 따가웠다.

「야아!」

소녀가 산을 향해 달려갔다. 이번은 소년이 뒤따라 달리지 않았다. 그러고도 곧 소녀보다 더 많은 꽃을 꺾었다.

「이게 들국화, 이게 싸리꽃, 이게 도라지꽃……」

「도라지꽃이 이렇게 예쁜 줄은 몰랐네. 난 보랏빛이 좋아! ……근데 이 양산같이 생긴 노란꽃이 머지?」

「마타리꽃」

소녀는 마타리꽃을 양산 받듯이 해보인다. 약간 상기된 얼굴에 살폿한 보조개를 떠올리며.

다시 소년은 꽃 한 움큼을 꺾어 왔다. 싱싱한 꽃가지만 골라 소녀에게 건넨다.

그러나 소녀는,

「하나두 버리지 말어」

산마루께로 올라갔다.

맞은편 골짜기에 오손도손 초가집이 몇 모여 있었다.

누가 말한 것도 아닌데 바위에 나란히 걸터앉았다. 별로 주위가 조용해진 것 같았다. 따가운 가을햇살만이 말라가는 풀 냄새를 퍼뜨리고 있었다.

「저건 또 무슨 꽃이지?」

적잖이 비탈진 곳에 칡덩굴이 엉키어 끝물 꽃을 달고 있었다.

「꼭 등꽃 같네. 서울 우리 학교에 큰 등나무가 있었단다. 저 꽃을 보니까 등나무 밑에서 놀든 동무들 생각이 난다」

소녀가 조용히 일어나 비탈진 곳으로 간다. 꽃송이가 달린 줄기를 잡고 끊기 시작한다. 좀처럼 끊어지지 않는다. 안간힘을 쓰다가 그만 미끄러지고 만다. 칡덩굴을 그러쥐었다.

소년이 놀라 달려갔다. 소녀가 손을 내밀었다. 손을 잡아 이끌어 올리며, 소년은 제가 꺾어다 줄 것을 잘못했다고 뉘우친다.

소녀의 오른쪽 무릎에 핏방울이 내맺혔다. 소년은 저도 모르게 상채기에 입술을 가져다 대고 빨기 시작했다. 그러다가 무슨 생각을 했는지 홱 일어나 저쪽으로 달려간다.

좀만에 숨이 차 돌아온 소년은,

「이걸 바르면 낫는다」

송진을 상채기에다 문질러 바르고는 그 달음으로 칡덩굴 있는 데로 내려가 꽃 달린 줄기를 이빨로 끊어가지고 올라온다. 그러고는,

「저기 송아지가 있다. 그리 가보자」

누렁 송아지였다. 아직 코뚜레도 꿰지 않았다.

소년이 고삐를 바투 잡아쥐고 등을 긁어주는 척 훌딱 올라탔다. 송아지가 껑충거리며 돌아간다.

소녀의 흰 얼굴이, 분홍 스웨터가, 남색 스커트가, 안고 있는 꽃과 함께 범벅이 된다. 모두가 하나의 큰 꽃묶음 같다. 어지럽다. 그러나 내리지 않으리라. 자랑스러웠다. 이것만은 소녀가 흉내내지 못할 자기 혼자만이 할 수 있는 일인 것이다.

「너희 예서 뭣들 하느냐」

농부 하나가 억새풀 사이로 올라왔다.

송아지 등에서 뛰어내렸다. 어린 송아지를 타서 허리가 상하면 어쩌느냐고 꾸지람을 들을 것만 같다.

그런데 나룻이 긴 농부는 소녀 편을 한번 훑어보고는 그저 송아지 고삐를 풀어내면서,

「어서들 집으로 가거라. 소나기가 올라」

참 먹장구름 한 장이 머리 위에 와 있다. 갑자기 사면이 소란스러워진 것 같다. 바람이 우수수 소리를 내며 지나간다. 삽시간에 주위가 보랏빛으로 변했다.

산을 내려오는데 떡갈나뭇잎에서 빗방울 듣는 소리가 난다. 굵은 빗방울이었다. 목덜미가 선뜻선뜻했다. 그러자 대번에 가로막는 빗줄기.

비안개 속에 원두막이 보였다. 그리로 가 비를 그을 수밖에.

그러나 원두막은 기둥이 기울고 지붕도 갈래갈래 찢어져 있었다. 그런 대로 비가 덜 새는 곳을 가려 소녀를 들어서게 했다. 소녀는 입술이 파랗게 질려 있었다. 어깨를 자꾸 떨었다.

무명 겹저고리를 벗어 소녀의 어깨를 싸주었다. 소녀는 비에 젖은 눈을 들어 한번 쳐다보았을 뿐, 소년이 하는 대로 잠자코 있었다. 그러면서 안고 온 꽃묶음 속에서 가지가 꺾이고 꽃이 일그러진 송이를 골라 발밑에 버린다.

소녀가 들어선 곳도 비가 새기 시작했다. 더 거기서 비를 그을 수 없었다.

밖을 내다보던 소년이 무엇을 생각했는지 수수밭 쪽으로 달려간다. 세워놓은 수숫단 속을 비집어보더니 옆의 수숫단을 날라다 덧세운다. 다시 속을 비집어본다. 그러고는 소녀 쪽을 향해 손짓을 한다.

수숫단 속은 비는 안 새었다. 그저 어둡고 좁은 게 안됐다.

앞에 나앉은 소년은 그냥 비를 맞아야만 했다. 그런 소년의 어깨에서 김이 올랐다.

소녀가 속삭이듯이, 이리 들어와 앉으라고 했다. 괜찮다고 했다. 소녀가 다시 들어와 앉으라고 했다. 할수없이 뒷걸음질을 쳤다. 그 바람에 소녀가 안고 있는 꽃묶음이 우그러들었다. 그러나 소녀는 상관없다고 생각했다. 비에 젖은 소년의 몸내음새가 확 코에 끼얹혀졌다. 그러나 고개를 돌리지 않았다. 도리어 소년의 몸기운으로 해서 떨리던 몸이 적이 누그러지는 느낌이었다.

소란하던 수숫잎 소리가 뚝 그쳤다. 밖이 멀개졌다.

수숫단 속을 벗어나왔다. 멀지 않은 앞쪽에 햇빛이 눈부시게 내리붓고 있었다.

도랑 있는 곳까지 와보니, 엄청나게 물이 불어 있었다. 빛마저 제법 붉은 흙탕물이었다. 뛰어 건널 수가 없었다.

소년이 등을 돌려댔다. 소녀가 순순히 업히었다. 걷어올린 소년의 잠방이까지 물이 올라왔다. 소녀는, 어머나 소리를 지르며 소년의 목을 그러안았다.

개울가에 다다르기 전에 가을하늘은 언제 그랬는가 싶게 구름 한 점 없이 쪽빛으로 개어 있었다.

그 다음날은 소녀의 모양이 뵈지 않았다. 다음날도, 다음날도. 매일같이 개울가로 달려와 봐도 뵈지 않았다.

학교에서 쉬는 시간에 운동장을 살피기도 했다. 남몰래 오학년 여자반을 엿보기도 했다. 그러나 뵈지 않았다.

그날도 소년은 주머니 속 흰 조약돌만 만지작거리며 개울가로 나왔다. 그랬더니 이쪽 개울둑에 소녀가 앉아 있는 게 아닌가.

소년은 가슴부터 두근거렸다.

「그 동안 앓았다」

알아보게 소녀의 얼굴이 해쓱해져 있었다.

「그날 소나기 맞은 것 땜에?」

소녀가 가만히 고개를 끄덕이었다.

「인제 다 낫냐?」

「아직두……」

「그럼 누워 있어야지」

「너무 갑갑해서 나왔다. ……그날 참 재밌었어. ……근데 그날 어디서 이런 물이 들었는지 잘 지지 않는다」

소녀가 분홍 스웨터 앞자락을 내려다본다. 거기에 검붉은 진흙물 같은 게 들어있었다.

소녀가 가만히 보조개를 떠올리며,

「이게 무슨 물 같니?」

소년은 스웨터 앞자락만 바라다보고 있었다.

「내 생각해 냈다. 그날 도랑 건널 때 내가 업힌 일 있지? 그때 네 등에서 옮은 물이다」

소년은 얼굴이 확 달아오름을 느꼈다.

갈림길에서 소녀는,

「저 오늘 아침에 우리집에서 대추를 땄다. 낼 제사 지낼려구……」

대추 한 줌을 내어준다.

소년은 주춤한다.

「맛 봐라, 우리 증조할아버지가 심었다는데 아주 달다」

소년은 두 손을 오그려 내밀며,

「참 알두 굵다!」

「그리구 저, 우리 이번에 제사 지내구 나서 좀 있다 집을 내
주게 됐다」

소년은 소녀네가 이사해 오기 전에 벌써 어른들의 이야기를
들어서 윤 초시 손자가 서울서 사업에 실패해가지고 고향에 돌
아오지 않을 수 없게 됐다는 걸 알고 있었다. 그것이 이번에는
고향집마저 남의 손에 넘기게 된 모양이었다.

「왜 그런지 난 이사가는 게 싫어졌다. 어른들이 하는 일이니
어쩔 수 없지만……」

전에 없이 소녀의 까만 눈에 쓸쓸한 빛이 떠돌았다.

소녀와 헤어져 돌아오는 길에 소년은 혼잣속으로 소녀가 이
사를 간다는 말을 수없이 되뇌어보았다. 무어 그리 안타까울 것
도 서러울 것도 없었다. 그렇건만 소년은 지금 자기가 씹고 있
는 대추알의 단맛을 모르고 있었다.

이날 밤, 소년은 몰래 덕쇠 할아버지네 호두밭으로 갔다.

낮에 봐두었던 나무로 올라갔다. 그리고 봐두었던 가지를 향
해 작대기를 내리쳤다. 호두송이 떨어지는 소리가 별나게 크게
들렸다. 가슴이 선뜻했다. 그러나 다음 순간, 굵은 호두야 많이
떨어져라, 많이 떨어져라, 저도 모를 힘에 이끌려 마구 작대기
를 내려치는 것이었다.

돌아오는 길에는 열이틀 달이 지우는 그늘만 골라 짚었다.
그늘의 고마움을 처음 느꼈다.

불룩한 주머니를 어루만졌다. 호두송이를 맨손으로 깠다가는
옴이 오르기 쉽다는 말 같은 건 아무렇지도 않았다. 그저 근동
에서 제일가는 이 덕쇠 할아버지네 호두를 어서 소녀에게 맛보
여야 한다는 생각만이 앞섰다.

그러나, 아차, 하는 생각이 들었다. 소녀더러 병이 좀 낫거

들랑 이사가기 전에 한번 개울가로 나와 달라는 말을 못해 둔 것이었다. 바보 같은 것, 바보 같은 것.

이튿날, 소년이 학교에서 돌아오니 아버지가 나들이옷으로 갈아입고 닭 한 마리를 안고 있었다.

어디 가시느냐고 물었다.

그 말에는 대꾸도 없이 아버지는 안고 있는 닭의 무게를 겨냥해 보면서,

「이만하면 될까?」

어머니가 망태기를 내주며,

「벌써 며칠째 걀걀 하구 알 날 자리를 보든데요. 크진 않아두 살은 졌을 거예요」

소년이 이번에는 어머니한테 아버지가 어디 가시느냐고 물어보았다.

「저, 서당골 윤 초시 댁에 가신다. 제삿상에라도 놓으시라구……」

「그럼 큰 놈으루 하나 가져가지. 저 얼룩수탉으로……」

이 말에 아버지는 허허 웃고 나서,

「임마, 그래두 이게 실속이 있다」

소년은 공연히 열적어, 책보를 집어던지고는 외양간으로 가, 소 잔등을 한번 철썩 갈겼다.

쇠파리라도 잡는 척.

개울물은 날로 여물어갔다.

소년은 갈림길에서 아래쪽으로 가보았다. 갈밭머리에서 바라보는 서당골 마을은 쪽빛 하늘 아래 한결 가까워 보였다.

어른들의 말이, 내일 소녀네가 양평읍으로 이사간다는 것이었다. 거기 가서는 조그마한 가겟방을 보게 되리라는 것이었다.

소년은 저도 모르게 주머니 속 호두알을 만지작거리며, 한 손으로는 수없이 갈꽃을 휘어 꺾고 있었다.

그날 밤, 소년은 자리에 누워서도 같은 생각뿐이었다. 내일 소녀네가 이사하는 걸 가보나 어쩌나. 가면 소녀를 보게 될까 어떨까.

그러다가 까무룩 잠이 들었는가 하는데,

「허, 참, 세상일두……」

마을 갔던 아버지가 언제 돌아왔는지,

「윤 초시 댁두 말이 아니어. 그 많든 전답을 다 팔아버리구, 대대루 살아오든 집마저 남의 손에 넘기드니, 또 악상꺼지 당하는 걸 보면……」

남폿불 밑에서 바느질감을 안고 있던 어머니가,

「증손이라곤 기집애 그애 하나뿐이었지요?」

「그렇지. 사내애 둘 있든 건 어려서 잃구……」

「어쩌믄 그렇게 자식복이 없을까」

「글쎄 말이지. 이번 앤 꽤 여러 날 앓는 걸 약두 변변히 못 써봤다드군. 지금 같아서는 윤 초시네두 대가 끊긴 셈이지…… 그런데 참 이번 기집애는 어린 것이 여간 잔망스럽지가 않어. 글쎄 죽기 전에 이런 말을 했다지 않어? 자기가 죽거든 자기 입든 옷을 꼭 그대루 입혀서 묻어달라구……」

《신문학》 1953.

비바리

바다 위에서 보면 제주도란 그저 하나의 커다란 산으로밖에 보이지 않는다. 배를 타고 저쪽 바다 한끝에 엷은 보랏빛으로 채색된 윤곽이 하나 얼룩질라치면, 아 제주도다, 하고 소리들을 지르는 것이지만, 기실 그것은 섬이라기보다는 오른쪽에다 큰 봉우리를 두고 왼쪽으로 낮은 봉우리를 연이어 놓은 하나의 크나큰 산이란 느낌밖에 주지 않는 것이다. 제주도란 곧 한라산 그것으로 된 화산도인 것이다.

자연 포구나 촌락도 거의 모두가 한라산 기슭이자 바닷가에 붙어 있게 마련이다. 그래도 제주읍만이 산기슭에서 퍽이나 떨어진 평지에 있다는 인상을 준다. 그러나 이것도 따지고 보면 한라산 기슭이 이쪽으론 가장 완만스러이 흘러내려 왔다는 것 뿐이다. 읍 바로 잔등이 언덕과 고개요, 이 언덕과 고개가 그대로 골짜기를 이루면서 한라산 본봉우리 밑까지 주름잡혀 있는 것이다.

본봉우리는 웬만한 날에는 대개 머리에다 구름이나 안개를 휘감고 있다. 이만큼 크고 높은 산이면 으레 골을 따라 물이 흐를 법도 하건만 한라산은 달랐다. 제주도에 물이 귀할 수밖에 없다. 흔히 제주도에서 아이들이 대로 엮은 구덕이라는 바구니 속에 허벅이라는 물항아리를 지고 다니는 걸 본다. 어디서나 물을 보기만 하면 여기 퍼담게 마련인 것이다.

이러한 제주도에서 서귀포만이 예외였다. 한림이나 모슬포나 그밖의 다른 포구와 촌락들처럼 산기슭에 붙어 있는 것만은 마찬가지다. 도리어 어느 포구보다도 더 산기슭에 바로 붙어 있는 갯마을인 것이다. 그런데 이곳만은 다른 데서 볼 수 없을 만큼 물이 흔한 것이다. 맑고 깨끗한 산골짝 물이 여러 갈래로 나뉘어 집 뒷모퉁이를 돌아 마당귀를 스쳐 제법 돌물소리까지 내면서 흐른다. 이 물이 마을 뒤꼍 석벽에는 목물터를 드리워놓고, 바다에 면한 돌벼랑에 이르러서는 그대로 작은 폭포를 이루어 밑에다 물안개를 피우기까지 하는 것이다.

준이가 어머니와 함께 제주읍에서 서귀포로 옮겨온 것은 1·4 후퇴를 한 그해 여름철이었다. 본디 준이는 음식을 가려먹는 버릇이 있었다. 그래서 그런지 스무 살이 지난 오늘날도 목덜미가 소녀모양 희었다. 이 준이가 또 곧잘 물을 탔다. 1·4 후퇴 때 배편이 수월하다고 해서 어머니와 같이 인천에서 탄 배가 부산에는 들르지 않고 제주도에 대었을 때 첫째 준이를 괴롭힌 것이 이 물이었다. 몇 번이나 몸에 두드러기가 돋혀 살갗이 벗겨지도록 소금으로 문질러야만 했다. 어머니가, 좋다는 물을 품을 놓아 쫓아다니며 길어다가 그것도 일일이 끓여서만 먹었다. 서귀포 물이 좋다는 말을 여러 사람한테서 들었다. 그러나 이제 자기네는 피난 때 트럭으로 먼저 내려간 삼촌의 기별이 있

는 대로 곧 육지로 나가야 한다는 생각에 제주읍에서 엉거주춤
하고 반년 남짓을 보내고 말았다. 그 동안 이리저리 수소문해
보았으나, 웬일인지 삼촌의 거처조차 알 길이 없었다. 그렇다
고 무턱대고 육지로 찾아 나가는 수도 없어서 주춤거리다가 우
선 준이에게 물이라도 갈아먹여야겠다고 서귀포로 옮긴 것이었
다. 어머니가 누구한텐가 제주도 물에는 철분이 부족해서 꼽추
와 절름발이가 많이 생긴다는 말을 듣고는 더 참을 수가 없었던
것이었다. 피난 때 갖고 온 물건 중에서 값나가는 물건을 골라
팔았다.

　준이네가 서귀포로 오던 날은 며칠째 비가 뿌리다가 날이 들
면서 바람이 좀 치는 날이었다. 버스에 실리어 4·3사건 당시 쌓
아올렸다는 두 길 세 길이 넘는 성벽에 둘린 촌락을 지나며, 그
저께인가도 동제주도 어느 부락에 빨치산이 출몰했다는 소문을
상기해 보면서 서귀포에 닿은 것은 거의 낮때가 되어서였다. 말
로 듣던 서귀포가 여긴가 싶게 한산한 고장이었다. 오는 길에
버스 차창으로 내다본 모슬포의 부산스런 모습은 찾아볼 수가
없었다. 그 어마어마한 성벽도 둘려 있지 않았다. 준이는 잠시
어떤 예기했던 일이 어긋났을 때 느끼는 어리둥절함을 맛보았
으나, 곧 여기야말로 한동안 쉬어갈 수 있는 곳이란 생각이 들
었다. 발밑을 스치는 실개천을 대했을 때 더욱 그랬다. 참으로
오래간만에 대하는 서늘한 물이었다. 며칠 동안 내린 비에도 더
럽혀지지 않고 그냥 맑고 깨끗하기만 했다. 발목을 벗어 물에
담그며 지금 약간 나부리를 일으킨 바다 쪽을 내다보았다. 여태
보아온 어느 바닷물보다도 남빛으로 푸르고 맑았다. 무심코 고
개를 돌리니, 한라산 봉우리에는 바람에 밀려오다 걸린 구름으
로 해서 서북쪽은 흐리고, 이쪽 동남쪽은 파아란 하늘이 호수

모양 그대로 드러나 있었다.

준이는 밀짚모자 바람으로 매일같이 거의 밖에서 살았다.

마을 남쪽 끝에 단추공장이 하나 있었다. 흰 회를 바른 단층 함석집으로 앞바다에서 나는 조개껍데기 소라껍데기 전복껍데기 따위를 이용해서 단추를 만드는 곳이었다. 제주도에서도 이 서귀포에서 나는 패각류가 제일 결이 곱다는 것이다. 공장 한옆에는 제품을 만들고 버린 패각류 부스러기가 더미로 쌓여 있었다. 어쩐 일인지 공장은 쉬고 있어서 언제 보아도 조용하기만 했다. 울타리 대신으로 두른 협죽도가 한창 연분홍 꽃을 갈고 있었다.

이 단추공장을 옆에 끼고 돌면 조그만 방파제로 나서게 된다. 이 방파제 앞 바로 손에 닿을 듯한 곳에 조그만 섬이 하나 가로놓여 있다. 새섬이라는 섬이다. 가장자리로 돌아가며 나무가 약간 서 있을 뿐 한가운데는 그저 민민하다. 이 섬 바로 저편에 문섬이라고 하는, 새섬보다도 약간 작은 섬이 얌전하게 솟아 있다. 이것이 서귀포 제일 남쪽 끝인 것이다. 이 섬은 도리어 꼭대기에 나무가 좀 서 있고, 둘레에는 바위가 박혔다. 이 문섬과 새섬 사이가 목이 좁고 물살이 아주 빨라서 잠녀(제주도에서는 해녀를 이렇게 부른다)들도 가까이 가지 못하는 곳이다.

방파제에서 돌아서 바다를 끼고 크고작은 속돌이 깔린 해변가로 돌아오면 저만치 앞에 숲섬이라는 역시 자그마한 섬이 건너다보인다. 크기는 새섬 정도일까. 그런데 위에만 나무가 서 있고, 둘레로 돌아가면서는 바위투성인 것은 문섬 비슷하다. 백도라지와 약초가 나는 것으로 이름있는 섬이다. 그리고 여기가 서귀포 치고도 잠녀들이 가장 많이 모여드는 장소이기도 한 것이다. 오월경 미역 딸 절기가 되면 사방에서 잠녀조합원들이 모여드는 것이다. 가장 가까운 보목리는 말할 것도 없고, 십 리 남짓 떨어진 동홍리, 멀리는 이십 리나 떨어진 법환리에서까지 떼를 지어 이 숲섬 가로 모여드는 것이다. 준이네가 온 때는 마침 농사일이 바쁜 때라 그처럼은 잠녀가 들끓지 않았지만, 그래도 매일 칠팔 명의 잠녀가 숲섬 근방에서 떴다 잠겼다 하는 것이었다. 그 독특한 휘파람소리, 그리고 선돛대라 불리우는 이들 잠녀가 자맥질할 때 물 밖으로 곧추 세우는 두 다리의 모습. 준이는 해변가에 앉아 지금 자맥질해 들어간 잠녀가 나올 위치를 눈으로 점쳐 본다. 대개는 점친 위치와는 딴데서 솟구쳐 나와 휘파람을 부는 것이다. 이번에는 자맥질해 들어간 잠녀가 얼마나 오래 있는가를 재어본다. 자기도 숨쉬기를 멈춘다. 그러나 준이가 참다 못해 세번째 숨을 쉴 때까지도 올라오지 않는 수도 있었다.

다음으로 준이는 작은 폭포가 떨어지는 곳으로 가서 한참 앉아 있기도 한다. 그러다가 더위가 느껴지면 마을 뒤꼍에 있는 자구리 목욕터로 가는 것이다. 준이는 이곳 사람들이 자구리 목욕탕이라고 부르는 그 자구리라는 말이 어디서 온 것인지를 모른다. 원래 제주도에 와서 처음 듣는 말이 굉장히 많았다. 어디 갑니까를 어디 감수꽈, 어디 보낼 것이오?를 어디 보낼 거우꽈, 좀 앉읍시다를 좀 앉이쿠다 하는 말들은 그래도 짐작이 가는 사투리지만, 돼지를 도새기, 닭을 독, 달걀을 독새기, (병아리는 따로 뼁아리라는 말이 있다) 마늘을 콕대사니, 무를 놈삐, 성냥을 곽, 먼지를 구듬, 처녀를 비바리, 노처녀를 작산비바리라는 따위는 처음 듣고서는 통 무슨 말인지 알 수가 없는 것이었다. 이 자구리 목욕터만 해도 이곳 사람들이 자구리 목욕

탕 자구리 목욕탕 하기에 무슨 공동 목욕탕이라도 가지고 그러
는 줄 알았더니, 마을 뒤꼍에 있는 천연 목욕터를 그렇게 부르
고 있는 것이었다.

넓이가 열대여섯 간쯤 되는 웅덩이였다. 이쪽 둑에는 둥글둥
글한 검은 바위가 아무렇게나 굴러 있고, 웅덩이 속도 돌자갈
이 깔렸는데, 깊은 데라야 어른들 배꼽 노리에도 차지 않는 물
이었다. 그러나 이곳이 여름철 목욕터로서 유례 없는 조건을 갖
추고 있는 점은, 웅덩이 물이 원래 맑고 찰 뿐 아니라 웅덩이
안쪽으로 병풍처럼 둘린 석벽 위에서 언제나 맑고 깨끗한 물이
쏟아져내리는 것이다. 웅덩이 물보다도 아주 더 차가운 물이었
다. 처음에 준이는 그 석벽 밑으로 목물을 맞으러 들어갔다가
대번에 흑 느끼고는 그대로 뛰쳐나오고 말았다. 어찌 물이 찬지
뛰쳐나와서도 한참 온몸에 소름이 돋쳐 위아랫니가 떡떡 맞부
딪쳤다. 그후에 여러 차례 이를 악물고 들어가 참아보았으나 여
태껏 열을 세지 못하고 뛰쳐나오곤 하는 것이다.

이날도 준이는 웅덩이에서 세수를 하고 몸을 한번 담갔다가
석벽 밑으로 들어섰다. 처음으로 열셋까지 세고 뛰쳐나왔다. 그
러고는 웅덩이 둑에 있는 바위로 나와 햇볕을 쬐는 것이다. 흰
살갗이었다. 벌써 한 주일 가까이 햇볕을 쬐건만 좀처럼 타지
않는 살갗이었다. 본래부터 햇볕을 먹지 않는 살갗인 듯했다.
동그스름한 어깨와 잔등이 약간 분홍빛으로 물들었을 뿐 겨드
랑 밑과 허벅다리 안쪽은 그냥 희고 투명한 살결 그대로였다.

준이네가 들어 있는 집은 중늙은이 내외가 어린 손자 하나를
데리고 사는 집이었다. 아들은 4·3 사건 때 의용군으로 뽑혀
나갔다가 죽었다는 것이었다. 준이 어머니가 이웃집 부인한테

들은 말에 의하면 며느리 되는 사람이 유복자를 낳고 애 첫돌이
되자마자 어디론가 종적을 감추어버렸다는 것이다. 뒤에 들리
는 소문이 성산포에 사는 어느 남자와 배가 맞아 거기 가 산다
는 것이었다. 이런 소문이 있건만 중늙이 내외는 한번도 며느리
를 찾아 나서는 일 없이 젖도 채 안 떨어진 어린 손자를 자기네
손으로 키워 온다는 것이었다.

언제나 말이 적은 조용한 내외였다. 밭농사 조금과 돼지 한
마리에 닭 십여 마리를 쳐서 생계를 이어가고 있었다. 제주도의
풍습대로 장날이 되면 마누라가 그 동안 받아두었던 달걀을 채
롱 속에 담아가지고 내다 팔았다. 밭농사도 거의 마누라가 짓는
눈치였다. 닭에게 조개껍데기 같은 것을 빻아준다든가 돼지우
리에 풀을 베어다 들여뜨려 주는 일까지 마누라가 도맡아 했다.
영감은 그저 어린 손자나 보는 게 일인 것 같았다. 애를 재울
때는 뜰에 서 있는 멀구슬나무 그늘 밑에 광우리를 내다놓고 그
속에 어린 것을 눕히고는 대고 흔들어대는 것이다. 생각하기에
는 들었던 잠도 깰 듯싶은데 곧잘 어린 것이 잠이 들어버리곤
했다.

이렇게 한가한 영감이라 준이와 같이 낚시질을 시작한 것도
무어 찬거리나마 장만해 보겠다는 뜻에서가 아니고, 그저 심심
파적에서 온 것이었다.

밀물이 들어왔다 나간 뒤 해변가에 깔려 있는 돌 밑을 들치
면 육지의 지렁이보다 약간 가늘고 야무진 갯지렁이가 나온다.
그것을 병에 넣어 소금으로 죽여가지고 미끼로 삼는 것이다. 낚
시터로는 숲섬을 택했다. 배를 빌려 타고 섬으로 건너가 그 한
귀퉁이에 자리를 잡고 낚시를 던져보았다. 그러나 준이는 처음
해보는 낚시질이니 그만두고라도 주인집 영감도 무던히 낚시질

에는 서툴러서 둘이 잡은 고기를 합쳐도 고작 고맹이새끼나 술맹이새끼 몇 마리씩밖에 되지 않기가 일쑤였다. 그저 준이는 해변가에서 멀찌감치 보고 듣던 잠녀의 휘파람 소리와 선돛대를 눈 가까이 대할 수 있는 것만도 그때그때의 심심풀이가 되는 것이었다.

그날도 낚시질은 허탕을 치다시피 하고, 둘이는 섬 꼭대기로 올라가 백도라지꽃이 핀 풀섶에 누워 한잠씩 자고 나서 집으로 돌아오는데, 누가 뒤에서 쫓아오는 기색이 있었다. 고개를 돌렸더니 웬 잠녀 하나가 따라오고 있는 것이었다. 금방 물에서 나온 물기가 가시지 않은 어깨에 감물 들인 헝겊조각을 하나 걸치고는 한 손에다 전복과 소라가 들어 있는 망태기를 들고 있었다. 그 전복이나 소라를 팔아달라는 것이었다. 늘 낚시질에 재미를 못 보고 돌아오는 준이를 보아두었다가 이날은 이거라도 사서 대신하라는 눈치 같았다. 망태 안에 들어 있는 전복과 소라가 큼직하고 먹음직스러웠다. 원래 준이의 식성은 육류보다도 어류를 좋아했다. 더욱이 이번 제주도에 온 후로는 돼지고기 같은 것은 통 사들이지도 못하게 했다. 이곳 돼지우리는 변소와 서로 통해 있는 것이다. 사람이 변소로 가까이 오는 기색만 보여도 벌써 더러운 것을 받아먹으려고 눈깔을 희번덕거리며 변소구멍으로 대가리를 들이미는 것이다. 준이는 미처 뒤도 채 못 보고 뛰쳐나온 적이 한두 번이 아니었다. 평생 돼지고기는 입에 대지 않으리라는 마음까지 먹었다. 그 대신 제주도의 생선은 좋았다. 그중에서도 서귀포 생선은 물이 맑은 탓인지 더욱 살이 싱싱하고 야드르르했다. 이날 준이는 젊은 잠녀를 집으로 데리고 와 전복과 소라 얼마를 팔아주었다.

　그뒤로 준이네는 따로 생선을 사러 나가지 않아도 되었다. 그 젊은 잠녀가 자기 손으로 잡은 해물을 갖고 오곤 하는 것이었다. 그때마다 소용되는 것을 팔아주었다. 잠녀는 연일 들를 때도 있고 하루이틀 거르는 때도 있었다. 아마 좋은 것을 잡지 못하는 날은 거르는 모양이었다. 갖고 오는 물건도 전복과 소라뿐만 아니고 붉바리라는 생선도 있었다. 농어같이 생겼으나 입이 좀더 크고 몸에 주홍색 잔 점이 얼룩져 있는 생선이었다. 물속에서 작살로 잡는다는 것이었다. 작살로 잡는 것으로 다금바리라는 생선이 또 있었다. 이것도 농어같이 생겼는데 붉바리보다 더 입이 크고 등 쪽은 담청색이고 배 쪽은 은백색인 고기였다. 이 다금바리나 붉바리는 작살에 맞고도 좀처럼 죽지를 않아 도마 위에 올라서도 펄떡거렸다.

　준이네는 어느새 이 단골로 드나드는 젊은 잠녀를, 그 처녀니 그 해녀니 하는 대신에 제주도 말로 그저 비바리라는 것으로 통했다. 나이는 딱히 알 수 없으나 아직 스물 안팎의 비바리임은 틀림없었다. 이 비바리가 하루는 물건을 팔러 와서 전에 없는 짓을 했다. 다금바리 한 마리를 팔고 돌아가면서 큼직한 전복 한 개를 덥석 준이의 손에 쥐어주는 것이었다. 준이는 얼김에 받기는 했으나, 받고 나서 이것을 그냥 받아야 옳을지 어떨지 망설였다. 그 동안 적잖이 물건을 팔아준 게 고마워 덤으로 주는 것이라고 생각할 수도 있었다. 그러나 그런 뜻으로 주는 것이라면 흥정할 때 어머니에게 어엿이 내놓아도 좋을 것이었다. 준이는 새삼스러이 비바리의 나가는 뒷모양을 바라다보았다. 옹골찬 몸매에 구릿빛으로 윤나는 피부가 새롭게 눈에 스며들었다. 그러면서 공연히 얼굴이 달아오름을 느꼈다.

　그 이튿날이었다. 이날도 숲섬으로 건너가 물리지 않는 낚시

를 드리워놓고 있느라니까 오래간만에 찌가 쑥 물속으로 들어
가는 것이었다. 준이가 한눈 파느라고 미처 보지 못한 것을 주
인집 영감이 보고 알려주었다. 낚싯대를 잡는 순간 벌써 엔간히
큰 것이 물렸다는 걸 알 수 있었다. 낚싯대가 마구 휘었다. 주
인집 영감이 달려와 맞잡아주었다. 둘이서 조심조심 끌어올렸
다. 그러나 낚시에 물린 것이 얼핏 물 밖으로 나타나는 것을 본
준이는 그만 낚싯대를 내던지면서 뒤로 털썩 주저앉아 버리고
말았다. 사람의 머리인 것이다. 그러나 자세히 보니 그것은 죽
은 사람의 머리통이 아니요 산 사람의 것이었다. 머리 다음에
동체가 드러나고 그 다음에 둑으로 올라서기까지 하는 것이었
다. 잠녀였다. 잠녀 중에도 다른 사람 아닌 비바리인 것이었다.
입에 낚시를 물고 있었다. 입술 새로 피가 번져나왔다. 비바리
는 옆에 누가 있다는 것은 아랑곳않는 듯이 준이만을 바라보았
다. 검은 속눈썹 속의 역시 검은 눈이 흐리지도 빛나지도 않고
있었다. 이윽고 비바리는 제 손으로 낚시를 뽑더니 그 피묻은
입술에 불현듯 미소 같은 것을 띄우고는 그대로 몸을 돌려 바다
로 뛰어들었다. 그러고는 맵시 있는 선돛대를 보이면서 물속으
로 사라져버렸다. 준이는 어리둥절했다. 사람이 낚시에 걸려 나
오는 것을 보고 놀라기도 했지만 비바리가 이쪽의 실수를 나무
라듯 바라보는 동안은 온몸을 옹송그리고 있을 밖에 없었다. 그
러다 비바리가 피 묻은 입술에 미소 같은 것을 띄우고 돌아서는
것을 보고야 자기 낚시가 실수를 해서 잘못 입술을 꿴 것이 아
니고 비바리 편에서 장난을 치느라고 자기 낚시를 와 물었다는
걸 알 수 있었다. 절로 얼굴이 달아오름을 느꼈다. 그러면서 바
다로 눈을 주었을 때는 이미 비바리가 저쪽 잠녀들이 떠 있는
가까이에 솟구쳐오르며 휘파람을 부는 소리가 수면을 타고 건

너왔다.

주인집 영감이 낚시를 거두어 챙겼다. 비바리의 소행이 괘씸하다는 적이 일그러진 얼굴빛이었다. 준이도 따라 낚싯대를 거두었다. 그러나 웬일인지 비바리의 소행이 밉게만 여겨지지는 않았다. 좀전에 낚시를 물고 반나체의 젖은 몸으로 자기 앞에 나타났다가 도로 물로 뛰어들어간 비바리가 하나의 크나큰 생선모양 생각되기도 하는 것이었다. 그리고 그것은 비록 다시 물로 뛰어들어갔다고는 하더라도 잡았던 고기를 놓쳐버린 뒤의 심정이 아니요, 이제 물린 고기를 들어올릴 때의 가슴 두근거려지는 그런 느낌이었다.

이날 집으로 돌아오는 길에 준이는 주인집 영감한테서 비바리에 대한 놀랍고도 무서운 이야기 하나를 들었다. 좀전의 비바리의 행동이 그처럼 괘씸했던지 본시 말수가 적던 영감이 배에 오르자 준이에게 해준 이야기였다. 비바리가 자기 오빠를 죽인 여자라는 것이다. 비바리네는 원래부터 서귀포에서 동쪽으로 한 오 리 가량 떨어져 있는 벌목리라는 곳에 살았다. 4·3사건 때였다. 어쩐 일인지 오빠가 빨치산에 끼어 산으로 올라가고 말았다. 토벌전이 전개되었다. 올케가 어린 자식들을 남기고 누구의 손엔지 모르게 죽임을 당하여 한라산 기슭에서 발견된 것도 이 무렵이었다. 토벌전도 거의 다 끝나 이제 산 속에 남은 잔당이 서른몇으로 세이게쯤 된 어느 날 밤이었다. 오빠가 산에서 내려왔다. 비바리가 그 오빠를 죽인 것이다. 잠깐 뒷간에 다녀나오는 오빠를, 그가 갖고 온 장총으로 쏘아 죽인 것이다. 비바리가 이렇게 자기 오빠를 죽인 것은 어린 자식 둘 달린 올케를 죽게 하고 집안 꼴을 그르쳐놓은 게 분해서 한 짓일 거라고 했다. 혹은 그때 오빠가 노략질을 하러 내려왔기 때문에 그것이

드러나는 날이면 정말 집안을 망쳐놓을 게 두려워서 한 짓일 거라고도 했다. 이야기 끝에 주인집 영감은 한마디 덧붙였다. 한때 사람들은 비바리의 한 짓을 겉으로는 장한 일을 했다고 하면서도 내심으로는 꺼려서 통 상대도 안했다는 것이었다. 준이는 알 수 있었다. 주인집 내외가 그렇게 자주 집에 드나들건만 이 비바리와는 인사말 한마디 건네는 법 없고, 아까 비바리가 낚시에 장난을 쳤을 때만 해도 그처럼 성미가 온유한 이 영감이 자못 괘씸해 못 견디겠다는 얼굴빛을 한 것도 실은 그 때문일 것이었다. 주인집 영감의 얘기를 다 듣고 난 준이는 문득 까닭도 없이 그 작살에 맞아 피멍이 들고도 오히려 펄떡이는 붉바리나 다금바리의 모습이 눈앞에 떠오름을 어찌할 수가 없었다.

하루는 낮이 좀 기울어 자구리 목욕터에서 미역을 감고 내려오다가 비바리와 마주쳤다. 우연히 마주쳤다느니보다는 비바리가 거기서 기다리고 있었음이 분명했다. 이날은 일찍 집으로 돌아가는 길인 듯 팔굽과 무릎이 드러나는 감물 들인 무명 고의적삼을 걸치고, 한 손에다는 둠박이며 망태기 같은 바다에서 쓰는 도구를 들고 한자리에 선 채 이쪽을 바라보고 있는 것이었다. 언제나처럼 검은 속눈썹 속의 흐리지도 빛나지도 않는 눈 그대로였다. 준이는 알은체를 해야 할 것이라고 생각했다. 그러나 그만 저편의 시선을 피하면서 그냥 그 곁을 지나쳐버리고 말았다. 저쪽에서 자기를 기다리고 있은 눈치인 바에는 먼저 저쪽에서 무슨 말이고 붙이거든 이쪽에서 대꾸를 하리라는 생각이 퍼뜩 지나간 것이다. 비바리는 길을 비키는 법도 없이 한곳에 선 채 아무 말도 없었다. 준이는 걸음을 재게 놀렸다. 그러면서 자기는 자기 집 영감한테 비바리가 제 오빠를 죽인 여자라는 말

을 듣고 나서부터 그네를 무서워하는 게 아니냐는 생각을 해보
았다. 그렇지는 않다고 마음 한구석에서 대답했다. 집에 돌아오
니 어머니가 전복회를 앞에 가져다놓으며, 좀전에 비바리가 와
서 널 찾는 눈치더라고 하면서 네가 있었으면 또 무엇을 하나
주고 가려고 그랬는지, 하고 웃는 것이었다. 어머니는 서귀포
에 온 뒤로 아들의 건강이 좋아진 것이 기뻐 못 견디겠는 것이
다. 그러나 준이는 이 어머니의 우스갯말은 우스갯말대로 좀전
에 자기가 그처럼 멋없이 비바리를 대할 필요는 무엇이었는가
하는 생각에 절로 얼굴이 달아올랐다.

　그런 지 이삼 일 뒤였다. 본시 제주도의 기온이란 아무리 여
름철 더운 고비라 하더라도 해가 기울기 시작하면 바다에서 시
원한 기운이 풍겨와, 새벽녘 같은 때는 육지의 가을 맞잡이 되
는 냉기가 몸에 스며들기도 하는 것이다. 그런데 이날만은 저녁
때가 다 되었는데도 더위가 가시지를 않아 느지막하게 자구리 목
욕터로 올라갔다. 마침 다녀갈 사람은 모두 다녀간 뒤인 듯, 석
벽에서 물 쏟아져내리는 소리만이 크게 들렸다. 이제 저녁들이
끝나고 날이 어스레해지면 여인패가 이곳을 차지하게 되는 것
이다. 준이는 늘 하던 대로 웅덩이로 들어가 낯을 씻고 물속에
몸을 담가 땀을 밀어낸 후 석벽 밑으로 들어섰다. 이날도 열몇
밖에 세지 못하고 나오고 말았다. 나오다 웬 사람이 웅덩이로
뛰어들기에 쳐다봤더니 바로 비바리였다. 뜻밖의 일에 놀라 얼
른 하체부터 물속에 가리고 앉은걸음을 치는데 비바리는 웅덩
이에 몸을 담그는 법도 없이 다짜고짜 석벽 밑으로 들어서는 것
이었다. 그 틈을 타서 준이는 둑으로 올라와 옷을 꿰입었다. 노
타이 단추를 채우며 언뜻 돌아다보니 아래와 젖가슴만 가리운
몸으로 그냥 쏟아져내리는 물속에 서 있는 것이다. 준이는 저도

모르게 하나 둘을 세었다. 스물까지 세고는 그만 자기편에서 온
몸에 한기가 끼얹혀져 그만두었다. 동글동글한 바위 틈을 지나
샛길을 내려오느라니까 어느새 뒤따라왔는지 비바리가 젖은 머
리를 쥐어짜면서 곁으로 오더니 불쑥, 귤나무 구경하러 안 가
겠냐는 것이다. 자기네 마을에 귤나무가 많다는 것이다. 준이는
제주도에 유명한 이 귤나무를 아직 제주읍에서나 서귀포에서
보지 못한 것이었다. 그러나 너무나 당돌한 제안에 선뜻 가겠다
안 가겠다는 대답은 못하고 그저 서쪽 하늘을 한번 쳐다보았다.
비바리는, 이따 날이 저물면 바래다주겠노라고까지 하는 것이
다. 그러고는 준이의 대답도 기다리지 않고 앞장서 걷는 것이
었다.

비바리네가 사는 보목리도 바로 산기슭이자 앞에 숲섬을 둔
바닷가 마을이었다. 한 오 리 남짓 동쪽으로 걸어 마을이 있는
해변가에 이르자 비바리는 여기가 자기네 동네라고 하면서, 저
것이 귤나무라고 손을 들어 산그늘진 한 곳을 가리켰다. 마을
한옆에 잎새가 검푸른 나무들이 늘어서 있어, 거기에 갓난애
주먹만큼씩 한 파아란 열매가 조롱조롱 달려 있는 것이었다.
준이는 여름귤이 아직 조만큼밖에 크지 못하냐고 의심스러워
했다.

이때 마을 쪽에서 예닐곱 살쯤 나보이는 계집애 하나가 이리
달려오는 게 보였다. 맨발이었다. 어린 것의 발바닥이 용히도
깔린 순비기나뭇가장이에 찔리지 않는다고 생각됐다. 이애가
비바리에게 오더니 무어라 조잘거렸다. 비바리의 조카애인 것
이다. 말뜻을 새겨들으니 내일 육지로 팔기로 된 말 한 필이 어
디로 갔는지 뵈지 않는다는 것이었다. 비바리는 준이더러 예서
잠깐 기다리라고 하고는 조카애와 함께 마을 쪽으로 들어갔다.

원래 제주도에서는 말들을 놓아 기르다 일년에 한두 번씩 거둬들이곤 했는데 4·3 사건과 6·25 동란을 겪고 난 후로부터는 저녁마다 끌어들인다는 말을 준이도 들어서 알고 있었다. 아마 이날 어린 것이 말을 몰아들이다가 그중의 한 마리가 없어진 걸 발견한 모양이었다.

준이는 거기 앉았다. 바닷물 소리가 멀지 않은 곳에서 어떤 일정한 간격을 두고 들려왔다. 어느 쪽이 바다라는 건 이 일정한 간격을 두고 들려오는 바닷물 소리가 아니더라도 알 수가 있었다. 거기에 깔려 있는 순비기나무들의 휘어진 방향으로써 알 수 있는 것이다. 바닷가 식물 특유의 쿠티쿨라가 발달된 동글납작하고 등뒤에 흰 털이 돋친 잎새와 짙은 자줏빛 조그마한 꽃송이를 소복이 달고 있는 이 일년초와도 같은 가련한 난장이 나무들이 자라나는 동안 해풍에 불리어 모조리 바다와는 반대 방향으로 누워 있는 것이다.

이윽고 마을 쪽에서 좀전의 어린 계집애가 달려오더니 준이에게 파아란 열매 두 개를 내밀어주고는 다시 온 길로 달아나버렸다. 귤 열매였다. 한 줌 안에 들고도 모자라는 작은 열매였으나 솜털이 나 있는 거죽이 도들도들한 게 그래도 귤 모양을 하고 있었다. 준이는 양손에 한 개씩을 쥐고 번갈아가며 코에다 대고 냄새를 맡고 바닷물 소리를 듣고 하는 동안에 어느덧 땅거미지기 시작한 주위가 어스레해졌다. 이따금 마을 쪽에 어른거리던 사람들의 그림자와 집과 귤나무들이 차차 어스름 속에 자취를 감추어버리고 말았다. 뒤이어 바다와 물도 서로서로 한 빛으로 이어졌다. 거기에 초닷새 가는 달이 떴다. 사뭇 먼 달이었다.

마을 쪽 어스름 속에서 인기척 소리가 들렸다. 처음에 준이

는 여러 사람이 이리 몰려오는 줄만 았았다. 그러나 초닷새 달
빛 속에 나타난 것은 비바리와 두 필의 말이었다. 비바리는 준이
있는 데로 오더니 데리고 온 한쪽 말의 목을 쓰다듬어주며, 너는
내일 육지로 팔려간다, 하고는 다른 한쪽 말 뒤로 끌어다 세우는
것이었다. 그쪽 말은 어스름 속에서도 몸에 흰 점이 보이는 얼
룩말이었다. 준이는 비바리가 무슨 생각으로 말을 끌고 왔는지
알아차릴 수가 없었다. 뒤로 간 말이 별안간 코를 불며 번쩍 앞
굽을 들어 앞말의 뒤를 덮쳤다. 준이는 이 갑작스런 광경에 흠
칫했다. 초닷새 으스름 달빛 속에서 커다란 두 몸뚱어리가 한덩
어리가 된 것이다. 비바리가 몸을 돌려 준이의 손목을 와 잡았
다. 그러고는 끌고 내달리는 것이다. 이 말들은 말들대로 둬야
한다는 듯이. 바닷기슭에 이르렀다. 거기서 비바리는 몸에 걸친
것을 홀랑 벗어던지더니 바다로 뛰어들었다. 그러고는 준이더
러도 어서 들어오라는 것이다. 준이는 얼굴만 화끈거릴 뿐 어인
영문인지를 몰라 주춤거렸다. 비바리가 바다에서 올라왔다. 준
이에게 다가오더니 대뜸 노타이 앞섶을 좌우로 잡아 헤치면서
옷을 벗기는 것이다. 노타이 단추가 뚝뚝 뜯어져나갔다. 양손에
서 귤 알이 떨어졌다. 어스름 속에 준이의 희멀건 육체가 드러
났다. 비바리의 손길이 탐내듯이 준이의 몸을 돌아가며 어루만
지기 시작했다. 준이는 그만 몸을 빼야 한다고 생각하면서도 알
지 못할 힘에 이끌려 그냥 내맡기고 있었다. 점점 비바리의 손
에 힘이 주어지며 입가에 어떤 미소 같은 게 지어졌다고 생각되
는 순간, 뜨거운 입김이 준이의 목줄기를 와 물었다. 그리고 뿌
듯한 어떤 무게에 가슴을 눌리면서 그 무게와 함께 나뒹굴어졌
다. 순비기나뭇가장이가 몸에 찔렸으나 아픈 줄을 몰랐다. 먼
조각달이 한번 휘뚝하고 눈앞에까지 다가왔다가 도로 제자리로

올라갔다.

이 초닷새달이 밤마다 커서 둥글게 찼다가 다시 이울어 조각달이 될 때까지 준이는 매일 밤 이곳에서 비바리를 만났다.

그믐께 가까운 어느 날 밤, 비바리를 만나고 돌아온 준이는 그대로 자리에 눕고 말았다. 미열이 나고 팔다리의 뼈마디가 쑤셔서 기동을 할 수가 없는 것이었다.

당황한 것은 어머니였다. 서귀포로 와 물을 갈아먹은 후부터는 아들의 몸에 두드러기도 내돋지 않고 몸도 충실해져 여간 기꺼이 여기지 않던 차에 그만 덜컥 자리에 눕게 된 것이었다. 어머니는 그 동안 아들이 밤마다 어디 무엇하러 간다는 걸 짐작은 하고 있었다. 그러나 그것을 발설하여 아들을 타이르지는 못했다. 아들의 비위를 조금이라도 거슬릴까 저어한 것이다. 언제나 그랬다. 어려서 준이는 무척 오징어를 좋아했다. 잘 때에도 머리맡에다 오징어 한두 마리를 놓고야 잠이 들었다. 한번은 이것이 없혀서 까무러친 일까지 있었다. 의사의 말이 아예 다시는 오징어를 집에 들이지 말라고 했다. 그러나 준이가 조를라치면 어머니는 우는 낯을 하면서도 그것을 치마폭 밑에 사들고 오게 마련이었다. 이런 어머니라 이번에 준이가 자리에 눕게 됐어도 아들 보고는 아무 말 못했으나, 그 앙갚음을 비바리에게 했다. 다른 데서 생선을 사들이고 통 비바리의 물건은 팔아주지 않는 것이다. 너무 한 사람 물건만 팔아주었더니 그것을 기화로 요새는 아주 좋지 않은 것을 가져다 떠맡긴다는 것이다. 물론 생트집이었다. 이런 어머니의 입에서는 어느새 비바리라는 말까지도 사라져버렸다.

비바리는 그래도 전과 다름없이 준이네 집에를 들렀다. 그날 잡은 전복이니 소라니 붉바리니 하는 것들을 들고 왔다. 와서는 흥정이 안 된 채 방 안에 누워 있는 준이를 먼발치로 바라보고 돌아가는 것이었다. 언제나처럼 흐리지도 빛나지도 않은 그런 눈이었다.

준이는 준이대로 처음에 미열이 나고 팔다리가 쑤시는 동안은 아무 생각도 없었다. 그 동안의 자기 생활이 남의 일같이만 생각됐다. 거의 날마다 드나드는 비바리를 거들떠볼 마음도 나지 않았다. 그러나 어머니가 제주읍까지 가서 지어온 약을 먹고 몸조심을 하는 동안 차차 미열도 떨어지고 몸의 피로도 풀리게 되자, 지난날 비바리와의 관계가 무슨 향수나처럼 다시 가슴 한가운데에 자리잡는 것을 어쩔 수가 없었다. 하루는 비바리가 갖고 온 붉바리 한 마리를 사게 했다. 어머니는 마음이 내키지 않았으나 아들의 청이라 거역지를 못했다. 준이는 바닷물을 떠오라고 했다. 그러고는 거기다 붉바리를 넣는 것이었다. 등허리에 작살을 맞아 피멍이 든 채로 붉바리는 아가미를 뻐끔거리고 지느러미와 꼬리를 활발히 내저었다. 용하다고 생각했다. 그러나 잠시 후에 붉바리는 제 몸을 가누지 못하고 한옆으로 기울어졌다. 애써 몸을 바로잡았다. 그러나 곧 다시 한옆으로 기울어지고 말았다. 시간이 갈수록 그 기울어지는 각도가 더해 갔다. 준이는 그만 어머니를 시켜 붉바리가 든 버치를 밖으로 내가게 했다. 이날 저녁 준이는 그 고기를 먹지 않았다.

한 보름 지나, 이제는 준이도 바깥바람을 쐬일 수 있게끔 된 어느 날, 육지에 있는 숙부한테서 편지가 왔다. 준이네가 서귀포로 오기 전 제주읍에 있을 때 알 만한 사람이 육지로 나갈 적마다 숙부의 거처를 수소문해 달라고 부탁을 해두곤 했던 것이 지금에야 연락이 닿은 것이었다. 편지 사연은, 피난올 때의 계획으로는 부산에다 자리를 잡으려고 했었으나 형편상 대구에 주저앉게 됐다는 것과, 지금 거기에 연합대학이란 게 생겨 개강을 시작한 모양이니 곧 나오라는 것이었다. 그러지 않아도 숙부에게서 무슨 기별이 오기만 이젠가 저젠가 고대하던 어머니는 편지를 받자 그 달음으로 짐을 꾸리면서 내일 아침 첫 버스로 떠나자고 했다.

이날 준이는 오래간만에 밀짚모자를 쓰고 밖으로 나섰다. 마을 남쪽 끝에 있는 단추공장 옆도 거닐어보았다. 공장은 여적 일을 하지 않고 쉬는 듯 고즈넉한 주위에는 협죽도만이 끝물 꽃을 피우고 있었다.

방파제로 나가 새섬이며 문섬 쪽도 바라보고, 바다를 끼고 돌아오다 돌자갈이 깔린 해변에서 숲섬 쪽도 건너다보았다. 이날도 잠녀 너댓 명이 섬 근방에서 자맥질을 했다 떠올랐다 하며 휘파람을 불고 있었다.

실개천물은 그새 더 맑아지고 차 보였다. 폭포수도 무척 야무져 보였다. 자구리 목욕터로도 가보았으나 도무지 미역감을 엄두는 나지 않았다. 웅덩이 안쪽 병풍처럼 둘린 석벽에서 쏟아져내리는 물만 보아도 절로 몸속까지 써늘해지는 것이었다. 고개를 드니 한라산 높은 봉우리 끝이 푸른 하늘에 선명한 선을 긋고 있었다. 목덜미에 쬐는 햇살도 쩻쩻하면서도 매끄러운 촉감이었다. 이렇게 계절은 준이가 누워 있는 동안에 어느덧 가을로 접어들고 있는 것이었다.

준이는 그 길로 보목리 쪽으로 발을 옮겼다. 실은 집을 나서면서부터 그 생각을 하고 있었던 것이다. 마지막으로 비바리를 만나야 한다는 생각이었다. 천천히 걷는 걸음인 데다가 해도 또

짧아진 탓인지 보목리 마을이 바라뵈는 해변가에 이르렀을 때
는 산그늘이 벌써 마을을 온통 덮고 있었다. 마을 한옆에 서 있
는 귤나무의 열매만이 전보다도 드러나 보였다. 이제는 웬만한
어른 주먹만큼씩 한 열매가 누르께한 물이 오르기 시작한 채 주
렁주렁 산그늘 속에 두드러져 보이는 것이었다. 준이는 거기 순
비기나무가 깔린 해변가에 앉아 비바리가 돌아오기를 기다리기
로 했다. 멀지 않은 곳에서 바닷물 소리가 어떤 일정한 간격을
두고 밀려왔다는 밀려갔다.

　마을 사람 몇이 말을 몰고 내려오는 것이 보였다. 꽤 길을
들인 말이어서 그다지 사람들을 애먹이지 않는 성싶었다. 혹시
그 속에 비바리 조카애라도 끼어 있지 않나 하고 눈여겨 바라보
았다. 그러다가 지금 어떤 얼룩말의 등에다 한 손을 얹고 한 손
으로는 말의 배를 쓰다듬으면서 마을로 들어서는 한 여자의 모
습이 눈에 띄었다. 바로 비바리였다. 그리고 그네가 배를 쓰다
듬어주고 있는 얼룩말은 언제 밤엔가 본 그 말이 틀림없었다.
아마 비바리가 오늘은 일을 나가지 않았든가 잡히는 것이 없어
서 일찍 돌아온 것이리라. 준이는 몸을 일으켰다. 비바리 뒤에
긴 채찍을 들고 따라오던 조카애가 먼저 알아보고 비바리에게
무어라 이르는 눈치였다. 비바리가 번쩍 고개를 들어 이쪽을
보더니 곧장 이리 걸어오는 것이었다. 준이는 다시 거기 앉아
버렸다.

　비바리는 반가이 준이의 손을 잡고 어루만지면서 인제는 병
이 다 나았느냐고 했다. 그러는 검은 속눈썹 속의 검은 눈동자
는 언제나처럼 흐리지도 빛나지도 않은 그대로였다. 준이는 절
로 얼굴이 달아오름을 느끼며 자기네는 내일 아침 첫 버스로 여
기를 떠난다고 했다. 그리고 뜻밖의 말까지 해버렸다. 비바리더

러도 같이 가지 않겠느냐고 한 것이다. 이 말은 아무런 준비도
없이 실로 그 순간에 퍼뜩 그의 입에서 튀어나온 말이었다. 그
러나 정작 해놓고 보니, 어쩌면 자기는 이 비바리를 남겨두고
는 갈 수 없을 것 같은 생각이 드는 것이었다. 어머니한테는 자
기가 조르기만 하면 어떻게든 응낙을 얻을 수 있을 것이다. 준
이는 잡힌 손에 힘을 주며 다시 한번 다짐하듯이 말했다. 우리
육지로 나가 살자. 비바리는 잠시 그냥 그 흐리지도 빛나지도
않은 눈으로 준이를 바라보고 있더니 고개를 좌우로 내저었다.
그러고는 말하는 것이었다. 아무리 준이를 따라가고 싶어도 자
기는 육지로 나가지 못할 몸이라는 것이다. 그래서 자기는 어느
때고 준이가 육지로 나가는 날은 잠자코 보내주리라 마음먹고
있었다는 것이다. 뒤이어 준이는 이 비바리의 입으로부터 얼핏
이해하기 힘든 놀라운 이야기까지 들어야만 했다. 그네가 자기
오빠를 죽인 것은 세상사람들이 말하듯이 오빠가 그 모양이 됐
기 때문에 다른 가족마저 못 살게 될까봐 그런 건 아니라는 것
이다. 어려서부터 오빠를 누구보다도 좋아한 것은 자기라고 했
다. 오빠가 산으로 올라간 뒤에도 온갖 위험을 무릅쓰고 사람들
의 눈을 피해 가면서 식량이니 옷이니 하는 것을 날라다준 것도
자기라고 했다. 그 오빠가 하룻밤 산에서 내려와 이제 자기는
일본으로 도망치는 도리밖에 없이 됐다고 했다. 그러나 그때 이
미 오빠는 산에서 병을 얻어 겨우 운신이나 할 수 있는 몸이었
다. 도저히 그 이상 더 고역을 견뎌낼 수가 없는 형편이었다.
자수를 권해 보았다. 오빠가 한참 말없이 이쪽을 바라보고 있더
니 들고 있던 장총을 놓고 변소로 들어갔다. 그때 그네는 알아
차렸다는 것이다. 이 오빠를 다른 사람 아닌 자기 손으로 제주
도 땅에 묻어야 한다는 것을. 그리고 또 그것을 지금 오빠 편에

서도 바라고 있다는 것을. 아마 그때부터 자기는 무슨 일이 있
어도 제주도를 떠나서는 안 될 몸이 됐는지도 모른다고 했다.
마지막으로 비바리는 자기 이야기에 끝이라도 맺듯이 앞으로
육지로 나가는 말을 볼 적마다 준이를 생각하겠노라고 하며, 좀
전에 얼룩 암말의 배를 쓰다듬던 솜씨로 자기의 배를 몇 번 쓰
다듬고는 그 손으로 준이의 목을 와 안는 것이었다.

《문학예술》 1956. 10

오영수

1914. 2. 11 – 1979. 5. 15

●
갯마을

1914년 경남 울주 출생.
　　　도쿄 국민예술원 수학.
1948년 《백민》에 시 「산골 아이」 등을 발표.
1950년 《서울신문》 신춘문예에 단편 「머루」 당선.
1959년 아시아자유문학상 수상.
1968년 『오영수전집』 발간.
1977년 대한민국 예술원상 수상.
1979년 5월 15일 사망.
　　　소설집으로 『마루』, 『갯마을』, 『메아리』, 『수련(睡蓮)』, 『오
　　　영수전집』, 『황혼』 등이 있다.

갯마을

서(西)로 멀리 기차 소리를 바람결에 들으며, 어쩌면 동해 파도가 돌각담 밑을 찰싹대는 H라는 조그만 갯마을이 있다.

덧게덧게 굴딱지가 붙은 모 없는 돌로 담을 쌓고, 낡은 삿갓 모양 옹기종기 엎드린 초가가 스무 집 될까 말까? 조그마한 멸치 후리막이 있고, 미역으로 이름이 있으나, 이 마을 사내들은 대부분 철따라 원양출어(遠洋出漁)에 품팔이를 나간다. 고기잡이 아낙네들은 썰물이면 조개나 해조를 캐고, 밀물이면 채마밭이나 매는 것으로 여느 갯마을이나 별 다름없다. 다르다고 하면 이 마을에는 유독 과부가 많은 것이라고나 할까? 고로(古老)들은 과부가 많은 탓을 뒷산이 어떻게 갈라져서 어찌어찌 돼서 그렇다느니, 앞바다 물발이 거세서 그렇다느니들 했고, 또 모두 그렇게들 믿고 있다.

해순이도 과부였다. 과부들 중에서도 가장 젊은 스물셋의 청상이었다.

초여름이었다. 어느 날 밤, 조금 떨어진 멸치 후리막에서 꽹과리 소리가 들려왔다. 여름 들어 첫 꽹과리다. 마을은 갑자기 수선대기 시작했다. 멸치떼가 몰려온 것이다. 멸치떼가 들면 막에서는 꽹과리나 나팔로 신호를 한다. 그러면 마을 사람들은 막으로 달려가서 그물을 당긴다. 그물이 올라 수확이 많으면 많은 대로 적으면 적은 대로 〈짓〉이라고 해서 대개는 잡어(雜魚)를 나눠 받는다. 수고의 대가다. 그렇기 때문에 후리를 당기러 갈 때는 광주리나 바구니를 결코 잊지 않았고 대부분이 아낙네들이다. 갯마을의 가장 풍성하고 즐거운 때다. 해순이도 부지런히 헌 옷을 갈아입고 나갈 차비를 하는데, 담 밖에서 숙이 엄마가 숨찬 소리로,

「새댁 안 가?」

「같이 가요, 잠깐……」

「다들 갔다, 빨리 나오잖고──」

「아따, 빨리 가면 짓 먼첨 받나 머!」

해순이가 사립 밖을 나서자 숙이 엄마는,

「아이구 요것아!」

눈앞에 대고 헛주먹질을 하면서,

「맴(홑)치마만 걸치면 될걸…… 꼬물대고서──」

「망측하게 또 맴치마다, 성님(형님)은 정말 맴치마래?」

「밤인데 누가 보나 머, 철벙대고 적시노면 빨기 구찮고……」

사실 그물을 당기고 보면 으레 옷이 젖는다. 식수도 간신히 나눠먹는 갯마을이라 빨래가 여간 아니다. 그래서 아낙네들은 맨발에 홑치마만 두르고 나오는 버릇이 생겼는지도 모른다. 그로 해서 또 젊은 사내들의 짓궂은 장난도 있다. 어쩌면 사내들의 짓궂은 장난을 싫잖게 받아들이는 갯마을 여인들인지도 모

른다.

해순이와 숙이 엄마는 물기슭 모래톱으로 해서 후리막으로
달려갔다. 맨발에 추진 모래가 한결 시원하다. 벌써 후리는 시
작되었다. 굵직한 로프에는 후리꾼들이 지네발처럼 매달렸다.

데에야 데야——

이켠과 저켠에서 이렇게 서로 주고받으면 로프는 팽팽해지면
서 지그시 당겨온다. 해순이와 숙이 엄마도 아무렇게나 빈틈에
끼여들어 줄을 잡았다. 바다 저만치서 선두가 칸델라 불을 흔들
고 고함을 지른다. 당겨올린 줄을 뒷거둠질 하는 사내들이 〈데
에야 데야〉를 선창해서 후리꾼들의 기세를 돋우고, 막 거간들이
바쁘게들 서성댄다. 가마솥에는 불이 활활 타고 물이 끓는다.
그 물이 가까워올수록 이 〈데에야 데야〉는 박자가 빨라진다.

데야 데야 데야 데야——

이때쯤은 벌써 멸치가 모래톱에 헤뜩헤뜩 뛰어오른다. 멸치
가 많이 들면 수면이 부풀어오르고 그물 주머니가 터지는 때도
있다. 이날 밤도 멸치는 무던히 든 모양이다. 선두는 곧장 칸델
라를 흔든다. 후리꾼들도 신이 난다.

데야 데야 데야 데야——

이때 해순이 손등을 덮어쥐는 억센 손이 있었다. 줄과 함께
검잡힌 손은 해순이 힘으로는 어쩔 수 없었다. 내버려두었다.
후리꾼들의 호흡은 더욱 거칠고 빨라진다. 억센 손은 어느새 해
순이의 허리를 감싸안는다. 해순이는 그만 줄 밑으로 빠져나와
딴 자리로 옮아버린다. 그물도 거진 올라왔다.

야세 야세——

이때는 사내들이 물기슭으로 뛰어들어 그물 주머니를 한 곳
으로 모아드는 판이다. 누가 또 해순이 치마 밑으로 손을 디민

다. 해순이는 반사적으로 휙 뿌리치고 저만치 달아나버린다. 멸치가 모래 위에 하얗게 뛴다. 아낙네들은 뛰어오른 멸치들을 주어담기에 바쁘다. 후리는 끝났다. 멸치는 큰 그물쪽자로 광주리에 퍼서 다시 돌(시멘트)함에 옮겨 잡어를 골라낸다. 이래서 멸치가 굵으면 〈젓〉감으로 날로 넘기기도 하고, 잘면 삶아서 〈이리꼬〉를 만든다.

해순이는 짓을 한 바구니 받았다. 무겁도록 이고 아낙네들과 함께 돌아오면서도 괜히 가슴이 설렌다. 짓보다는 그 억센 손이 머릿속을 떠나지 않았다. 누굴까? 유독 짓을 많이 주던 막 거간이나 아니던가? 누가 엿보지나 않았을까? 망측해라!

해순이는 유독 짓이 많은 것이 아낙네들 보기에 무슨 죄나 지은 것처럼 부끄럽기만 했다. 그래서 해순이는 되도록 뒤처져 가기로 발을 멈추자 숙이 엄마가 옆구리를 쿡 지르면서,

「너 운 짓이 그렇게도 많에?」

해순이는 얼른 뭐라고 대답이 나오지 않았다. 주니까 받아왔을 뿐이다.

「흥 알아봤어, 요 깍쟁이……」

아낙네들이 모두 킥킥대고 웃는다. 뭔지 까닭 있는 웃음들이다. 짐작이 있는 웃음인지도 모른다. 해순이는 귀밑이 화앗 달았다. 숙이 엄마네 집 앞에서 해순이는,

「성님 내 짓 좀 줄까?」

숙이 엄마는,

「준 사람에게 뺨 맞게……」

그러면서도 바구니를 내민다. 해순이는 짓을 반이 넘게 부어 준다.

해순이는 아랫도리를 헹구고 들어와서 자리에 누웠으나 오래

도록 잠이 오질 않는다. 그 억센 손이 자꾸만 머릿속에 떠오른
다. 돌아오지 않는, 어쩌면 꼭 돌아올 것도 같은 성구(聖九)의
손 같기도 한, 아니면 또 징용으로 끌려가 버린 상수의 손 같기
도 한──그 억세디억센 손──.

해순이는 생각을 떨쳐버리려고 애써 본다. 눈을 감아 잠을
청해 본다. 그러나 금하는 음식일수록 맘이 당기듯 잊어버리려
고 애를 쓰면 쓸수록 놓치기 싫은 마음──그것은 해순이에게
까마득 사라져가는 기억의 불씨를 솟구쳐 사르게를 지펴놓은
것과도 같았다. 안타깝고 괴로운 밤이었다.

창이 밝아왔다. 해순이는 방문을 열었다. 사리섬 위에 달이
솟았다. 해순이는 달빛에 산산조각으로 부서진 바다를 바라보
면서 이렇게 뇌어본다.

죽었는지 살았는지──.

눈시울이 젖는다. 한숨과 함께 혀를 한번 차고는 문지방을
베고 누워버린다. 달빛에 젖어 잠이 들었다.

누가 어깨를 흔든다. 소스라치고 깨어보니 그의 시어머니다.
해순이는 벌떡 일어나 가슴을 여미면서,

「우짜고, 그새 잠이 들었던가베──」

시어머니는 언제나 다름없는 부드럽고 낮은 소리로,

「애야 문을 닫아 걸고 자거라!」

남편 없는 며느리가 애처로웠고, 아들 없는 시어머니가 가엾
어 친딸 친어머니 못지않게 정으로 살아가는 고부간이다. 그러
나 이날 밤만은 얼굴이 달아올라 해순이는 고개를 들 수가 없었
다. 그의 시어머니는 언젠가 해순이가 되돌아오기 전에도,

「애야 문을 꼭 걸고 자거라!」고 한 적이 있었다. 그날 밤의
기억이 너무나 생생하게 떠올랐기 때문이었다. 모든 것을 다 알

고 있는 그의 시어머니다. 어쩌면 해순이의 오늘은 이, 〈애야 문을 꼭 닫고 걸고 자거라……〉는 데 요약될는지도 모른다.

해순이는 보재기(해녀) 딸이다. 그의 어머니가 김가라는 뜨내기 고기잡이 애를 배자 이 마을을 떠나지 못했다. 그래서 해순이가 났다. 해순이는 그의 어머니를 따라 바위 그늘과 모래밭에서 바닷바람에 그슬리고 조개껍질을 만지작거리고 갯 냄새에 절어서 컸다. 열 살 때부터는 잠수도 배웠다. 해순이가 **성구**에게로 시집을 가기는 열아홉 살 때였다. 해순이의 성례를 **보자** 그의 어머니는 그의 고향인 제주도로 가면서,

「너 땜에 이십 년 동안 고향땅을 못 밟았다. 인제는 마음놓고 간다. 너도 인젠 가장을 섬기는 몸이니 아예 에미 생각을랑 마라」

그의 어머니는 고깃배에 실려 물길로 떠났다.

해순이에게 장가들기가 소원이던 성구는 그만큼 해순이를 아꼈다. 성구는 해순이에게 물일도 시키지 않았다. 워낙 착실한 성구라 제 혼자 힘만으로도 넉넉지는 못하나마 그의 홀어머니와 동생 해서 네 식구는 먹고 살아갈 수 있었다. 그러나 해순이는 안타까웠다. 물옷만 입고 나가면 성구 벌이에 못지않을 해순이었다. **어느 날 밤** 해순이는,

「**물때**가 한창인데……」

「신풀이가 하고 싶나?」

「낼 전복을 좀 딸래!」

「전복은 갈바위 끝으로 가야지?」

「그긴 큰 게 많지」

「그만둬」

「가요!」

「못 간다니⋯⋯」

「집에서 별 할 일도 없는데⋯⋯」

「놀지」

「싫에, 낼은 가고 말 게니⋯⋯」

이래서 해순이가 토라지면 성구는 그만 그 억센 손으로 해순이를 잡아당겨 토실한 허리가 으스러지도록 껴안곤 했다.

고등어 철이 왔다. 칠성네 배로 이 마을 고기잡이 여덟 사람이 한 패로 해서 떠나기로 했다. 이런 때(원양 출어)는 되도록이면 같은 고장 사람들끼리 패를 짠다. 같은 날 같이 갔다가 같은 날 같이 돌아온다. 그렇기 때문에 고기잡이 마을에는 같은 달에 난 아이들이 많다. 이 H마을만 하더라도 같은 달에 난 아이가 다섯이나 된다.

좋은 날씨였다. 뱃전에는 아낙네들이 제가끔 남편들의 어구며 그 동안의 신변 연모들을 챙기느라고 부산하다. 사내들은 사내들대로 응당 간밤에 한 말이겠건만 또 한번 되풀이를 하곤 한다.

돛이 올랐다. 썰물이 갈바람을 받아 배는 미끄러지기 시작한다. 사내들은 노를 걷고 자리를 잡는다. 뭍을 향해 담배를 붙이려던 만이 아버지는 깜박 잊었다는 듯이 배 꼬리로 뛰어오면서 입에 동그라미를 하고 제 아이 이름을 고함쳐 부른다. 아이 대신 그의 아내가 치맛자락을 걷어쥐고 물기슭으로 뛰어들며 귀를 돌린다.

「꼭 그렇게 하라니!」

「멀요?」

「엊밤에 말한 것 말야!」

「알았소!」

오직 성구만은 돛줄을 잡고 서서 마을 한 모퉁이에 눈을 박고 있다. 거기 돌각담에는 해순이가 손을 뒤로 붙이고 섰다. 갓 온 시집이라 버젓이 뱃전에 나오지 못하는 해순이었다. 성구는 이번 한 철 잘하면 기어코 의농(衣籠)을 한 벌 마련할 작정이었다.

배는 떠났다. 가는 사람이나 보내는 사람이나 그들의 얼굴에는 희망과 기대가 깃들여 있을망정 조그만 불안의 그림자도 없었다.

바다를 사랑하고, 바다를 믿고, 바다에 기대어 살아온 그네들에게는, 기상대나 측후소가 필요치 않았다. 그들의 체험에서 얻은 지식과 신념은 어떠한 이변(異變)에도 굽히지 않았다. 날(출어일)을 받아놓고 선주는 목욕 재계하고 풍신과 용신에 제를 올렸다. 풍어(豊漁)도 빌었다. 좋은 날씨에 물때 좋겠다, 갈바람이나 무슨 거리낌이 있었으랴! 하늘과 바다가 맞닿는 곳, 솜구름이 양떼처럼 피어오르는 희미한 수평선을 향해 배는 벌써 까마득하다.

대부분의 사내들이 고기잡이로 떠난 갯마을에는 늙은이들이 어린 손자나 데리고 뱃그늘이나 바위 옆에 앉아 무연히 바다를 바라보고, 아낙네들이 썰물에 조개나 캘 뿐 한가하다.

사흘째 되던 날, 윤 노인은 아무래도 수상해서 박 노인을 찾아간다. 박 노인도 막 물가로 나오는 참이었다. 두 노인은 바위 옆 모래톱에 도사리고 앉았다. 윤 노인이 먼저 입을 뗐다.

「저 구름발 좀 보라니?」

「음!」

구름발은 동남간으로 해서 검은 불꽃처럼 서북을 향해 뻗어 오르고 있었다.

윤 노인이 또,

「하하아 저 물빛 봐!」

박 노인은 보라기 전에 벌써 짐작이 갔다. 아무래도 변의 징조였다.

파도 아닌 크고 느린 너울이 왔다. 그럴 때마다 매운 갯 냄새가 풍겼다. 틀림없었다.

이번에는 박 노인이 뻔히 알면서도,

「대마도 쪽으로 갔지?」

「고기떼를 찾아갔는데 울릉도 쪽이면 못 갈라고……」

두 노인은 더 말이 없었다. 그새 구름은 해를 덮었다. 바람도 딱 그쳤다. 너울이 점점 커왔다. 큰 너울이 올 적마다 물컥 갯 냄새가 코를 찔렀다. 두 노인은 말없이 일어나 말없이 헤어졌다. 그들의 경험에는 틀림이 없었다. 올 것은 기어코 오고야 말았다. 무서운 밤이었다. 깜깜한 칠야. 비를 몰아치는 바람과 바다의 아우성, 보이는 것은 하늘로 부풀어오른 파도뿐이었다. 그것은 마치 바다의 참고 참았던 분노가 한꺼번에 터져 흰 이빨로 뭍을 마구 물어뜯는 것과도 같았다. 파도는 이미 모래톱을 넘어 돌각담을 삼키고 몇몇 집을 휩쓸었다. 마을 사람들은 뒤 언덕배기 당집으로 모여들었다. 이러는 동안에 날이 샜다. 날이 새자부터 바람이 멎어가고 파도도 낮아갔다. 샌 날에 보는 마을은 그야말로 난장판이었다.

이날 밤 한 사람의 희생이 있었다. 윤 노인이었다. 그의 며느리 말에 의하면 돌각담이 무너지고 파도가 축담 밑까지 들어밀자 윤 노인은 며느리와 손자를 앞세우고 담 밖까지 나오다가 무슨 일로선지 며느리는 먼저 가라고 하고 윤 노인은 다시 들어 갔다고 한다. 그러고는 아무것도 모른다는 것이다.

바다는 언제 그런 일이 있었던가 하듯 잔물결이 안으로 굽은 모래톱을 찰싹대고, 볕은 한결 뜨거웠고, 하늘은 남빛으로 더욱 짙었다.

그러나 고등어 배는 돌아오지 않았다. 마을은 더 큰 어두운 수심에 잠겼다. 이틀 뒤에 후리막 주인이 신문을 한 장 가지고 와서, 출어한 많은 어선들이 행방 불명이 됐다는 기사를 읽어 주었다. 마을은 다시 수라장이 됐다. 집집마다 울음소리가 그치지 않았다. 이틀이 지났다. 울음에도 지쳤다. 울어서 해결될 문제가 아니었다.

설마 죽었을라고——이런 한 가닥 희망을 가지고 아낙네들은 다시 바다로 나갔다. 살아야 했다. 바다에서 죽고 바다로 해서 산다. 해순이는 성구가 돌아올 것을 누구보다도 믿었다. 그 동안 세 식구가 먹고 살아야 했다. 해순이도 물옷을 입고 바다로 나갔다.

해조를 따고, 조개를 캐다가도 문득 이마에 손을 얹고 수평선을 바라보곤 아련한 돛배만 지나가도 괜히 가슴을 두근거리는 아낙네들이었다. 멸치 철이건만 후리도 없었다. 후리막은 집 뚜껑을 송두리째 날려버린 그대로 손볼 엄두를 내지 않았다. 후리도 없는 갯마을 여름밤을 아낙네들은 일쑤 불가(바닷가 모래밭)에 모였다. 장에 갔다온 아낙네의 장시세를 비롯해서 보고 들은 이야기——이것이 아낙네들의 새로운 소식이요 즐거움이었다. 싸늘한 모래에 발을 묻고 밤새는 줄 몰랐다. 숙이 엄마가 해순이 허벅지를 베고 벌렁 누우면서,

「엣다 그 베개 편하다……」

그러자 누가,

「그 베개 임자는 어데 갔는고?」

아낙네들의 입에서는 모두 가느다란 한숨이 진다. 숙이 엄마는 해순이 얼굴을 말끄러미 쳐다보면서

에에야 데야 에에야 데야

썰물에 돛 달고

갈바람 맞아갔소──

하자 아낙네들은 모두

에에야 데야

샛바람 치거던

밀물에 돌아오소──

에에야 데야──

아낙네들은 그만 목이 메어버린다. 이때,

「떼과부년들이 모여서 머 시시닥거리노?」

보나마나 칠성네다. 만이 엄마가,

「과부 아닌 게 저러면 밉지나 안체?」

칠성네도 다리를 뻗고 펄석 앉으면서,

「과부도 과부 나름이지 내사 벌써 사십이 넘었지만…… 이년들 쾌니 서방 생각이 나서 자도 않고……」

「말도 마소, 이십 전 과부는 살아도, 사십……」

「시끄럽다, 이년들아, 사내녀석들 한 두름 몰아다 갈라줄 테니……」

「성님이나 실컷 하소」

모두 딱다그르 웃는다.

이래저래 여름이 가고 잡어가 많이 잡히는 가을도 헛되이 보냈다.

　모자기, 톳나물, 가스레나물, 파래, 김 해서 한 무렵 가면
미역 철이다.

　미역 철이 되면 해순이는 금보다 귀한 몸이다. 미역은 아무
래도 길 반쯤 물속이 좋다. 잠녀는 해순이밖에 없다. 해순이가
미역을 베 올리면 뭍에서는 아낙네들이 둘러앉아 오라기를 지
어 돌밭에 말린다. 미역도 이삼월까지면 거의 진다.

　어느 날 밤 해순이는 종일 미역바리를 하고 나무둥치같이 쓰
러져 잠이 들었다. 얼마쯤이 됐을까? 분명코 짐작이 있는 어떤
압박감에 언뜻 눈을 떴다. 이미 당한 일이었다. 악! 소리를 지
른다는 것이 숨결만 가빠지고 혀가 말을 듣지 않았다. 대신 사
내의 옷자락을 휘감아 잡았다. 세상 없어도 놓지 않을 작정하고
──그러나 해순이의 몸뚱아리는 아리한 성구의 기억 속으로
자꾸만 놓여가고 있었다. 그렇게도 휘감아 잡았던 옷자락이 모
르는 새 놓여졌다.

　아니 내가 이게…….

　해순이는 제 자신에 새삼스레 놀랐다. 마치 꿈속에서 깨듯
바싹 정신이 들자 그만 사내의 상고머리를 가슴패기 위에 움켜
쥐었다. 사내는 발로 더듬어 문을 찼다.

　「그 방에 누고?」

　시어머니의 잠기 가신 또렷한 소리다. 해순이는 가슴이 덜컥
했다. 그러나 입술에 침을 발라 목을 가다듬었다.

　「뒷간에 갑니더!」

　그러고는 사내의 상고머리를 슬그머니 놓아주고 발자국 소리
를 터덕댔다. 이날 밤 해순이는 가슴이 두근거려 더는 잠을 못
잤다.

　다음날도 미역바리를 나갔다. 숨가쁜 물속에서도 해순이 머

리 한구석에는 어젯밤 기억이 떠나지 않았다. 돌아오는 길에 성게를 건져다 시어머니에게 국을 끓여드렸다. 시어머니는 성게국을 달갑게 먹으면서,

「애야, 잘 때는 문을 꼭 닫아 걸고 자거라!」

해순이는 고개를 못 들었다. 대답 대신 시어머니 국대접에 새로 떠온 더운 국만 떠 보냈다.

해순이는 방바위——바위가 둘러싸서 방같이 됐기 때문에——옆에서 한천(寒天)을 펴고 있었다. 이때 등뒤에서,

「해순아!」

해순이는 깜짝 놀라면서 반사적으로 몸을 움츠렸다. 후리막에서 일을 보고 있는 상수다. 해순이는 아랑곳도 않았다. 상구는 슬금슬금 해순이 곁에 다가앉으면서,

「해순이 내캉 살자!」

상수의 이글거리는 눈이, 물옷만 입은 해순이에게는 왼몸에 부시다. 해순이는 암말도 없이 돌아앉았다.

「성구도 없는데 멋한다고 고생을 하겠노?」

「……」

「내하고 우리 고향에 가 살자. 우리 집엔 논도 있고 밭도 있다!」

사실 그의 고향에는 별 걱정 없이 사는 부모가 있었고, 국민학교를 나온 상수는 농사 돌보고 남부럽지 않게 살았다. 두 해 전에 상처를 하자부터 바람을 잡아 떠돌아다니다가 그의 이모 집인 이 후리막에 와서 뒹굴고 있다.

「은야 해순아」

상수의 손이 해순이 어깨에 놓였다. 해순이는 탁 뿌리치고 일어났다. 그러나 상수는 어느새 해순이 팔을 꽉 잡고 놓지 않

았다. 실랑이를 하는데 돌아가는 고깃배가 이켠으로 가까워왔
다. 해순이는 바위 그늘에 허리를 꼬부렸다. 그새 상수는 해순
이를 끌고 방바위 안으로 숨었다.

「해순이 우리 날받아 잔치하자——」

「싫에 싫에 난 싫에!」

「정말?」

「놔요 좀, 해가 지는데……」

「그럼 내 말 한번만 들어……」

「머 말?」

상수는 해순이 허리에 팔을 돌렸다.

해순이는 몸을 비꼬아 손가락을 비틀었다.

「내 말 안 들으면 소문 낼기다!」

「머 소문?」

「니하고 내하고 그렇고 그렇다고……」

「……?」

「내 머리 나꾸던 날 밤에……」

해순이는 비로소 알았다. 아무도 모르는 오직 마음속 깊이
간직해 둔 비밀을 옆에서 엿보기나 한 것처럼 해순이는 그만 발
끈해지자 허리에 꽂은 조개칼을 뽑아들었다. 서슬에 상수는 주
춤 물러났다. 해순이는 칼을 눈 위에 올려 쥐고,

「내한테 손 대면 찌른다!」

「손 안 댈게 내 말 한번만……」

「소문 낼 텐 안 낼 텐?」

「안 낼게 내 말……」

「나보고 알은 척할 텐 안 할 텐?」

「그래, 내 말 한번만 들어주면……」

상수는 칼을 휘두르는 해순이가 겁은커녕 되려 귀여워만 보였다. 해순이는 도사리고 칼을 겨누면서도 그날 밤의 기억을 떨어버릴 수가 없었다. 칼 쥔 손이 어느새 턱 밑까지 내렸다. 해순이는 눈시울이 자꾸만 부드러워갔다.

「해순이!」

상수가 한 걸음 다가오자 해순이는 언뜻 칼을 고쳐들고 한 걸음 물러난다. 상수가 또 한 걸음 다가오자 해순이는 그만 아무렇게나 칼을 내저으면서,

「더 오지 마래, 더 오면 참말 찌른다!」

「참말 찔리고 싶다. 찌르면 나도 해순이를 안고 같이 죽을 테야!」

하고 상수는 목울대 밑을 가리키면서

「꼭 요기를 찔러라. 요기를 찔러야 칵 죽는다니……」

해순이는 몸서리를 한번 쳤다. 상수는 또 한 걸음 다가왔다. 그러자 해순이는 바위에 등을 붙이고 울음인지 웃음인지 알 수 없는 소리로,

「안 찌르께 오지마!」

「찔리고 싶어 왼몸이 근질근질하다. 칵 찔러라, 그래서 같이 죽자!」

하는 상수 눈에는 불이 일 듯하면서도 입가에는 어쩌면 미소가 돌 것도 같다. 상수의 눈을 쏘아보던 해순이는 그만 칼을 내던지고,

「참 못됐다!」

상수는 칼을 주위 칼날을 더듬어보면서,

「내 이 칼 좀 갈아다 줄까, 이 칼로야 어디……」

「어쩌면 저렇게 못됐을꼬」

「전복 따듯 목을 싹 도리게스리……」

「흉측해라. 꼭 섬도둑놈 같다!」

「그랬으면 얼마나 속 시원할꼬?」

「난 갈 테야」

「날 죽이고 가거라!」

「아이 참 그럼 어짜라카노?」

「내 말 한번만……」

「그럼 빨리 말해 보라니……」

상수는 해순이 목에 팔을 감았다. 해순이는 팔굽으로 뿌리치고 돌아앉아 어깨로부터 물옷을 벗기 시작했다. 이날 해순이는 몇 번이고 상수에게 소문 내지 않겠다는 다짐을 받았다. 그러나 이틀이 못 가서 아낙네들 새, 해순이와 상수가 그렇고 그렇다는 소문이 돌기 시작했다. 다시 고등어 철이 와도 칠성네 배는 소식조차 없었다. 밤이면 아낙네들만이 불가에 모여들었다. 칠성네가 그의 시아버지(박 노인——박 노인은 그뒤 이렇다할 병도 없이 시름시름 앓아 누워 지금껏 자리를 뜨지 못한다)가 시키는 말이라면서 작년 그날을 맞아 일제히 제사를 지내라는 것이었다. 모두 그렇게 하기로 했다. 이 H마을에 여덟 집 제사가 한꺼번에 드는 셈이다. 제사를 이틀 앞두고 해순이 시어머니는 해순이에게,

「애야, 성구 제사나 마치거든 개가하두록 해라!」

「……」

「새파란 청상이 어찌 혼자 늙겠노」

해순이는 그저 머엉했다.

「가면 편할 자리가 있다. 그새 여러 번 말이 있었으나, 성구 첫제사나 치르고 보자고 해왔다. 너도 대강 짐작이 갈 게다」

해순이는 낯이 자꾸 달아올랐다. 상수가 틀림없었다. 해순이는 고개가 자꾸만 무거워갔다.

「과부가 과부 사정을 안다고, 나도 일찍 홀로 된 몸이라 그 사정 다 안다. 죽은 자식보다 너가 더 애처롭다. 저것(시동생)도 인젠 배를 타고 하니 설마 두 식구야……」

다음날은 벌써 상수가 해순이를 맞아간다는 소문이 왼 마을에 쫙 퍼졌다. 그러면서도 아낙네들은 해순이마저 떠난다는 것이 진정 섭섭했고 맥이 풀렸다. 눈물을 글썽대는 아낙네도 있었다. 해순이는 이 마을──더구나 아낙네들의 귀염둥이다. 생김새도 밉지 않거니와 마음에 그늘이 없다. 남을 의심할 줄도 모르고 거짓도 없다. 그보다도 위선 미역 철이 오면…… 아낙네들은 절로 한숨이 잦았다. 그러나 해순이는 그저 남녀가 한번 관계를 맺으면 으레 그렇게 되나보다, 그래서 그렇게 됐고 또 그렇게 해야 되나보다──이러는 동안에 후리막 안주인과 상수를 따라 해순이는 가야 했다.

해순이마저 떠난 갯마을은 더욱 쓸쓸했다. 한 길 물속에 미역밭을 두고도 철을 놓쳐버렸다. 보릿고개가 작이도 고되었다. 해조로 끼니를 이어가는 집도 한두 집이 아니었다.

또 고등어 철이 왔다. 두번째 맞는 제사를 사흘 앞두고 아낙네들은 불가에 모였다.

「요번 제사에는 고동 생복도 없겠다!」

「이밥은 못 차려도 바다를 베고서……」

「바닷귀신이 고동 생복 없이는 응감도 않을걸!」

이렇게들 주거니 받거니 하는데, 뒤에서 누가,

「왁!」

해순이었다.

「이거 새댁이 앙이가?」

「새댁이 우짠 일고?」

「제사라고 왔나?」

「너거 새서방은?」

그중에서도 숙이 엄마는 해순이를 친정 온 딸이나처럼 두 손으로 얼굴을 싸고 들여다보면서,

「좀 예빗(여위었)구나」

그러자 칠성네가,

「여기 좀 앉거라 보자!」

해순이는 아낙네들에 둘러싸여 비로소,

「성님들 잘 기섰소?」

했다.

「너거 시어머니 봤나?」

해순이는 고개만 끄떡였다.

그의 시어머니는 해순이를 보자 입부터 실룩이고 눈물을 가두었다. 아들 생각을 해선지? 아니면 제삿날을 잊지 않고 온 며느리가 기특해선지? 해순이는 제 방에 들어가서 우선 잠수(潛水) 연모부터 찾아보았다. 시렁 위에 그대로 얹혀 있었다. 해순이는 반가웠다. 맘이 놓였다. 그래서 불가로 나왔다.

「난 인자 안 갈 테야, 성님들하고 여기서 같이 살래!」

그러고는 훌쩍 일어서서 바다를 바라보고 가슴 가득히 숨을 들이켰다. 오래간만에 맡는 그렇게도 그립던 갯 냄새였다.

아낙네들은 모두 서로 눈만 바라보고 말이 없었다.

상수도 징용으로 끌려가 버린 산골에서는 견딜 수 없는 해순이었다.

오뉴월 콩밭에 들어서면 깝북 숨이 막혔다. 바랭이풀을 한 골 뜯고 나면 손아귀에 맥이 탁 풀렸다. 그럴 때마다 눈앞에 훤히 바다가 트여 왔다.

물옷을 입고 첨벙 뛰어들면——해순이는 못 견디게 바다가 아쉽고 그리웠다.

고등어 철——해순이는 그만 호미를 내던지고 산비탈로 올라갔다. 그러나 바다는 안 보였다. 해순이는 더욱 기를 쓰고 미칠 듯이 산꼭대기로 기어올랐다. 그래도 바다는 안 보였다.

이런 일이 있은 뒤로 마을에서는 해순이가 매구 혼이 들렸다는 소문이 자자했다.

시가에서 무당을 데려다 굿을 차리는 새, 해순이는 걷은 소매만 내리고 마을을 빠져나와 삼십 리 산길을 단걸음에 달려온 것이다.

「진정이냐, 속 시원히 말좀 해라, 보자——」

숙이 엄마의 좀 다급한 물음에도 해순이는 조용조용,

「수수밭에 가면 수숫대가 모두 미역밭 같고, 콩밭에 가면 콩밭이 왼통 바다만 같고……」

「그래!」

「바다가 보고파 자꾸 산으로 올라갔지 머, 그래도 바다가 안 보이데——」

「그래 너거 새서방은?」

「징용간 지가 언제라고」

「저런……」

「시집에선 날 매구 혼이 들렸대」

「쯧쯧」

「난 인제 죽어도 안 갈 테야, 성님들하고 여기 같이 살 테야!」

　이때 후리막에서 야단스레 꽹과리가 울렸다.

「아, 후리다!」

「후리다!」

「안 가?」

「왜 안 가!」

　숙이 엄마가 해순이를 보고

「맴치마만 두르고 빨리 나오라니……」

　해순이는 재빨리 옷을 갈아입고 나왔다. 아낙네들은 해순이를 앞세우고 후리막으로 달려갔다. 맨발에 식은 모래가 해순이는 오장 육부에 간지럽도록 시원했다.

　달음산 마루에 초아흐레 달이 걸렸다. 달 그림자를 따라 멸치떼가 들었다.

　데에야 데야——

　드물게 보는 멸치떼였다.

《문예》 1953. 12

손창섭
1922 –

●

혈서

1922년 평양 출생.
　　니혼대학에서 수학.
1953년 《문예》에 소설 「사연기」로 추천 완료.
1955년 「혈서」로 현대문학 신인문학상 수상.
1959년 「잉여인간」으로 제4회 동인문학상 수상.
1959년 소설 『낙서후기』 발간.
1969년 장편소설 『길』 발간.
1970년 『손창섭대표작전집』 발간.

혈서

날이 어두워서야 달수(達壽)는 집으로 돌아오는 것이다. 물론 그것은 자기네 집이 아니다. 규홍(奎鴻)이가 임시로 들어 있는 집이었다. 그것이 누구의 집이건 간에, 달수가 찾아들어 갈 곳이라고는 그 집밖에 없는 것이었다. 공동묘지같이 쓸쓸한 문밖 거리에는 행인도 없었다. 상여 뒤를 따르는 상제처럼 달수는 지금 절망을 앞세우고 풀이 죽어서 돌아오는 것이었다. 나는 도대체 언제까지나 이렇게 친구네집 신세를 져야 하는가? 그는 돌아오는 길에서 날마다 하는 생각을 되풀이해 보는 것이다. 달수는 매일 아침 조반을 치르기가 무섭게 쫓겨나듯 밖으로 나오는 것이었다. 그러나 취직 자리는 아무데도 그를 기다리고 있지 않았다. 진종일 꽁꽁 얼어서 거리 바닥을 헤매노라면, 달수는 몸보다도 먼저 마음부터 견딜 수 없이 무거워지는 것이었다. 거리에 어둠이 오면, 시각을 통해서보다 더 짙은 어둠이 그의 마음을 덮어버리는 것이었다. 그리 되면 어디라 갈 곳이 없는 그는, 무거운 걸음으로 규홍이네 집 쪽을 향하고 걷는 수밖에 없었다. 그렇게 어둡고 무겁기만 한 귀로에서 〈최선을 다한 나의 노력은 오늘도 수포로 돌아갔다〉는 생각이 어쩔 수 없는 결론이나처럼 선명하게 의식되는 것이었다. 수포(水泡)라는 통속적 한자어는, 어둠속에 무수히 떴다 사라지는 물거품을 그에게 거푸 보여주는 것이었다. 한편 그러한 그의 헛수고는 비단 오늘에 한한 일만이 아닌 것 같았다. 그것은 오늘이라는 시간을 기준으로 출생 이전의 무한한 공간에서부터 이랬고, 앞으로는 또 죽은 뒤에까지도 영원히 이렇게 불행할 것만 같았다. 대문 없는 대문 안에 들어서며, 어쩔 수 없이 인제 나는 파멸인가보다, 라고 신음 소리같이 중얼거려보는 것이다. 방 안에는 어느 날 저녁이나 꼭 같은 광경이 달수를 더 한층 피로하게 해주는 것이 있다. 이 겨울 들어 불이라고는 지펴본 적 없는 방 한가운데 다리 하나 없는 준석(俊錫)은 이불을 쓰고 누워 있는 것이다. 그는 낮이나 밤이나 한 장밖에 없는 이불 속에 엎드린 채 일어나려 하지 않는 것이다. 첫째 춥기도 하려니와 일어나 앉아 그에게는 아무것도 할 일이 없는 것이었다. 준석이가 누워 있는 발치 쪽으로 취사 도구가 놓여 있는 구석에는 돌부처와 같이 창애(昌愛)가 앉아 있는 것이다. 거기에 놓여 있는 석유 풍로와 나란히, 창애는 언제나 그 자리에 그렇게 자리잡고 있는 것이었다. 방 안에 들어설 때마다 달수에게는 이러한 풍경이 따분해 견딜 수 없는 것이었다. 절해고도에서 혼자 헤매다가 기진해 쓰러지는 것 같은 심정으로 달수는 아무데고 주저앉아버리는 것이다. 그러면 준석은 자라처럼 목을 빼서 달수를 보고, 그냥 말없이 도로 목을 움츠려버리는 때도 있지만, 무어라고 한두 마디 얘기를 걸어주는 일도 있었다. 그런 경우 그 몇 마디가 엉뚱한 도

화선이 되어 그들 사이에는 맹랑한 논쟁이 벌어지기가 예사였
다. 오늘 저녁도 방금 들어와 앉는 달수를 향해 「어이 무턱, 오
늘두 점심 저녁 다 굶었지?」 하고 준석은 노상 알은체를 했다.
남보다 턱이 짧아 있는 둥 만 둥하다고 해서 그는 늘 달수를 무
턱이라고 불렀다. 「오늘두 취직을 못해서……」 이것이 달수의
대답인 것이다. 자기가 취직을 하지 못했다는 것이, 달수에게
는 누구 앞에서나 죄스러웠던 것이다. 그러나 달수의 뚱딴지 같
은 대답에 준석은, 실없이 화가 동하는 것이었다. 밥을 굶었느
냐고 묻는데 취직을 못했다는 건 무슨 얼빠진 수작이냐는 것이
다. 그야 뻔한 일이 아니냐, 네까짓 게 일년을 두구 싸다녀본
들, 누가 똥 싸놓구 간 자리 하나 얻어 걸릴 턱이 있겠느냐는
것이다. 달수는 이 말이 좀 억울하다고 생각한다. 그래서 그
는, 한 군데서는 이삼 일 뒤에 한번 들러보라구 그랬는데, 하
고 항변해 보는 것이다. 그 말이 떨어지기가 무섭게 준석은 대
뜸 이마에 핏줄을 세우더니, 이 자식이 미쳤어? 하고 벌떡 일어
나 앉는 것이다. 그러고는 계속해서, 이 민충아, 그래 그 말을
곧이 믿구 있어? 곧장 이삼 일 뒤에는 취직이 될 줄 알어? 어디
배쨰기 내기라두 할까? 이 멍텅구리가 세상을 어떻게 보는 거
야. 그렇게 만만히 취직이 될 줄 알어? 하고 몰아 세우는 것이
었다. 이런 때 달수의 얼굴은 그지없이 난처해지는 것이다. 그
것은 울음과 웃음이 반반씩 섞인 운명적인 표정인 것이다. 그러
한 달수는, 그래도, 너는 괜히 자꾸 나보구 화만 내, 하고는
애원하듯 준석을 바라보는 것이다. 그러자 준석은, 이 자식
아, 누가 괜히야, 누가 괜히 화를 내는 거야. 그래 이걸 화 안
내구 견딜 수 있어? 네 그 바보 같은 음성만 들어두 오장이 뒤
틀리는 걸 어떻게 참는단 말이냐, 하고는 별스레 씨근거리는

것이었다. 그러고는, 너 같은 건 군대에 나가서 톡톡히 기압을 좀 받구 와야만 사람이 된다는 것이다. 날마다 벌벌 떨면서 공연히 취직을 구해 싸다니지 말구 어서 군문에 자원 입대하라는 것이다. 군대에 나가기가 싫으면 기피자라는 것이다. 그러고 보니 달수는 기피자에 틀림없다는 것이다. 기를 쓰고 학교에 다니려는 것은 공부가 목적이 아니라 병역을 기피하기 위해서라는 것이었다.

「그럼 내가 군대에 나가기 싫어서 학교에 간단 말이야?」

「그렇지 뭐야. 팔자에 없는 대학을 뭣 하러 다니는거야?」

「공부하러 다니지 뭣 하러 다녀」

「공부?」

준석은 그만 어이가 없다는 듯이 미친 사람처럼 웃어버린다. 그러고는 금시 또 약이 바짝 치솟는 표정으로 대드는 것이었다. 세상에 공부하고 싶지 않은 사람이 어디 있겠느냐는 것이다. 누구나 다 대학교를 나오고 싶은 생각이야 간절하지만 형세가 미치질 못하니 별 수 없이 단념하는 게 아니냐? 군속으로 일선을 편력하다가 한쪽 다리를 호개〔中共軍〕에게 먹힌 자기만 하더라두 결단코 공부하기가 싫어서 그리 된 것이 아니라는 것이다. 도대체 네가 대학에 갈 터수냐? 사지가 멀쩡한 놈이 남 위에 얹혀 지내면서 대학은 다 뭐냐, 여러 말 말구 어서 군대에 자원해 나가라고 야단인 것이다.

「그래두 난 꼭 대학을 마쳐야겠는걸. 그러구 나서 군대에 나가두 되잖어」

「이 자식아, 그렇게두 말귀를 못 알아들어. 어엿이 공부할 처지가 돼서 대학엘 댕긴대문 좋단 말이다. 그렇지만 네가 어디 대학에 댕길 팔자냐 말이야」

「고학을 해서라두 되레 가난한 사람이 공부해야 되잖어」

「이 자식이 원, 이게 대체 어떻게 되어먹은 대갈통야」

준석은 속이 답답해서 죽을 지경이다. 정강이에서 잘라져 없어진 왼쪽 다리를 달수 앞으로 바짝 내밀고 다가앉으며 잡아먹을 듯이 서두르는 것이다.

「이 메주대갈아. 남 다 못 가는 대학을 왜 너만 유독 댕기겠다구 앙탈이냐 말이야」

「나 말구두 고학생이 얼마든지 있는데 그래」

「이 자식아 네가 고학생이야? 거지지 무슨 고학생이야. 그래 거지가 대학엘 가? 거지가」

「그래두 난 정말 대학을 마치구 싶은 걸 어떡허노. 그래야 성공하잖어」

「이런 맹추 봐. ……성공? 아니 성공이라구?」

준석은 숨이 다 컥컥 막힐 지경이었다. 그는 하도 기가 차서 말을 할 수 없다는 듯이, 목석이나 다름없는 창애 쪽으로 고개를 돌려 동정을 청해 보는 것이었다.

「창애야 이 자식, 이게 아주 멍텅구리지? 형편없는 천치 아냐」

물론 창애는 아무런 대답도 없는 것이다. 옆에서 벌어진 이 기괴한 논쟁에도 창애는 전연 무관심한 태도였다. 준석은 그만 피로해지고 말았다. 걷잡을 수 없는 홍분에서 온 피로인 것이다. 이런 멍텅구리하구는 더 떠들어봐야 소용없어, 괜히 내 입만 아퍼, 그렇게 중얼거리고 준석은 때에 전 이불 속으로 도로 들어가버리고 마는 것이다. 달수는 울음과 웃음이 뒤섞인 그 얄궂인 표정으로, 이불 속에서 머리만 내민 준석을 원망스러이 내려다보며, 왜 내 속을 이렇게두 몰라줄까, 하고 언제나처럼 중얼거리는 것이었다. 달수와 준석은 거의 저녁마다 이와 같이 어처구니없는 토론을 되풀이하는 것이었다. 영원히 일치점에 도달할 수 없는 괴이한 논전은 부질없이 두 사람에게 피로를 가져다줄 뿐이었다.

이 집의 주인격인 규홍이가 돌아오는 것은 밤 아홉시가 훨씬 넘어서였다. 그는 저녁마다 불란서어 강습에 나가는 것이다. 문학을 하는 데는 불란서어가 필요하다는 것이었다. 돌아와서는 늦도록 손가락을 호호 불어가며 램프불 밑에서 시를 쓰는 것이다. 최근 한 달 동안이나 걸려서 그가 만들어놓은 시는 「혈서(血書)」라는 것이었다.

혈서 쓰듯
혈서라도 쓰듯
순간을 살고 싶다.

(일연 생략)

모가지를
이 모가지를
뎅겅 잘라
내용 없는
혈서를 쓸까!

이게 규홍에게는 여간 대단한 작품이 아닌 모양이었다. 날마다 한두 구절씩, 혹은 한두 자씩 고쳐서는 다른 종이에 새로 베껴 책상 뒤 벽에 붙여놓는 것이었다. 이밖에도 그는 수십 편의 시작을 가지고 있었다. 그리고 그는 또한 거의 매달 신문이나 잡지에 투고를 하는 것이었다. 그러나 규홍의 시가 한번도 발표된 일은 없었다. 그러면서도 그는 꾸준히 남의 시를 외우고 또 자기의 시를 썼다. 그것만이 그에게는 최고의 생활인 모양이었다. 규홍은 충청남도 고향에서 면장을 지내는 꽤 부유한 집안의 장남이었다. 법대를 나와가지고 판검사가 되어야 한다는 조건하에 그의 부친은 아들을 서울로 유학보낸 것이었다. 그러나 부친의 의사와는 반대로 규홍은 국문과에 적을 두고 문학 공부에만 몰두하고 있는 것이었다. 규홍이가 법률 공부를 하고 있는 줄로만 믿고 있는 그의 부친은 매달 또박또박 하숙비를 보내오는 것이었다. 그것은 결코 여유 있는 금액이 아니었지만, 준석을 위시해서, 창애나 달수까지도 그 혜택을 입고 있는 것이었다. 이를테면 그들은 규홍의 식객이었기 때문이다. 그런 탓에 달수에게는 그처럼 으르대는 준석도 규홍의 앞에서는 한수 꺾이는 것이었다. 그러면서도 준석에게는 도대체 규홍이가 문학을 한다는 것부터가 비위에 거슬렸다. 정치, 군사, 실업, 자연 과학 같은 부문 외에는 모두 여자들이나 할 일이지, 대장부가 관여할 사업이 못 된다고 생각하고 있는 준석이었다. 그러한 그는 규홍이가 밤을 새우다시피 해가면서 시를 외우고 쓰고 하는 것이 유치하기 이를 데 없어 보였다. 더욱이 책상 앞에 붙어 있는 규홍의 시란 걸 읽으면 당장 밸이 뒤틀려서 견딜 수 없는 것이었다.

「어이 무턱, 저게 뭐야, 저게. 도대체 무슨 개수작이야」

규홍이가 없을 때, 준석은 벽에 붙어 있는 시를 손가락질 하며 조소를 퍼붓는 것이었다. 더구나 그에게는, 모가지를 뎅겅 잘라 혈서를 쓴다는 대목이, 무슨 모욕이나 당한 것처럼 참을 수 없는 모양이었다.

「모가지를 잘라서 혈서를 써? 모가지를 잘라서 말야. 이 모
가지를 잘라서 말야. 그러면 어떻게 되는 거야. 내 원 별자식
다 보겠어. 규홍이 같은 건 일선에 나가서 콩알 맛을 좀 봐야
돼. 감정 콩알이 가슴패기를 뚫구 나가두 모가지를 잘라서 혈서
를 써? 대관절 그게 시야, 그게」

「현대시란 대개 그런 거야. 신문이나 잡지에두 그 비슷한 시
가 왜 자주 나지 않어」

달수의 변명에 준석은 더 화가 치받치는 모양이었다.

「신문이나 잡지문 젤야. 어이 무턱. 그래 세상에서 신문 잡
지가 젤이란 말야. 신문에만 나문 그게 장한 젠가」

「그렇지만 교과서에두 시가 있는데 그래. 문교부에서 만든
국정 교과서에두 시가 실려 있어」

「그건 여자가 지은 시겠지. 아무럼 정부에서 남자의 시를 다
인정하구 실린단 말야?」

「아냐, 남자 이름이던데. 남자가 지은 시두 교과서에 얼마든
지 있어」

「이 자식아, 그래 이름만 보구 남잔지 여잔지 어떻게 알어?
남자 이름 같은 여자두 얼마든지 있는 거야」

「그래두 그 가운데는 남자가 쓴 시두 있다니까 그래」

「이런 바보 같은 거 봐. 아무럼 정부에서, 남자 대장부가 밥
처먹구 앉어서 미친 소리 같은 시나 쓰라구 장려한단 말야」

「그렇지만 교과서엔 정말 남자가 지은 시두 있는 걸 어떻게」

「있으문 당장 가져와 봐라. 남자의 시가 실려 있는 교과설
어디 가져와 보란 말야」

준석은 마치 싸움하듯 주먹을 다 불끈거리며 대드는 것이다.

그러한 준석도 규홍에게 대해서만은 제 성미를 나타내지 못하
는 것이었다. 누구를 찾아가 보아도, 다리 하나 없는 자기를 규
홍이만큼 너그럽고 무탈하게 대해 주는 사람은 없었기 때문이
다. 밤낮 방에서만 뒹굴며 아무리 오래 얻어먹고 지내도 규홍은
얼굴 한번 찡그리는 일이 없었다. 방학이 되어 귀향한 뒤에도
잔류 부대를 위해서 굶지 않을 정도의 자금은 어떻게 해서든 변
통해서 부쳐보내는 규홍이었다. 셋이 똑같이 규홍의 하숙비를
뜯어먹고 지내는 처지이기는 하나, 창애만은 그래도 떳떳한 편
이라 할 수 있는 것이다. 왜냐하면 그는 이 집에서 식모의 소임
을 맡아보고 있기 때문이다. 창애는 간질병 환자다. 밥을 짓다
가 말고, 혹은 밥을 먹다가 말고, 갑자기 얼굴이 퍼래지며, 입
술을 푸들푸들 떨다가는 눈을 뒤집고 나가 뒹구는 것이었다. 그
러고는 입으로 거품을 뿜어가며 사지를 허비적거리는 것이다.
본시가 이 집은 규홍이 부친의 친구네 집이었다.

  6·25 전──그러니까 중학 시대부터 규홍이가 다년간 하숙
하고 있던 집이다. 사변통에 내처 고향과 부산에 가 있다가, 환
도하는 학교를 따라 올라오는 길로, 규홍은 역시 이 집으로 찾
아왔던 것이다. 대문짝은 물론, 안방 건넌방의 문짝이며 마룻
장까지도 죄다 없어진 채로 있었다. 안방에만 문 대신 거적이
드리워 있었다. 그런 속에서 주인 대신 십육칠 세의 낯선 소녀
가 나타났다. 그 소녀가 바로 창애였던 것이다. 창애에게는 육
순이 넘은 노부가 있다. 그들 부녀는 1·4후퇴 당시부터, 주인
없는 이 집을 노상 자기 집처럼 지키고 있었던 것이다. 박 노인
이라 불리우는 창애의 부친은 필사(筆士)였다. 모서리 떨어진
조그만 가죽 트렁크에다 모필과 먹 따위를 넣어가지고 팔러 다니
는 것이었다. 서울에서는 붓이 그리 팔리지 않는다고 하며, 근자

에는 주로 지방 행각을 하는 것이었다. 그러다가 한 달이나 두
달에 한번 정도로 박 노인은 딸을 보러 돌아오는 것이다. 그때
마다 번번이 그는 맨손이었다. 그 자신도 매양 규홍이나 딸 보
기가 안되었던지, 으레 똑같은 변명을 하는 것이다. 시골이란
현금이 귀하기 때문에 거개가 외상 거래라는 것이었다. 간혹 현
금을 받는 수도 있지만 그것은 식대에도 부족하다는 것이다. 그
러나 이번에 한 행보만 더 하고 올라올 때는, 주머니가 불룩하
도록 외상값을 거둬가지고 오겠노라는 것이다. 그때에는 딸이
신세를 지고 있는 규홍에게 충분히 인사를 차릴 뿐 아니라 준석
이와 달수에게 〈미야게〉를 사다 주겠노라고 장담하는 것이었다.
그러고는 염소수염 같은 노랑 수염을 한 손으로 싹 배틀어 훑고
나서,

「이 근처에 잘 통하는 술가게가 없을까?」

누구에게 없이 그렇게 묻고는 젊은이들의 얼굴을 번갈아보는
것이었다. 술이 먹고 싶은데 자기 수중에 돈이 없다는 뜻이다.
육십이 넘어서도 머리에 흰 터럭 한 올 없이 얼굴에 주름만 깊
어가는 꾀죄죄한 이 노인은, 단 하루도 술 없이는 못 견디는 것
이었다. 일생을 가장 안락하게 보내려면 이 괴로운 세상을 잊고
살아야 하는 것인데, 세상사를 잊는 방법으로는 술에 취하는
길밖에 없다는 것이, 술잔을 들 때마다 되뇌이는 이 노인의 철
학이었다. 주기가 돌기 시작하면 박 노인은 창애의 얼굴을 멍하
니 바라보다가 「허 내가 왜 이런 걸 슬하에 두었던고. 단신이라
면 차라리 죽음을 기다릴 뿐인 여생이 이토록 한스럽지는 않을
것을」 하고 눈물이 글썽해지는 것이었다. 제 말과는 반대로 술
만 취하면 세상사를 잊기는커녕 더 서러워만 지는 모양이었다.
창애와 달수하고 셋이만 있을 때면, 준석은 곧잘 창애의 얼굴

을 멍하니 들여다보다가 「허 내가 왜 이런걸 슬하에 두었던
고……」 하고, 박 노인의 어투를 한껏 영탄조로 흉내내 보이는
것이었다. 그래도 창애는 불쾌한 빛도, 다른 어떤 표정도 보이
는 일 없이 언제나 마찬가지로 우두커니 앉아 있는 것이다. 돌
부처 이상으로 무표정한 소녀였다. 표정뿐 아니라 언어와 거동
도 그랬다. 누가 묻는 말에나, 그것도 두 번에 한 번 정도 마지
못해 대답할 뿐, 그밖에 스스로 의사 표시를 하는 일이라고는
없었다. 또한 몸도 움직이기를 싫어했다. 끼니때에 밥을 끓이고
설거지를 하는 것이 고작이었다. 그 외에는 돌멩이처럼 늘 꼭
같은 자세로 방 한구석에 버티고 앉아 있는 것이었다. 그 옆에
서 달수와 준석이 아무리 큰 소리로 싸우듯 떠들어대도 못 들은
체 거듭 떠보는 일조차 없었다. 그러한 창애에게서 달수는 공포
를 느끼는 일이 있는 것이었다. 어쩌다 창애와 단둘이 마주앉아
있게 되는 경우, 마치 유령이나 귀신을 대한 것 같은 엉뚱한 착
각을 달수는 일으키는 것이었다. 손을 내밀어도 만져지지 않을
것만 같았다. 꼭 그러리라고 생각하며 그는 가만히 한 손을 내
밀어본다. 이상히 손끝이 떨리고 가슴이 울렁거린다. 숨을 죽이
고 떨리는 손을 창애의 얼굴로 가져간다. 잡히지 않으려니 하고
창애의 코를 쥐어본다. 그러나 뜻밖에도 잡힌다. 달수는 그만
질겁을 해서 팔을 움츠린다. 그래도 어쩌자고 창애는 동일한 자
세를 흐트리지 않고 앉아 있는 것이다. 달수는 전신에 식은땀이
죽 내번지는 것이었다. 도리어 달수에게는 창애가 거품을 물고
지랄을 벌일 때에 훨씬 더 인간이 느껴지는 것이었다.

　이러한 창애를 그래도 그 부친은 꽤 대견히 여기는 모양이었
다. 그것은 박 노인이 지방 행상 중에서 가끔 규홍에게 보내오
는 기이한 편지를 보면 알 수 있는 일이다. 서당에서 천자를 떼

고 신식 학교(보통학교) 사학년을 졸업했노라는 박 노인의 서한
은 이런 것이었다.

　안규홍 청년 선생 보오라.

　기간 청년 삼 인과 노인 일 인이 무고 무탈하난지 알고저 원
이노라. 노생(老生)은 청년 삼 인과 노처녀 일 인이 주야로 넘
네해 주난 덕분에 별고 무하게 행상이 번창하노라. 전번 귀가시
난 특히 미주(美酒)랄 후히 대접받자와, 감개무량이노라. 한 가
지 부탁은 전신에서도 간곡히 당부하였거니와, 미거한 노생의
독녀랄 청년 선생이 배필로 삼아주기랄 원하노라. 경미한 간질
병이 있기는 하나, 미거한 대로 인품은 볼 만한 데가 있으니, 청
년 선생과는 천생연분인가 하노라. 남한 각지랄 행상하며 보
매, 처녀가 많기는 수없이 많으되, 창애아만한 처녀도 드물더
라. 간질병도 혼인 후 잘, 치료하면 즉시 완쾌될 것으로 믿노
라. (이하 생략)

　이러한 편지가 온 날 저녁에는, 청년 삼 인 중 이 인은, 처
녀 일 인을 앞에 놓고 결혼에 관한 토론을 하였다. 이 편지대로
규홍이가 창애와 결혼을 해야 한다고 주장하는 것은 준석이었다.

　「무조건 나는 찬성이다. 규홍이는 절대적 창애와 결혼해야
된다. 규홍이가 아니문 저런 지랄쟁이와 혼인할 사람이 없다.
절대적이다. 건 절대적이다」

　이러한 준석의 절대적 주장 앞에, 그래도 달수는 정면으로
반대 의사를 표시해 보지 않고는 견딜 수 없는 것이다. 끝판에
가서는 준석의 위압적인 기세에 눌러 결국 굴하고야 마는 달수
였지만, 시초에는 꽤 자신 있게 자기의 의견을 내세워 보는 것
이었다.

「건 그렇게만 생각해선 안 될 거야. 멀쩡한 사람이 누가 지랄쟁이를 데리구 살아. 나 같으문 절대 결혼 안할 테야」

「이 맹랑한 자식아. 누가 너더러 결혼하라는 거야. 너 같은 건 지랄쟁이하구 혼인할 자격두 없어. 너 같은 건 문제두 안 돼. 규홍이 얘기야. 지금 규홍이 얘기를 하구 있는 거 아니야」

「그렇기 어디 내가 창애하구 결혼한대. 만일 나 같으문 지랄쟁이하구는 살지 않겠다는 거지. 나두 그러니까 규홍이두 그럴 거란 말야」

「이런 천하에 바보 같은 자식. 야 무턱. 그래 너하구 규홍이하구 같애? 우선 생긴 게 너하구 같애? 맘 쓰는 게 너하구 같애? 목소리가 같애? 이런 천치 같은 자식. 너하구 규홍이하군 딴 사람야. 겉두 속두 생판 다른 거야. 그러니까 규홍인 창애하구 결혼할 수 있단 말야. 절대적 결혼해야 된단 말야」

「그렇지만 사람 생각은 다 비슷하지 뭐. 아무럼 지랄쟁이하구 살구 싶은 사람이 어딨어」

「원, 이런 답답한 자식 봐. 야 이 자식아. 이 메주대가리 무턱아. 그래 규홍이하구 너하구 생각이 같단 말야? 형제지간이나 부자지간에두 생각이 다른 법인데, 규홍이하구 너하구 생각이 같단 말야. 이거 봐. 도대체 시 쓰는 남자하구, 병역 기피자하구 생각이 같단 말야. 내가 하는 소린 말야, 내가 하구 싶은 말은 말야, 결국 모가지를 뎅겅 잘라서 혈서를 쓸 수 있는 사람은 말야, 지랄쟁이하구 결혼할 수 있다는 거야. 절대적 결혼해야 된다는 거야. 알아듣겠어?」

이렇게 무의미한 논쟁은 그칠 줄을 모르는 것이다. 당자인 규홍이나 창애야 어떻게 생각하든, 준석이와 달수에게는 그것이 문제가 아닌 것이다. 그들 두 사람에게는 어디까지나 자기의 생각과 주장만이 문제인 것이다. 그것은 규홍이나 창애에게 있어서도 마찬가지였다. 준석이와 달수가 그 운명적인 논전을 되풀이하든 말든, 그리고 그것이 어떠한 결론에 도달하든 간에 규홍에게는 모가지를 뎅경 잘라 혈서를 쓰는 시만이 문제인 것이다. 그러기에 그렇게 큰소리로 떠들어대는 속에서도, 규홍은 그만큼이나 여러 차례 신문과 잡지에 투고를 해도 발표되지 아니하는 그 시를, 어떻게 고치면 될까 하고 책상에 엎드려 머리를 앓고 있는 것이었다. 창애는 또한 창애대로 준석이와 달수가, 아무리 자기를 가리켜 지랄쟁이니 결혼이니 하고 들까불어도 문제가 아니었다. 그는 그저 허탈한 태도로 석상(石像)처럼 한구석에 우두커니 앉아 있으면 그만인 것이었다. 이와 같은 규홍이와 창애를 앞에 놓고, 준석과 달수의 그 보람 없는 토론은, 같은 식으로 얼마를 더 계속하다가, 마침내는 공식이나처럼 준석의 위압적인 주장이 승리를 거두게 되는 것이다.

「이 자식아. 너는 그래 어디까지나 나한텐 반항할 생각이냐. 죽어도 너는 내 말에 찬성하지 못하겠단 말이냐?」

준석은 여차하면 후겨갈길 것 같은 자세를 보이는 것이다.

「내가 언제 너한테 반항하갔대」

「그럼 찬성한단 말이지?」

「찬성이야 뭐, 억지루 찬성하는 것두 찬성인가」

「이 자식아. 복잡하게 여러 소리 말구 간단히 한마디루 대답하구 말어. 나한테 끝끝내 대항할 테냐. 그렇지 않으문 찬성할 테냐?」

「글쎄 반항하는 게 아니래두 자꾸 그래……」

「그럼 찬성한단 말이지?」

「찬성하구두 싶지만, 강제루 하는 찬성은 정말 찬성이 아니래두 그냥 그러네」

「이 자식이 나를 놀리는 거야 뭐야. 말루 해결이 안 나문 결국 주먹으루 결판을 짓는 것밖에 도리가 없어. 최후 수단은 그것뿐야」

준석은 달수 앞으로 바싹 다가앉으며 주먹을 내밀어 보이는 것이다. 그쯤 될 말이면 울음 반 웃음 반 섞인 달수의 표정은 그대로 더 심각해지는 수밖에 없는 것이다. 그는 자기의 전부가 파멸이라고 생각하며 절망적인 한숨을 토하는 것이다. 그것은 즉시 그의 영혼의 무거운 신음소리로 변하여, 입 밖으로 새어 나오고 마는 것이다.

「왜 이렇게두 내 속을 몰라줄까!」

한 주일이 지나도, 두 주일이 지나도 달수의 취직 행각은 역시 아무런 성과를 거두지 못하는 것이었다. 어느새 십이월이건만, 그는 겨울 내의도 없이, 맨살에다 염색한 미군 작업복 상하를 걸치었을 뿐이다. 까칠해진 그의 얼굴은 언제나 먼지투성이다. 그리고 멍든 것처럼 퍼렇게 된 입술은 의식해서 꾹 다물지 않으면 덜덜덜 떨리는 것이었다. 그래도 그는 날마다 닥치는 대로——회사고, 음식점이고 서점이고, 시계방이고 그러한 구별 없이 십여 군데 내지는 이십여 군데나 찾아들어 가 보는 것이었다. 물론 요즘 와서는 손톱만한 희망도 거는 일 없이, 그냥 그렇게 찾아다니며 중얼거리기 위해서 세상에 태어난 것처럼 「나는 법과 대학생인데, 고학생입니다. 학비와 식비만 당해 준다면, 무슨 일이든 목숨을 걸고 충성을 다하겠습니다」 하고, 거기 있는 사람들의 얼굴을 두루 쳐다보는 것이었다. 달수는 취직하기 위해서 그 이상의 어떠한 수단도 방법도 발견하지 못하는 것이었다. 자기로서는 최선을 다한 취직 운동이라고 생각하고

있는 것이다. 그런데 몇 달을 두고 진력해도 어째서 자기만은
취직이 안 되는지 알 수가 없었다. 물론 그가 모를 일이란 그것
뿐만은 아니었다. 우선 그 자신이 죽지 않고 이렇게 살아 있다
는 것부터가 달수에게는 도무지 알 수 없는 일이었다. 한번은
거리에서 바로 자기 앞을 걸어가던 사람이 미군 트럭에 깔려 즉
사했다. 그때 달수 자신도 하마터면 트럭 앞대가리에 이마빼기
를 들이받을 뻔했다. 그날 이후, 달수는 자기가 살아 있다는데
불안을 느끼게 되었다. 이상하게도 대량 살육이 자행되었던
6·25 때가 아니라 그러한 불안은 실로 그날부터였다. 따라서
자기는 왜 죽지 않고 이렇게 멀쩡히 살아 있을까가 문제되기 시
작했다. 그 생각은 납덩어리처럼 무겁게 잠시도 쉬지 않고 그를
짓누르는 것이었다. 그러한 달수에게는 준석이가 살아 있다는
것은 더욱 믿을 수 없는 일이었다. 모가지가 허리통이 뚝 끊어
져 나가지 않고, 어째서 공교롭게도 한쪽 다리만이 저렇게 잘
라졌을까 하고 달수는 늘 신기해했을 뿐 아니라, 한번은 그런
생각을 입 밖에까지 냈다가 준석의 격분을 산 일이 있었던 것이
다. 그런 일이 아니라도 준석은 도대체가 실없이 화를 잘 냈다.
세상 만사가 그에게는 하나도 비위에 맞지 않는 것이었다. 개중
에도 달수의 언동은 더했다. 준석은 달수를 향해서만은 화를 내
지 않고는 이야기를 할 수 없는 것 같았다. 그러한 자신을 저도
알고 있는 모양이라, 오랫동안 군대 밥을 먹어왔기 때문에 자
기는 고분고분 말을 못하노라고 스스로 변명하듯 하기도 했다.
그러나 따지고 보면 준석은 가짜 상이군인인 것이다. 군속으로
전방에만 나가 있던 그는 한쪽 다리가 절단되어 가지고 후방으
로 돌아와서부터 어엿이 상이군인 행세를 하려 드는 것이었다.
그가 걸핏하면 달수보고도 군대에 나가라거니, 기피자라거니

하는 것에는 그러한 심리적 연유가 있는 것이다. 어떤 날 저녁 준석은 취직을 구하러 가서 어떻게 말을 꺼내느냐고 달수에게 물었다. 솔직하게 실지대로 일러주니까, 준석은 담박 얼굴을 붉혀가지고, 이 자식아, 어서 죽어라, 죽어, 공부고 뭐고 다 집어때리고 어서 군대에 나가서 공산군의 총알받이나 되라고 고함을 질렀다. 도대체 이런 자식이 이십여 년이나 세상에서 살아왔다는 게 아주 기적이라고 하고는, 마치 음식에 관격이라도 된 때처럼, 아이구 답답하다, 그렇게 소리를 지르고는 주먹으로 제 가슴을 난타했던 것이다. 그러나 역시 달수는 이십삼 년 동안을 이만큼 살아온 것이다. 악성 전염병이 그렇게 무섭게 창궐한 해에도 그는 병사하지 않았고, 수없이 많은 생명들이 애매히 또 무참히 쓰러져간 6·25도 그는 무사히 넘겼고, 해마다 발표되는, 교통사고로 인한 사망자의 엄청난 숫자 속에도 그는 끼이지 않았고, 그렇다고 준석처럼 한쪽 다리를 절단되는 일조차 없이, 지구상에 있는 이십여 억 인류의 그 누구와나 꼭 마찬가지로 그도 역시 〈우연히 살아 있는 인간〉임에는 틀림없는 것이다. 어디 그뿐이냐. 달수는 군대에 나가기 전에 대학교 법과를 마치고 싶었고, 그뒤에는 고시에 합격하여 판사나 검사가 되었다가, 국회의원으로 당선되려는 뚜렷한 희망조차 품고 있는 것이었다. 준석이가 아무리 그를 조소하고, 죽으라고 공격한대도 어떠한 인간이나 매일반으로 장래라는 무한대의 미지수에 대하여 약속 없는 기대를 품어볼 수 있는 자격을 그도 소유하고 있는 것이다. 그렇기 때문에 그는 어제도 오늘도 추위에 떨면서 취직을 구해 서울 거리를 헤매이고 있는 것이 아니냐. 그렇지만 달수는 역시 이 저녁에도 〈최선을 다한 나의 노력은 오늘도 수포로 돌아갔다〉는 자신의 신음소리를 들으며, 물거품이 수없이 떴다가는 꺼지고 떴다가는 꺼지고 하는 탁류 속에 자신이 휩쓸려 내려가는 것 같은 착각을 안은 채, 어둠에 쫓기어 돌아오는 것이다. 방 안에는 언제나 다름없이, 준석은 때에 전 이불 속에서 목만 내밀고 있었고, 창애는 목석같이 한구석에 멍청히 앉아 있는 것이었다. 손이 곱아서 숟가락을 제대로 잡을 수 없으리만큼 찬 날씨인데도, 창애는 추위마저 느끼지 못하는 듯이 가만히 앉아 있는 것이다. 사실 오늘은 유달리 혹독한 추위다. 올 겨울 들어 최고의 추위인 것이다. 불란서어 강습에서 돌아온 규홍이까지도, 오늘만은 시를 주무를 엄두조차 못 내고, 일찌감치 자자고 서두를 지경이었다. 창애가 옆방으로 자러 간 뒤, 셋이는 불을 끄고 언제나처럼 입은 채로 한 이불 속에 기어들어갔다. 그러나 잠은 고사하고 몸이 자꾸만 더 조여드는 것이었다. 규홍의 양쪽 옆에 누워 있는 준석과 달수는 등과 엉덩이가 시려서 저저끔 이불을 끌어당기기 시작하는 것이다. 가운데 누워 있는 규홍이 역시 어깻죽지가 얼어들어와서 그대로 잘 도리가 없었다. 그들은 마침내 불을 켜고 도로 일어나 앉고야 말았다. 어떻게 하면 눈을 붙이고 밤을 새우나 하는 궁리 끝에, 저쪽 방에서 창애가 혼자 덮고 자는 이불을 가져다가, 넷이서 두 이불에 나누어 자자는 의견이 나왔다. 한 이불에 둘씩 갈라 자자는 것이다. 그것이 좋은 방법이기는 하지만, 결국 누가 창애와 한 이불 속에서 자느냐 하는 난문제에 그들은 부닥쳤다. 창애에게 병적으로 공포를 느껴오는 달수만은 애초부터 별문제였다. 결국 규홍이나 준석이가 누구든 창애와 같이 자야 할 형편이었다. 규홍은 늘 하는 버릇대로 히죽히죽 웃으면서 어떻다는 말은 하지 않았다. 그로서는 누가 창애와 같이 자든 간에 그것은 난처한 문제였던 것이다. 그러자 준석이가 불쑥 자기

가 창애하구 자겠노라고 자청해 나선 것이다. 그는 당연한 주장
인 것처럼 자기 말고는 창애와 잘 사람이 없을 것이라고 했다.
달수와 규홍은 그러한 준석을 잠시 동안은 덤덤히 바라만 보고
있었다. 그러다가 달수는 마침내 그 의견에 반대하지 않을 수 없
다고 생각한 것이다. 그는 당황히 제 주장을 내세우는 것이었다.

「그럴 게 아니라구 난 생각해. 그건 아무래두 규홍이가 창애
하구 자는 것이 좋을 거야」

「이 자식 봐. 규홍이가 언제 창애하구 잔다구 그랬어? 규홍
이두 그렇구 무턱 너두 그렇구 모두 창애하구 자기를 꺼려하는
거 아냐. 그러니까 나밖에 없잖어. 누군 지랄쟁이하구 자기가
좋을 줄 알어」

「언제 규홍이가 싫다구 그랬나」

「이런 천치 같은 자식 봐. 같이 자겠다는 말을 안하니까 싫
대는 거나 마찬가지지 뭐야」

「말 안하문 싫대는 건가」

「그럼 뭐야. 이 바보야. 잠자쿠 있으문 싫대는 거지 뭐란 말
야」

「그렇지만 너 여태껏 규홍이더러 창애하구 결혼하라구 하잖
았어? 그러구서는 네가 창애하구 자문 어떻게 되는 거야」

「이건 또 무슨 트집야. 어떻게 되긴 뭐가 어떻게 돼. 규홍이
는 언제든 창애하구 결혼하문 되잖아. 언제든 결혼하란 말야.
내가 창애하구 같이 잔다구 해서 규홍이가 창애하구 결혼 못하
란 법이 어딨어?」

「난 통 무슨 영문인지 모르겠어. 난 암만 생각해두 그래선
안 될 것만 같은데……」

「똑똑히 좀 말해, 이 자식아. 뭐가 안 될 것 같단 말야, 뭐

가」

「내 생각으룬 말야, 네가 창애하구 자는 건 좀 안 될 것 같
단 말야」

「어이 무턱. 그래 넌 언제든 나한테 대항만 할 테냐. 반대만
하겠느냐 말이야. 단 한번이라두 내 의견에 찬성해 본 일이 있
어?」

「거야 찬성할 일이문 찬성해. 내가 어디 찬성 안한대」

「그럼 왜 반대만 하는 거야. 오늘두 어째서 기를 쓰구 반대
만 하려 드느냐 말야」

「그거야 내가 어떻게 알아. 암만 해두 그래선 안 되겠으니까
그저 안 된다는 게지」

「안 되나 되나 당장 봐. 너 같은 자식이 반대한다구 내가 겁
낼 줄 아니」

그러고는 누가 미처 뭐라고 할 사이도 없이, 창애 방으로 가
서 자겠노라고 하며, 준석은 외다리로 성큼 일어서더니 저쪽
방으로 들어가버리는 것이었다. 「나는 도무지 어떻게 되는 판인
지 모르겠다」고 중얼거리는 달수의 머릿속에, 벌써 오래전부터
준석은 창애에게 손을 대온 것이나 아닌가 하는 의심이 부쩍 떠
오르는 것이었다.

겨울 방학이 되어 규홍이가 내일이면 귀향한다는 날 저녁
에, 자기 딸하고 부디 결혼을 해달라는 박 노인의 편지가 또
왔다. 그날 밤에 그들은, 규홍이가 창애와 결혼을 해야 되느
냐, 안해야 되느냐 하는 맹랑한 문제에 관해서 또다시 열심히
토론을 시작한 것이었다. 그들이라고 하지만 창애는 여전히 한
구석에 물건처럼 놓여 있었고, 무명 시인 규홍은 서울을 떠나
고향으로 돌아가는 사람의 회포를 시로 엮느라고 책상에 달라

붙어 여념이 없는 것이니, 결국은 판에 박은 듯이 준석과 달수의 그 운명적인 대립인 것이다. 오늘 밤에 준석이가 강경히 내세우는 이유로는, 육십이 넘은 박 노인에게서 전후 세 차례나 결혼을 청하는 간곡한 편지가 오지 않았느냐, 늙은 어른이 머리를 숙이다시피 세 번씩이나 보내온 간청에 응하지 않는다는 것은 인간의 도리가 아니라는 점이다. 그러니 서울을 떠나기 전에 박 노인이 만족할 만한 확답을 하라는 것이다. 아무리 준석이가 그렇게 끝까지 버티더라도 오늘 밤만은 이래가지고는 안 되겠다고 달수는 노상 여느 때 없이 흥분을 느껴보는 것이었다. 그것은 얼마 전부터 창애의 몸에서 놀라운 이상(異狀)을 발견해 왔기 때문이다.

「그렇지만 그건 안 된다구 나는 생각해. 규홍이는 암만 해두 창애하구 혼인할 수는 없는 거야」

「어째서 안 된단 말야, 이 민충아. 어째서 규홍이가 창애하구 결혼할 수 없다는 거야. 난 절대적 규홍이니까 창애하구 결혼해야 된다구 생각한다」

「그렇지만 암만 해두 그건, 그렇게 될 수 없는 일인 걸 어떡허노……」

「이런 어쩌리 같은 자식 보게. 왜 안 된단 말야. 어째서 안 된다는 거야. 원 이렇게 답답한 자식이 어딨어」

달수는 잠깐 무엇을 망설이는 듯하였다. 그러다가 최후의 기력을 짜내듯이, 한 손으로 창애의 배를 가리키었다. 그러고는 신(神)에게라도 항의하듯 필사적인 어투로 중얼거리는 것이었다.

「저 배를 봐. 창애의 배가 저렇게 불렀는데……. 저 배를 좀 봐아」

간신히 그러고 나서는 어린애처럼 입을 비쭉거리다가 마침내 달수는 눈물을 좌르르 흘리는 것이었다. 그는 연신 두 주먹으로 눈을 문질러가며 흑흑 느껴 우는 것이었다. 물론 그 자신, 자기는 왜 그다지 섦게 울어야 하는지를 알 수가 없었다. 어렸을 때, 제 힘으로는 어떻게도 할 수 없는 일에 닥뜨리게 되면, 결국 으아 하고 울어버리는 길밖에 없었듯이, 달수는 지금 그와 흡사히 절박한 감정에서 울고야 마는 것이었다. 무엇인지 알 수 없는 그 무엇에 대해서, 항거할래야 항거할 수 없는 무의미한 항거는, 마침내 그에게 있어서 울음으로밖에 터져나올 도리가 없는 것이었다. 달수의 울음소리를 듣고, 규홍은 그래도 고개를 돌려 히죽히죽 웃으며 바라보았다. 창애는 그대로 바위 같다. 물론 문제는 준석이다. 그 얼굴에 살기를 담고, 당장 잡아먹을 듯이 달수를 노려보고 앉았는 것이었다. 그러한 준석의 시선에 부딪친 달수는 대뜸 울음을 그치고 얼굴이 파랗게 질렸다. 자기는 인제 모든 것이 마지막이라고 번개처럼 생각하는 것이었다.

「어이 무턱. 너는 나하구 무슨 원수를 졌니? 대천지 원수냐?」

준석은 또 한참이나 독기 오른 눈초리로 달수를 쏘아보고 나서, 「이 자식아, 창애의 배가 불렀건 꺼졌건, 그게 나하구 무슨 상관이 있단 말이냐? 창애의 배는 어디까지나 창애의 배지, 내 배는 아니다. 창애 배가 부른 게 어째서 내 죄란 말야」

하고, 악을 쓰듯이 들이대는 것이었다.

「나두 잘 몰라…… 나는 왜 그런, 그런 쓸데없는 말을 했을까」

달수는 울음과 웃음이 반반씩 섞인 그 비극적인 표정으로, 영문 모를 소리를 간신히 그렇게 중얼거렸을 뿐이었다.

「이 육실할 자식아. 너는 국적(國賊)이다. 병역 기피자니까 너는 국적이나 같아. 이 자식 어디 견디어봐라. 내 당장 경찰서에 고발하구 만다. 너 같은 건, 너 같은 악질은 문제 없이 사형이야, 사형. 내 당장 가서 고발하구 올 테다」

준석은 일어서 나가려고 하는 것이다. 그제야 규홍이가 따라 일어서며 준석의 소매를 붙잡았다.

「아냐 못 참어. 절대적 못 참어. 이건 내 개인 문제가 아냐. 국가적 문제야. 이런 가짜 대학생을 이런 기피잘 그냥 둬」

준석은 소매를 뿌리치고 한사코 나가려고 버둥거렸다. 그런 걸 규홍이가 겨우 붙들어 앉혔다. 할 수 없이 주저앉기는 했으나 준석은 그래도 성이 가시지 않는 모양이었다.

「어이 무턱. 넌 국적이야. 넌 기피자란 말이다. 그래 군대에 나갈 테냐, 안 나갈 테냐? 벌이라두 당장 입대할 테냐, 안할 테냐?」

「그렇지만 난 정말 국적은 아닌데……. 난 정말 어떡허문 좋을고!」

달수의 눈은 완전히 절망에 떨고 있었다.

「국적이 아니야? 기피자가 그래 국적이 아니야? 그럼 당장 군대에 지원할 테냐? 국적이 안 될래문 당장 군대에 들어가란 말야」

「사실은 난 기피자두 아닌데. 난 고학생인데……」

「이 자식아. 네가 무슨 고학생이야. 생판 룸펜이지, 기피자지 뭐야. 어이 무턱. 네가 참말루 국적이 안 될래문, 당장 이 자리에서 혈서를 써라. 자원 입대라구 혈서를 쓰란 말야. 좋지?」

취사 도구를 놓아둔 한편 구석에서 준석은 재빨리 도마 위에 얹히어 있는 식칼을 도마째 달수 앞에 가져다놓는 것이었다. 달수는 흠칫 놀라며 약간 뒤로 물러앉았다. 준석은 연거푸 달수더러 손가락을 내놓으라고 재촉하며, 규홍에게로 손을 내밀어 종이를 청하는 것이었다. 규홍은 여태대로 히죽거리며 바라보다가 지나친 농담일랑 삼가라고 하고, 책상 위에 있는 종이를 되레 감춰버리었다. 농담이라니, 이게 농담인 줄 알어. 어디 농담인가 진담인가 보기만 하라고 하며, 준석은 문창지를 북 찢어서 달수 앞에 펴놓는 것이었다.

「자, 무턱. 어서 손가락을 내봐. 이 자식 못 내놀 테야? 싫단 말야? 그러문 이걸루 네 모가지를 뎅겅 잘라서 혈서를 쓸 테다」

달수의 얼굴에서 차차로 핏기가 사라지기 시작했다. 그는 죽은 사람처럼 눈을 감으며, 할 수 없다는 듯이 검지를 가만히 내밀었다. 그 손가락 끝이 바르르 떨리었다. 규홍이가 놀라서 준석의 팔을 붙잡으려 하는 순간, 어느새 도마 위에서는 탁 소리와 함께, 몇 방울의 피가 뻗치었다. 이어 절단된 손가락에서는 선혈이 철철 흘러내려 도마와 방바닥을 적시기 시작하는 것이었다.

「자, 써라. 얼른 혈서를 써!」

준석의 음성도 흥분에 떨리었다. 달수의 얼굴은 이미 시체의 살색처럼 더욱 창백해지더니, 입술을 약간 떨다가 그 자리에 푹 고꾸라지고 말았다. 기절한 것이다. 규홍이가 쫓아와 부둥켜안고 달수, 달수 소리를 질렀다. 그러나 준석이가 불뚝 일어서더니 비칠거리며 황급히 밖으로 달려나가는 것이었다. 어디 가느냐고 규홍이가 묻는 말에 그는 잠시 멈칫 했다. 그 자신, 자기는 어디를 가기 위해 뛰어나왔는지를 알 수 없는 것이었다. 그러면서도 준석은 그냥 그 자리에 서 있을 수는 없었다. 어디로든 발을 옮겨놓아야 했다. 그는 걸음을 떼었다. 밖을 향하고 있었기 때문에 자연 대문 밖으로 걸어나가졌다. 하늘의 별이 문제가 아니었다. 준석은 한쪽 다리 대신 사용하는 지팡이로 언 땅을 울리며 어둠 속으로 사라져가는 것이었다.

정한숙

1922. 11. 3 - 1997. 9. 17

●

전황당인보기

1922년 평북 영변 출생.
고려대 국문과 졸업.
1948년 《조선일보》에 소설 「배신」 발표.
1957년 「암흑의 계절」로 제1회 내성문학상 수상.
1963년 소설집 『끊어진 다리』 발간.
1980년 『해방문단사』 발간.
1982년 『현대한국문학사』 발간.
1983년 소설집 『안개 거리』 발간.
　　　소설집으로 『애정 지대』, 『묘안 묘심』, 『황진이』, 『끊어진
　　　다리』, 『안개 거리』, 『말이 있는 팬터마임』 등이 있고, 수
　　　필집으로 『잠든 숲 속 걸으면』이, 평론집으로는 『현대한국
　　　소설론』, 『소설 문장론』, 『한국 문학의 주변』, 『해방 문단
　　　사』 등이 있다.

전황당인보기

1

석운(石雲) 이경수(李慶秀)가 선비로서 야인(野人) 시절이랄 것 같으면 문방사우(文房四友) 중 무엇이든 들고 가서, 매화옥(梅花屋) 뜰 한가운데 국화주(菊花酒) 부일배로 한담소일하면 옛 정리 그에 더할 것 없으련만, 석운 벼슬을 했으니 지(紙) 필(筆) 묵(墨) 연(硯)을 즐길 여가가 있을 것 같질 않았다.

정표(情表)라기보다도 수하인(水河人) 강명진(姜明振)은 벼슬한 친구에게 기념이 될 만한 것을 꼭 선사하고 싶었다.

애당초 시속적인 물건은 고를 생각도 없었고, 그것은 석운의 구미에도 맞을 것 같질 않았다.

석운에겐 물론, 자기 자신의 성미에까지 들어맞는 것을 골라 내자니 매우 힘들었다.

연(硯)이라면 집에 있는 단계연(端溪硯)이 알맞겠지만, 그것만은 수하인으로서도 내놓을 수 없는 유일무이한 물건이다.

일전 골동품상에서 구한 속칭 운근(雲根)이라고 하는 분석(盆石) 생각도 해보았다.

아아한 봉우리라든지…… 감쳐 흐르는 계곡이라든지, 보면 볼수록 그윽한 대자연 속에 묻혀 있는 듯싶은 감이 절로 흐르는 분석 역시 선비의 취미지, 관(官)에 나선 석운에겐 어울리지 않았다.

아취(雅趣)도 있고 그 반면 실용성이 있는 것이라면 인장(印章) 한방[壹方]이 고작인 듯했다. 화유석(花乳石) 중 그래도 골라잡으려면 등광석(燈光石)이 엄지손가락에 오르겠지만, 그것은 문헌에나 있는 돌이요, 수산(壽山)의 동석(凍石), 동석 중에서도 어뇌동(魚腦凍) 같은 것을 구하여 한인(漢印)의 풍모(風貌)를 따서 한방 새겨주었으면 더할 나위 없겠지만, 그런 석재(石材)란 쉬운 일이 아니다.

흔한 것이 해남(海南)의 화반석(花斑石)과 오석(烏石) 같은 것이지만, 그런 것은 안중에 없었고, 계혈석(鷄血石) 같은 것은 구할 순 있어도 수하인은 길사(吉事)에 그 붉은 것을 꺼리었다.

어느 날 오후다.

동대문 시장 뒷골목에서 서울운동장 쪽으로 빠져나오려면, 사주관상(四柱觀相)쟁이들이 늘어앉아 있는 틈에 끼여 진종일 먼지만 날리는 잡상들이 있다.

잡상들이 벌여놓은 쇠붙이 속에 우연히도 수하인은 한방의 석재를 발견했다.

벌써 십오륙 년 전 일이다.

서화를 즐기던 거부(巨富) 이모(李某)가 원정(園丁) 민영익(閔泳翊)의 인장 한방을 구했다 하여 보여주던 기억이 새로웠다.

　세 개의 돌을 움커쥔 수하인은 말할 수 없는 홍분이 손끝에
떠오름을 참을 수 없다.
　딴것은 몰라도 인수(印首)의 특징이 아직도 그 기억을 잃지
않게 했다.
　아편을 빨던 이모, 그후 가산을 탕진했고, 지금은 그 행방조
차 묘연하니 인장에 관한 것을 알 바가 더욱 없었지만, 그후 누
구의 손을 거쳐 나왔는지 인면(印面)이 말짱스레 갈려 있었다.
　돌의 가치를 알아서 부르는 값은 물론 아니겠지만, 한 개에
이백 환 꼴로 육백 환만 내라는 것을 달라는 대로 치러준 수하
인은, 도야지 품에서 진주를 구한 것같이 기뻤다.
　전황(田黃), 전청(田靑), 전백(田白), 물론 그것이 다 동석
(凍石)에 소속하는 돌 종류이지만, 밀화(蜜花) 같은 전황석은
화중지화(花中之花)다.
　아늑한 빛깔과 부드러운 감촉이 손끝이 따스해지는 것 같았다.
　전황석의 값을 옳게 따지면 금값의 열 배가 보통이지만, 수
하인은 그것을 헐값으로 샀다는 것보다, 내력으로 보아 석운에
게 줄 만한 물건을 구한 기쁨이 더 컸다.

　포자(布字)에 한나절이나 걸린 셈이다. 포자가 되었으니 칼로
오리면 그만이다.
　「그 청승맞은 일을 또 하시는구려……」
　수하인은 그냥 빙긋이 웃었다.
　오십 평생의 절반을 산홍(山紅)이와 같이 늙었다면, 나머지
절반은 돌을 주무르며 지낸 폭이다.
　부모가 맺어준 누님 같은 마누라에게 정을 두지 못한 수하인
은, 여자에게 눈이 틔면서부터 기생집 출입이 잦았다.

말하자면 산홍의 첫머리를 수하인이 얹어주었다.

그후 삼십여 년간 수하인은 명문이란 가문의 존엄성이 두려워 산홍이를 집에 들이지 못한 채 떨어져 정을 나누었다.

부산 피난살이에 누님같이 어렵고 때로는 종같이 천하기만 하던 마누라가 세상을 떠났으니, 수하인은 아들 며느리와 같이 있을 재미도 없었다.

그가 누구보다도 먼저 환도한 것은 이런 사정도 있었지만, 산홍의 자취를 수탐해 보려는 은근한 생각이 더 앞섰던 까닭이다.

서울로 오자 수하인은 광 속부터 열어보았다.

쓸 만한 가재는 다 들어냈어도, 한평생 같이 살아온 천여 개의 석재(石材) 인장이 고대로 보존된 것이 고마웠다.

그것이 있음으로, 한편 반가우면서도 개개의 인면에 서려 있는 듯 귓속에 암암해지는 산홍의 입김이 옆에 들리지 않는 것이 사무치게 서운했다.

그해 겨울 수하인은 학(鶴)같이 말라들었고 꺼칠하게 늙었다.

곰팡이가 슨 함들을 다시 뜯어 바르며, 그 하나하나를 닦고 문지르는 것이 그해 겨울의 일과였다.

주인 없는 서울 거리의 가로수에 새 움이 트기 시작하던 어느 날이다.

청계천변에서 우연히도 산홍이를 만났다.

소녀같이 부끄러워하며 눈물이 핑 고인 산홍의 얼굴을 바라보는 순간 수하인도 언짢았다.

그날부터 수하인은 경운동 산홍이 집으로 옮겨 살았다.

산홍은 가끔 수하인의 그런 취미를 청승맞다고 했다.

그렇다고 산홍이도 서화의 즐거움을 까맣게 모르고 살진 않았다.

시속에 어울리지 않는, 더욱 돈과는 인연 없는 일이라고, 생활에 졸릴 때마다 하는 말이다.

칼을 든 수하인은 눈을 가늘게 뜨며 인면을 내려다보았다.

전기 사정이 나빠 등불을 켜고 심지를 돋군 탓인지 기름 냄새가 몹시 사나웠다.

석운 이경수지인(石雲 李慶秀之印)…… 다음은 인수를 새길 차례다.

산홍이가 옆에서 달여놓은 차를 한 잔 마시고 난 수하인은 눈을 지그시 내리감았다.

인수에다 무엇을 새길까를 생각하는 중이다.

산홍이와 자기의 정성을 합쳐 석운에게 주려는 선사품이다.

산수(山水)…….

눈을 가늘게 뜬 수하인은 기쁨이 만면에 돌았다.

포자를 일부러 쓸 필요도 없었다.

인수는 멋이요 흥이면 그만이다.

칼을 쥔 수하인은 멋과 흥에 무도법(舞刀法)으로 인수를 팠다. 황소송(黃小松)의 무도법이랄까, 수하인은 절로 입가에 웃음이 돌았다.

삼십 년 전 산홍의 젊은 입김이 귓가에 아물거리는 것 같았고, 칼을 쥔 자기 손끝에도 옛 시절의 피가 다시금 흐르는 것 같았다.

石雲 李慶秀之印 山水

흰 백지에다 나란히 내려찍어 놓고 보는 수하인의 콧등엔 땀방울까지 솟아올랐다.

산홍이가 풀칠한 양단 헝겊으로 갑을 만들어, 인장 한방을 간직해 놓은 수하인의 가슴속엔, 새로운 싹이 돋아오는 것 같았다.

등불 밑에 허연 산홍의 입김이 오늘밤따라 더 다정했다.

2

매화옥을 찾아가니 석운은 그곳에서 이사를 해버린 뒤다.

이사한 것까지 모르고 있었으니 다정턴 친구 사이가 퍽 소원해진 것 같아 서운했다.

남산동 새로 이사간 집을 찾아갔을 땐 날이 퍽 어두운 때였다.

꼭 석운을 만날 생각으로 일요일을 선택했었지만, 파수 보는 경관의 말에 의하면 석운은 언제 돌아올지 모른다는 것이다.

사모님이라도 만나뵙겠다고 사정을 해서, 현관을 통하여 응접실로 들어갔을 땐 전등까지 들어온 후다.

석운의 끝놈이 동소문 아저씨가 왔다고 한참 떠들어대도 안에선 아무런 소식이 없었다.

벌써 반년 가량은 석운을 찾지 못했는데도 여섯 살짜리 끝놈이 용케 알아보는 덴 수하인도 은근히 기뻤다.

「아버지 매일 바쁘시냐?」

「응, 나 잘 때야 들어와」

어린 소견에도 수하인을 응접실에 오래 기다리게 하는 것이 민망스러웠던지, 안으로 뛰어들어가 동소문 아저씨가 왔다고 고함을 질렀다.

끝놈의 손에 끌려 석운의 마누라가 나왔다.

174

「안녕하셨지요?」

「어쩐 일이십니까?」

「글쎄, 한번 온다온다 하면서도 어디 그렇게 됩니까……」

「그러지 않아도 늘 말씀하시던걸요…… 이러다간 친구들까지도 잃어버리게 될 것 같으시다구……」

「만나야 친구겠습니까……」

「친구들의 부탁을 듣고도 해드리지 못해서 하는 말씀이시죠……」

「부탁하는 친구가 그르지, 해주지 못하는 사람이 나쁘겠소」

석운의 아내는 남편이 들어 골치 아픈 부탁이라도 하러 온 것이 아닌가 하여 넘겨짚고 하는 말이지만, 수하인의 표정엔 그런 눈치가 뵈질 않았다.

「언제 올지 모르시겠지요?」

「보나마나 자정이 돼서야 돌아오실걸요」

그 대답엔 석운이 아내도 불만스러운 표정이다.

오래간만에 만나 회포를 주고받을 생각도 간절했지만 기다려야 소용도 없을 것 같았다.

「벌써 온다면서도 이렇게 늦어지고 보니 석운 뵈올 면목이 없소이다」

「천만의 말씀을 하십니다. 어디 그런 짬이 있으실라구요……」

「내 석운에 대한 정표니, 웃고 받으시라구 전해 주시우」

「서로 이럴 새가 아니실 텐데, 무슨 말씀이 없으실까요?」

「무슨 말씀이 있겠어요. 친구가 선사하는 것인데…… 별게 아닙니다」

별것이 아니라면서도 얌전하게 싼 것이 석운의 아내 마음을 끌었다.

무엇이냐고 덤벼드는 큰것과 작은것들을 물리치고 잠자리에
누워 풀어본 석운의 아내는 기대했던 바와는 딴판인 물건에 크
게 놀랐다.

쓸모없는 돌조각이 들어 있었고, 또 가지런히 찍어놓은 도장
은 부적(符籍)인 듯싶어 불길한 생각이 돌았다.

아무리 흉허물없는 친구 새라 해도 이런 물건을 선사한다는
것이 석운의 아내에게 불쾌하기 짝이 없었다.

남편이 벼슬한 후로는 외박이 잦아, 뜬눈으로 밤을 새우는
날이 많았지만, 더욱 그런 생각과 겹쳐 잠을 들 수가 없었다.

남편의 외박이 잦아도 생활이 풀린 것과, 또 듬썩듬썩 들어
오는 금붙이와 그 비슷한 것을 받아 축적하는 재미에, 나이에 어
울리지 않는 그런 생각을 누르고 살 수 있는 석운의 아내였다.

요즈음 벼슬이래야 언제 어떻게 또 물러서게 될지 모르는 판
이고 보니, 남편이 나다니는 동안에 넉넉히 벌어두어야 하겠다
는 그것만이 부덕이요 남편에 대한 아내로서의 자랑이었다.

선비 자랑하고 궁하게 살던 석운의 아내였기에, 그런 일에
대해선 더욱 심한 편이기도 했다.

「어제 동소문 강 선생이 왔다 가셨지요」

「응, 그 친구 오래간만인걸……」

「그이도 사변통에 정신이 좀 돌았는가 봅디다」

「처음부터 격이 좀 다른 사람이지……」

「격이 틀려도 이만저만해야지요」

「왜! 무슨 일이 있었어?」

「별사람 다 보았지요」

「무슨?」

석운의 말끝엔 자기도 의식 못하는 노여움이 서려 있었다.

「이게 뭐겠수? 돌조각에다 도장을 파갖고 벼슬한 기념으로 선살 한다니……」

아내의 표정을 석운은 모르는 배 아니지만, 석운 눈에도 물건이 들질 않았다. 그러면서도 석운은 수하인다운 점이라고 생각했다. 그대로 인장 한방을 받아들고 나왔다.

오전중은 인사로 바빴고, 오후는 방문객으로 분주하며, 밤은 밤대로 사교와 술대접으로 전용차를 달려야 했다.

그것이 벼슬한 석운의 생활 전부였다.

오준(吳俊)은 별로 하는 일이 없었다. 하루 한 번 석운을 찾는 것이 일과였다.

그는 석운의 방을 무상 출입하는 특이한 존재다.

물론 석운과의 교분도 두터웠지만, 석운은 요즈음 오준이 가장 미더운 친구였다.

여러 가지 일을 꾸며갖고 오는 그 솜씨도 솜씨였지만, 석운 자신 그리 힘들여 하는 일도 아니지만, 그럴 때마다 석운의 안팎 살림을 돌봐주는 그 의리가 오준을 미덥게 했다.

「어떻게 오늘은 늦었수?」

「별일 없이 늦었구면요. 어제 그 일로 찾아왔던 친구가 새벽부터 달려들어 성사시키도록 하라고 졸라대는 통에 진땀이 났습니다. 가망성이 있을까요?」

「오형 짐작대로 생각하면 되지 않수…… 참, 이걸 좀 봐요」

석운은 아침 마누라로부터 받아들고 나온 인장 한방을 오준에게 내주었다.

「이게 무슨 돌이지요?」

「글쎄 무슨 돌이든 간에 돌이야 돌이겠지, 금이 될 수 있겠소. 값이라면 새긴 정성이겠지요……」

「돌이나 좋은 것이면 몰라도 도장이야 어디 쓸모가 있어요?」

「왜요?」

「이거라구야 석운 선생 퇴관 후에나 쓸모가 있을지, 지금 당장에야 어디다 이걸 씁니까?」

「그것도 옳은 말씀이시구먼, 어제 수하인 강명진 형이 한 벌 해온 것이랍니다」

오준도 수하인과 교분은 그리 두텁진 않아도 잘 알고 있는 편이었다.

「천지가 변했어도 수하인은 변한 것이 없구먼요……」

「그런 것 같습니다」

석운과 오준은 도장을 가운데 놓고 서로 빙긋이 마주 웃었다.

결재를 받으러 비서가 두세 번 드나든 다음 방 안은 또 조용했다.

기름 난로의 불길이 과한지 등에 땀이 흐를 정도다.

「지금 보니 석운 결재 도장이 틀렸구먼요. 이왕이면 생각났을 때 하나 새겨두도록 합시다」

「그런 생각도 없진 않지만……」

「결재 도장이야 좀 위엄이 있어야지, 도장부터 눌러서야 됩니까?」

그런 생각도 간절했지만 석운은 눈치가 보일까 잠자코 있었다.

「이것은 갈아 제 것이나 파구, 석운은 좀 잘생긴 것을 골라 만듭시다. 만 환 정도나 주면 제법 쓸 만한 것이 될 것입니다」

오준은 가타부타 석운의 결정도 없이 전황석 도장 한방을 자기가 간직해 버렸다.

　석운은 좀 섭섭했지만 요즈음 의리로선 오준이 집어넣은 것을 도로 내놓으라곤 할 수 없었다.

　「수하인, 격은 멋든 사람이지만 궁티가 벗질 못한 사람이거든……」

　「암, 더 말하면 입이나 아프지요」

　오준이가 맞장구를 쳐주는 통에 석운은 수하인에 대한 미안스럽던 생각도 풀리는 것 같았다.

　석운의 귀에다 입을 대고 무슨 말인지 한참 숙덕거리고 난 오준은 손가락 세 개를 펼쳐보이며 싱긋 웃었다.

　「글쎄 별로 염려할 건 없을걸요, 그 문젠……」

　오준의 벌린 세 손가락에 절로 힘이 나는 듯 석운은 자신있게 장담을 했다.

　오준이 나간 다음에, 석운은 푹신한 의자에 깊숙이 기대며 눈을 감았다.

　매화옥에서 나온 지 불과 반년이건만 아련한 옛일 같았다.

　수하인은 아무리 생각해도 잊을 수 없는 인물이긴 했다.

　서화에 눈을 뜬 것도 말하자면 서당개 삼 년에 음풍월 한다는 격으로 수하인의 영향이 컸다.

　매화옥 이십 년의 생활을 돌이켜 생각하면 절로 눈살이 찌푸려지는 고생살이였다.

　수하인과 벗하게 된 것도 말하자면 일제 때엔 환경이 주는 불만에서 접근했고, 해방 후 벼슬에 오르기 전까지는 혼란과 울분 속에서 자주 일어나는 불평을 수하인의 격 다른 품속에 삶으로 참아낼 수 있었기에 가깝게 지낸 사이다.

　길이 달라진 오늘, 스스로 수하인을 생각하면 할수록 그는

이질적인 존재요 또한 당금에 어울리지 않는 과거의 인물 같기
만 했다.

지금 석운으로선 도저히 돌아갈 수도 없고, 돌아가면 안 될
그런 세계에서 살고 있는 수하인에 대하여 야릇한 동정이나마
금할 순 없었다.

3

「글쎄올시다」

도장방 주인은 인면을 들여다보며 오준의 묻는 말에 이렇게
대답할 뿐이다.

「값이 나가는 것이요?」

「누가 새긴 것입니까?」

「수하인이란 사람이 새겼다나 봅디다……」

주인도 그것이 수하인의 솜씨임을 모르고 물은 말은 아니다.
무슨 까닭에 이 도장이 한길에 나오게 되었는질 알고 싶어 묻는
말이다.

「수하인 같은 분이 새겼다면 값을 말하기가 힘들지요」

「건 무슨 말씀이요?」

「우리 영업하는 사람이야 석재와 치수에 따라 값을 정하지
만, 수하인 같은 분이야 원래 장사가 아니시니까 헐값에 그냥
도 줄 수 있는 반면, 부르는 것이 값이 되는 경우도 있지요」

「글쎄, 선살 하려면 좋은 석재를 써서 하지 영 어울려야
죠…… 그 좋은 재료를 좀 구경합시다」

주인도 그 재료가 무슨 재료인지는 감별할 능력이 없었다.

밀화같이 말끔한 돌이라는 것으로, 혹시나 수하인이 늘 말하던 전황석이 아닌가 하는 생각이 들었지만, 그렇다고 아무것도 모르는 손님에게 설명할 필욘 없었다.

주인이 먼지를 혹 불어 내놓는 곽 속엔 각종 석재가 그득히 들어 있었다.

「골라보시우」

이렇게 뒤섞어져 있는 데선 어느 것을 골라야 할지 망설이게 되었다.

「이게 어떻습니까?」

「그야 손님 의향이시죠」

「대리석이죠?」

「대리석에다 대겠습니까? 계혈석이란 특수한 돌입니다」

「결재 도장이니까 무늬도 좀 이렇게 울긋불긋한 것이 위엄이 있어 뵈지 않습니까?」

「그야, 쓰시는 분 마음이지만…… 그렇게 말씀하시니 그런 것 같기두 합니다」

장사치란 손님의 비위에 오르내리는 존재들이지만 오준은 적이 만족했다.

자체(字體)를 고르고 값을 흥정했다. 어차피 새겨갈 도장이란 것을 눈치챈 주인은 값을 듬뿍이 불렀다.

「한 자에 삼천 환씩 치고, 재료값까지 합쳐 만오천 환이면 비싼 값이 아닙니다. 그러구 이런 어른의 도장을 새기면 널리 선전도 되고 해서 처음부터 싼 값으로 부른 것입니다」

석운 앞에서 오준이 만 환 정도면 될 것이라고 장담한 것은 값을 알고 한 말이 아니라, 엄청나게 불러본 것이지만, 실지 그 이상이고 보니 입이 딱 벌어질 지경이다.

「비싼 값이 아닙니다. 서울 장안 다 돌아다녀서도 더 싼 값을 부르는 사람은 없습니다. 이 결을 보십시오. 품이 곱이나 더 듭니다. 수정과 상아 말씀을 하시지만, 그런 것이라면 제가 이 재료를 사는 셈치고 그냥 새겨드리지요」

오준은 그 말엔 귀가 솔깃했다. 이 하치않은 돌 대신 수정이나 상아 도장을 그냥 새겨준다니 흥정은 된 흥정인 것 같았다.

「그러실 것 없이, 이 재료를 맡으시고 상아 도장 하나 더 끼워 만 환으로 합시다」

주인은 못 이기는 척하고 받아들였다.

좀 싼 값이긴 해도 그 도장을 수하인에게 돌려주고 싶었던 까닭이다.

서법(書法)과 도법(刀法)은 물론, 돌을 다루는 것까지 이 주인은 수하인에게 배우다시피 한 사람이다.

주인은 수하인을 찾을 생각으로 일찌감치 가게 문을 닫았다.

동소문 집에 비하면 말할 수 없이 좁은 방이지만, 알뜰스레 꾸며놓은 건넌방에 수하인은 등불 밑에 단좌하고 있었다.

「오래간만입니다」

「오, 웬일인고? 가게를 일찍 닫았구먼……」

「네…… 오늘 좀 이상스러운 물건이 들어왔기에 일찍 문을 닫고 선생님을 뵈러 왔습니다」

젊은 친구가 내놓는 도장갑을 보고 수하인은 깜짝 놀랐다.

「어떻게 된 연고인고?」

젊은 친구는, 오준이라는 작자가 그 도장을 갖고 와서 결재 도장으로선 어울리지 않는다고 하던 말에서부터 낱낱이 일러바쳤다.

「자네 복일세…… 술을 좀 하던가?」

조용히 묻고 난 수하인은 술상을 청했다.

술을 들면서도 아무런 말이 없는 것이 마음의 동요를 누르려고 애쓰는 것같이 보여, 젊은 주인은 오히려 미안스러웠다.

「그것이 전황석일세, 자네 처음이지?」

「네?」

젊은 주인은 전황석이라는 말에 주기가 혹 위로 오르는 것 같았다.

「원정 민영익 씨가 쓰던 인장이지…… 그것이 어쩌다 거부 이모가 갖구 있던 것을 우연스레 구했기에, 석운이 벼슬을 했어도 선사할 것이 있어야지. 그래 보냈더니 마음에 들지 않았던 모양이구먼. 자네 손에 갔으니 이제야 제값을 불러줄 사람을 찾은 셈일세」

수하인이 갖고 가라곤 하지만 젊은 주인은 들고 나올 수가 없었다.

자기 솜씨라면 빡빡 갈아버릴 수도 있었지만, 아무리 그 재료가 귀중한 것이라 해도 마음대로 갈아버릴 수 없는 물건인즉, 들고 나올 필요가 없었다.

「전황석을 알고 쓸 사람이 몇 사람 있겠습니까? 그럴 바에야 선생님이 보존하시는 것이 좋을 것 같습니다」

수하인은 몇 번 사양했지만 젊은 친구의 고집도 어지간했다.

계혈석 도장을 새겨주기로 하고 수하인은 그것을 받아두었다.

버릴 수 없는 친구에게 버림을 받은 듯싶어 한없이 섭섭했다.

「산홍이, 술을 한 잔 따라주우」

산홍은 수하인 하라는 대로 술을 따라 권했다.

밖엔 또 눈이 내리기 시작했다.

이번엔 잔을 산홍에게 권했다.

산홍은 옛날과 다름없이 두 손으로 받은 잔을 호반 위에 놓았다.

산전수전 다 겪은 산홍이었지만, 오십을 바라보는 얼굴이면서도 잔주름이 없었다.

수하인은 가라앉은 마음의 흥을 돋구려고 대금(大笒)을 들었다.

귀에 익은 가락이다.

한잔 술에 얼굴이 붉어진 산홍은 살포시 눈을 감았다.

지나온 한평생이 대금의 가락모양 산홍에겐 쓸쓸하고 외로웠다.

가락을 짚는 수하인의 손끝은 허무한 인정에 떨었고, 지그시 감은 긴 살눈썹이 축축이 젖어들었다.

4

이튿날도 함박눈이 연달아 퍼부었다.

수하인은 약속대로 계혈석을 다듬어 포자를 써보았다.

마음에 들질 않았다.

획(畵)은 어찌 되었든 간에 글자와 글자 사이에 생겨나는 공백을 메울 수가 없었다.

위로 획을 올리면 밑으로 구멍이 생기고, 밑으로 내리면 위로 여백이 남았다.

벌써 몇 차례 다시 고쳐썼지만, 처음이나 나중이나 같은 판이다.

전황석을 새기던 때의 솜씨가 아니다. 그는 스스로 자기 손이 하룻밤 사이에 떨어졌음을 의식할 수 있었다.

밖으로 나선 수하인은 운현궁 앞을 지나 탑골공원 뒤로 해서 종로로 나섰다.

도장포 젊은 주인을 찾아가는 길이다.

눈은 한길 위에 겹겹이 쌓이지만 가슴속은 구멍이 뚫린 것같이 허전스러워지기만 했다.

무슨 생각에 잠겼던지 도장포를 지났다가 다시 되돌아와서야 가게 문을 열고 들어섰다.

「이 숫눈길에 선생님두……」

「응, 그 일로 나왔지…… 글씨가 돼야지」

가게가 좁은 탓인지 구공탄 난로가 제법 따스하다.

「어젠 너무 과음한 탓인지 손이 떨려 포자가 안 되어……」

「그냥 두어두세요. 제가 그런 대로 새길 테니……」

술을 과음했다고 손이 떨려 포자를 쓰지 못할 수하인이 아니다.

젊은 주인은 그냥 버려두라고 몇 번이나 권했지만, 이왕 약속한 것이니 포자만 쓰라기에 끝끝내 거역질 못했다.

「이만하면 그 친구 마음에도 들걸세」

젊은 친구는 인면을 들여다보았다. 지도법(遲刀法)을 썼지만 수하인의 솜씨라곤 도저히 생각할 수가 없었다.

젊은 주인은 이러니저러니 해서 그를 더 괴롭히고 싶질 않았다.

「인젠, 칼 재미도 점점 식어가……」

혼자 중얼거리는 수하인은 함박눈이 꼬리치는 창 밖만 내다보고 앉아 있다.

술이라도 권할 생각으로 몇 번 붙잡았지만 그는 듣지 않고 그대로 밖으로 나섰다.

눈은 퍼부어도 날씨가 누긋한 편이다.

숫눈길을 걷는 수하인은 칼을 버릴 결심을 비로소 내렸다.

그러려면 지나온 자기 발자취를 한데 묶어놓고 싶었다.

참지 한 권을 사들고 온 수하인은 우선 아랫목으로 앉아 몸부터 녹였다.

따스한 기운이 등골에 올라, 전신은 노긋해지지만, 두껍게 접혀진 마음의 주름살은 펴지질 않았다.

전황석 인장 한방을 꺼내어 다시 본다.

돌에 묻어 있는 손때의 아운(雅韻)과 그 고졸(古拙)한 품에, 수하인의 손끝은 새로운 흥분이 흘렀다.

참지를 접어 한 권의 책을 맨 수하인은 간격을 잡아가며 천을 헤아리는 인장을 기억에 떠오르는 대로 비교적 연대순을 따져 찍었다.

물론 전황석 한방도 맨 나중에다 찍어놓았다.

밤도 적이 깊었다.

눈 쌓이는 소리가 들리는 듯 방 안은 조용하다.

어떤 것은 지나치게 청아(淸雅)한 선이 경한 것 같았고, 때로는 둔한 획이 마음에 들지 않는 것도 있었지만, 끝으로 전황석 한방만은 수하인으로서도 나무랄 점이 없었다. 아(雅)하고 담(淡)한 것이 산홍의 숨길이라면 뭉친 획은 수하인의 절정에 이른 품(品)이요 지(志)였다.

산홍이를 옆에 앉히고 그와 더불어 살아온 일생을 그린 인보(印譜)를 바라보는 순간, 그는 처음 자기가 살아온 보람을 느꼈다.

산홍이가 연적의 물을 따라 먹을 갈고, 수하인의 황모필 가는 붓으로 전황당인보(田黃堂印譜)라 표지에 썼다.

《한국일보》 1955. 1

이호철

1932. 3. 15–

•

나상(裸像)

1932년 함남 원산 출생.
　　　원산고 출생.
1955년 《문학예술》에 소설 「탈향」으로 등단.
1961년 「판문점」으로 현대문학 신인상 수상.
1962년 「닳아지는 살들」로 제7회 동인문학상 수상.
1964년 「소시민」 발표.
1966년 장편 『서울은 만원이다』 발간.
1976년 소설집 『이단자』 발간.
1984년 장편 『물은 흘러서 강』 발간.
1989년 『이호철 전집』 발간.
　　　소설집으로 『나상(裸像)』, 『서울은 만원이다』, 『공복 사
　　　회』, 『소시민』, 『문』, 『판문점』 등이 있다.

나상(裸像)

시원한 여름 저녁이었다.

바람이 불고 시커먼 구름떼가 서편으로 몰려 달리고 있었다. 그 구름이 몰려 쌓이는 먼 서편 하늘 끝에선 이따금 칼날 같은 번갯불이 번쩍이곤 했다. 이편 하늘의 별들은 구름 사이사이에서 이상스레 파릇파릇 빛났다. 달은 구름더미를 요리조리 헤치고 빠져나왔다가는, 새로 몰려오는 구름더미에 애처롭게도 휘감기곤 했다. 집집의 지붕들은 싸늘한 빛으로 물들고, 대기에는 차가운 물기가 돌았다. 땅 위엔 차단한 정적이 흘렀다.

철과 나는 베란다 위에 앉아 있었다. 막연한 원시적인 공포 같은 소심한 감정에 사로잡혀 둘이 다 묵묵히 앉아만 있었다. 철은 먼 하늘가에 시선을 준 채 연방 담배를 피웠다. 이렇게 한 시간쯤 묵묵히 앉았다가 철은 다음과 같은 얘기를 들려주었다.

형은 스물일곱 살이었고 동생은 스물두 살이었다.

형은 좀 둔감했고 위태위태하도록 솔직했고, 결국 좀 모자란

축이었다.

해방 이듬해 삼팔선을 넘어올 때, 모두 긴장해서 숨조차 제대로 쉬지 못하는 판에 큰소리로,

「야하, 이기 바루 그 삼팔선이구나이 야하」

이래 놔서 일행 모두의 간담을 서늘하게 한 일이 있었다. 아버지는 그때도 화를 내며 형을 쥐어박았고, 형은 엉엉 울었고 어머니도 찔끔찔끔 울었다.

아버지는 애초부터 이 형을 단념하고 있었고, 어머니는 불쌍해서 이따금 찔끔거리곤 했다.

물론 동생에 대한 형으로서의 체면이나 위신 같은 것을 조금도 생각하지 않았던 탓에, 이미 철들자부터 형을 대하는 동생의 눈 언저리와 입가엔 늘 쓴웃음 같은 것이 어리어 있었으니, 하얀 살갗의 좀 여윈 얼굴에 이 쓴웃음은 동생의 오연한 성미와잘 어울려 있었다.

어머니는 형에 대한 아버지의 단념이나 동생의 이런 투가 더 서러웠는지도 몰랐다.

그러나 형은 아버지나 어머니나 동생의 표정에 구애없이 하루하루가 그저 태평이었다.

사변이 일어나자 형제가 다 군인의 몸이 됐다.

1951년 가을, 제각기 놈들의 포로로 잡혀, 놈들의 후방으로 인계돼 가다가 둘은 더럭 만났다.

해가 질 무렵 무너진 통천(通川)읍 거리에서였다.

형은 대뜸 울음을 터뜨렸다.

펄렁한 야전 점퍼에 맨머리 바람이었고, 털럭털럭한 군화를 끌고 있었다.

동생도 한순간은 좀 흠칫했으나, 형이 울음을 터뜨리자 난처

한 듯 고이 외면을 했다. 형에 비해선 주제가 좀 덜했고 초록색 작업복 차림이었다.

시월달 밤이라 꽤 선들선들했다. 멀리 초이렛달 밑에 태백산 줄기가 써늘히 뻗어 있었다.

형은 동생 곁에 누워 자꾸 쿨쩍거리기만 했다.

일행 모두가 잠들었을 무렵, 경비병들도 사그라진 불 곁에 둘러앉아 잠이 들었다. 하늘 한복판으론, 이따금 끼룩끼룩 밤 기러기가 울며 지나갔다.

그제야 형은 울음을 그쳤다. 잠시 기러기 소리에 귀를 기울이는 듯하더니 동생의 귀에다 입을 가져다 댔다.

「벌써 기러기가 지나가누나이」

「……」

잠시 조용했다가,

「넌 어떡허다 이 꼬락서니가 된?」

푸르끼한 얼굴이 히쭉 한번 웃었다.

「……」

「난 잡힌 지 한 보름 됐다. 고향 삼방(三防) 얘긴 아예 입 밖에두 내지 마라」

「……」

「날 형이라 그러지두 말구……」

「……」

한참 후, 형은 또 쿨쩍쿨쩍 울었다.

밤나무 가지 사이론 별들이 차갑게 깔려 있었다.

이튿날, 새하얀 가을날 볕 속을 일행 70여 명은 걷고 있었다.

초조한 불안의 고비를 넘어서 이미 이 상태에 젖어 익은 가라앉은 표정들이었다. 행렬엔 막연한 침울함, 살벌함, 뿐만 아니라 고요함이 흘렀다. 언뜻 봐선 퍽 평화스럽게까지 보였다. 형제는 행렬의 중간쯤을 가지런히 서서 걸었다.

이 속에서, 형은 주위에 대한 쌔록한 관심과 놀라움과 솔직성을 여전히 지니고 있었다. 펄렁한 야전 점퍼에 털럭털럭한 군화로 해서, 그러지 않아도 허술한 몰골이 더욱 허술해 보였다.

「야하, 저 밤나무 굉장히 크다. 한 오백 년은 묵었겠다」

「이젠 낮이 꽤 짤라졌구나이……」

「야아, 저 까마귀떼들 봐라」

이러며 머리를 이리저리 주억거렸다. 목소리도 퍽 뚜릿뚜릿했다. 그 모습도 웬 활발기를 띠고 있었다. 이러곤 곁에 있는 동생을 흘끔흘끔 곁눈질해 보았다.

그러나 동생의 하얗게 야윈 표정엔 싸늘한 고요함이 풍겨 있을 뿐이고, 같이 끌려가는 다른 사람들은 이런 형을 물끄러미 건너다만 보고, 둘레에 따르는 경비병들은 끼드득거리며 웃었다.

「저 새끼가 돌았나, 야, 너 몇 살이야?」

「예?」

「몇 살이야?」

「스물일곱 됐수다」

「고향이 어디야?」

「저……」

「너 여기가 어딘 줄 알어!」

형은 벌쭉 웃으면서,

「참 여기가 머라구 그러는 뎁니까?」

경비병은 발끈 성을 내는 눈치다가, 형의 표정을 보자 픽 웃어버리고 말았다.

그날 밤도 형은 동생 곁에 누워 간밤처럼 쿨쩍쿨쩍 울었다.

울면서 동생에게, 넌 목석(木石)이다, 눈물도 없느냐, 집 생각
두 안 나느냐, 모두 보고 싶지두 않느냐, 넌 이 꼬락서니가 그
렇게두 마땅하니, 마땅해, 좋겠다, 장하다, 이놈아…… 이렇게
넋두리하고 있었다.

간밤에도 울긴 울었지만, 그래도 좀 반가워하는 듯한 표정이
섞여 있었는데, 이날 밤은 그렇질 않았다. 시종 노여운 듯 부리
부리해 있었다.

동생은 여전히 대답이 없었다.

하늘 한가운데로 또 기러기가 울며 지나가고 먼 어느 곳에선
이따금 개 짖는 소리가 들려왔다. 형은 후들짝 놀라며,

「야야 여기두 개가 짓누나이……?」

「……」

「기러기가 또 지나가누나」

잠시 동안 형은 차분하게 가라앉는 눈치더니 다시 또 쿨쩍쿨
쩍 울기 시작했다.

이렇게 사흘째 되던 밤이었다.

밤이 어지간해서 또 형은 동생의 허리를 쿡 찌르곤, 점퍼 포
켓에서 웬 밥덩이 한 덩이를 꺼내며 벌쭉 웃었다. 초저녁에 한
덩이씩 얻어먹은 그 수수밥덩이였다.

어느새 반은 갈라서 어적어적 씹으며,

「자, 묵어」

반은 동생에게 내밀었다.

「……?」

동생의 좀 의아한 표정에 형은 벌컥 성을 내듯, 그러나 여전
히 귓속말로,

「자, ……빨리 받어라, 받어…… 초저녁에 가만히 보니 몇

뎅이 남을 것 같드구나. 고 앞에 지키구 섰다가 죽는 시늉을 했
어. 그 새끼 있잖니? 어제 낮에 날 보구 지랄하던 새끼…… 그
새끼가 한 뎅이 던져주두나, 먹능 것체럼 허군 슬쩍 넣어뒀
다…… 그 새끼가 기래두 기중 맘이 좀 낫시야」

이러군 또 벌쭉 웃었다.

비로소 동생도 받아먹기 시작했다. 어느새 형은 다 먹어치우
고 손가락을 쭉쭉 빨며,

「어때? 좀 낫지? 헹겔 덜 허지?」

이날 밤이 깊도록 형은 울음을 터뜨리지 않고, 집에 돌아가
서 이런 소리 저런 소리 하면 모두 꾕장히 웃을 기다, 더더구나
어머닌 허리가 끊어지게 웃을 기다, 그랬으면 얼마나 좋겠느
냐…… 이렇게 연방 지껄이며 혼자 히득히득거렸다.

이따금 또 흠칫흠칫 놀라며,

「야야, 너, 저 개소리 듣니?」

「……」

「기러기 소리 듣니?」

「……」

사실 이따금 개가 짖고 하늘 한가운데로 기러기가 울며 지나
가고 있었다. 형은 무슨 깊은 생각에나 골똘하듯 한참은 말이
없었다.

이튿날 저녁도 그 이튿날 저녁도 형은 꼭꼭 그 경비병에게서
밥 한 덩이를 얻어 넣었다.

그 사람은 얼굴이 검고 두 눈이 디룩디룩한 게 꽤 익살꾸러
기이면서도 한편으로 성미 급한 우악한 데가 있었다. 걸핏하면
너 여기가 어딘 줄 아느냐, 너의 집인 줄 아느냐, 이러면서 형
을 후려치는 것이었지만 형이 엉엉 울면 너털너털 웃으며 재미

있어했다.

이러다가도 저녁이면,

「야, 낮에 때린 값이다…… 네 어머이 노릇을 좀 해야겠다」

꼭 밥 한덩이를 더 얻어 주곤 했다.

형은 그것을 점퍼 포켓에 넣어두었다가, 밤이 깊어서 모두 잠들었을 무렵에야, 동생과 반씩 갈라 먹곤 했다.

거의 매일 밤 이랬다.

차츰 동생도 밤이 어지간하면 형이 얻은 밥덩이를 은근히 기다리게끔 되었다.

이렇게 밥을 못 얻은 저녁엔, 형은 또 흑흑 흐느껴 우는 것이었다. 울면서 동생에게, 넌 내가 혼자만 먹은 줄 알구 화가 나서 뾰로통해 있나, 이렇게 못 얻을 때두 있지, 매일 저녁이야 어떻게 얻니, 사람의 일이 한도가 있는 법이지…… 이렇게 넋두리했다. 동생은 역시 대답이 없었다. 형은 더 흐느껴 울었다.

그러니 이튿날 저녁이면, 형은 더욱 신명이 나서 밥 한 덩이를 전부 동생 앞에 내밀었다.

「자, 너 다 묵어」

동생이 반을 가르려 들면, 형은 또 벌컥 성을 내며,

「난, 때때루 아침에두 얻어 먹잖니? 아침에는 어쩔 수 없이 혼자 먹능 거다. 널 안 줄래 안 주는 게 아니구…… 다른 새끼덜 눈이 있어 놔서…… 이렇게 밤까지 기대릴람 하루 종일 주머이다 넣어둬야 되겠으니, 손으로 주물럭거려서 손때가 다 옮아오르구…… 또 사실 견딜 수가 있니? 목이 닳아서 히히히……」

동생도 형의 고집을 아는 터라 혼자서 다 먹곤 했다.

형은 벌쭉벌쭉 웃으며, 동생 손에 있는 밥덩이를 만져보면서, 좀 퍼뜩퍼뜩 먹으려무나. 오무작오무작거리지 말구 어떠니? 오늘 저녁 건 쌀알이 좀 많니? 좀 괜찮은 것 같니?」

이러면서 침을 꿀컥 삼키는 것이었다.

어느 날 밤엔 이렇게 동생이 한 덩이를 다 먹어치웠을 때 형은 갑자기 또 울음이 터졌다.

「……?」

동생은 여전히 아무 말도 없었다.

형은 동생의 허벅다리를 마구 꼬집어 뜯었다.

이렇게 며칠이 지나는 사이에 동생은 이런 형 앞에 지난날 스스로가 간직하고 있었던 오연함을 그대로 유지할 수 없을 뿐만 아니라 형이 남부끄럽다거나 창피하다거나 그렇지 않은 것은 물론, 좀 어처구니없었으나 이런 형인 까닭으로 해서 도리어 마음이 개운해지는 것을 느꼈다. 헤죽하게 두 팔을 들어올리는 싱거운 뒷모습이 오히려 어울리는 형의 모습이긴 하다! 생각하며, 이런 꼬락서니로 형과 만나진 데 쓴웃음을 지으면서도 이런 형일수록 오히려 형다운 것이, 어처구니없는 즐거움 같은 것들이 느껴지는 것이었다. 종래의 모든 것을 철저히 단념해 버리고 잃어버린 지금 마음 밑바닥에 철저한 무관심이 자리잡고 있다고 자신하면서도 이런 형의 그 마음가락에 휩쓸려 들어가는 스스로를 의식하며 벅차게 서러워오고 지난날의 형에 대한 스스로가 후회되며, 더불어 엉뚱한 향수 같은 것이 즐거움 같은 것이 느껴지는 것이었다. 지금 이런 형에게서 의지 논리로서 얻어진 신념 같은 것이 멀리 미치지 못할 어떤 위엄 같은 것조차 느껴지는 것이었다.

어느 날 밤, 동생은 형의 귀에다 입을 대고 불쑥,

「낼은 세수나 좀 하자」

하곤 픽 웃어버렸다. 도시 처음으로 형에게 한 말이었다.

「……?」

형도 조금 놀라며, 두 눈이 휘둥그래지더니 피식 웃었다.

「야하, 이젠 꽤 춥다야」

이렇게 받았다.

이튿날, 행렬 속에서 형은 세수를 좀 해야겠는데, 세수를 좀 해야겠는데, 세수를 좀 해야겠는데, 이렇게 연탕 혼잣소릴 지껄여댔다.

동생은 새삼스레 좀 난처했다.

그 다음날도 그 다음날도 형은 그냥 같은 소릴 지껄여댔다.

이렇던 어느 날 새벽엔 형의 이 소리가 기어이 일행 전체를 강한 실감으로 휩싸 버렸다.

동생이 맞받아 불쑥,

「참으로 오늘은 세수들을 하구 떠납시다」

한 것이다.

일순간 조용했다. 다음 순간 수선스럽게 얼굴을 마주보며들 웃었다. 끼드득거리며들 웃었다. 다시 조용했다. 누구의 얼굴을 보나 실로 세수를 좀 해야 할 얼굴들인 것이다. 후닥닥 후닥닥 놀라듯이, 세수를 하구 떠나자, 오늘은 세수를 하자…… 한쪽 구석에서 형은 좀 겸연쩍은 듯이 멀뚱히 동생을 건너다보며 두 손으로 턱을 썩썩 문지르고 있었다. 누구나 집합 장소로 나가지 않고 머뭇머뭇거렸다. 세수를 하자 세수를 하자…… 집합이 늦다고 뛰어들어오던 경비병들도 일행들의 이런 분위기를 직각하자, 피식피식들 웃었다. 이 꼴을 본 일행들은 한꺼번에 웃음이 터졌다. 신들이 나서, 세수를 합시다, 오늘은 세수를 합시다…… 새하얀 가을 햇살이 온 강산에 내리부을 무렵 일행은 긴 방죽이 휘돌아간 강가에 쭈름히 앉아, 왁자지껄하며들 세수를 하고 있었다.

그러나 이날 밤 퍽 즐거워할 줄 알았던 형은 어째선지 초저
녁부터 흑흑 흐느껴 울었다.

밤이 깊어서 또 동생의 귀에다 입을 대고, 오늘 저녁도 그놈
이 없어서 밥덩일 못 얻었다, 아마 변소 갔는가부드라, 이러
곤 한참을 조용하다가 또 흐느껴 울었다. 한참 후엔 울음을 그
치고 우락부락 성을 내며,

「야, 너 낼 저녁엔 밥 한 뎅이 혼자 또 다 먹으려니 생각허
지? 그렇지? 나 입때꺼정 저녁 몇 번 굶은지 아니?…… 나 두
번이나 굶었다……」

「……?」

「……거퍼 이틀 저녁 못 얻을 때두 있거든, 낼 저녁에 또 못
얻으문…… 난 또 굶으란 말이지? 그렇지?」

「……」

동생은 그냥 물끄러미 형을 건너다만 보았다. 기어이 눈물이
두 볼을 스쳐내렸다. 흐느꼈다.

형은 동생이 우는 것을 처음 보자 두 눈이 휘둥그래서 좀 당
황한 듯 머뭇머뭇거리더니,

「울지 마라…… 울지 마라…… 괜찮아…… 오늘 세수두 했잖
니……」

이러면서 도리어 제편에서 더 흐느끼고 있었다.

원산에 다다르자 경비병들은 모두 바뀌었다. 형에게 늘 밥덩
이를 얻어주던 그 사람은 형 곁으로 와서 역시 익살을 피우며,

「야 섭섭하다. 몸 조심해라」

형은 한쪽 입 모서리를 씰룩이며 머리만 한번 끄덕하더니 눈
엔 눈물이 글썽글썽해서,

「저…… 성함이 머라구 그럽니까?」

「나? 네 사촌이다. 네 어머이두 되구……」

이러곤 놈은 너털너털 웃으며 어둠속으로 사라져갔다.

형은 또 울음이 터졌다. 밤이 깊도록 어머니를 불러가며 엉엉 소리내어 울었다.

동생도 형 곁에서 남모르게 소리를 죽여 흐느껴 울고 있었다.

그저 형의 설움과 울음을 따라 울 뿐이었다. 어쩐지 이렇게 울면서 마음이 좀 흐뭇했다.

이날 밤의 감시는 밤새도록 엄했다.

바깥은 첫눈이 흩날리고 있었다.

형은 울음을 그치고 불쑥,

「야하, 눈이 내린다…… 눈이…… 눈이…… 벌써 겨울이 다 됐네……」

물론 경비병들의 감시가 심하니까 동생의 귀에다 입을 대지도 않고 이렇게 혼잣소리를 지껄이고 있었다.

「저것 봐, 저거 저거 에에이 모두 잠만 자구 있네」

동생의 허리를 쿡쿡 찌르기만 하면서…….

……어느새 양덕도 지났다.

하루하루는 수월히도 저물어갔고 하늘은 변함없이 푸르렀을 뿐이었다. 산도 들판도 눈에 덮여 있었다.

경비병들의 겨울 복장을 바라보는 형의 표정엔 말할 수 없는 선망의 표정이 어려 있곤 했다. 차츰 좀 풀이 죽어갔다.

어느 날 밤이었다. 일행도 경비병들도 모두 잠들었을 무렵, 형은 역시 동생의 귀에다 입을 대고 이즈음에 와선 늘 그렇듯 별나게 가라앉은 목소리로,

「그 새끼 생각이 난다. 맘이 꽤 좋았댔이야 이?」

「……」

「난 원래 다리에 담증이 있는데이…… 너두 알잖니? 요새 좀 이상헌 것 같다야……」

이러곤 헤죽이 웃었다.

「……」

순간 동생은 흠칫 놀라 돌아다보았다. 역시 형은 적적하게 웃으면서 두 팔로 동생의 어깨를 천천히 끌어안으면서,

「칠성아, 야하 흠썩은 춥다」

「……」

「……저 말이다, 엄만 날 늘 불쌍히 여기댔이야 잉? 야 칠성 아, 칠성아, 내 다리가 좀 이상헌 것 같다야이……」

「……」

동생의 눈에선 눈물이 솟아나왔다.

형은 별안간 두 눈이 휘둥그래서 동생의 얼굴을 멀끔히 마주 쳐다보더니,

「왜 우니? 왜 울어, 왜, 왜, 어서 그치지 못하겠니?」

이러곤 도리어 제편에서 또 울음을 터뜨리고 있었다.

이튿날 형의 걸음걸이는 눈에 뜨이게 절름거렸다. 혼잣소리 도 역시 풀이 없었다.

「그만큼 걸었음 무던히 왔구만서두…… 에에이, 이젠 좀 그 만 걷지덜, 무던히 걸었구만서두……」

이러곤 주위의 경비병들을 흘끔 곁눈질해 보았다. 경비병들은 물론 알은체도 안했다. 바뀐 사람들은 꽤 사나운 패들이었다.

그날 밤 형은 동생을 향해 적적하게 웃기만 했다.

「칠성아…… 너 집에 가거든 말이다. 집에 가거든……」

이러다간 또 무슨 생각이 났는지 벌쭉 웃으면서,

「히히…… 내가 무슨 소릴 허니…… 네가 집에 갈 땐 나두 갈 텐데 앙 그러니? 내가 정신이 빠졌어……」

한참 후엔 또 서서히 동생의 어깨를 그러안으면서,

「야…… 칠성아……」

동생의 얼굴을 똑바로 마주 쳐다보기만 했다.

바깥은 바람이 세었다. 거적문이 습기 어린 소리를 내며 열리고 닫히곤 하였다. 문이 열릴 때마다 눈 덮인 초라한 들판이 부여스름하게 아득히 뻗었다.

동생의 눈에선 또 눈물이 비어져 나왔다.

형은 또 벌컥 성을 내며,

「왜 우니? 왜? 흐흐흐……」

제편에서도 마구 울음을 쏟았다.

며칠이 지날수록 형의 걸음은 더 절름거려졌다. 행렬 속에서도 별로 혼잣소릴 지껄이지 않았다. 퍽 조심스런 표정이었다. 둘레를 두리번거리며 경비병들의 눈치를 흘끔거리기만 했다. 이젠 밤에도 동생의 귀에다 입을 대고 이것저것 지껄이지 않았다. 그러나 먼 개 짖는 소리 같은 것에는 여전히 흠칫흠칫 놀라곤 했다. 동생은 또 참다 못해 눈물이 흘렀다. 그러나 형은 왜 우느냐고 화를 내지도 않고 울음을 터뜨리지도 않았다. 동생은 이런 형이 서러워 더 흐느꼈다.

그날 밤 바깥엔 함박눈이 내렸다.

형은 불현듯 동생의 귀에다 입을 대고 지껄였다.

「너 무슨 일이 생게두 날 형이라구 굴지 마라, 어잉?……」

여느 때답지 않게 숙성한 사람다운 억양이었다.

「……」

「울지두 말구 모르는 체만 해, 꼭……」

동생은 부러 큰소리로,

「야하, 눈이 내린다」

형이 지껄일 소리를 자기가 대신하고 있다고 생각했다.

「……」

그러나 이미 형은 그저 꾹하니 굳은 표정이었다.

동생은 안타까워 또 울었다. 형을 그러안고 귀에다 입을 대고,

「형아, 형아, 정신 차려……」

이튿날 한낮이 기울어서 어느 영 기슭에 다다르자, 형은 동생의 허벅다리를 쿡 찌르곤 걷던 자리에 털썩 주저앉고 말았다.

형의 걸음걸이를 주의해 보아오던 한 사람이 뒤에서 따발총을 휘둘러 쏘았다.

형은 앉은 채, 움쑥 앞으로 고꾸라졌다. 그 사람은 총을 어깨에 둘러메면서,

「며칠을 더 살겠다구 뻐득대? 뻐득대길……」

철의 얘기란 대강 이러했다.

여름 날씨란 변덕도 심하다. 금시 한 소나기 쏟아질 것 같던 서편 하늘의 구름이 어느새 씻은 듯 없어졌다.

온 하늘엔 별들만 새파랗게 깔려 있고 초이렛달이 한복판에 허전히 걸려 있다. 바람은 씽씽 더욱더 세차게 불고 집집의 지붕들은 싸늘한 빛으로 물들고 땅 위엔 차단한 정적이 흘렀다.

철은 또 담배를 꺼내 붙이면서 말 끝을 맺었다.

「자, 넌 어떻게 생각허니? 형이라는 사람의 그 모자람이라든가 혹은 둔감이라는 것을…… 결국 형의 그 둔감이란 어떤 표준에 의한 의례적인 몸짓이라든가, 상냥스러움, 소위 상대편에 눈치껏 적응하고 또는 냉연(冷然)하고 할 수 있는 능력의 결핍, 이런 것을 두고 하는 말이 아니겠느냐 말이다…… 그러나

동생은 그렇지 않았다. 그 표준에 의거해서 생활을 다루어 나가는 마음의 긴장을 잃지 않고 있었다. 결국 그 일정한 표준의 울타리 속에서 민감하다든가 우아하다든가 교양이 높다든가, 앞날이 촉망된다든가 이런 소릴 들을 수 있었다. 역시 아버지라는 사람도 이런 표준에 의해서 큰아들을 단념했었고 어머니는 큰아들을 불쌍히 여기고 있었던 것이다. 그러나 포로로 잡힌 그들 형제 중에서 누가 더 둔감하다고 보겠느냐, 형이냐? 동생이냐? 그 군담이란 뜻부터가 어떻게 되느냐……? 과연 누가 더……」

나는 아직 무엇인지 불안했고 얼떨떨할 뿐이었다. 자꾸 저 하늘 한복판 초이렛달의 허전스러움 같은 것이 걱정되는 것이었다.

「결국 동생은 만포진의 수용소에서 아득한 날을 보내다가 지난 포로 교환 때 나왔다……」

철은 갑자기 내 곁으로 바싹 다가앉으면서 이때까지의 어조와는 생판 다른 조용한 목소리로,

「내 어린 때 애명이 칠성이었다……」

「……?」

나는 두 눈이 휘둥그래졌으나 철의 입가엔 연한 조소 같은 것이 떠 있었다.

「자, 나는 다시 이렇게 범연한 내 고장으로 돌아왔구, 다시 내 그 오연함이란 것을 되찾아 입었다. 그런데 그전보다 좀 편편치 않다. 뒷받쳐야 할 의지라는 것이 자꾸 다른 것을 생각하기 때문이다. 나루선 아마 손해인지도 모르지……」

텅 빈 하늘에 바람은 그냥 미친 듯이 불고 달은 사르르 떠는 듯했다.

장용학

1921. 4. 25 -

●

비인탄생(非人誕生)

1921년 함북 부령 출생.
　와세다대학 상과 2년 중퇴.
1949년 《연합신문》에 소설 「회화」로 등단.
1955년 소설집 『요한시집』 발간.
1962년 소설집 『원형의 전설』 발간.
1982년 소설집 『유역』 발간.
　덕성여자대학교 조교수, 경향신문 논설위원, 동아일보 논
　설위원 등을 역임.

비인탄생(非人誕生)

아홉시병(九時病)——

아홉시가 가까이 오면 배탈이 나는 아이가 있다. 아홉시는
아동들이 학교에 가는 시간이다.

학교에 가기 싫어서 배가 아프다고 했더니, 엄마는 책가방을
저리로 밀어버리면서, 배를 만져본다 이마를 짚어본다 어쩔 줄
몰라했다. 학교에 안 가서 좋았을 뿐더러 뭐 사갖고 싶은 것이
없는가라든지, 다음 일요일에는 창경원에 데려다주겠다든지, 배
가 낫게 되면 네가 제일 좋아하는 카스텔라를 배탈이 나도록 사
주겠다든지 그런 약속까지 해준다.

재미가 붙은 그 아이는 학교에 가기 싫거나 하면 배가 아프
다고 했다. 언짢은 일이 있거나 욕심나는 일이 있으면 〈배가 아
파〉 했다.

특별한 아이가 되었다. 모든 일에 특별 대우이다. 동생이나
언니들은 그를 부러워하고 샘냈다. 그는 으쓱했다. 무슨 장한

일을 하고 있는 것 같았다. 걸핏하면 〈아이구 배야〉 하고 재간을 부렸다.

배를 안고 뒹구는 일에는 아주 공성이 났다. 동생까지도 이제는 샘내거나 어쩌지 않았다. 오빠는 병자인 것이다.

부모나 언니나 동생들만이 그의 비위를 맞추어주는 것이 아니었다. 언제부터는 배까지 그의 비위를 거슬리는 것을 꺼려했다. 이불을 가리고 누워 있으면 이불 속에서 배는 꾸르륵꾸르륵 해주는 것이었다. 그는 대견해했다. 〈아이구 배야〉 하고 뒹굴고 나자빠지면 배가 꾸륵꾸륵 이상해지는 것이다. 흐뭇했다. 도깨비 감투라도 얻어 쓴 것만 같았다. 정말 아픈 것 같았다.

정말 아파지는 것이다. 〈아이구 배야〉 하고 뒹굴면 배는 정말 〈아이구 배〉가 되는 것이었다. 좀 겁이 났다.

종내는 아홉시가 가까이 오면 이쪽에서 〈아이구 배야〉도 하기 전에 저쪽에서 먼저 꾸르륵꾸르륵 성화를 부리는 것이다. 빨리 〈아이구 배야〉 하고 뒹굴고 나자빠지라는 것이다. 그래서 마지못해 〈배 아파〉 하고 드러눕는 것이다. 성가셔졌다. 아홉시가 가까이 오면 지레 겁이 났다.

아파지지 말자 해도 안 된다. 시계 바늘이 왼쪽 윗구석에 45도를 그려내려 할 즈음이 되면 먼저 알아차려가지고 볶아낸다. 아홉시만이 아니었다. 불편하면 11시고 3시고 상관하지 않았다. 저절로 비비 꼬여드는 것이다.

그렇게 자란 그 아이는 장정(壯丁)이 되어 군대에 들어갔다. 비 오는 날 탄약고 같은 데 보초를 서라면 배탈이 났다.

전쟁이 일어나서 일선으로 나갔다. 작전 명령만 내리면 배탈이 났다. 의심을 품은 중대장은 군의(軍醫)에게 철저히 진찰을 받게 했다. 배는 정말 아픈 배인 것이다.

홀로 벙커에 남은 그의 눈에서는 두 줄기 눈물이 흘러내렸다.

비겁한 자! 전우에 대하여, 조국에 대하여 자기는 배신자인 것이다! 인간(人間)을 모독하고 있는 것이다!

그러나 어찌할 도리가 없는 것이다. 무슨 명령만 내리면 뱃속에서 뱀이 비비 꼬여들면서 꼼짝할 수 없는 것이다.

전쟁은 끝났다. 군대에서 제대한 그는 은행에 취직했다. 숫자만 보면 배탈이 나는 것이었다.

학교로 직장을 바꾸었다. 〈질문이 있습니다〉하는 소리만 들으면 배탈이 났다. 〈선생님〉하는 소리만 들어도 배탈이 났다.

사회라는 데는 학교나 군대와 달라 졸업이니 제대니 하는 것이 없었다. 죽을 때까지 배를 부둥켜 안고서라도 직업이라는 것을 가지고 있어야 했다.

그래서 그는 배탈의 아픔을 느끼지 않게 되었다. 마비된 것이고, 그의 생리는 배탈에 아주 물들어버린 것이다. 건강체가 된 것이다.

모든 사람은 말하자면 그런 건강인(健康人)인지도 모른다.

그렇다면 그는 지금 무슨 아홉시병에 걸려 있는 것인가?

1

소나기로 한때 뜸해졌던 저 아래 채석장(採石場)에서 다시 돌 깨는 소리가 들려오는 것을 들으면서, 하염없이 무지개를 바라보는 지호(地瑚)의 마음은 그의 몰골처럼 야윌 대로 야위어졌다.

「아 하늘이 살아 있다……」

피에로의 웃음처럼 서글픈 무지개의 다롱한 아쉬움…… 간신히 그 무지개로 트이는 자기 호흡을 어루만지면서 그는 머나먼 생각에 끌려가는 것이었다. 무지개를 바라본 것도 아득한 옛날 일만 같았다. 열세 살에 죽은 누나의 머리카락 끝에서 나부끼던 빨간 댕기처럼, 희미한 추억의 무늬 저편으로 지워져 버렸던 것 같다. 앞산으로 매미 잡으러 갔다가 소나기에 쫓겨서 돌아오는 길이었겠다. 무심결에 돌아보니 덩실, 간밤에 이루지 못했던 선녀의 꿈인 양 파란 하늘에 서린 오색(五色)의 안타까움…… 그 무지개의 한쪽 다리 끝이 바로 거기인 것만 같아서, 방앗간이 서 있는 원사대(元師臺)를 향하여 논두렁 길을 달음질치던 소년의 뒷모습…… 무지개는 언제 사라져버리고 물레방아만이 빙글빙글 돌고 있었다…….

그 동안 땅만 보고 어디서 무엇을 하다가 이제 폐가가 된 남의 집 돌대문 옆에 오므리고 앉아서, 내일부터는 저 채석장에 내려가서 돌을 깨야 하겠다고 무지개 보고 한숨을 쉬어야 한다는 말인가?

파랗게 하늘을 살리고 있는 무지개. 그러나 그것은 끝없는 회한(悔恨)의 가면(假面), 오열(嗚咽)이요 도주(逃走)의 색소(色素)였다. 숫자만 남겨놓고, 지상에서 모든 동화(童話)를 걷어 올려가는 잔도(棧道)인지도 모른다.

건너편 능선 저쪽에 저 끝까지 지붕이 이랑을 이룬 도회(都會)의 회색(灰色), 저것이 인간 정신의 피부(皮膚)란 말인가? 체온(體溫)이었단 말인가?

그것은 묘지(墓地)였다. 자연계(自然界)의 공동묘지(共同墓地)였다. 생생하고 윤택 있던 자연(自然)은 대지(大地)에서 뜯

겨서 도시(都市)에 와서 그 잔해(殘骸)를 눕힌다. 묘지랄 바에
는 진개장(塵芥場)이었다. 자연의 군더더기가 날려다 버리어지
는 지정구역(指定區域)이었다. 인간은 말하자면 그 소제부이다.
그 쓰레기를 염색해서 뒤집어쓰고 그들은 그것을 문명(文明)이
다 과학이다 예술(藝術)이다 에티켓이다 축구시합(蹴球試合)이
다 코카콜라다 하고 흥분한다. 흥분에서 가치(價値)가 생긴다는
것이다. 그들에게는 대중(표준(標準))이라는 것이 없다. 그들이
좋아하는 말 가운데 〈10전을 웃는 자는 1전에 운다〉라는 것이
있다. 회사에 10만 환의 손해를 보게 한 사원을 꾸짖을 때와 같
은 분량의 노성을, 찻잔을 엎지른 급사에게 퍼붓는다. 그래서
〈사람은 생각하는 동물이다〉. 그렇게 하지 않으면 사람은 생각
하는 동물로서의 보람이 없어지는 것이다. 시간(時間)과 공간
(空間)에 따라 노랑나비도 파랑나비가 된다. 그들은 그것을 이
성(理性)이라고 한다. 그들은 걸핏하면 신(神)을 외치지만 따지
고 보면, 그것은 그러한 무절조(無節操)에 대한 자책(自責)에
지나지 않는다.

　저 하늘의 맑음을 보고, 저 산의 숭엄함을 보고, 저 전야(田
野)의 부드러움을 보고, 그리고 시선을 당기어 도시를 보아라.
지상(地上)에서 제일 지저분한 부분이 도시(都市)다. 그 속에
미(美)가 있다면 어떤 미이고, 그 속에 의(義)가 있다면 무슨
의이고, 리(理)가 있다면 어떤 리겠는가.

　악덕(惡德)의 분지(盆地)…… 그는 자기도 모르게 얼굴로 손
을 가져가서 만져보는 것이었다. 분지에서 풍겨오는 악취에 숨
이 막히고 얼굴이 화끈해졌던 것이다.

　그 손이 멈칫해졌다. 온몸이 옴투성이인 것만 같은 것이다. 손
으로 찝으면 살이 흐무러지면서 진물이 줄줄 흘러나올 것만 같

다. 고름 부대, 여기에 이렇게 앉아 있는 것은 뉘 집 아들이 아
니고, 고름 부대인 것이다. 아직 흐무러지지 않아서 고름이 흘
러나오지 않고 있을 뿐이다.

그는 저 거리에서 쫓겨, 여기 해발 100미터는 됨직한 산비탈
에서 혈거생활(穴居生活)을 하고 있는 것이다.

지도(地圖)로 보면 이 산줄기는 북으로 북한산을 거쳐, 태백
산의 품으로 안겨들자면 들 수도 있는 것이다. 그러니 여기는
대자연(大自然)과 도시(都市), 태고(太古)와 현대(現代)의 한 접
점(接點)이 될 수도 있는 것이다.

그는 병상에 누워 있는 어머니와 함께 옛날의 방공호에서 살
고 있었다. 지금은 지난 사변 때 폭력을 당해서 폐허가 되어버
렸지만, 해방 전 아무개라는 일인(日人) 광산왕이 수만금을 들
여서 산허리를 깎아 축대를 쌓아올리고, 2층으로 둥실 하늘에
세운 그 건물은 저 거리에서 쳐다보면, 더구나 저녁놀에 싸였
을 때 같으면, 그 안뜰에서 푸르른 사슴이 목련화의 꽃송이를
따먹고 사는 동화세계(童話世界)의 성(城)을 생각하게 하였다.

산을 파고 만든 그 방공호는 방공호라지만 바닥에 널빤지도
깔고 해서 전에는 웬만한 하꼬방도 부럽지 않았다고 하지만, 지
금은 본채와 운명을 같이 해야 했기 때문에 지호네가 거기다 세
간을 들여놓고 살게 될 때까지는, 사람이 생활을 할 수 있는 공
간으로는 보지들 않았던 것이다.

이름 모를 잡초만이 제 세상 만난 듯 우거진 이 폐허에 그대
로 시(詩)가 하나 있다면, 저기 산으로 올라가는 어귀가 되는
곳에 한 그루 서 있는 목련화의 나뭇가지에 송이송이 맺혀 있는
흰 곡성(哭聲)이 그것일 것이다. 도시 땅이 설은 꽃이다. 사람
의 마음을 〈무위(無爲)〉로 꾀는 밀어(蜜語)였다.

그는 아까부터 시선이 간지러운 것을 느끼고 있었다. 그러나 그 하늘에 움직이는 것이라곤 보이지 않는다. 그런데도 무엇이 열심히 떠돌고 있는 것이 느껴지는 것이다. 그 어름에다 초점을 모아가면 있던 것 같던 그것은 없는 것이 되는 것이다. 내버려 두면 있어지고 찾으려면 없어지고…….

심심하지도 않을 텐데 몇 번을 그렇게 놀다가 무심결에 그는 그 티끌을 잡아냈다. 있는지 없는지도 모를 만큼 희미한 티끌이었다.

그저 기류(氣流)를 타고 떠돌고 있는 것이 아니라, 자기 생각을 가지고 날아다니고 있는 것 같다. 그 둘레에는 명주실 같은 무리(훈(暈))가 걸려 있다.

가로 세로 자유 자재다. 신바람이 나서 떠 가다가도 획 곤두박질치면서 돌아서기도 하고, 솟구쳐오르다간 저 아래로 뚝 떨어져간다. 그러다간 시야(視野) 밖으로 사라진 것도 아닌데 보이지 않아진다.

사라졌나보다 하고 단념하고 있으려면 언제 눈앞에 나타나서 가로 세로 또 자유 자재다.

아까 눈시울이 좀 젖었었으니까 내 시선에 티끌이 생긴 것이 아닌가 싶은데, 그 티끌은 내 말을 따르지 않는다. 저리로 날아갈 때 지그시 시선을 이리로 당겨도 그 티끌은 제 갈 데로 가고야 마는 것이다.

내 눈에 일어난 현상(現象)인데 내 말을 듣지 않는다. 내 의사와는 관계없이 제 마음대로 논다. 내 속에 나 아닌 것이 있는 셈이다. 나의 의지(意志)에 속하지 않는 나의 기능(機能)이 있다. 인간(人間) 속에 인간에 속하지 않는 영역(領域)이 있다. 이것이 〈무(無)〉라는 건가…….

그러다가 그는 아까까지 이 앞을 제비가 한 마리 난비(亂飛)하고 있었다는 것이 생각났다. 그러고 보니 티끌이 날아다니는 투가 제비의 그것과 흡사하다.

그러면 이것은 그 잔상작용(殘像作用)의 일종인가? 그러나 나는 제비를 보지 않았다. 무지개만 쳐다보고 있었다. 내 허가도 받지 않고 함부로 내 망각에 비쳐든 것에 지나지 않았다. 그런데 이제 와서는 나를 지배한다.

그는 고쳐앉았다.

신(神)이란 그런 것이 아닐까. 나는 신(神)의 존재를 믿지 않는다. 사실이다. 그런데 그 신(神)이 나를 지배하고 있는 것도 사실이다. 그렇게 생각하지 않고 있으면서도 아무 이의(異議)도 없이 그렇게 생각하고 있는 괴리(乖離)!

괴리에 대한 불감증(不感症), 우리 의식의 밑바닥에는 이러한 불감증이 자리잡고 있는 것이 아닐까……

그는 현기증을 느꼈다. 그것이 잔상의 일종이든 괴리이든 그것은 내가 아니다. 적어도 현재(現在)의 나는 아니다. 그런데 그것은 현재로 나를 살고 있는 것이다! 이것이 생(生)이라는 것의 자세(姿勢)인가?

무가 유를 제거(除去)하고 있다. 과거(過去)가 현재에다 구멍을 내고 있는 것이다. 그 구멍을 메우는 작업(作業)이 〈생〉이라는 말인가? 그래서 아무리 나를 꽉 붙잡으려고 나를 꼭 껴안아도, 어디론지 내가 흘러나가 버리고 마는 것인지도 모른다. 나는 나의 땅이 아닌 땅에서 나의 땅을 살고 있는 것이다! 그러면서 나는 거기서 살고 있는 것이 아니라 분명히 나는 여기서 살고 있는 것이다! 나는 여기서 살고 있다. 이것은 나의 신앙(信仰)이다! 그런데 여기가 아닌 곳에서 살아야 하는 모욕(侮辱).

인간이란 모욕인가? 모욕에 그쳐야 하는 것이 인간이란 이름인가……?

모욕이 아닌 땅이 어디에 있을 것이다. 있어야 한다! 거기에는 아직 〈이름〉이 붙지 않았기 때문에 우리 눈에 보이지 않는 것뿐이다. 거기에는 이름이 없고, 여기는 이름이 없는 것은 없는 것이 되는 선(미숙(未熟)) 땅이다. 거기에는 이름이 없기 때문에 나는 그리로 갈 수 없는 것이다.

〈이름〉의 유래(由來), 서울역(驛)에 내리자마자 걸려든 계집에게 얼을 다 빼앗긴 시골 신사(紳士). 하룻밤 사이에 주머니를 다 털리고 이튿날 새벽차에 도로 몸을 실을 수밖에 없게 되었던 그가, 시골에 돌아가 선 툇마루에 버티고 나앉아서 〈서울 계집이라는 것은……〉하고 수염을 쓰다듬는 것이다. 이렇게 해서 성립된 것이 서울이라는 이름이고, 그 이름의 종합(綜合)이 세계이다. 〈시골〉과 〈서울역〉 사이가 그들의 〈서울〉인 것이다.

가능성(可能性)을 말살당한 서울 시민(市民)들의 저주가 그대로 무사할까……?

인간이 지니고 있는 불안(不安), 근심, 공포(恐怖)란 그런 〈이름〉에 둘러싸인 데서 빚어진 가책(苛責)이요, 천지간에 스며 있는 그런 난자(卵子)의 망령들이 누르는 압력을 참아내는 신음(呻吟)이다. 이 압력(壓力)을 도학자(道學者)들은 만유인력(萬有引力)이라고 이름지어서 간단히 시렁 위에 얹어놓고 있지만, 언제 그 중량(重量)에 툭 터지고 이름이란 이름들이 와르르 게헤나의 나락(奈落)으로 굴러떨어질지 모르는 것이다.

때로 주위를 덮어누르는 정적(靜寂), 그것은 지평선(地平線) 저쪽에서 지금 나락이 패어지고 있는 곡괭이의 소음(騷音)인지도 모른다.

귀를 기울이면 신부의 발자국처럼 사뿐사뿐 들려오는 것 같은 발소리…… 겨우내 눈을 가리고 맷돌을 돌리던 나귀의 무딘 귀에도 봄이 와서 앞내의 얼음이 깨지는 소리는 들려오는 것이다. 와야 하는 것은 오는 것이다.

〈구대륙(舊大陸)〉에서는 자유(自由)라는 집시가 왕(王) 노릇을 했지만, 이제 올 신세계(新世界)에서는 반드시 그것이 명사(名詞)여야 하는 법은 없다. 부사(副詞)인지도 모르고 접속사(接續詞)인지도 모른다. 팔품사(八品詞) 이외의 어떤 품사인지도 모른다. 모르는 것은 모른다. 전지전능(全知全能)인 하나님의 주머니 속에는 여덟 개의 품사만 있는 것이 아니다.

사람의 미골(尾骨)은 꼬리가 있었던 기념(紀念)이 아니라 이제부터 거기서 꼬리가 생겨날 징조(徵兆)인지도 모른다. 파리가 이렇게 번식하는 공기 속에서 그렇게 딴딴하게 달려 있었던 꼬리가 없어졌을 리 없다. 그렇게 미학적(美學的)인 인간이 그렇게 미학적인 꼬리를 없애버렸을 리 없다. 그렇게 고적보존회 회원(古蹟保存會 會員)이 되기를 무상의 영광(榮光)으로 생각하는 그들이 그 〈고적〉이 인멸되어 가는 것을 그대로 내버려두었을 리 만무다.

이제 거기에 꼬리가 나봐라. 인생이 얼마나 부드러워지고, 세계가 얼마나 밝아질 것이겠는가. 사람들은 우선 자기가 땅의 아들이었다는 것을 깨치게 될 것이고, 하늘이 높다는 것을 알게 될 것이다. 서 있는 것이 어쩐지 무엇을 잃어버리고 있는 것처럼 설레어질 것이고, 마침내 두 손으로 땅을 짚을 것이다. 마음에는 지동설(地動說)의 현기증(眩氣症)이 비쳐들 것이다.

그렇게 되면 손은 물건을 만들어내는 것을 그만둘 것이다. 만들어내어도 소용이 없다는 것을 알게 될 것이다. 그러면 모든 물건은 필요없게 될 것이다. 모든 물건이 없어질 것이다. 이름이 없어진다. 이름이 죽는다⋯⋯.

「아 꼬리야, 얼른 나아라⋯⋯」

무심결에 그는 한쪽으로 엉덩이를 들면서 손을 그리로 가져가서 만져보는 것이었다. 어쩐지 근질근질해진 것 같았던 것이다.

그는 자기가 거기를 만져보고 있다는 것을 깨닫는다. 우습지 않다. 슬프지도 않다. 그저 그렇다. 더 우습고 더 슬픈 일이 저 도시에는 전봇대의 수효보다 많으니 말이다. 그 쓰레기더미를 좋게 표현하면 신화(神話)의 숲이다. 거기서는 생각할 수 없는 일이 공공연하게 횡행하고 있는 것이다. 양담배 서너 갑과 목숨이 흥정되는 수도 있다.

서너 갑이 아니다. 두 갑이었다. 그 병역(兵役) 기피자는 럭키 스트라이크 두 갑을 주고 순경의 손에서 벗어났다. 기피자의 뒤를 따라 골목을 들어온 것이 그 순경의 잘못이었는지도 모른다. 설마 양담배 두 갑쯤을 가지고 그런 사바사바를 하려고 들리라고는 생각지 못하였을 것이다. 통탄할 일은 그 기피자가 처음엔 한 갑만 꺼낸 것이다.

길 가다가 갑자기 뒤를 보고 싶어 뛰어들어갔던 뉘 집 변소의 문 틈으로 그 광경을 나는 보고 들었다.

「이걸루 좀 눈감아주십시오⋯⋯」

한 갑 더 꺼내 겹쳐서 순사의 주머니에다 쏙 밀어넣었다.

「약소합니다」

책장을 덮는 것처럼 벌써 흥정은 끝나 버린다.

요까짓 걸로는 안 된다고 순사가 담배를 꺼냈을 때는 벌써 기피자는 5리 밖에 가 있었고, 여보시오 하고 부르려고 하였을 때는 10리 밖으로 보이지 않았었다.

그 기피자는 목숨을 건져낼 비상용으로 양담배 두 갑이면 족
하다고 생각했던 것일까? 휴전하(休戰下)이기는 하나 경우에 따
라서는 목숨 하나가 될 수도 있는 병역(兵役)이 아닌가. 그는
자기 목숨을 그렇게 값싸게 쳤다는 말인가?

지호는 하염없이 무지개를 쳐다보며 되도록이면 그 변소 앞
광경을 메꾸어 버리고 싶었다. 사람의 목숨이 그렇게 싸고서야
살 무슨 재미가 있단 말인가? 그러나 영구히 그 광경을 메꾸어
버릴 수는 없는 것이다. 왜? 5분 후 그 순사는 도로 길목에 나
가 서서 그 럭키 스트라이크를 한 대 피워 물었고, 그 연기는
대기(大氣) 속으로 흘러들었고, 그 공기는 우리 폐(肺)로 들어
가서 피가 되고 살이 되어버린 것이다.

〈리얼리스트인 것은 저 무지개뿐이다…….〉

그 무지개가 없어졌다. 이제까지 거기에 있던 것이, 언제 사
라져버리고, 하늘은 쭉 퍼졌고 땅이 꾸겨들었다. 그의 마음도
비어가고, 지(地)의 고달픔이 그를 엄습해 왔다.

일어나기로 했다.

일어나서 〈집〉 앞으로 갔다. 멈칫했다.

집…… 그는 집이라고 한 것이다. 그의 얼굴에서 주름살이
펴지는 것 같았다. 마침내 그는 그 방공호를 집이라고 생각하게
된 것이다.

그렇게 생각하자고 생각날 때마다, 그 토굴을 빤히 응시하면
서 〈집 집 집……〉 이렇게 입부터 익혀놓으려고 했지만, 허사였
었다. 그것이 지금 그는 자기도 모르는 사이에 그것을 집이라고
느끼고, 집으로 보게 된 것이었다.

그러나 그 앞에 서면 고독(孤獨)이 느껴지는 것은 매한가지였
다. 여기는 줄 밖이었다. 땅의 끝이었다. 한 발자국 저쪽에는

나락이 시커먼 아가리를 벌리고 있는 막바지였다.

머리를 좀 숙이면서 들어서면 양쪽 벽에 각각 침상이 대여 있는데, 그 사이를 사람이 지날 수 있을 만한 넓이에, 머리맡이 되는 안쪽 구석에 짐이 두세 개 놓여 있을 만한 깊이를 가지고 있는 것이 이 굴집의 용적(容積)이다. 침상이라지만 벽돌조각을 서너 무더기씩 쌓아놓고 그 위에다 널을 깐 것이고, 안쪽 구석에 예닐곱 장 되는 캔버스가 기대어 있는 것이 좀 이채롭다. 그는 전에는 좀 이름이 알려진 화가였다.

어머니는 전에 없이 자리에 일어나 앉아서 아들이 들어오는 것을 지켜보고 있었다.

지호는 숨이 쿡 막혔다. 어둠에 익혀지는 눈에 비쳐든 어머니의 모습은 미라와 같았다.

언제 이렇게 되어버렸단 말인가!

자리에 누워 있을 때는 그렇게까지 말라 보이지 않아 그저 앓는 사람이니 그러려니 했었는데, 이렇게 일어나 앉아 있는 것을 보니 죽었던 것이 도로 살아나서 숨을 쉬고 있는 것 같았다. 콩깍지를 한 줌 묶어놓은 것 같은 목 위에서 얼굴이 외롭다.

모두 퇴각(退却)해 버렸는데 홀로 남아 커다랗게 빛나고 있는 두 눈…….

「너 어쩔 작정이냐……?」

「……」

「네가 죽으라면 이제라두 죽어 주마」

「어머니!」

「어머니 아니다」

「……」

가슴이 퉁 하고 내려앉았다.

「그래 오늘두 안 가보니?」

「이제 취직돼두……」

그는 까맣게 때가 낀 어머니 발톱에서 시선을 돌리면서 어물어물했다.

「돈은 한 달 후에야 생기는 걸 뭐……」

「아이구 이 못난 것아!」

마지막으로 단단히 한번 좀 타일러 보려고 일어나 앉았던 어머니는 이렇게 한탄(恨歎)을 비벼내면서 몸을 옆으로 내던진다. 그 바람에 널빤지를 받치고 있는 벽돌이 한두 개 어긋나면서 자리가 기웃해졌다. 지호는 얼른 무릎을 꿇으면서 두 손으로 어머니 몸을 받치려고 했다.

「보기 싫다」

어머니는 그 손을 툭 뿌리쳤다. 균형을 잃고 지호는 자기 침대에 가 엉덩방아를 찧었다. 침대 밑에서 밥그릇이 구르는 소리가 났다. 거기에 숨어 있던 쥐가 툭 지호의 겨드랑 밑으로 빠져서 어머니 침대 밑으로 달아났다.

「너를 바라구 내가 살아 있는 게 잘못이었다……」

「……」

지호는 그 말을 듣고 있는 것이 아니었다.

쥐. 쥐의 그림자는 여기에까지 비쳐든 것이다. 울고 싶어졌던 지호의 눈시울은 분노 때문에 치켜졌다.

「아, 팔자두 사납구나……」

어머니는 저리로 몸을 돌려버리는 것이었다.

벽돌을 고쳐 쌓으면서, 지호는 뜨거워만지는 눈을, 그래도 말똥하게 해가지고 살피어보았으나, 쥐는 다시 보이지 않았다. 환각이 아니었던가도 싶었다. 아무렇기로 여기에까지 쫓아왔을까…….

쥐 때문에 마음이 멍들 대로 멍이 든 지호였다. 어떻게 보면 이리로 쫓기어 올라와 살게 된 것도 쥐 때문인지도 모른다고 생각하는 그였다.

지난 봄 지호가 학교를 그만두게 되고, 신학기가 썩 지나도록 새 직장이 구해지지 않을 성싶으매, 어머니는 윗동네에 있는 채석장에 나가 돌을 깼다. 그렇게 해서 끼니를 이어가고 있었는데, 어느 날 지호가 밖에 나갔다 돌아와 보니 어머니가 방바닥에 엎드려 신음하고 있었다. 돌을 깨다가 위에서 굴러내려온 바위에 등을 떼밀렸다는 것이었다. 왼쪽 어깨 그늘이 되는 데가 좀 퍼렇게 멍들었을 뿐, 외상은 별로 없었으나 숨이 바로 쉬어지지 않아했다.

식사도 잘 받아지지 않아, 4, 5일을 그렇게 신음하던 어머니는, 〈좀 나은 것 같다〉 하면서 일어나 주인집으로 들어가더니, 광주리를 빌려가지고, 그날부터 고개 너머 밭에 가서 야채를 이어다가 시장에 내놓고 팔았다.

지호의 생활에 쥐가 관여하기 시작한 것은 아마 그 무렵부터일 것이다. 전에도 쥐의 시체를 보는 날에는 신통한 일이 생겨주지 않은 것 같았지만, 그렇다고 해서 낯이 찌푸려지거나 마음이 질려지는 일까지는 없었다. 그러던 것이 그 즈음부터는 쥐의 시체만 보면 가슴이 떠름해지고 맥이 풀려나가는 것을 어찌 막을 수가 없었다. 쥐의 시체를 보는 날은 일이 글러지는 날이었다. 아무리 희망적이었던 일자리도 길에서 쥐의 시체를 보는 날에는 기어이 글러지고 마는 것이었다. 공포심까지 품게 되었다. 어느 날 저녁 집에 돌아온 그가 인사불성이 되어 쓰러져 있는 어머니를 발견하게 된 것도, 골목길을 들어올 때 피투성이가 된 쥐의 시체에 그만 가슴이 덜컹해지고서였던 것이다.

다시 자리에 눕게 된 어머니의 병세는 시름시름 차도가 보이지 않았다. 차도가 보이지 않는 것이 아니라, 나날이 더해져 가는 것이 분명했다. 지호가 직장을 잃었을 때부터 좋은 얼굴을 해보이지 않았던 집주인은, 언제부터는 인사를 해도 잘 받지 않더니, 급기야는 집세를 당장 못 내겠으면 방을 내놓으라고 눈알을 굴리기에 이르렀다. 한번 그렇게 하마비(下馬碑)를 빼버린 뒤로는, 악화되어 가는 환자의 병세에 뒤지지 않겠다는 듯이 눈에 송곳을 세워 올리더니, 마침내는 신발째로 올라서서 마루를 구르는 것이었다. 지렁이도 밟으면 꿈틀거린다고, 그것을 보자 지호의 목젖이 벌컥 뒤집혔다.

「내 앞에서 물러선다!」

거짓말만 일삼는 피고를 일갈(一喝)하는 검사의 호령이었다.

그만 놀라서 마당에 떨어진 집주인은 영문을 모르겠다는 듯 눈알을 껌벅이더니, 아무 소리 없이 자기네 방으로 돌아간 것이었다. 그후 며칠이 가도 주인은 아무 소리 없었다. 그러나 지호로서는 그 생호령이 마지막 신명이었다는 것이, 그렇게 해서 확보했던 방을 끝내 명도하게 되었는데, 그것은 문짝을 몰수당했기 때문이다. 일루의 희망을 걸었던 일자리가 예에 의하여 글러져, 그제는 낙심할 계제도 되지 않아서 더벅더벅 집에 돌아와 보니 문짝이 없다. 문짝이 없는 방은 바늘이 없는 시계처럼 요요(蓼蓼)했다. 이대로 저 산의 소나무가 되어서 모든 인간사(人間事)에서 비켜 섰으면 싶었다.

「어머니, 우리 산에 가 살아요」

참새가 한 마리 마당에 내려앉아 사람의 눈치를 살피면서 무엇인지 쪼아먹고 있었다.

어머니를 등에 업고 저녁놀이 빨갛게 비낀 산길을 더듬어 올라가는 그의 눈에는 굴러떨어질 눈물도 없었다. 처음엔 좋은 구경거리가 생겼다고 모여들었던 동네 어린 것들도, 안되었다는 생각이 들었던지 저마다 하나씩 짐을 들고 뒤를 따르고 있었다. 그뒤를 한 마리 개까지 꼬리를 떨어뜨리고 따랐으니, 이번에는 어른들의 구경거리가 되었다.

「이 에미 때문에 네가 이 고생이구나……」

「듣기 싫어요!」

누가 할 말을 누가 한다고 이렇게 쏘아붙이는 그는 그런 위인이었다.

산사람이 되어서는 쥐에 대한 두려움은 공포에서 저주로 변했다. 일자리는 영 차려지지 않을 작정인 것 같았다. 기어코 글러지고야 마는 것이었다. 그 많은 일자리는 다 어디로 굴러가고 나에게는 하나도 차려지지 않는단 말인가?

「왜 나는 이렇게 재수가 없을까……」

어머니는, 요즈음 세상에 돈을 쓰지 않고 무슨 일이 되겠느냐는 것이지만, 그는 쥐 때문이라고 했다. 쥐라는 놈이 훼방을 놓는 것이다. 그는 그렇게 꼭 믿는 것이었다. 어머니보다 더 미신적이 된 그였다. 그가 모를 것은 쥐가 왜 자기를 그렇게 원수로 삼는가 하는 그 이유뿐이었다. 사실 우연한 일치인지는 몰라도 그에게 있어서는 쥐의 시체를 보게 되는 것과 일이 글러지는 것이 꼭 인(因)과 과(果)가 되었던 것이다. 그래서 그는 쥐의 시체를 보지 않은 날에도 일이 글러졌으면 한다. 그런데 그런 날에는 으레 구수한 이야기를 얻어 듣는다. 그러다가 쥐의 시체와 해후(邂逅)해서 기어이 글러지고 마는 것이었다. 그에게 좀 여유가 있다면 그 신기한 일치에 그는 감탄했을 것이다. 그러나

감탄하고 있을 수는 없었다. 쥐의 시체를 보기만 하면 숨부터
꾹 막혀드는 것이었다.

한번은 깊은 밤중이다. 마당을 왔다갔다하다가 허공(虛空)에
대고 버럭 소리를 질렀다.

「쥐의 시체야! 내 앞에서 물러선다!」

그러나 쥐는 집주인과 달랐다는 것이, 이튿날 아침 은근히
무슨 기대를 가지고 산을 내려갔는데, 그날따라 아랫마을에 내
려선 그 첫 어귀에서 쥐의 시체를 본 것이다. 〈하아!〉하고
길 가운데 퀭해서 서 있다가 그대로 돌아서서 산으로 올라와
버렸다.

학교를 그만두게 된 것도 쥐 때문이라고 지금에 와서는 그렇
게 생각하는 그였다. 그는 권고 사직을 당한 것이었다.

그가 담임했던 졸업반 학생 가운데 내내 우등생으로 지내 왔
었는데, 그해에 들어서 새로 실시된 등록제(登錄制)로 인한 결
석 일수(日數) 때문에 졸업이라는 마당에 있어서 그 자격을 상
실하게 되는 아이가 있어, 그 일로 교장과 언쟁을 한 것이 원인
이었다. 교장은 그래야 앞으로 학생들이 납입금을 잘 내게 되는
것이라고 수염을 만지작거렸다. 지호의 말은, 결석의 성격이
달라졌으니 그것을 우등과 결부시킨다는 것은 부당하다는 것이
었다. 사정회(査定會)가 있을 전날이었다.

「그러자면 내규(內規)부터 고쳐야 합니다」

「내규를 고치면 되지 않습니까?」

「아니, 고치다니…… 좀 생각해 보슈. 법이란 그렇게 함부로
고칠 수 있는 것이 아닙니다」

「함부로가 아니고 사리에 따라 고치자는 것입니다. 그 아이
는 실제로는 출석해서 공부했지 않았습니까!」

「참 답답도 합니다. 그래 사리가 생길 때만 고치면 법의 위신은 어떻게 됩니까?」

「사리를 따라서도 위신을 세울 수 있지 않습니까. 지금은 옛날과 달라서……」

「뭐랍니까. 그래 내가 옛날이란 말이오! 선생은 사리 사리 하지만 법을 지켜야 한다는 것은 사리 가운데서도 으뜸가는 사립니다. 이 문제를 가지고 더 말할 것은 없습니다」

「선생님의 논법은, 남자와 여자니까 아버지와 딸도 결혼해도 괜찮다 하는 것과 마찬가지가 아닙니까?」

「뭐 뭐랍니까? 다시 말해 보시오! 그런 그런 상스러운……」

「비유해서 말한 것뿐입니다」

「그런 상스러운 소리를 말이라구 합니까? 사람 같지 않은 소리를, 적어두 교육자라는 사람이……」

「선생님의 처사를 교육적이라구 할 수 있습니까?」

「아니……」

「가난한 아이는 처음부터 우등생이 될까 하는 생각은 말아야 합니까?」

「가난해서 학교에두 못 오는 아이가 이 나라에는 얼마든지 있습니다」

「건 정치가들이 할 문제입니다. 우리는 우리 학교에 들어온 아이들에게만이라도 어두운 마음을 안 가지게 해야 할 것이 아닙니까?」

「우등생이 못 된다구 마음이 어두워져서 공부 안하는 그런 학생은 근본적으로 우등생이 될 자격이 없습니다」

「그렇게까지 말씀하신다면 우등생 제도는 왜 있는 것입니까?」

「그런 투로 말하면 학교라는 제도두 모순이란 말이군요? 그 렇지요?」

「제도라는 것을 선생님처럼 생각하신다면 차라리 그런 제도 는 없애 버리는 것이 사리가 될 것입니다」

「말 좀 삼가시오! 가만히 보니 선생의 사상은 철저히 파괴주 의입니다. 이 사회완 도저히 용납될 수 없는 겁니다!」

「전 이 사회에 용납되지 않는 말은 한 적이 없습니다. 저의 말을 선생님처럼 해석하면 몰라두……」

「그래 아까는 뭐가 어떻다구 말했지요? 법이란 지킬 필요가 없다, 그런 말씀이 되지요? 그렇지 않았던가요?」

「법 법 하시지만 선생님은 그 법을 얼마나 지키고 계십니 까?」

「……」

「이 문제만 해도 그렇습니다. 등록제 때문에 출석 일수가 부 족해서 원급(原級)에 머물러 있어야 할 학생이 졸업반인 저의 학급에만도 5, 6명이 됩니다. 전교를 통틀어 100명은 넘을 것입 니다. 이 학생을 모두 법에 따라 낙제시킬 수 있습니까?」

「……」

그것은 생각지도 않았고, 생각할 수도 없는 일이었다.

다행히 때마침 시(市)에서 높은 손님이 와주었기 때문에 그 논쟁은 흐지부지 끝났다. 그날 밤 지호는 거의 밤을 새웠다. 표 가 안 나게 일람표(一覽表)를 다시 작성하느라고이다. 먼저 것 은 결석 일수가 그렇게 말썽이 될 줄 모르고 사실대로 써넣고서 라도 그 아이를 〈우등〉이라 했던 것이다. 첫 닭이 울 무렵 끝났 다. 먼저 것을 넷으로 막 접었다가 다시 한번 접어서 방구석에 다 팽개치고 자리에 들어갔다.

그런데 잠이 오지 않는 것이었다. 뒤숭숭했다. 엎치락뒤치락 좀처럼 잠이 와주지 않았다. 무슨 큰 죄를 지은 것만 같았다. 저녁 때 집으로 돌아오는 길에 파출소 앞을 지나다가 거기 서 있는 순사와 시선이 마주쳤을 때, 그가 벌써 자기 음모를 들여다본 것만 같아 순간 가슴이 뜨끔해졌던 기억까지 생각나서, 공연히 불안스럽기만 한 것이었다.

결국 그는 자리에서 일어나서 불을 켰다. 방구석에 팽개쳤던 일람표를 주워다 펴놓고 빨간 잉크로 〈우등〉이라는 것을 지워버렸다. 그리고 새로 만들었던 일람표를 마구 접어서 책상 밑에다 처넣었다. 그리고 불을 끄고 자리에 들어갔다. 법(法)과의 대결에서 그는 결국 져야 했던 것이다. 분했다. 그런데 금시 마음이 가벼워지는 것을 어쩌랴. 울고 싶었다. 울고 싶은 대로 언제 잠이 들었다.

아우성 소리에 눈을 떴다. 날이 밝았었다. 아우성 소리는 주인집 라디오에서 터져나오고 있었다. 그것은 어린이들의 합창(合唱)이었다. 그는 꿈속에서처럼 그 아우성을 들었다. 목이 터져라 지르는 어린 합창…….

어린이들은 저렇게 새 아침을 외치고 있는데 나는…….

그는 벌떡 일어났다 책상 위에 있는 일람표를 움켜잡아 가지고 쫙 쫙 찢어버렸다. 책상 밑에 처넣었던 일람표를 집어내서 곱게 폈다.

사정회는 별일 없이 끝났다.

졸업식도 무사히 끝났다. 그 아이는 우등상장을 타가지고 졸업했다.

이튿날 교장 선생이 불렀다. 무슨 일일까 하고 들어가 보니, 테이블 위에 그의 학급 성적일람표와 출석부가 펼쳐져 있었다.

선생이 한 일은 공문서 위조에 해당된다는 것이었다. 교육상 도저히 묵인할 수 없다는 것이었다.

「제가 공문서 위조죄를 범했다면 선생님은 간음죄를 저지른 것이 됩니다.」

이리하여 그는 학교에서 물러나게 된 것이었다.

「그애 우등도 취소되는 것입니까?」

물러나오면서 마지막으로 그것을 물어보았다.

「한 번 준 것을 취소할 수는 없습니다」

지호는 얼떨했다. 무슨 숨바꼭질을 하고 난 것 같았다.

「제가 물러간 자리에 비석(碑石)이 설 만도 합니다」

도대체 어떻게 된 세상인가. 그가 그렇게 학교를 그만두게 된 데에 대해 동료들은 동정도 하고 자기 일처럼 분개하기도 했지만, 모든 사정을 다 알고 있으면서도, 그 동정하고 분개하는 투가, 공문서 위조를 했으니까 어쩔 도리가 없지 않느냐 하는 전제에서 하고 있는 것이 분명했다.

그는 쥐의 시체가 마음에 비쳐들기는 그렇게 학교를 그만두게 된 날 아침 출근하는 길에서부터라고 했다. 그러나 정말 그랬는지 어쨌는지 하는 것은 꼭은 모른다. 그러나 가슴에 멍이 든 지금 돌이켜보면, 그랬던 것 같았고, 그랬을 것이라는 것은 그랬다가 되는 것이었다.

그의 취직이 될 듯 될 듯하다가도 번번이 글러지고 만 것은 쥐 때문이 아니고 〈공문서 위조〉 때문이 아니었을까 싶지만, 하여간 그런 일로 해서 그는 여기 토굴(土窟)에까지 흘러든 것이지만, 놀라운 것은 사변(事變)으로 어수선해진 세상이기는 하지만 사람이 1년 사이에 그렇게 변모(變貌)할 수 있을까 싶은 그의 퇴락(頹落)한 몰골이라고 할 것이다.

요즈음은 쥐의 시체를 봐도 별로 놀라지 않는다. 돌아서면
되는 것이다. 발길을 돌려 산으로 올라와 버리면 그만인 것이
다. 그것을 모르고 어머니는 자꾸만 찾아가 보라고 하신다는 것
이다. 참 딱하다는 것이다. 포로(捕虜)가 되어 갇힌 몸이 되었
는데 날개 없이야 어떻게 여기를 빠져나갈 수 있다는 말이가.
요즈음은 무슨 쥐의 시체가 그렇게도 많은가. 저 거리에는 페스
트가 창궐하고 있는 것도 그 때문일 것이다.

「삼수야!」

「……?」

지호는 얼른 대답이 나오지 않았다. 누가 누구를 부르는 것
인가 했다. 바위 틈으로 비벼나온 바람 소린가 했다. 저리로 돌
아누운 채 벽을 보고 부르는 어머니의 소리는 그렇게 부드럽고
가늘고 애탄 것이었고, 삼수란 20년 가까이 들어보지 못한 그
의 아명이었다. 다 떨어진 모시적삼으로 비쳐 보이는 어머니의
신체는, 그 〈신체〉에서 니은(ㄴ) 소리를 빼버리면 〈시체〉가 되
겠구나 하는 생각을 하게 한 것도 그 여윈 소리 때문일 것이다.
권리와 의무라는 것이 늘 서로 따르는 것이라면, 어머니의 몸
은 권리(權利)처럼 툭툭 삐져나온 뼈에 살이 의무(義務)처럼 달
라붙어 있는 것이라고나 할까? 사람의 몸이 이렇게 가난해질 수
있었던가? 요즈음 저 거리에서 파는 나뭇단처럼 서글프다. 삼수
시절(三守 時節), 떨기나무이기는 하였지만 집채 같은 나뭇단을
메고 비틀비틀 하면서 대문으로 들어오는 것을, 「아 용타. 우리
삼수 장수가 됐네」 하면서 그것을 받아 하늘 높이 척척 쌓아 올
리던 어머니의 그 호기는 지금 어디로 가고, 이렇게 거리의 나
뭇단처럼 인색해졌단 말인가……

「내 마지막 소원을 풀어다오」

여전히 가는 소리였지만 격해지려는 마음을 억누르면서의 부탁이었다.

「그러지 않고는 눈감을 수 없다」

「참 어머니두……」

지호는 울었으면 시원할 것 같았다. 어머니는 불가능한 일만 요구한다라는 것이다. 결혼이란 것은 혼자서 할 수 있는 것이 아니다. 종희(終姬)가 나타나지 않는 걸 낸들 어떻게 하란 말인가라는 것이다. 그러나 어머니의 말은 결혼 문제가 아니었다.

「내가 눈을 감기 전에 저걸 없애 버려라」

돌아누운 채 손을 움직여 머리맡을 가리키는 것이었다. 캔버스였다.

「내가 이렇게 죽는 것두 저것 때문인 줄 알 구 없애 다오」

「어머니, 돌아가신단 말은 좀 하지 마세요」

「세상이 그림인 줄 아느냐. 네 마음보를 가지고는 아무리 그려두 소용이 없다」

「어머니……」

「종희가 얼마나 못났으면 너 같은 데루 시집 오겠느냐」

「……」

「그 마음을 못 고치겠으면 누굴 또 고생시킬까 말구 산에 들어가 중이 돼라」

「……」

사실 어머니가 이대로 돌아가시면 중이 되는 것이 정말 좋겠다 하는 생각이 든다.

그것이 사리인 것 같았다.

「저걸 어서 갖다 버려라. 숨이 막힌다」

「……」

그는 일어나서 두어 다발로 묶은 캔버스를 안아들고 밖으로 나왔다.

앞마당 벼랑 끝에 가서 한 장 한 장 저 하늘로 띄워 보냈다. 살을 떼어서 던지는 것 같은데, 그 살은 조금도 아파하지 않는 것이었다. 얼마 전까지만 해도 이 세상에서 귀하게 여겨지는 물건은 그 그림들뿐이었는데 조금도 아깝지 않았다. 신이 나기도 하는 것이었다.

그러나 그러던 그도 마지막 한 장에 가서는 그렇게 시원스러워지지 못하는 것이었다. 머뭇하다가 그대로 거기 돌 위에 주저앉는다.

그것은 〈마녀(魔女)의 탄생(誕生)〉이라는 45호대(號大)의 그림이었다. 재작년 가을 국전(國展)에 출품했던 것으로, 그의 파리 유학을 약속해 주었던 그림이기도 하였다. 미술 연구가라는 프랑스군의 한 장교가 입상도 하지 못했던 그 그림 앞에 한참이나 발을 멈추고 서 있더니, 그 작가를 찾은 것이었다. 곧 귀국한다는 그는 돌아가는 대로 좋은 소식을 전해 보내겠다는 것이었다.

그때까지도 아들이 무슨 장난을 하는 것쯤으로 생각했던 어머니도, 그 그림으로 세계의 서울이라고 한다는 파리라는 곳에, 서양 사람의 도움으로 공부하러 가게 된단 말이 믿어지지 않아 하면서도 아들보다 더 기뻐하였다. 집 걱정은 조금도 말고 빨리 출세해 가지고 돌아오라는 것이었다.

본국에 돌아간 그 장교에게서 소식이 온 것은 그가 학교를 그만두게 된 달포 전이었다.

그렇게 벅차고 화려했던 꿈이 익어서 예정대로면 지금쯤 파리에 가 있게 되었을는지도 몰랐을 것이, 그는 그 그림을 손에 들고 이렇게 뿌연 얼굴이 되어가지고 돌 위에 앉아 있는 것이다.

〈마녀(魔女)〉의 모델은 종희였다.

그해 여름방학에, 그림이 되지 않아 초조해하던 그는 무슨 생각이 떠올랐는지 종희를 데리고 강원도 산 속으로 찾아들어 간 것이다. 뒤로 폭포수가 떨어지는 구중심처(九重深處). 물 속 바위에 나체로 종희를 세워놓고, 사흘 밤을 노숙하면서 화필을 휘둘러서 그려낸 것이 〈마녀의 탄생〉이었다.

그때 허리를 가볍게 가리고 바위에 올라서면서부터 종희는 수치감보다 마음이 추워지는 것을 금할 수가 없었다. 이대로 산을 내려가 버렸으면 하고 몇 번이나 마음먹었는지 모른다.

초부(樵夫)도 나타나지 않는 이 깊은 산 속에서 내 알몸을 저렇게 냉랭하게 바라보는 사내와 결혼할 수 있을까? 결혼해서 행복해질 수 있을까? 차라리 저 사내가 짐승이었으면 싶었다. 짐승처럼 달려들어 주었으면 싶었다.

물에 내려선 종희는 처벅처벅 지호가 그림을 그리고 있는 물가의 바위 아래로 걸어갔다. 모델값을 치르라는 것이었다. 그렇지 않으면 〈당신두〉 벌거벗으라는 것이었다. 농담인 줄 알았는데, 기어이 모델값을 치러 받아가지고서야 도로 바위에 올라서는 것이었다. 그리고 상긋 웃어 보이기까지 하는 것이었다. 그 웃음에 지호는 가슴이 찌르르해졌다. 그것은 차디찬 요부의 미소였다.

「종희는 나를 몰라……」

폭포가 떨어지는 소리로 종희에게 들릴 리 없었고, 종희 또한 알아들으려고도 하지 않았다.

「여기 올 때는 종희를 범할 생각두 있었을 거야. 그런 불안 (不安)을 느꼈어. 그렇지만 종희의 몸이 그렇게 아름다울 줄은 몰랐어. 그리고 이 산정기(山精氣), 난 내가 자꾸 보잘것이 없 어진단 말이야. 그래서 걸작(傑作)이 생겨날지도 모르겠단 말이 야」

그날 밤, 모닥불 옆에서 자기가 짐승이라는 것을 증명하려고 드는 사내의 정욕은 거부되었다. 손바닥으로 사내의 가슴을 막 으면서 여인(女人)은 불 저쪽으로 일어서 버리는 것이었다.

「이것이 저야요?」

불빛에 춤을 추는 것 같은 캔버스의 여인을 가리켰다.

얼마나 아름답게 그려줄까 하고 은근히 기대했었는데, 그것 은 물귀신보다 못했던 것이다. 여관집 부엌데기도 이보다는 고 운 편일 것이다. 백 살이나 먹은 토인 노파였다. 제일 보기 싫 은 것이 배였다. 비틀었다가 도로 펴놓은 것처럼 쭈글쭈글했다.

「이런 배가 어디 있어요!」

「사실 그런 걸 어떻게 해」

「어마……」

「중세(中世)는 그랬어. 중세의 배야……」

지호는 그리로 가까이 갔다.

「그것이 중세라면 이 메소포타미아, 나일강 유역을 봐. 이래 야 조화가 서거든……」

두 다리를 가리키면서 하는 소리다.

「그러면 여기가 이를테면 로마구……」

「농담 말아요!」

「이 가슴은 문예부흥(文藝復興)과 산업혁명(産業革命)이라구 해도 좋겠구 불란서혁명(佛蘭西革命)과 10월혁명(十月革命)이라구 해두 좋겠구……」

「그런 것을 누가 알아봐요?」

「없지」

「뭐요?」

「좀 설명하기 어렵지만, 나는 내 머릿속에 한 추상화(抽象畫)를 그려놓고, 이 그림의 경우 그것을 한 여체(女體)에 구상(具象)해 놓았다고 할까……」

「그러면 제가 무슨 필요가 있어요? 마네킹을 가져다 저기 세워놓고 그리면 되지 않아요?」

「아니야! 종희가 아니면 이 그림은 못 그렸을 거요」

「흥……」

「저기 서 있는 종희를 보았을 때 느껴오는 뭐랄까…… 어느 각도(角度)에서 봐도 균형(均衡)이 잡혀 있는 희랍의 여신상(女神像)에서 느껴오는 것 같은 미감(美感)에 끌리지 않았다면 이 작업(作業)은 해내지 못했을 거요」

「흥. 그래요. 그런데 이 그림 속의 여자는 무슨 여자예요? 노파가 된 비너스쯤 돼요?」

「마녀」

「뭐요! 마녀. 제 얼굴에서 그려냈다는 것이 겨우 마녀예요!」

눈물이 글썽해지면서 획 돌아섰고, 그런 속에서도 모포를 한 장 집어들고 어둠 저쪽으로 사라져버리는 것이었다.

횃불을 해가지고 찾아보았으나, 어디에 어떻게 숨었는지 보이지 않았다.

언제 어떻게 잠이 들었는지, 그가 눈을 뜬 것은 그림을 그렸던 바위 위였고, 해가 돋느라고 동쪽 산봉우리는 장엄(莊嚴)한 향악(享樂) 속에 이글거리고 있었다.

부시시 일어나려던 지호는 멈칫해졌다. 물 속 그 바위 위에, 종희가 모포로 몸을 싸고 앉아 있었다.

「아니, 거기서 뭘 하고 있어」

「로댕의 유명한 〈생각하는 사람〉 말예요. 왜 〈남자〉가 아니고 〈사람〉이라고 했을까, 그 사람도 오늘에 와서 산다면, 이름을 그렇게 쉽게 지어 붙이지는 못했을 게 아닐까 하는 생각에 골몰하고 있는 거예요」

「밤 사이 거기에 있었던 거요?」

그 바위는 사람이 눕자면 누울 수 있을 것 같았다.

「아니, 저기 바위 틈에서 푹 잤어요」

「……」

「푹 자면서 반성해 봤어요」

「뭘?」

「마녀가 되는 것만도 어느 쪽인가 하면 영광으로 생각해야 하지 않을까구요」

「마녀라는 게 그렇게 기분 나쁘면 현대의 비너스라고 해도 좋지. 정말이오」

「말이란 정말 좋은 거네요」

「뭐가 어떻게 좋다는 거요?」

「말만 그렇게 바꾸어 해도 바보처럼 이렇게 기분이 좋아지니까요」

그들은 그렇게 화해하고 그날 산에서 돌아왔던 것이다.

그는 마지막 남은 〈마녀의 탄생〉도 어두운 하늘에 던져버리려고 했다가 말고 태워버리기로 했다.

잘 타는 것이다. 신명이 나서 타는 것이었다.

그가 그것만 태우기로 한 것은 무슨 생각에서가 아니었다. 그림을 그려놓은 캔버스는 잘 불탈지도 모른다는 생각이 그때에야 났기 때문이었다.

산에서 돌아온 지호와 종희는 더 자주 만났다. 그들 사이에 오고 가는 대화에는 결혼을 전제하지 않고는 못할 것 같은 말도 있게 되었다. 그러나 그들 사이에 결혼이라는 말이 나온 일이 없었다. 그런 말은 꺼낼 필요가 없었는지도 몰랐고, 주위 사람들은 그들의 결혼은 기정사실인 것처럼 보고 있었다.

그러던 것이 지호가 직장을 그만두고 얼마 지나서부터 만나는 일이 점점 적어져 갔다. 지호가 찾아가는 일이 없어졌기 때문이기도 했지만, 만나도 겉으로는 전과 다름이 없어 보였지만 까닭도 없이 서먹서먹해지는 일이 가끔 있게 되었다.

그렇게 지나던 지호가, 두 사람은 결혼하지 않는 것이 좋다라는 생각을 하게 된 것은 이리로 올라와 살기 보름 전쯤이었을까……

깊은 밤에 잠이 깨어 마당 구석에 있는 뒷간으로 가다가 그는 문득 밀려드는 허망감(虛妄感)에 걸음을 멈추었다.

저 방에서 어머니의 신음 소리도 곤히 잠들고, 지상은 깊은 무(無)에 젖어 있고 하늘에선 별들이 소리없이 영겁(永劫)의 곡성(哭聲)을 뿌리고 있는데, 나는 소변을 보겠다고 허정허정 변소를 찾아간다. 이것이 산다는 건가? 이렇게 치사스러워야 생(生)인가? 그래도 바지가 흘러 내릴까봐 춤을 꼭 잡아쥐고 허정거려야 삶이 살아진단 말인가? 지저분한 그 생을 비단에 싸듯 꼭 싸들고 소변을 보는 나의 그림자. 생의 비극적(悲劇的) 포즈, 그런 소변을 보고 나서도 후련해하는 내 마음…….

그런 설움을 안고서도 잠이 다 깨지 않아 다시 허정허정 잠

자리로 찾아드는, 허무타 하기에는 너무나 가엾은 생. 꼭 껴안
고 싶고, 어루만지며 방성대곡(妨聲大哭) 하고 싶은 생이란 그
런 외로움이었다.

이런 설움, 이런 포즈가 여기에 있다는 것은 그런 설움, 그
런 포즈가 거기에 없는 나라가 어디에 있다는 반증(反證)이 아
니겠는가? 그래서 나는 그래도 이 생을 꼭 껴안고 놓지 않는 것
인지도 모른다.

외로움을 더 누를 길이 없어, 대문 밖을 걸어 나갔다. 별빛
아래를 졸면서 자꾸자꾸 걸어가고만 싶은 것이었다.

걸음을 옮겨놓으면서 그는 종희와 결혼할 수 없다는 것을 일
찍 깨달아야 했던 것이라고 자기를 책했던 것이다. 이 자기혐오
(自己嫌惡)의 수렁 속에 사랑하는 사람을 끌어들이는 것은 죄악
이라고 했다. 종희는 그대로의 종희이지만 나는 어저께의 내가
아니었다.

그는 전에 종희를 전세(前世)에서 같이 있었던 사람이 아니었
을까 했을 때가 있었다. 그만큼 좋아하고 사랑했다. 그 종희가
이승에서도 같이 될 수 없다는 것이다.

종희와 헤어지기로 마음먹은 지금 그는 자기가 얼마나 그 마
녀를 사랑했던가를 깨닫는 것이었다.

그런데 그가 집주인에 쫓겨 이리로 올라올 때 그다지 비참한
생각을 하지 않은 것은 마음이 멍들어서라기보다 어쩌면 종희
가 했던 말이 생각났기 때문인지도 몰랐다.

이리로 옮겨오기 일 주일 전쯤에 찾아온 종희는 움막 같은
하꼬방에서 사는 것보다 저 동굴(洞窟)에서 사는 쪽이 더 인간
답다고 생각된다는 것이었다.

종희가 찾아왔을 때는 이 폐허로 올라와서, 토굴이 보이는

소나무 그늘에 가 앉곤 했다.

「공기도 맑구, 쓰레기를 치우고 손질을 좀 하면……」

불쑥 그런 말을 늘어놓는 것은, 자꾸 끊어지는 대화를 잇기 위해서인 것이기는 했다.

「저는 가난이 주는 모독(冒瀆)이 제일 큰 모독인 줄 알았는데, 어떻게 생각하세요?」

종희는 어머니 쪽으로 어떻게 된다는 친척집에, 학생도 아니고 식모도 아닌 그런 신분으로 몸을 의탁하고 있었다. 어머니는 일곱 살 때, 그리고 주색으로 선조 대대의 가산을 탕진해 버린 아버지는 사변통에 돌아갔고, 형제도 없었다고 했다.

「나이 많은 부자(富者)와 결혼하는 모독과, 어느 쪽을 더 큰 모독이라고 하는 것이 인간적이야요?」

그러나 대답도 기다리지 않고, 〈선생님〉 하고 다음 질문을 하는 것이었다.

「제게 여동생이 있었다는 말을 안했지요?」

「여동생이 있었다구?」

「쌍둥이였어요」

「쌍둥이?」

얼른 믿어지지 않았다.

「그렇게 놀라워요?」

「아니, 이제까지 그런 말을 해주지 않아서……」

「같은 쌍둥이지만 그렇게 고운 얼굴은 사람 같지 않아요……」

먼 하늘에 생각을 가져간다.

「불쌍한 유희……」

세상에 나서 보름 만에 유희는 없어졌다는 것이다. 누가 훔쳐간 것이라고도 하고, 점쟁이의 말을 듣고 아버지가 50리 밖에 갖다버린 것이라고도 하지만 어느 쪽이 정말이지 종희는 모른다. 쌍둥이가 태어난 다음 날 세 살이 되는 오빠가 다리에서 떨어져 죽는 일이 있기도 했다.

그렇게 없어졌다가 2년째 되는 어느 날 아침, 어머니가 대문을 열고 보니 거기에 유희가 서 있었다는 것이다.

「눈은 곱게 떴어두 앞을 못 보는 아이더래요」

말도 못하고 듣지도 못했다.

「제가 의사, 안과 의사가 되고 싶어한 것은 그 때문이었을 거예요」

「……」

「베옷을 입고 앉아서 그애는 지금 뭘 생각하고 있을까……」

그 눈에 이슬이 맺혔다가 굴러 떨어졌다.

의사에게 보이다 못해 부처님의 힘으로 고친다고, 아버지는 유희가 아홉 살 때 강원도 어느 절간에 들여보냈다는 것이다.

「선생님……」

진지하고 싸늘한 소리였다

「선생님은 예술가죠?」

「……」

「부자가 되기는 틀렸지요?」

「……」

「예술가는 미가 생명이죠?」

「……」

「같은 쌍둥이였지만 유희는 정말 아름다웠어요. 피부(皮膚)부터 투명한 것이 속마음까지 들여다보일 것 같았어요」

「……」

「선생님은 유희와 결혼하구, 나는 나이 많은 부자와 결혼하는 그런 작품을 구상(構想)해 볼 생각은 없어요?」

어깨를 당기면서 슬그머니 지호를 돌아본다. 무슨 장난을 하다가 들킨 어린애 같은 시선은, 그러나 자기도 우스워 못 견디겠다는 듯이 「하하하」 히스테릭한 웃음으로 뒤집혀졌다.

「곧이 들었어요? 그애는 아홉 살 때 죽었어요」

정면으로 획 돌아선다. 금시 웃음이 얼어붙고, 지호를 보는 눈에는 미움에 가까운 서리가 끼어 있었다.

「그럼 안녕히」

하고 종희는 돌아서 저 아래로 내려간 것이었다.

2

서녘 하늘은 황금의 음향(音響) 속에서 시뻘건 태아(胎兒)가 꿈틀거리고 있는 정밀(精密)에 짙어가고 있었다. 해면(海綿)처럼 지상(地上)의 모든 빛을 빨아들이고 있는 것이다. 그것은 밤의 질서(秩序)를 베어내는 진통(陣痛), 화석(化石)된 그 아우성이요, 참회(懺悔)와 환락(歡樂)이 서로를 찬미(讚美)하는 향연(饗宴)이기도 하였다.

며칠 전, 거기에서 〈마녀의 탄생〉을 태웠던 바윗돌에 앉아서 지호는 자기의 눈빛마저 그 음향(音響)에 묻혀버린 것만 같아 얼굴을 돌렸다.

주위가 어둑어둑한 것이 바닷속 같았다. 주위를 해류(海流)가 흔들고 있는 것 같다. 숨쉬는 것이 겨워진다.

세계는 무슨 바닷속에 누워 있는 것인지도 모른다 싶었다.

바닷속이 아니라고 할 수 없는 정도로는, 바닷속이라고 할 수 있을 것 같았다. 우리는 살아 있는 도중에 있는 것이고, 살아 있는 도중이라는 것은 아직 모든 일은 끝나지 않았고, 따라서 아직 우리는 모든 것을 알지 못하고 있다는 것을 의미한다. 아직 무슨 바다인지는 몰라도 하여간 세계는 바닷속에 누워 있는 것이다.

사람은 제일 재미 없을 때에, 제일 재미 없는 곳을 살고 있는 것이다. 우리 눈부터가 아주 큰 것, 아주 작은 것은 보지 못하고, 중간치기를 보게 마련이다. 아주 더러운 것을 보지 못하는 대신, 아주 아름다운 것도 보지 못한다. 그것이 사람으로서의 예의(禮儀)이고, 중용(中庸)이 덕(德)이 되는 까닭이다. 그러기 때문에 큰 것을 작게, 작은 것을 크게 해볼 때, 때로 우리는 거기서 간신히 미(美)를 찾아낼 수 있다. 끝났다는 것은 그 저쪽 세계를 보는 것을 의미했다. 끝난다는 것은 시작된다는 것이었다. 여기서 끝난다는 것은 저기서 시작된다는 것을 의미했다. 끝난다는 것은 시작된다는 징조(徵兆)였다. 징조로서의 생(生)만이 창조적(創造的) 생이 아니었던가…….

어머니는 이대로 돌아가실지도 모르는 것이다!

그런 생각에 그는 몸이 저리어지면서 눈에서 무슨 막이 벗겨져 나가는 것 같았다. 그러나 벗겨지는 것 같을 뿐, 벗겨지는 것은 없었다. 언제까지 이런 중용(中庸)에서 살아야 할 것인가. 쌓이고 쌓였던 설움이 한꺼번에 밀려올랐다.

사변 때 피난가서 고생하던 어머니의 모습이 안개 속으로 떠오른다. 감시인(監視人)의 눈을 피하면서 나무를 이고 산길을 내려오는 어머니의 모습. 아들은 들창 너머로 그것을 바라보고 앉아 있다. 남자는 들키면 붙들려 가게 되어 있으므로, 어머니

가 한사코 붙들어 앉혀놓았기 때문에 할 수 없이 나는 돌처럼
여기에 이렇게 앉아 있다는 것이다.

아들이라는 것이 무엇이기에 저렇게까지 해서 먹여 주는 것
일까?

아들은 들창 너머로 그것이 이상하다는 것이다. 현장에 가서
본 일은 없지만 어머니는 톱도 없어서, 소나무를 식칼로 쪼아
서 잘라 넘어뜨린다. 그것을 다시 서너 토막으로 내서 마대에
감추어가지고 이고, 쏜살같이라면 좋겠지만 헤엄치듯이 팔매질
치면서, 산비탈을 오금아 이 늙은이를 살려라 하고 엎어지지
않으려고 최선(最善)을 다하는 것이다.

아들이 하는 역할은 어머니의 머리에 그것을 받아 내려서 도
끼로 패는 일이다. 그러면 그 동안 숨을 돌린 어머니는 그것을
시장으로 이고 나가서, 「이 나무 사세요, 이 나무 사세요」 하는
것이다. 시장에서 그렇게 오므리고 앉아 있을 때가, 산에서 칼
질할 때보다 더 마음이 조마조마해져서 못할 노릇이라는 것이
다. 아들은 눈을 멍하니 뜨고 그런 말을 듣고 있다. 때가 올 때
까지만이라는 것이다.

멍하니 기다리던 때는 환도해서 가까워오는 듯했다. 꾸겨졌
던 미간의 주름살도 펴지고 봄이 오나 했다. 그러나 피부에 간
지럽던 그 바람은 남풍이 아니라, 가을 바람이었다. 하루 아침
문을 두드리는 소리가 들리기에 나가보니 겨울이었다. 그는 학
교에서 해직되고 결국 어머니가 채석장에 나가 돌을 깨다가 오
늘에 이른 것이다.

그 돌을 어떤 식으로 깨는지, 어머니가 말해 주지 않아서 아
들은 모른다. 그래서 아들은 모르는 대로 눈을 꾹 감고 있을 수
있었는데, 이제는 더 이상 눈을 감고 있을 수 없는 것이다.

이제는 정말 떠야 한다! 사람의 자식이라면…….

그런데도 떠지지 않는 것이었다.

아 내가 뜨지 않는데, 낸들 어찌 하란 말인가…….

그러고 있는데 뒤에서 인기척이 난 것 같아서 돌아보았다.

50세에 가깝다는 것만 알 수 있을 뿐 도무지 종잡을 수 없는 사람이었다.

아까 소나기가 좀 내리기는 하였지만, 일본군 병졸(兵卒)들이 입던 그런 우비를 질끈 허리를 동여 입고, 단꼬바지인지 승마복(乘馬服)인지 분간할 수 없는 바지에다 요강만한 등산화를 신었다. 그런 차림새인데 손가락에서는 보랏빛 보석(寶石)을 박은 굵다란 금가락지가 석양에 유난스럽게 광채를 발하고 있었다.

모든 것이 밸런스가 취해져 있지 않았다. 함부로 툭 튀어나온 눈알에서는 동태(凍太)의 그것과 같은 졸음이 느껴지는가 하면, 식인종(食人種)을 연상케 하는 왕성한 입술. 그 사이를 남북으로 달리는 콧마루는, 뭐니 뭐니 해도 여기서는 내가 최고봉(最高峰)이노라 하듯 두꺼비처럼 버티고 있다. 얼굴의 면적(面積)은 이들이 다 차지하여서 빈 자리는 거의 없었다.

「참말루 우습단 말씀이오. 으흐흐……」

그는 문법학자(文法學者)인지 말을 낱말 낱말 끊어서 느릿느릿하게 흘려내는데, 그럴 때마다 얼굴의 온 도구(道具)가 총동원이 되어 모여들었다 흩어졌다 한다.

「나 그저 집터 보러 온 것뿐이오. 참말 경치가 좋아요」

1만 2천 봉이 굽어보이는 비로봉에나 선 것처럼 유연히 사방을 둘러본다.

「소변 어디가 보면 좋아?」

구석진 데를 찾는다.

「괜찮아 괜찮아……」

무엇이 괜찮다는 말인지 낭떠러지 끝으로 가더니 거기다 대고 보기 시작하는 것이다.

「동무!」

그 성가신 얼굴을 뒤로 돌린다.

「높은 데서 이럴 때면 난 만리장성(萬里長城)에 올라가 소변보던 시절이 생각난단 말이오. 이래 뵈어두 난 이 발가락으로 대륙(大陸)을 이 끝에서 저 끝까지 안 가본 데가 없는 독립운동가(獨立運動家)였단 말이오. 알겠소? 동무, 아니 또 동무라구 했네. 이상하게 생각하지 마오. 난 이북(以北)에두 좀 살아봤는데, 거기서는 누구 보고두 동무 하면 통해서 참 편리하더라 해서 그렇게 된 거니 오해 없기를 바라오」

「용건이 뭡니까?」

「용건? 그럼 단도직입(單刀直入)으로, 2년 전 나는 강원도 어느 산골 폭포가에서 젊은 남녀가 흥미진진하게 놀고 있는 장면을 봤소.」

「……?」

「그 폭포에서 100미터쯤 올라간 곳에 암자(庵子) 지붕이 보였지오? 나는 그때 거기서 참선(參禪)을 하고 있었지. 회천(回天)의 대업(大業)을 구상하느라고 말이오. 나는 이래 뵈어두 대륙을 종횡(縱橫)하고 있을 때 중〔승(僧)〕이 되어 가지고 녹두대사(綠豆大師)를 자처했지. 〈새야 새야 파랑새야 녹두꽃에 앉지 마라〉라는 녹두 말이오……」

「……」

「아 그럼 솔직히 말하지. 나는 그때 사업에 대실패(大失敗)해서 빚쟁이들에게 쫓겨 거기에 피신하고 있었는데, 어느 날 나는 폭포가에서 금방 탄생한 비너스를 발견했더라 이 말이오. 몰래 가까이 가서, 거리로 치면 선생보다 멀었지만 눈은 선생보다 더 크게 떠가지고 넋을 잃었소. 그때의 그 감탄, 흥분이 얼마나 컸는지, 그들이 돌아간 후, 왜 그 남자를 실신시켜 놓고서라도 여자를 겁탈할 생각을 못했느냐고 두구두구 뉘우쳤을 정도였다오」

「……」

「그런데 귀신도 놀랄 일이지 지난 봄에 바로 그 여자를 거리에서 다시 발견했다 이 말이오」

「……」

「그런데 그 여자는 아직 결혼하지 않고 있더라 이 말이오. 보통이면 남자와 결혼해서 아이 하나 둘 낳아 가지구 있음직한데 말이오」

「나는 그때부터 모든 일을 제쳐두고 그 여자에 관한 모든 정보를 수집했소. 여동생이 있구, 그 여동생은 소경이고 절간에 가 있다는 것두 말이오. 나는 언니에게도 몰래 그 소경을 찾아내어 서울에 데려다 의사에게 보였더니 우리나라에서는 고칠 수 없고 의학이 발달한 외국에 가면 고칠 수 있다는 거였소」

「……」

「그래서 동생을 도루 절에 데려다 두고, 종희라고 하는 언니와 담판, 아니 흥정을 했소, 난 장사꾼이니까. 내 조건은 동생을 일본에서 안 되면 미국, 그쪽에서 희망하면 파리에 데려가서 앞을 보는 새 사람이 되게 해주겠다는 것이었소」

「……」

「대답은 싫다는 거요. 그 싫다는 것이 선생 때문이라는 심증을 갖고 오늘 이렇게 선생을 찾아온 것이오」

「……」

「어떻소? 돈 걱정은 말구, 어머니를 모시고 어느 시골에 가서 살 수 없겠소?」

「나는 소변을 보아야 하겠으니 돌아가 주시면 좋겠습니다」

산 위쪽으로 걸어올라갔다.

뒤에서 그래도 하는 말이 들려왔다.

「참 답답한 사람이군……」

그런 소리를 뒤에 하고서 산길을 더듬으면서 지호는, 종희는 저 사람과 결혼하는 것이 좋겠다고 했다. 그렇게 생각하면서 그 사람의 제의를 무시한 것은 체면 같은 것 때문이 아니었다. 종희를 위해서였다.

동생을 위해서 하는 결혼은 그런 결혼이 아니다. 그것이 그런 결혼이라면 정략 결혼은 물론이고, 지위(地位)를 보고, 학벌을 보고 하는 결혼도 모두 그런 결혼이라고 해야 할 것이다.

그러나 내가 그 사람의 제의를 받아들인다면, 그것은 종희로 하여금 그런 결혼을 하게 하는 것이 되는 것이다. 사실은 그렇지 않다 해도 그렇게 되는 것이다.

그러니 그의 거절은 종희에 대한 그의 마지막 사랑이 되는 셈이었다.

그리고 그것은 그것으로 끝난 것이다.

그러나 끝난 것이 아니었다.

그 사람이 따라 올라온 것이다.

「노형! 좀 거기 서요!」

우비를 열어 젖히고 거기에 버리고 선 그의 부라린 눈망울에서 지호는 아까 그 입에서 나왔던? 녹두대사라는 말이 생각나는 것이었다.

「히히…… 노형, 노형의 생각 여하에 따라서는 양손에 꽃이
될 수도 있다는 것을 모르겠소?」

「……」

아까 사람을 동무라고 했을 때나 선생이라고 했을 때와는 또
다른 체취(體臭)가 느껴지는 위인(爲人)이었다.

「파리에 가서 그림 공부도 하고, 새 사람이 된 유희와 샹제
리제 거리를 산보도 할 수 있구. 내 보기에는 그애 쪽이 노형에
게 더 어울리겠던걸」

「당신은 정말 지저분한 걸작(傑作)이군요」

「지저분한 걸작? 수첩에 적어두어야겠는데. 마음에 들었소」

「당신 같은 사람이 종희와 결혼할까 하다니……」

하고 돌아섰다.

「아니 뭐라구……?」

쫓아가서 지호의 어깨를 움켜쥐는 것이었다.

지호는 그것을 뿌리치지 못했다. 억센 힘이었다.

「이 딱따구리야!」

툭 밀어버렸다.

지호는 휘청거리면서, 넘어지는 것만은 겨우 면했다.

「저런 땅굴 속에서 살면서 아직두 사람 같은 소리를 해!」

「……」

「인습(因習)을 버리구 좀 천진난만하게 살란 말이야. 툭툭 앞
질러가면서 자기가 자기의 주인답게 살란 말이야……」

그러면서 거기에 가만히 있지 못하겠다는 듯이 이리 갔다 저
리 갔다 하는 것이 우리에 갇힌 짐승 같았다.

「이를테면 이렇게 살란 말이오……」

두 손을 내들더니 앞으로 엎어지는 줄 알았다. 그 두 손으로

땅을 짚고, 네 발이 된 것이고, 그 네 발로 걷는 것이었다.

「이러면 얼마나 간단해. 넘어질 염려도 없구……」

여기에도 가보고, 저기에도 가보고 하는데 조금도 서투름이 없다. 여러번 그런 연습을 해본 것 같았다.

「땅 냄새가 사무쳐지거든. 흥흥. 천동시대(天動時代)의 냄새야. 흥흥……」

땅 냄새가 그리운 듯 개처럼 거기를 맡아본다.

「여기에 이제 이렇게 꼬랑지가 나봐……」

하면서 한 손을 엉덩이로 가져가 거기서 꼬랑지를 뽑아내는 시늉을 해보인다.

지호는 현기증을 느꼈다. 무슨 환상(幻像)을 보고 있는 것이 아닌가 했다. 언젠가 한번 이런 광경을 본 일이 있었던 것 같았다.

「헤헤…… 이러구서야 어떻게 전차(電車)에 탄담. 시간이 무슨 시간이야. 시간은 지켜야 시간인데 이러면 지킬 건덕지가 없거든. 만년필두 필요 없구, 베개도 필요 없어서 편하거든……」

지호는 자기의 머리도 이상해지는 것 같았다. 자기가 머릿속에서나 생각했던 생각이 거기서 그렇게 동작(動作)하고 있는 것 같다.

「어때? 우리 동무……」

바로 거기에까지 기어와서 불쑥 일어서는 것이었는데, 지호는 땅이 흔들리는 것 같은 요동을 느꼈다. 그가 일어서니 세계가 대신 넘어지는 것 같았다.

「이렇게 곧추서니 머리가 뱅글뱅글 도는데. 하나님을 부르고 싶은데. 모자를 쓰고 싶은데. 단추도 채우고 싶어. 아 그저 싶은 것뿐인데, 이보게 동무, 안 그렇겠는가……?」

하면서 지호의 어깨를 툭 치는 것이었다.

가볍게 그렇게 친 것뿐이었는데, 지호는 몸 전체가 말뚝처럼 땅에 박혀드는 것 같았다.

까악 까악…… 머리 위를 까마귀 우는 소리가 날아가고 있었다.

「동무, 동무는 나와 좀 닮은 데가 있는 것 같은데 사랑의 라이벌로 만나게 된 것이 유감이야」

하고서 돌아서 내려가는 것이었다.

그 뒷모습을 멍하니 바라보다가 그는 거기 느티나무의 밑둥치에 가 쓰러질 듯 기대 앉으면서 숨을 크게 내쉬었다.

종희는 정말 저런 이물(異物)과 결혼하게 되는 것일까……?

그것은 내가 알 바가 아니다. 그것은 끝난 것이다…….

그런 다짐으로 해서 텅 비어가는 머리에, 그 이물이 네 발이 되어서 다니던 광경이 선하게 떠올라서 그 모양을 하나 하나 그려보던 그는 자기 손을 쥐었다 폈다. 쥐었다가는 또 펴보는 자기를 깨달았다. 마치 그렇게 쥐었다가 펴보면 거기서 무엇이 생겨나는 일이 있지 않을까 하는 것처럼. 마치 마술사(魔術師)의 손에서 꽃이라든지 비둘기라든지가 튀어나오는 것처럼.

그는 점점 더 손에 힘을 주었다. 점점 더…….

그러나 생겨나는 것은 없었다.

아무 의미(意味)도 없는 무의미(無意味)한 노릇이었다.

그렇지만 내가 그렇게 했던 한(限) 무슨 어떤 의미라도 있어야 할 것이 아닌가…….

그렇다면 그 의미는 어떤 것일까…….

그러다가 그는 모든 일이 한꺼번에 거꾸로가 되면 어떻게 될까 하는 생각이 들었다. 아까 녹두대사가 직립(直立)에서 네 발

걸음으로 바뀐 것처럼 거꾸로가 되면……. 그는 천동시대의 냄새가 난다고 했는데…….

순서(順序)가 바뀌면 또 어떻게 될까? 이를테면 여기에, 어머니가 돌아가시면 나도 죽는다라는 순서가 있다. 왜냐하면, 어머니는 내가 그렇게 돌아가시게 했으니까. 보통의 아들이면 어머니를 병들어 눕게도 하지 않았을 것이고, 더구나 저렇게 돌아가시게 하지 않았을 것이니까.

그것은 어떻든 그 순서가 거꾸로 내가 먼저 죽고 다음에 어머니가 돌아가시는 것으로 되면 만사(萬事)는 어떻게 될까……?

「아니 뭐라고! 듣자 듣자 하니 뭐라고? 다시 말해 봐!」

「아니, 내가 뭐라고 했는데?」

「어머니가 빨리 돌아가셨으면 좋겠다는 것을 그렇게 뒤집어서 말한 것이 분명하다」

「아니 뭐라구?! 다시 말해 봐!」

「그렇게 고통스럽게 돌아가실 것이면 차라리 빨리 돌아가시는 것이 어머니를 위해서도 좋겠다는 것을, 〈나도 죽는다〉라는 비극적인 포즈를 그늘로 삼아서 말한 것이 아니고 뭐냐!」

「그건 오해야! 아니 생트집이야! 나는 천 분의 일도, 만 분의 일도 절대로 그렇게 생각한 일도 없단 말이야!」

「분모(分母)의 숫자는 아무 의미도 없는 거야. 그리고 분자(分子)도 설령 0.000……하고, 0(零)을 아무리 길게 이어놓아도 그게 그거야. 인간은 정수(整數)가 아니고 분수이게 마련이란 말이야」

「제발 믿어다오. 나는 절대로 그 말을 그런 의미로 말한 게 아니었어」

「그럼 증명해 보여」

「증명? 인간은 분수라구 해놓고서, 이제 와서 증명해 보이라 구?」

「……」

「내가 네게 묻겠는데, 너는 내 말을 정말 그렇게 들었나?」

「네가 그렇게 물으니 말이야, 실은 나도 잘 모르겠어」

「뭐라고?」

「그렇지만 네게 그렇게 말해 놓고 보니, 꼭 그런 것 같기도 해」

「……」

지호는 거기서 그 언쟁(言爭)을 중지하고 물러섰다. 자기는 그런 생각으로 그 말을 한 기억(記憶)이 전연 없으니 마음대로 하라는 것이었다.

마음은 정말 깊다. 자기가 믿을 수 없도록 깊다.

그는 그 마음을 거기에 벗어놓고 훨훨 새가 되어 날아가고 싶었다.

3

새가 되어 하늘을 날아가고 싶어했던 지호가 그 느티나무 그늘에서, 방공호의 집으로 내려온 것은 저녁때가 다 되어서였다.

「아까 웬 사람이니?」

「아 네, 아셨어요? 저기다 집을 지으려고 터 보러 온 사람인 지……」

며칠 전에 그런 사람이 여기에 올라와 본 일이 있었다.

「그런 사람이었니……?」

「왜요?」

「저기 와서 중얼중얼하는 것이 처음에는 중인 줄 알았다」

「여기 와서? 뭐라고 중얼거렸습니까?」

「잘 알 수 없었지만, 무슨 자식(子息) 같으니 하구, 알아들을 수 없는 소리를 하다가 나무아미타불 관세음보살이 하구 돌아가더구나」

지호는 그 무슨 자식이라고 했다는 것은 필시 불효자식(不孝子息)이었을 것이라고 생각했다.

「횡설수설하는 것이 도무지 대중이 없는 사람이었어요. 다음에 만나면, 하늘에 계시는 우리 아버지 하고 〈아멘〉 할 사람이었어요」

「저기다 집을 지으면 여길 내놓으라구 하지 않겠니?」

「어머니두, 그렇게 돼두 몇 달 후의 일이에요」

「……」

「그런 걱정은 마시구……」

「종희는 어찌 됐니? 얼굴을 볼 수 없구나」

「요전에 말하지 않았어요. 갑자기 맹장염으로 입원해 있다구」

「왜 너는 한번두 찾아가보지 않느냐?」

「내일 찾아가 보겠어요. 약속하겠어요」

「꼭 그렇게 약속했다」

하면서 다짐을 받으려는 것처럼 손을 내미는 것이었다.

지호는 그 손을 받아 쥐면서 그 곁에 걸터앉았다.

「나는 네가 잘되는 것을 보지 않구는 죽을 수도 없단다. 알겠니?」

「죽는다는 말 좀 하지 말아요!」

뼈만 남고 차기만 한 어머니의 손을 꼭 쥐면서 갑자기 밀려 오르는 비감(悲感)에 휩쓸렸다.

효란 어떤 것인가. 효는, 신체발부(身體髮膚)를 상하지 않게 하고, 입신양명(立身揚名)하는 데에 있다고 하지만, 효는 그 중간과정에 있어야 할 것이 아닌가. 일상의 생활에서 잠자리를 보살펴드리고, 근심 걱정을 하지 않게 해드리는 데에 효는 있어야 하는 것이다. 그리고 백천의 효심도 하나의 효행에 미치지 못하는 것이고, 행도 〈신체발부〉나 〈입신양명〉의 행보다, 일상의 행에 있어야 하는 것이다.

그런데 나는 어떤가…….

「나는 말이다……」

어머니 손을 놓아주면서 이제까지 없이 밝은 소리를 하는 것이었다.

「오늘은 몸도 좀 좋아지는 것 같고, 어쩐지 모든 일이 잘될 것 같단다. 하나님도 이만큼 고생했으니 좀 풀어주자 할 게 아니겠니」

「그럼요. 쥐구멍에도 햇볕이 들 날이 있다지 않아요」

그가 이 자리에 어울리지 않는 그런 속담을 입에 올린 것은, 건너쪽 침상의 밑이 되는 벽돌 사이로 아까부터 쭝긋쭝긋 주둥이를 내미는 쥐를 보고도, 혐오감은 어쩔 수 없지만, 전처럼 저주하는 마음은 일어나지 않았기 때문인지도 모른다. 전 같으면, 왜 지금은 저주하는 마음이 일어나지 않는가 하고 그 까닭을 꼬치꼬치 캐고 들 텐데, 그 작업을 하지 않고 그런 속담(俗談)을 입에 올린 것은 그 작업을 하면, 혹 그 까닭을 녹두대사의 출현(出現)과 결부시켜 비극적인 포즈를 취하게 될지도 모른다고 미리 내통(內通)받았기 때문인지도 몰랐다.

아니면, 몸이 좋아진 것 같다는 어머니의 말에 솔깃해져서였
는지도 몰랐다.

사람의 마음이란 참으로 갈대와 같은 것이어서, 어머니와 그
런 말을 주고받고 나니, 달라진 조건(條件)은 별로 없는데, 마
음이 가벼워지는 것 같았던 것이다. 스스로는 깨닫지 못했지만.

「저녁을 지어야겠어요」

지호가 바가지로 쌀통에서 쌀을 퍼가지고 밖으로 나와 네댓
걸음을 옮겨놓았을 때였다.

뒤에서 왁자지껄한 소리가 나기에 돌아보니 여러 사람이 이
리로 올라오고 있었는데, 그 가운데는 총대를 든 순경이 있었
다. 순간 지호는 그만 자기도 모르게 달아나려고 했다. 아까 녹
두가 〈동무〉〈동무〉했던 말이 생각나, 그가 간첩이 아니었을까
하는 의심과 함께 내가 붙잡혀 가면 어머니는 어찌 되는가 하는
생각이 회오리쳤던 것이다.

「달아나면 쏜다!」

「뭐, 뭡니까……?」

「이 사람이오! 이 사람이 훔친 게 꼭 틀림없소!」

한 아낙네가 앙칼진 소리를 지르면서 지호의 멱살을 잡지 못
해 했고, 그 남편이 되는 듯한 중년 사내가 그 도둑의 퇴로를
미리 막으려는 것처럼, 벌써 지호의 옆에 가서 두 어깨를 세우
고 두 눈알을 부라리는 것이었다.

「이 도둑놈 같으니, 훔쳐 간 것 당장 내놓아!」

두어 시간 전에, 이 아래 어느 집에 도둑이 들어 라디오 양
복 같은 것이 도난당했는데, 외출했다가 돌아온 그 집 내외에
동네사람들이, 그 도둑이 이 산으로 달아났고, 그 인상착의가
방공호에 살고 있는 사람과 비슷하더라는 말을 듣고, 이렇게

순경을 앞세워 가지고, 동네사람들과 함께 몰려온 것이었다.

「왜 달아나려구 했어?」

순경이 총 끝으로 배를 찔렀다.

「다 알구 왔으니 순순히 털어놓는 게 좋아!」

「나는 오늘 아래에 내려간 일이 없습니다」

「도둑질 할 때만 말구 말이지……」

옆에서 아낙네가 악을 썼다.

「그렇게 신사적으로 해서는 안 돼오! 이럴 땐 한 대 맥이구, 저 굴 속부터 수색해 봐야 합니다」

한 대 먹여주는 것은 생략하고, 순경과 그 내외는 굴 속에 들어가 한참이나 걸려 수색했으나 좀 기가 꺾여서 나왔다.

「당신 뭐하는 사람이오? 직업이 뭐요?」

지호는 안에 들어가, 지난날의 신분증명서를 찾아가지고 나와 순경에게 건네주었다.

「학교 선생이오?」

「지금은 놀고 있습니다」

지금은 놀고 있어도 학교 선생이라는 말에 동네사람들은 뒤로 물러서고 싶어했으나, 아낙네는 악쓰기를 되풀이했다.

「순경 나리, 여기는 훔친 거 숨기기 알맞는 데가 굴 속 말구두 얼마든지 있습니다」

그러나 순경은 그런 말을 상대할 생각은 없는지 동네사람들을 둘러보는 것이었다.

「당신들 가운데, 이 사람이라구 꼭 본 사람이 있으면 말해 보시오」

아무도 대답하는 사람이 없어서 순경은 내외 쪽을 돌아보았다.

「댁들두 범인을 본 것은 아니지요?」

순경이 그렇게 다짐을 주고 있을 때,

「여기 있다」

하는 소리가 일어났다.

한 청년이 물독 뒤에서 무슨 뭉치를 찾아낸 것이었다.

돈뭉치였다.

한동안 아무도 입을 열지 못했다. 그것은 이 장면(場面)에는 너무나 어울리지 않는 뭉치돈이었다. 우선 그것은 지호가 지난 날 받았던 월급의 네댓 달치의 액수는 될 것 같았고, 지금 악을 쓰면서 부부(夫婦)가 찾아내고야 말겠다고 한 도난품을, 모두 그것을 신품으로 살 때의 총액수와도 단수(段數)가 다른 액수였다.

순경은 난감해졌다. 그 돈뭉치가 이 도난 사건과 관계가 없다는 것은 분명하지만, 그러면 돈뭉치는 어떻게 취급해야 할 것인가? 학교 선생은 자기도 그것이 어떻게 해서 거기서 나왔는지 모른다고, 상대도 하지 않는다. 그렇다면 그것을 거기에 유실된 것쯤으로 보아야 할 것인가. 그러나 아무리 방공호이지만 집은 집이고, 동적부(洞籍簿)에도 올라 있다면 주인이 있는 집에서 나온 것을 간단히 유실물로 취급할 수는 없을 것 같았다. 그렇다고 그것을 이 학교 선생의 것이라고 할 수는 더 없다.

순경은, 이 학교 선생이 어디 다른 데서 훔쳐온 것이나 아닐까 하는 생각도 해보았다. 그러나 바늘도둑도 되기 어려운 이 학교 선생이 그런 소도둑이 될 수 있을까. 그러나 사람이란 모른다.

결국 순경은 학교 선생에게 엄한 어조로 말했다.

「서(署)에까지 같이 가주어야 하겠습니다」

「어머니에게 저녁 진지를 지어드릴 시간을 주십시오. 부탁입니다」

「안 됩니다. 모든 것을 순순히 대답하면 곧 돌아오게 될 거요」

따라가지 않을 수 없었다.

그는 안으로 들어가 어머니의 손을 찾았다.

「어머니 갔다와야 하겠습니다」

「내 걱정은 말아라. 저기 먹다 남은 것두 좀 있으니」

「……」

「돈은 어떻게 된 것이니?」

「모르겠습니다. 아무리 생각해 봐도 그 중 같았다는 사람 말고는」

「벼락 맞을 사람이구나」

「그런 일을 자세히 말하면 오래 붙잡아두지 못할 것입니다. 걱정 마세요」

「응 걱정 않는다. 너두 거기 가서 대든다든지 말구, 고분고분해야 한다」

「네, 그럼 갔다오겠어요」

「응 조심하구, 잘 갔다오너라」

그렇게 그날 밤 안으로 돌아올 줄 알았던 지호는 유치장에 이틀 밤 갇혀 있었다.

「정말 모르는 것을 어떻게 대답합니까?」

「아 그래, 이름두 주소두 모르는 사람이 그렇게 큰 돈을 거기에 두고 갔다 이 말이오?」

「……」

「녹두 녹두, 녹두대사라……」

형사는 담배 연기를 길게 내뿜었다.

「한번 듣기에는 그럴싸한 이름이지만, 이 대한민국에 중이 아무리 많다 해두 그런 망측한 대사가 있겠냐 이 말이오」

「이름을 모르니까, 그 사람의 입에서 나온 것을 그대로 말한 것뿐이라고 하지 않았습니까. 그 사람은 원래 그런 망측한 사람이었습니다」

「있지도 않는 그런 사람은 꺼내지 말구, 이 돈 어디서 났어?」

「그 돈은 필요없으니 빨리 돌아가게 해주십시오. 부탁입니다」

「필요없다? 자기 돈이 될지두 모르는데 필요없다구?」

「빨리 돌아가게 해주십시오. 정말 이렇게 부탁합니다」

「그쪽에서는 필요없어두 여기는 경찰서요! 알겠소? 우리는 이 돈의 출처를 꼭 알아내야 한단 말이오. 알겠소? 그리구 도난 사건두 아직 해결되지 않았단 말이오」

하룻밤을 거기서 묵고 나서 지호는 종희의 이름과 주소를 댔다. 어쩔 수 없었다. 종희의 이름을 이런 조서(調書)에 올리게 하고 싶지 않았지만 그 이외에 녹두대사를 찾아낼 방법이 없었다.

그런데 종희의 집으로 찾아가 보고 돌아온 형사의 말에 의하면, 종희는 강원도에 있는 어느 절간으로 동생을 만나러 가서, 2, 3일 후에야 돌아온다는 것이고, 또 녹두대사와 인상이 비슷한 사람이 한두 번에 그 집에 찾아온 사실도 있었다는 것이었다.

지호가 경찰에서 풀려난 것은 그런 일 때문도 좀 있었는지 모르지만, 도난 사건의 진범이 붙잡혀서, 그를 마냥 가두어둘 수 없었기 때문이었을 것이지만 풀어주면서 문제의 돈도, 당분간 한푼도 쓰지 말고 있으라면서 건네준 것이었다.

　유치장에서 나온 그는 처음에는 다른 사람들처럼 인도(人道)를 따라 걸었지만, 그 걸음이 점점 빨라지더니, 그런 것은 눈에 비쳐들지 않는지 전차(電車)고 사람이고 자동차고 없었다. 방향을 정하고서는 일직선(一直線)으로 내닫는 것이었다. 그런 그를 사람들은 도망치는 도둑으로 보기에는 너무 실성한 사람 같아서 머리가 좀 돈 사람쯤으로 보는 것 같았다.

　그런 기세로 뛰던 그였지만, 방공호에 이르는 산길을 뛰어올라가 방공호가 바로 거기에 저만치 되는 데 이르렀을 때는 그만 멈칫하는 것이었다.

　파다닥 파다닥 까악 까악 까악──

　반쯤 열려 있는 문으로 까마귀들이, 그의 발자국 소리에 놀랐는지 허겁지겁 도망쳐나온 것이었다.

　「어머니?!」

　외마디를 지르면서 회오리처럼 그 문 안으로 돌진해 들어간 것이었다.

　「어엇!?」

　어머니는 이미 시체였다. 처참한 시체였다. 까마귀들의 짓이었다.

　얼굴 목 가슴, 이런 데가 군데군데 찢겨져 피범벅이었고, 눈알 하나가 없어져 있었다.

　까악 까악…….

　「이 지옥(地獄)의 트기 같은 놈들!」

　그는 밀려 올랐던 오열(嗚咽)을 분노(忿怒)와 함께 뱉어버리면서 밖으로 뛰어나가, 거기에 굴러 있는 돌멩이 벽돌조각 빗자루 바가지 등 아무것이나 마구 집어, 까마귀떼에 던지고, 소리 지르고 하는 것이었다.

「꺼져! 없어져 버려! 이 몹쓸 늑대 같은 놈들아!」

까악 까악…….

나뭇가지라든지, 폐허의 무너지다 만 지붕이라든지, 바위 끝에 까맣게 몰려 관망(觀望)하고 있던 까마귀들은, 모처럼 차려졌던 성찬(盛饌), 그것도 막 시작했던 향연을 포기하기는 아까웠지만, 웬 침입자가 하도 길길이 뛰면서 팔매질 하는 일을 멈추어줄 것 같지 않아서, 푸드득 푸드득 한 마리 두 마리 날아가 버리는 것이었다.

마지막 한 마리가 없어지는 것을 지켜보고서 집 안으로 돌아온 지호는, 까마귀를 쫓는 일보다 먼저 할 일을 깨달은 모양이었다. 안쪽에 가서 수건을 집어들고 밖으로 뛰어나가더니, 그것을 물에 헹구어가지고 와서 어머니의 얼굴 목 가슴을 씻어내는 것이었다.

「어머니! 용서하세요. 이렇게 끝나리라고는 정말 몰랐어요! 이렇게 끝나리라고는. 아 어머니 용서해 주세요! 어머니……」

그렇게 용서해 달라고 빌던 아들은 머뭇하더니 용서 빌기를 그만두는 것이었다.

「용서해서는 안 돼요! 용서하지 말아요! 용서해 주면 전 몸둘 곳이 없게 돼요. 어머니를 뵈일 수도 없게 된단 말이에요! 어머니, 저를 꾸짖어 주세요! 저를 그래도 아들로 보신다면 꾸짖고 때리고 차버려 주세요! 어머니……」

그리고 정말 꾸짖고 때리고 차버릴 것을 기다리는 것처럼, 어머니의 가슴에 묻었던 얼굴을 들어 올리고, 거기 바닥에 꿇어앉는 것이었다.

어머니는 앓아서 병으로 죽은 것이 아니었다. 분명히 〈오늘은 몸이 좀 좋아진 것 같다〉고 했다. 어머니는 기다리다가 죽은

것이다. 아들이 돌아오기를 기다리고 기다리다가 굶어서, 말라
서 죽은 것이다.

아 구천(九天)에 사무치는 한(恨)을 품었던 눈알은 까마귀가
물어가고, 생을 악물었던 이빨의 한가로운 귀기(鬼氣)…….

쥐 쥐…….

어디서 쥐가 우는 소리가 났다.

아 쥐가 또 있었다. 그러나 벌떡 일어서려고 했던 그는 도로
앉아버렸다.

쥐야 여기 나오너라. 이제는 다 끝났다. 여기 와서 우리 친
구가 되자꾸나…….

아니야, 나오지 마, 가까이 오지 마. 죽음이란 끝나는 것이
아니다! 죽음은 중지(中止)였다. 중지된 채로 흐지부지해져 버
리는 것이었다. 중지된 채로 영원히 그러고 있어야 하는 무료
(無聊)…….

그 무료함에 빨려드는 이 무중력감(無重力感). 빙글빙글 돈
다. 중심을 잃은 것이다. 나는 중심의 관할(管轄) 밖에 던져진
것이다. 나는 지금 어디에 있는 것인가. 나는 지금 내 머리 위
에 앉아 있는 것인가. 아니면 내 주머니 속에 있는 것인가. 내
가 너무 많다. 여기에 가도 내가 있고, 저기에 가도 내가 거기
에 있다. 내가 가는 곳이면 내가 없는 데가 없다. 한번 왕좌(王
座)에서 내려앉았더니 모두가 왕권계승자(王權繼承者)라고 저마
다 자기라고 아우성이다.

지평선(地平線)이 없어진 것이다. 하늘과 땅이 오랜 그 야합
(野合)을 청산한 것이다. 지평선이 없어지고, 시간이 흘러나가
버린 공간…….

그는 흙을 먹고 있었다. 좀 잠잠해졌다 했는데 보니, 그는

흙을 먹고 있었던 것이다. 그 흙덩이가 어떻게 해서 거기에 떨어져 있었는지 모르지만, 그는 아침부터 먹은 것이 없어서 배가 고팠을 것이다. 대뇌(大腦)도 모르는 시장기가, 손에 직접 지령(指令)을 내렸을 것이고, 그래서 손에 닿는 것이 있으니 집어서 입에 가져갔을 것이다.

그는 그 흙을 씹고 씹어서 또 씹었다. 그렇게 하는 것이 불효를 속죄하는 것이 되는 줄로 알고 있는지도 몰랐다. 그는 쉬지 않고 씹었다. 씹을 때마다 두개골이 삐직삐직 금이 서는 것 같았지만, 마음이 후련해지는 것이었다.

씹고 씹어서 그는 그것을 꿀컥 삼켰다.

아 맛있다. 꿀맛 같다. 기분이 좋다. 효자가 된 것 같은 기분이다. 효자가 된 것 같은······.

그러던 그의 시선이 어머니의 얼굴에 끌려갔다.

구천에 사무치는 한을 품었던 눈알은 까마귀가 물어가고, 생을 악물었던 이빨의 한가로운 귀기······.

그는 소스라치는 것처럼 벌떡 일어났다. 해야 할 일은 이제야 깨달았구나 하는 그런 표정이 되는 것이었다.

밖에 나선 그는 방금 흙을 먹던 지호가 아니었다. 딴사람 같았다. 적어도 아까 이 산으로 뛰어올라올 때만큼은 정상적(正常的)이었고, 황혼이 찾아드는 산길을 급히 내려가는 그 걸음걸이는 학교 선생을 그만두었을 때만큼이나 힘 있어 보였다.

그렇게 내려갔던 그는 한 시간쯤 지나 수레꾼을 시켜 수레에 장작을 가득 실어가지고 올라왔는데, 그 장작 위에는 무슨 피륙을 싼 것 같은 보자기와 큼직한 석유통이 실려 있기도 했다.

그는 그 장작을 폐허의 한가운데에 부리게 했고, 보자기는 집 안에 갖다 두는 것이었다.

그리고 폐허에 가서, 지붕이 무너지다 말고 사방의 벽이 이럭저럭 남아 있는 방을 찾아내어, 거기에 널려 있는 벽돌이나 나무토막 같은 것을 치우면서 바닥을 고르는 것이었다. 그리고 장작을 그리로 옮겨다 놓는 것인데, 그리 서두르지는 않지만 한시도 그 동작이 멈추어지는 일이 없었다. 그 일이 끝나고서는 이번에는 바닥에 장작들을, 사람이 드러누울 만한 넓이로, 기름한 네모 모양이 되게끔 깔아놓는 것이다. 그러고 나서 그 위에다 장작들을 서로 어긋나게 차곡차곡 쌓기 시작하는 것이었다. 처음에는 서로 어긋나면서도 틈새가 없게 쌓는 것이 쉽지 않았지만 곧 요령을 터득했는지 척척 쌓아 올릴 수 있게 되었다.

신들린 것처럼 그렇게 장작을 쌓아 올리는 그의 얼굴에서 표정이 죽어 있었다. 죽었다기보다 주름살들이 쭉 펴져서 밍밍해졌다고 하는 것이 옳을지도 몰랐다. 눈에서도 기름기가 없어지고 광물성(鑛物性)의 빛이 발하고 있었다.

네모 모양을 한, 장작 더미라기보다 무슨 제단(祭壇) 같은 그것이 가슴께만큼의 높이로 쌓였을 땐, 주위는 아주 밤이 되고, 하늘에서는 모든 별들이 나와 앉아서 소리 없는 아우성 소리를 치고 있었다.

손을 멈추고 장작더미의 주위를 돌면서 작업의 됨됨을 점검(點檢)해 보고 나서, 그는 거기를 떠나 방공호집으로 찾아가는 것이었다.

그 안에 들어가서 무엇을 하는지 그는 한참이나 지나서야 거기서 나왔는데, 마포(麻布)로 꼭 싼 어머니의 시체를 두 팔로 받쳐 들고 거기에 그렇게 선 것은, 생김생김은 아까와 같은 지호였지만, 그것은 몸집은 작았지만 영낙없는 프랑켄슈타인이었다.

몸집은 작았지만 어머니의 시체가 너무 짚단 같아서 제단 위에 갖다 올려놓는 데는 그리 힘들지 않았다.

그렇게 해서 화장(火葬)의 준비는 다 끝난 것이었다.

그는 그 제단에 석유를 뿌리려다 말고 포켓에서 성냥을 꺼내 켜보았다. 역시 잘 켜지지 않았다. 전에도 서너 개비 중에서 하나가 겨우 켜졌던 성냥개비였다. 다른 개비를 꺼내 켜보았다. 찍, 불은 약간 냄새를 풍기고 꺼져버렸다. 나머지 대여섯 개비도 마찬가지였다.

그는 그 성냥을 버리고 방공호집으로 달려갔다. 그러나 성냥갑은 찾을 수 없었다. 있음직한 곳을 다 찾아보았으나 없었다. 어두워서 더 찾아볼 수 없다.

저 아래 거리에 가서 사올 수밖에 없었다.

그러나 그 아래로 뛰려던 그는 그러기를 말고, 그 근방 여기저기를 한참이나 돌아다니면서 잘 마르고 넓직한 나무토막과 딴딴하고 마른 나뭇가지를 찾아가지고 〈제단〉으로 돌아왔다. 그리고 거기에 들어앉아서, 그런 그림에서 본 것처럼, 나뭇가지를 나무토막 위에 세우고, 그것을 두 손바닥으로 비비기 시작했다. 그는 원시시대(原始時代)로 돌아가 거기서 불을 만들어내려는 것이었다. 그러나 이 문명시대에 그런 원시의 불이 생겨날 것인가.

눈에 불을 켜가지고 그는 비비고 비볐다.

어깨를 구부리고, 막대기로 불을 만들어내겠다고 씩씩거리고 있는 그 등덜미에서는 사나운 짐승의 체취가 풍겨나는 것 같기도 해서, 그 모양을 좀 멀리서 보면, 무슨 동굴벽화(洞窟壁畵)를 보는 것 같았을 것이다. 거기 제단 위에는 제물이 바쳐져 있고, 저기에는 동굴의 입구가 보였다.

그는 지금 원시시대를 학습하고 있는 것이다. 존재가 의식을 규제하는 것이라면, 그의 마음은 지금 원시시대가 되어가고 있는 것인지도 모른다. 때마침 그의 그 학습을 도와주려는 것처럼, 저 아래 거리가 정전(停電)으로 암흑이 되었다. 군데군데 남아 있는 등불이 오히려 원시의 황량(荒凉)함을 더했다.

주위의 환경조건(環境條件)이 그렇게 잘 갖추어졌는데도 원시의 불은 좀처럼 생겨나 주지 않았다.

얼마 안 되어서 저 아래에서는 문명(文明)의 기계(機械)가 되살아났는지 일제히 불이 켜지면서 원시의 황량함을 단숨에 날려보냈다.

그렇게 저 아래에서는 원시가 되었다 말았다 했지만, 그의 학습은 한결같았다.

그의 솜씨로는 원시의 불은 도무지 생겨나지 않을 것 같은데도, 또 본인도 그것을 깨달았을 텐데도 그의 움직임은 시종 한결같았다. 어쩌면 불을 만들어낸다는 근본(根本)은 망각하고, 씩씩거리는 학습에 그만 취해 버려서, 거기에 중독(中毒)되었는지도 몰랐다.

그러나 기적(奇蹟)은 있었다. 도무지 졸업(卒業)이 있을 것 같지 않았던 그 학습에 서광(曙光)이 비쳐진 것이다. 나뭇가지 끝, 폭 패인 거기에서 연기가 솜처럼 일어나더니 거기가 불그스레해진 것이었다.

얼른 그는 손을 멈추고, 안포켓에서 수첩을 꺼내, 거기서 한 장 찢어낸 종이를 비벼서 솜처럼 만들었다. 그리고 그것을 아까 불그스레해졌던 거기에 갖다 대놓고 마지막 힘을 다해서 손바닥을 비비고 비비는 것이었다.

그리하여 원시의 불은 탄생에 성공한 것이었다. 그렇게 학습에 성공한 그는 급히 일어나서 석유를 장작더미에 뿌렸다. 그리고 원시의 불을 거기에 던졌다.

펑!

공기를 터뜨리면서 충천(衝天)하는 화염(火焰)!

화염은 순식간에 제단을 뒤덮어버렸다.

퍽 퍽!

그것은 하늘을 향해 몸부림치면서 치받쳐오른 울분(鬱憤), 지(地)의 항거(抗拒), 밟히고 찢기고 눌리고 눌렸던 지령(地靈)이 땅 껍질을 뚫고 이제야 터져나온 화풀이었다.

「어머니……」

아무 표정도 없이 장승처럼 서 있는 그 눈에서 눈물이 와르르 흘러나왔는데, 그 눈 안에 그렇게 많은 눈물이 있을 줄 몰랐는데, 그렇게 많은 눈물이 있었다면, 진작에 그 조금만이라도 흘렸다면 이런 기막힌 효자는 되지 않아도 좋았지 않았을까 싶기도 했다.

「어머니. 저는 어머니의 한을 태우고 있는 것입니다」

눈물에 어린 화염, 몸부림치고 울부짖고 버둥거리는 그 화염 속에, 그는 너울거리는 모란(牡丹)꽃을 본 것 같았다. 그것은 어머니가 젊었을 때 입었던 옷에 수놓여진 모란꽃 무늬였다. 아홉 살 때였던가, 그 모란꽃 무늬의 새옷을 입은 어머니를 보고 〈아 우리 어머니 정말 이쁘구나〉 했던 그 꽃이었다. 그 동안 한 번도, 그런 무늬의 옷을 입었던 어머니의 모습도, 〈우리 어머니 정말 이쁘구나〉 했던 것도 기억에 떠오른 적이 없이, 까맣게 잊고 있었는데, 그 아름답던 어머니가 늙고 병들어서 버림받고 지금 저 불 속에서 지글지글 타고 있는 것이었다.

「아 어머니, 저는 정말 몹쓸 인간이었습니다!」

자기의 몸무게를 이기지 못하는 것처럼 허물어지듯 거기에 쓰러져 흐느끼는 것이었는데, 그것은 회한(悔恨), 가책(呵責), 그 무엇에 대한 원분(怨忿)의 오열이었다.

제단에서는 석유가 다 탔는지 화염이 그 부피를 줄이고 있었으나, 장작들이 이제부터는 우리 차례라고 하는 것처럼 딱 딱 소리를 내면서 한층 내실(內實) 있게 타오르는 것이었다.

「어머니. 이것은 제가 탕아(蕩兒)가 되는 의식이기도 합니다!」

몸을 일으켜 똑바로 앉으면서 하는 소리였는데, 그것은 어머니에게 할 때의 소리이고, 어머니를 태우고 있는 화염에 대해서는, 그것은 〈인간을 그만두겠다〉 바꾸어 말하면 〈비인(非人)이 되겠다〉라는 그런 울림이 있는 소리였다.

지금 눈을 크게 뜬 그 눈빛이 이상하게 빛나는 것은 눈물 때문만은 아닐 것이다. 그것을 광(狂)이라고 한다면 그는 벌써부터, 아까 까마귀떼가 방공호에서 달아나는 것을 보았을 때부터 반쯤 광이었다고 해야 할 것이다.

그것은 아무튼 그는 자기가 탕아였다면 어머니는 그렇게까지 비참하게 죽는 일은 없었을 것이라고 믿고 있는 것이다. 탕아의 어머니가 굶어 죽었다는 말을 들어본 일이 없다는 것이다. 탕아는 그렇게 쓸 만한 돈이 생기게 되어 있어야 될 수 있는 것이고, 물 쓰듯이 쓰는 돈이니까, 그에게 별로 효심이 없었다 해도, 그 백 분의 일, 천 분의 일쯤은 어머니에게도 쓰이게 되니, 어머니가 굶어 죽는 법은 없다는 것이다.

아무튼 거기까지는 그런 대로 좋다 해도, 탕아와 비인을 동격(同格)에 두는 데는 좀 비약이 있는 것 같지만, 그에게 있어서는 그 둘에게는 서로 통하는 데가 있는 것 같다는 것이, 더욱 빛을 더해 가는 그의 눈빛이었는데, 그것은 광기 그것이었다.

인간이 인간이 아니다! 비인이 인간이다.

일련번호(一連番號)가 내가 아니다. 내가 나다.

길이 먼저 있고, 다음에 내가 있는 것이 아니다. 내가 먼저 있고, 다음에 내가 가는 길이 있는 것이다.

인간은 도구(道具)와 다르다. 삽이나 가위는 대장장이가 그렇게 만든 대로 만들어졌고, 그렇게 만들어진 대로만 쓰여지고, 쓰여져야 하는 것이다.

인간은 도구도 노예(奴隷)도 아니다.

인간을 만들어내는 대장장이는 없는 것이다. 신은 죽었다. 거기서는 내가 나의 주인이다. 그래서 나는 자유이다.

인간은 무엇보다 삽이나 가위와는 다르다는, 인간으로서의 위신이 있어야 한다.

그런데 여기서는 일련번호라는 노예의 턱받이를 목에 건 것을 인간적이라고 한다.

인간적? 그 인간적이라고 하는 인간의 성분은 어떤 것인가.

동물 가운데서 인간만큼 잔인(殘忍)하고 탐욕스럽고 치사스럽고 악독한 동물이 또 있는가? 없다. 그렇데도 인간들은 툭하면 남을 욕할 때 〈짐승 같은 놈〉 한다. 그 욕은 마땅히 〈인간 같은 놈〉으로 바뀌어야 한다. 그래야 공정하다. 그런데 그런 생각은 꿈에도 없다. 만물(萬物)의 영장(靈長)으로서의 위신이 없어진다는,것이다.

그러한 무지, 기만, 착각(錯覺)이 인간의식의 하부구조를 이루고 있는 것이고, 인간의 불안, 비애(悲哀), 공포(恐怖)는 그러한 자기만족(自己滿足)의 죄의식에서 생겨난 버섯이었다.

인간이 구제(救濟)되려면 손쉬운 방법으로 남을 욕할 때 〈인간 같은 놈〉이라고 할 줄 아는 공정성을 갖는 것이다. 그 공정

성 위에 참다운 인간의 위신이 세워지게 되는 것이고, 인간이
죽고 비인이 탄생하는 새벽이 오는 것이다.

거기서 그는 자기의 그런 흥분에 떠밀린 듯 일어서는 것이었
다. 그리고 무슨 대결(對決)이라도 하는 것처럼 화염을 향해 눈
을 크게 하는 것이었다. 어쩌면 그의 흥분은 화염의 열(熱)을
받고 그렇게 팽창했는지도 모른다. 그래서 그가 거기에 그렇게
서 있는 그림을 그려서 제명(題名)을 단다면 화염과의 대화(對
話)라고 하는 것이 좋지 않을까 싶다.

오욕(汚辱)되지 않는 땅이 어디에 있어야 한다!

거기에는 결정(結晶)만이 있고 부패(腐敗)가 없는 땅, 존재가
곧 본질이요, 내가 곧 그대로 내가 되는 동일률(同一律)만 있는
계절⋯⋯.

그는 정말로 화염 속에서 무엇을 듣기라도 한 것처럼 꼼짝
않고 귀를 귀울여보는 것이었다.

멀리 광야(曠野)에서 외치는 소리⋯⋯.

길을 메꾸어라, 왕국이 가까이 왔다.

땅이 곧 길이니, 모든 인간적인 것을 폐기(廢棄)하고 인간으
로 태어나라.

일련번호를 떼어버리고 인간의 위신을 찾아나설 때는 왔다.

사뿐사뿐 또 사뿐사뿐⋯⋯.

이슬을 밟고 가까이 오는 저 발자국 소리⋯⋯.

아 비인의 계절이 여기에 가까워지는 발자국 소리⋯⋯.

그리고 거기서 그는 쓰러졌다. 끝내 혼도(昏倒)한 것이었다.

활활 타오르던 화염은 그가 그렇게 쓰러지자 자기도 할 일
이 끝났다는 것처럼 서둘러 그 활동량(活動量)을 줄여가는 것
이었다.

비인의 왕국. 그것은 여기에 쓰러진 한 사내의 머리에 비쳐든 한낱 환상이었는지는 모르지만, 우리 인간은 그 왕국에서 영원히 추방(追放)된 나그네가 아니라고 단언할 수는 없을 것이다.

며칠 후, 강원도 어느 산협(山峽)을, 보자기로 자그만한 항아리를 싼 것을 손에 들고 걸어 들어가는 사내가 있었다. 이름 지호라고 했지만 그는 자기가 누구인지, 여기가 어디인지, 여기까지 어떻게 왔는지를 모른다.

그렇다고 그를 미친 사람이라고만 할 수 없을 것 같다. 그가 이리로 떠나온 후에 그 방공호에 올라와 본 아랫동네 사람들은 거기에 살고 있던 어머니와 아들은 어디론가 이사를 간 줄 알았는데, 방공호 안이 그렇게 깨끗하게는 아니지만 하여간 치워져 있었기 때문이다. 그렇다고 그것만 가지고 정상이라고 할 수도 없다.

그러니 그 사내가 정상인인지 광인인지 하는 것은 의사의 진단을 받아봐야 알 수 있을 것이다. 그래서 그런 날이 올 때까지는 임시로, 그가 그렇게 되기를 원했던 비인이라고 해두는 것이 좋지 않을까 한다.

《사상계》 1955. 10

서기원

1930. 10. 24 –

●

암사지도

1930년 서울 출생.
　　　서울대 상대 중퇴.
1956년 《현대문학》에 「암사지도」로 추천 완료.
1960년 현대문학 신인상 수상.
1961년 제5회 동인문학상 수상.
1972년 소설집 『마록열전』 발간.
1983년 장편소설 『왕조의 제단』 등이 있다.

암사지도

형남(亨男)이 작년 여름에 제대하여, 의지할 곳이 없었던 차에 우연히 만난 옛 전우가 상덕(相德)이었다. 그들은 같은 중대에서 일 년 남짓 함께 지냈었다. 중대장은 해방 직후 군대에 들어가서 육 년 만에 대위가 된 사내로, 중대원들에게 훈시할 적마다, 「본관의 사병 시대에는 침구를 정돈함에, 공장에서 갓 나온 벽돌을 포개어놓듯 했는데, 귀관들은 도시 정신 상태가 돼먹지 않았다」고, 기합을 넣다가, 으레 「그럼으로 해서 귀관들은 인격은 도치(도야)해야 된다」고 다지곤 하였다. 못살던 자가 돈푼깨나 생기면 가난뱅이 업신여기기가 도리어 심하다더니, 그 사내는 사병들에게 노예가 되기를 강요했다.

그 아래서 미술 대학생인 김형남 하사와 법대생 박상덕 하사는 서로 유일의 친구가 되었다. 총알이 스스로 피해 간다는 중대장이 전사하고, 그들이 속한 소대도 거의 전멸하다시피 되어, 말더듬이 어느 이등중사가 대장 대리 근무를 치르지 않을 수 없었던 격전도 용케 견디어냈었다. 그래 상덕은 형남이 제대하기 반년 앞서 군복을 벗었다. 상덕은 형남에게 장차 사회에 나와 잠자리가 변변치 않으면 자기 집으로 오라고 했다. 주소에다 열댓 칸짜리 한식 기와집의 구조마저 그려가며, 「네가 오면요 방을 주지」 하곤, 대문칸과 맞붙은 뜰아랫방을 빨간 오일 연필로 꼭꼭 찔렀던 것이다. 「고오마운 말씀이지, 원랜 그 사나이 첩의 집이거든, 원 집은 폭격에 폭삭 녹아버렸지. 모조리 전멸야. 웬일인지 그 집 명의가, 그 사나이 이름으로 있다가 그 첩두 역시 돌아가셨더라 그 말씀이야. 기맥힌 유산이지」 상덕은 부친을 언제나 〈그 사나이〉라고 불렀다. 그가 웃지도 않고 그렇게 말할 때엔 형남은 가슴속이 흐뭇해지며 쾌적한 웃음이 절로 나오는 것이었다. 그들 부자 사이의 따스한 체온을 느꼈고 이를테면 애정의 역설적인 해학(諧謔)으로 여겨졌던 것이다. 그는 그런 상덕이 좋았다.

그러자 형남도 군복을 벗고, 제대병에게 지급하는 곤색 광목지의 작업복에 같은 감의 작업모를 눌러쓴 채, 트럭으로 청량리를 거쳐 동대문에서 내려서, 딱딱한 포장로 위에 발을 디딘 순간, 꿈에서 상기 덜 깬 기분이라고 할까, 어쩐지 삼 년간의 군대 생활이 실제 그가 체험한 것이 아닌 듯, 어릴 때 어머니 무릎에서 듣던 옛얘기처럼 까마득해지는 것이었다. 동대문 안으로 뻗은 번화한 거리가 몹시 생소하게 보였다. 먼저 그는 영등포에 있다는 숙모를 찾았으나 그의 수첩에 적힌 주소로는 어림도 없는 일이었다. 학교 시절에 가까이 지냈던 친구의 얼굴들이 더러 눈앞에 아물거렸지만 주소도 분명치 않으려니와 그런 꼬락서니로 빌어 먹으러 왔네 할 용기가 있을 리 없음은 자신이 너무도 잘 아는 일이었다. 물론 상덕의 말을 잊지는 않았다. 서

울의 지리는 잊어버려도 그걸 까먹었을 리 없다. 내심으론, 이
렇게 미친 개처럼 헤매다가 마침내 뒹굴어 들어갈 곳이 바로 상
덕이네거니 작정해 둔 채, 그건 최후의 방어선으로 삼고, 될
수 있는 데까지 무슨 다른 도리를 강구해 보자는 심산이었다.
수첩을 소매치기당할까 두려워하면서도 곧 찾아가지 않은 연유
이다. 그러다가 길가에서 만난 것이다. 그러니 우연히 부딪친
것은 틀림이 없다. 그들은 손을 맞잡기 전에 껴안고 반겼다.
「야! 인마, 막바루 찾아올 것이지, 그래 뭘 하느라구 이 모양
야! 당장 오라, 네 꼴을 보니 다 알겠다」상덕은 두 손으로 형
남의 목을 졸라맸다. 형남은 웃으면서 눈물을 흘렸다. 상덕의
집은 상상보다 넓었다. 아름드리 기둥이나 굵은 서까래, 그리
고 푸르죽죽하게 칠이 벗어지긴 했지만 두툼한 현판이라든지
일견 규모 있게 꾸민 집으로 보였다. 상덕의 설명에 혹 부족이
있었다면 포탄에 지붕이 뚫어진 채로 있는 머릿방과 문간에 관
한 얘기가 없다는 것쯤일까. 그뿐이 아니었다. 상덕이 여자와
함께 살고 있었다. 그는 그네를 〈최형(崔兄)〉하고 불렀다. 윤
주(潤珠)라는 이름이라 하였다. 지난 겨울 어느 일요일, 상덕이
극장에 갔었다 한다. 극장 앞에 보스톤 백을 든 여인이 물끄러
미 간판을 쳐다보고 있는데, 큰 키는 못 되나 가는 몸집에 다색
코트가 썩 어울리더라는 것이다. 「영화 구경 같이 합시다」했
다. 그러니까 다소 우울하게 보이던 그네 얼굴이 활짝 피며
「네!」하고 국민학교 아동식의 대답을 했다. 스물한둘로 헤아려
지며 녹녹치 않은 집안을 생각키우는 옷차림이어서 놓치기가
무척 아까운 터에, 「우리집에 놀러 갑시다」하니까 그땐 아랫입
술을 지긋이 깨물고 대꾸가 없다. 「실례인 줄 알면서도 왜 그런
지 그런 말이 나옵니다」「놀러 가는 것이 아니라 아주 살러 가

는 것이라면……」 하고 그네는 낯을 붉혔다. 여간 일에 눈썹 하
나 까딱하지도 않는 상덕도 그때만큼은 숨이 칵 막히더라는 것
이다. 그네는 집을 쫓겨났었다. 부산 동무네로 갈 요량으로 정
거장을 향하던 길이었는데, 새로 개봉된 불란서 영화가 보고
싶어서 한참 수중의 돈과 의논하던 참이었다 한다. 실은 친구
집에도 가기 싫다고 한다. 「……나도 친척이란 아무도 없고, 이
집 하나가 재산이지요. 게다 직업이래야 언제 털려날지 모르는
따위고, 수입은 쥐꼬리만한데 생각은 말꼬리만하구, 이런 생활
이래도 견딜 수 있으시면 같이 삽시다」 이렇게 된 일이라 하였
다. 그네가 집에서 내쫓긴 까닭은 우정 묻지 않고 있으나 아마
도 연애 사건으로 짐작이 간다는 것이었다. 그러면서 「애매한
놈팽이와 몇 달 살다가, 채인 거겠지. 다 그런 여자 아냐?」 하
고 다소 자조적인 웃음을 덧붙이는 것이었다.

  형남은 윤주를 멸시할 수가 없다. 그 같은 야합을 가장 비웃
는 그였으나, 그네가 그런 푼수의 여자라곤 당최 곧이 들리지
가 않았다. 그건 윤주의 첫인상이 좋았기 때문일지도 모른다.
나이에 비해 어려 보이는 앳된 얼굴인데, 말을 붙이면 번번이
긴 속눈썹을 가지런히 세우고는 말끔히 쳐다보는 밝고 구김살
없는 시선 속에서 도리어 그 자신이 추악하게 느껴지곤 하였다.
호감이 갔지만 어디까지나 한계가 뚜렷한 것이었지 상덕의 아
내로 예우함을 게을리하지는 않았던 것이다.

  하기야 뭣보다도 그 자신의 일이 다급했다. 일심 중학관(一心
中學館)에 일 주에 사흘 출강하는 상덕의 수입으론 지탱해 나갈
도리가 없었다. 형남도 제 밥값은 해야겠는데 미술 대학 중퇴의
학력(學歷)으론 마땅한 일자리가 선뜻 나설 수가 없었다. 두 달
을 두고 온 장안을 속속들이 뒤진 끝에 어느 극장의 광고판을

그리게 된 것은 실로 다행한 일이 아닐 수 없었다. 극장 앞에 매다는 넓은 간판화가 아니라, 번화한 네거리에서 가끔 보게 되는 소규모의 그림이긴 했지만, 그걸 한 달에 네 가지 장면으로 여덟 장, 단가 오천 환에 계약이 성립되었다. 대청 마루가 아틀리에가 될 줄이야 상상도 못했던 일이다. 두어 평 넓이의 캔버스가 비스듬히 벽에 기대어 있다. 지평선까지 푸른 목장을 배경으로 미국의 카우보이와 블론드의 서부 처녀가 키스하는 장면, 그림 밑에는 베니어판의 팔레트가 너댓 장 그 위에 함부로 뒹굴고 있는 굵직한 브러시, 각색 페인트가 뒤범벅으로 녹아 마룻바닥에까지 흐르기가 일쑤다. 형남은 카우보이의 어깨에 매달린 처녀의 손가락이 신통치 않다고 느껴진다. 가는 붓을 골라 기름에 녹힌다. 머릿속엔, 간판화란 첫째 선정적이어야 한다고 강의하는 극장 지배인의 두꺼운 아랫입술…… 윤주는 화로에 숯을 피우고 숯내가 심하면 분합문을 여닫으며 공기를 조절해 주는 것이었다. 상덕은 출근하지 않는 날엔, 거의 정오가 돼서야 일어나서 아침 겸 점심으로 끼니를 때우고는 기원(碁院)으로 바둑을 두러 나가는 것이 일과였다. 종일 집안에 박혀 있는 형남은 자연 윤주와 접촉할 시간이 길었지만, 그렇다고 그게 그지없이 기꺼운 일이 되거나 아니면 마음에 어떤 무거운 부담을 줄 정도는 아니었다. 원체 숫기가 나쁜 그의 성질이, 쉽사리 농을 지껄일 줄도 모를 뿐더러 윤주는 그의 손 닿을 곳에 있는 여인이 아니라고 다짐하고도 있었다. 애초에 그네를 아주머니! 하고 불렀더니, 그네는 하하하! 하고 사내애처럼 웃었고, 상덕은 「인마! 아주머니가 어딨어? 우린 그런 새가 아니니까, 미스 최로 불러!」 했다. 「아주머닌 어감이 나빠요」 하며 윤주는 그런 사이가 아니니까 하는 상덕의 말에서 짐짓 오해를 품었다고는 생각할 수 없는 얼굴로 말했다. 그뒤로 형남은 될수록 그네의 인칭을 부르지 않으려 했고 또한 얼마간 그러노라니 그네와의 얘기 때엔 아예 인칭을 빼버려도 넉넉히 통할 수 있게끔 교묘한 화술에 익숙해진 것이었다.

어느덧 그들의 생활비의 대부분이 형남에게서 마련되어 감은 어찌할 수 없었지만 형남은 형남대로 오랜 부채(負債)를 갚아나가는 듯한 가뜬한 기분에 신명이 날망정, 바둑에만 소일하는 법이 어디 있느냐고 상덕의 무관심을 나무라는 마음은 전혀 없었고, 또 상덕은 원래 괄괄한 호기와 오활한 탓도 있으려니와, 친구 덕을 좀 보기로서니 뭐 그리 구애될 거리가 되느냐는 태도로 형남을 대하는 것이라든지, 윤주 또한 그네의 영역(領域)을 잘 지켜서 가령 형남에게 속이 들여다뵐 호의를 베푸는 따위의 눈치가 없었다. 형남에겐 그런 게 여간 고마운 일이 아니었다. 그럴수록 그는 그들에게 공치사하려는 것 같은 태도를 보여서는 안 된다고, 차라리 지나칠 만큼 델리키트한 마음씨를 잊지 않으려 했다.

공교롭게도 상덕이 실직하게 되었다. 일심 중학관이 인가 취소로 폐쇄되었던 것이다. 시간당 삼백 환의 품팔이 노동자로서 그것도 언제 어떻게 될지 예측할 수 없는 직장이긴 했지만 막상 그것마저 놓치고 보니까, 상덕에겐 꽤 큰 타격이었던 모양으로 「훈장질 절대루 안한다!」하고 여느 때의 그답지 않지만 상덕은 취직 운동일랑 아예 염도 안 내는 것이었다. 자칫하면 서로가 오해를 사기 쉬운 계기라 할 것이었다. 「그래! 좀 쉬고 동정을 봐가며 얘기하자. 그러는 동안 일이란 제발로 걸어오는 거야」형남은 정녕 상덕을 위하는 마음에서 위로의 말을 되풀이해 주었다. 상덕은 바둑이 일의 전부가 되었다. 해도 무슨 계통 있는 공부라도 시작하는 것은 아니었다. 『포석개설(布石槪說)』이란 책을 사다가 며칠 뒤적거리는 척하더니 이내 다락에 처넣어버렸다. 그날도 저녁 때가 돼서야 집에 돌아오는 것이었다.

「진짜나 바아지는 아바지로오구우나」 걸핏 우정 꾸며댄 목소리로 알 수 있는, 가늘고 야한 목청으로 거지타령을 뽑으며 대문 안에 들어섰다. 형남은 군에 있을 때 상덕이 술이 취하면 곧잘 교향곡이나 협주곡의 테마 같은 선율을 목이 메어져라고 외치던 일이 상기되었다. 「최형! 세숫물 좀 주이소애! ……아 고게 흑을 쥐라카고 또 두 점 붙이라 안하는 기요. 요겟 하고 뎀볐지만 아뿔싸! 사연패라」 경상도 사투리를 흉내내며 「이 좀 보라아애!」 하곤 손바닥을 펴서 윤주와 형남에게 번갈아 보이는 것이었다. 혹을 잡고 여러 판을 두고 나면 돌의 질이 나빠서 손이 시커멓게 더럽혀진다는 것이었다. 딴은 손이 깨끗한 채로 돌아와 본 일이 드물다. 그의 변명으론 제 급수보다 한 급 높인 데다가 한두 급 상수하고만 대전하기 때문에 지게 마련이라 하며 또 그래야만 바둑이 는다는 것이었으나…… 그날 상덕은 몹시 술이 취했다. 「제기랄! 그 사나이 덕분에 비바람은 겨우 면하지만…… 이따위 구멍이 빵빵 뚫어진 걸 얻다가 쓰냐 말이야. 팔아버리구 며칠 동안 실컷 때려먹음 어때? 인마! 내 생각이 어때?」 그는 안방에 벌렁 나자빠져서 고래고래 소리를 질렀다. 군대에서 흔히 겪던 상덕의 주정인지라 형남은 상대를 안할 작정으로 그저 히죽히죽 웃고만 있었다. 한데 왜 그런지 상덕의 혀꼬부라진 주정 속에 어떤 저의가 숨어 있는 것같이만 느껴지며 은근히 불쾌해지는 것이었다. 「아서라 아서! 미스 최가 자꾸 웃는다」 하며 심술궂은 어린애를 달래듯 얼버무리려 했다. 윤주는 애써 눈으로 웃어 뵈려는 것이나, 입술은 여전히 야무지게 다

문 채 잠시 상덕을 물끄러미 바라보더니 벽을 향해 고개를 돌렸
다. 그네의 뾰족한 아래턱을 감싸고 도는 싸늘한 기운은 분명
상덕에의 모멸이었다. 그것이 형남에게 막연한 기대 같은 것과
기쁨을 주는 것이었다. 기쁨, 사뭇 뒤숭숭한 기쁨, 누가 알면
난처할 듯한 그런 것이었다. 하지만 그건 순간적인 마춰에 지나
지 않았고, 상덕이 「인마! 넌 대체 낭비한단 말이야! 엊저녁에
도 묘한 곳에 갔었지? 싸구려 쇠주나 몇 잔 들이켠 연후에 말이
야. 그러다간 몸도 버리지만, 사십만 환을 벌어봐라. 소용이 없
다 없어!」 했을 때엔 형남도 여느 때의 장난을 맞추어 우정 양
미간을 좁히며 「야! 내 돈 벌면 나간다. 십만 환만 모아봐라.
당장 나가서 판잣집이라두 세운다」 했다. 「나가려면 나가! 당장
나가라! 너 없음 굶어 비틀어질 줄 아니? 엉? 판잣집 아니라 대
궐이래두 썩 나가! 허허허허!」 상덕은 눈을 약간 부라리며 목소
리만 듣기에는 여간 성난 것이 아닌, 그러나 말끝을 채 맺기 전
에 너털웃음을 터뜨렸고 형남도 따라 웃었다. 한바탕 웃고 나니
속이 시원히 트였다. 결국은 스스로를 뉘우치는 것이며 티끌만
큼이라도 상덕을 오해할 뻔한 자기를 부끄러워하는 것이었다.
내가 돈 기만 환 벌어댄다고, 상덕을 주체스럽게 여기려는 치
사한 심사가 된다면 말이 아니라고 고소(苦笑)하는 것이었다.

　하지만 이상한 일이었다. 윤주가 심리적으로 상덕에게서 멀
어져가고 있다고 의식되는 것인데, 그네가 살금살금 뒷걸음질
로 형남 자기에게로 가까이 다가오는 느낌인 것이다. 그러고는
이즈음에 와서 「미스 최!」 하고 제법 혀에 익은 말로 그네를 부
르는 자신이 새삼 쑥스러워지는 것이다. 돌이켜보면 윤주를 부
르려다 언뜻 말문이 막혀버리고 마는 일이 간혹 없지는 않았다.
그렇지만 전처럼 그네를 미스 최로 부르기가 거북해서가 아닌

것이었다. 아침 나절에 양칫물이나 세숫물을 받으러 부엌 안을 들여다볼 때의 일인데, 흉하지 않을 정도로 아니 어찌 보면 성적인 자극을 주는 엷은 핏줄이 윤기가 지르르 흐르는 그네의 눈망울에 엉클어져 선 것을 보게 되자, 간밤에 상덕의 품에 안겼을 그네를 머리에 아니 그릴 수가 없는 것이며, 그 순간엔 윤주의 이름이 나오다가도 막히는 것이었다.

형남이 다시 사창굴에 드나들게 된 일을 윤주의 눈망울이 그랬다고 그네에 뒤집어씌우기는 어처구니없는 일이기도 하다. 군대에서도 한 달에 한 차례쯤, 휴가를 얻으면 전선에서 백여 리 후방인 도읍지로, 상덕과 함께 〈배설〉하러 달리던 그였기에 새삼 마음에 걸리는 일은 아니었지만 어쩐지 윤주 때문에 욕정이 도발당한 것이라는 생각이 떠나지 않는 것이었다. 상덕은 사창굴에 가지 않는다. 갈 필요가 없는 것이다. 그는 상덕이 부러웠다. 상덕의 말 그대로 값싼 소주 몇 잔에 소용(小勇)을 얻어 콧노래를 흥얼거리며 창녀를 물색하고 나서, 지극히 기계적인 동작을 끝마치고 비위가 느글느글한 자기 혐오를 자꾸만 되씹으며 집으로 돌아오곤 하는, 틀에 짜인 일련의 절차에 싫증이 날대로 난 것이었다. 그런 밤이면 자학의 충동을 어쩔 수 없어, 안절부절못하다가 마침내는 선반 위에 꽂힌 월색판 화집을 꺼내어 뒤지는 것이었다. 브라크나 루오를 보는 것이 못 견딜 괴로움이었다. 보기 싫어하는 두 눈 앞에 떨리는 손이 용서 없이 현란한 원색 화면을 펴놓는 것이었다. 미술 대학에 다닐 때의 야망과 제작의 의욕과 스스로가 도취되던 휘황한 이미지는 죄다 어디로 사라져버리고, 이젠 귓전을 스치는 박격포탄 소리와 전우의 단장(斷腸)의 비명, 그리고 여인의 나체와 욕지기 나는 간판화의 원색…… 모두가 뒤섞여 머릿속을 맴돌며 어지럽

게 하는 것일까. 클레의 화집을 폈다. 「태양과 달」, 태양의 걷
히어가는 붉은 꼬리를 달의 회고 가냘픈 손목이 꼭 붙들고 있었
다. 아니 태양이 제 몸은 가라앉으면서도 손바닥을 모아 달을
고이 떠받치고 있는 듯도 하다.

「자니?」 굵은 사내 목소리였다. 형남은 소스라쳐 화집을 덮
어 방구석에 밀어놓았다. 방문이 열리고 상덕의 네모진 얼굴이
방 안의 전등불에 반사했다. 부신 눈을 껌벅거리며 웃고 있었
다. 그의 딱 벌어진 어깨 너머로 그믐달이 파랗게 투명한 유리
수조안의 물고기가 되어 헤엄치고 있었다. 상덕은 화집에 짧은
눈총을 주고, 「……너 그럴 것 없다. 그러지 말구 최형과 자란
말야. 일 주일에 한 번만 더두 말구 그러란 말야. 그쯤이 그중
건강에 좋지. 나야 이젠 싫증이 났지만 너와 보조를 안 맞출 수
도 없으니 난 토요일로 정하지 너 일요일로 정하려무나…… 그
런 데 마구 다니다간 큰 변 난다」 했다. 이를테면 윤주 공유설
이다. 형남은 당황했다. 「너, 너, 그게 무슨 소리냐?」 「인마!
춘천서 교대루 놀던 일을 잊었니? 놀랠 일이 어딨어」 「그런 여
자와 미스 최가 같단 말이냐?」 형남은 공연히 목이 메었다. 「다
를게 뭐 있어! 생각해 봐, 최형이 내 뭐란 말야, 내가 뭐 개하
구 평생 살겠다든가? 난 너를 기껏 생각해서 하는 제안이다」 하
긴 상덕의 말에도 일리가 있다고 풀이되었다. 그러나 아직도 이
치에 닿는 소리는 못 된다는 얼굴로 「그렇지만 미스 최가 들어
줄 리가 있니?」 했다. 〈그게 될 말이냐?〉 하려던 것이 그처럼
비루한 질문이 되었다. 「그런 여잔데 별수 있니? 건 네가 너무
순진해서 개를 비싸게 보는 거야. ……글쎄 내 말대루 해봐! 지
금 네 요구를 거절할 까닭이 없다. 여자란 사는 본능밖엔 없는
거다」 상덕은 추근추근 설득하는 것이었다. 상덕의 말마따나 윤

주를 비싸게 보려는 자신이 으젓잖은 감상에 젖은 놈이라고도
함직했다. 상덕에게 가부를 대답하기도 전에 갑자기 눈앞에 클
로즈업되는 그네의 얼굴이 숨가쁘게 함은 웬일인가? 그네는 과
연 나를 받아들일 것인가? 단연 거부하리라. 분에 못 이겨 내
뺨이라도 갈길 것이다. 그럼 그 순간! 내 가슴이 후련해질 것이
다. 상덕의 꼴 좀 보라. 내게 침이 마르도록 권하던 상덕의 울
상을 보라. ……어쩌면 나를 반길지도 모르지, 나를 싫어하지
않을지도 모르지…… 망상에 지쳐버린 그의 머리는 불이 안 드
는 아궁이처럼 짙고 독한 연기가 자욱이 끼었다. 대신 육신엔
어느 일정한 대상에 향하는 것이 아닌 막연한 욕망이 이글거리
기 시작했다.

돌아온 일요일 밤이었다. 상덕이 농락할 대로 다한 여인이라
생각하면 아니꼽기도 했으나 그건 이른바 타산이었지, 윤주에
의 아니꼬운 느낌은 아닌 것이었다. 자정이 넘도록 상덕은 오지
않았다. 그래 흔히 기원에서 밤을 새우기에 그러려니 하는 것이
나 형남에겐 예의 배려로만 여겨지는 것이었다. 그는 실상 안방
에 가기로 결심한 것은 아니었다. 결심할 필요도 없이 드디어는
그네에게 가고야 견딜 자신을 기왕에 잘 알고 있었을 따름이다.
그는 안방 문을 살며시 열었다. 어둠 속에서 윤주의 숨소리가
흡사 오랫동안 한 방에서 지내온 여인의 내음새를 뿜으며 그의
피부에 스며들었다. 전등을 켰다. 그네의 얼굴은 잠깐 어렴풋한
웃음을 짓더니 눈시울을 열었다. 호주머니에 두 손을 꽂고 뻣뻣
이 서 있는 형남의 충혈된 눈에 부딪치자, 「윽! 나가세요!」하
고 온몸을 뒤흔들며 말했다. 「나가라면 강제로 나오겠죠? 안 돼
요 안 돼! 당신이 폭력으로 나설 사람이 아니라는 걸 난 잘 알
아요」 윤주의 낯에 핏기가 가셨다. 형남은 싸늘해지는 제 체온

을 알았다. 「미스 최! 난 미스 최가 그리 말할 줄 알고 있었
어!」그는 잔등에 오한을 느꼈다. 기뻤다. 그건 아찔한 도취 같
은 것이었다. 〈난 최가 좋아!〉이렇게 목청이 터지려는 것을 꾹
참았다. 「그럼 왜?」윤주가 물었다. 「……」「하여튼 난 그이한
테 고백할 권리가 있어요…… 돌아가세요!」그네는 늙고 쉰 목
소리를 질렀다. 그는 시선을 윤주에 메어둔 채 뒤로 물러섰다.
전등을 끄고 조용히 빠져나왔다. 「상덕에게 이겼다!」이렇게 자
꾸만 중얼거리면서 뜰아랫방으로 물러가는 것이었다. 윤주가
귀여워졌다. 윤주의 존재가 더욱 움직일 수 없는 어떤 질량감으
로 가슴 한복판에 자리잡게 된 것이 조금도 어색하게 느껴지지
않았다.

　이튿날 상덕이, 대체 일이 그후 어찌 됐느냐는 기색을 통째
드러내 뵈며 바삐 돌아왔다. 윤주는 대뜸 상덕을 안방으로 청하
였다. 간밤의 사건을 고해 바칠 것이 빤하다. 한데 「형남아! 이
리 좀 와!」하고 상덕의 우악스런 목소리가 울려왔다. 형남이
안방에 들어가니, 뜻밖에 그를 맞이하는 윤주의 눈초리엔 애원
의 빛이 서렸다. 상덕은 거친 숨결로 「……그러니 맘대루 해!
형남은 나나 똑같단 말이야. 형남이를 모욕했다면 그건 바로 날
그렇게 한 거야, 최형이 그걸 충분이 이해한다면 그따위 케케
묵은 관념으루 집안을 칼칼찮게 만들 게 뭐냐 말이야! 엉?」상
덕은 고개를 숙이고 표정을 숨기려는 윤주에게 퍼붓고 있었다.
부릅뜬 그의 눈은 잔인한 기쁨에 타오르고 있었다. 잔뜩 이맛살
을 찌푸리면서도 벌름벌름하는 코끝이, 그네가 형남을 물리치
고 그에게 곧 호소한 사실에의 만족과 어떤 우월감을 감추지는
못하였다. 〈상덕아! 너 미리 이렇게 될 줄 알고 그랬구나!〉그
러나 이 말을 한번 토해 놓는 날엔 모든 일이 마지막이 될 것이

었다.

「치워라! 내 잘못이었다」 형남은 간단히 말했다. 상덕의 그 허심한 웃음과 험상궂은 말솜씨로 위장된 마음엔, 누구보다도 소심하며 항시 자질구레한 근심이 늘어붙어 있는 것이리라, 이렇게 생각하며, 어쩐지 상덕이 가엾어지는 것이었다. 윤주는 종시 입을 다물었다. 상덕에게서 그네가 만일 형남의 요구를 끝까지 거절할 의사라면 이 집을 나가라는 협박을 받고 있는 것이다. 「상덕아! 제발 치워라. 미스 최에게 그렇게 할 성질이 아냐. 아무 일두 없었던 것으로 씻어버려! 그저 내 실수지……」 형남은 아마도 윤주가 상덕에게 정이 떨어졌을 것이라 미루어졌다. 그 자신과 윤주가 함께 상덕과 맞서고 있으며, 서로가 공동의 피해자로 생각되는 것이었다. 그뒤, 형남은 윤주의 변화를 참을성 많은 사냥꾼처럼 끈기 있게 기다려지는 것이었다. 그러나 그전 그대로의 윤주였다. 어쩌면 상덕한테서 받은 굴욕과 그네가 형남에게 준 그것과를 서로 상쇄해서 감정의 밸런스를 얻은 것인지도 몰랐다. 이왕 집을 나서지 못할 바에야 꺼림칙한 낯을 보이는 게 오히려 자신의 상처를 긁는 일이라는 생각이리라. 형남은 그런 윤주가 측은하며 더욱 끌리는 것이었다. 그것은 아무 여자나 쉽사리 흉내낼 수 있는 재주가 아닌 것이었다. 빈틈없는 계산이라 하기보다는 천성이 영리한 탓인 것이었다.

상덕은 게으름이 한층 더해진 성싶다. 햇살이 대청마루 구석에까지 퍼지고, 그리다 만 캔버스에 미칠 즈음에야 거무스레하게 부은 얼굴로, 엉클어진 머리를 득득 긁으며 건넌방에서 나오는 것이다. 윤주는 구멍탄 위에 올려둔 세숫대야에 찬물을 타서 마루에 놓아준다. 그네의 서비스는 하루이틀 된 일이 아니었기 수상할 것도 없었지만, 형남은 그날따라 무관심할 수가 없

었다. 그네의 뒤거지가 당연하다는 양, 한층 요란스럽게 부르
르! 소리를 내어 마구 물방울을 사방에 튀겨가며, 여드름 자국
투성이의 뒷목을 손등으로 부벼대는 꼴이 사뭇 비위에 거슬렸
다. 최형은 내 물건이란 말이야, 이제 똑똑히 알았지? 하며 고
소름하게 웃는 것만 같은 것이다. 그는 상덕이 사내답지 않게
치사하다고 느껴지는 것이었다. 일 주일이면 으레껏 한두 차례
용돈을 달라고 「인마! 이백 환 채워서 천 환 내!」 하고 형남의
호주머니를 뒤지던 일은 영 잊어버린 모양이었다. 바둑을 두러
나가는데도 담배 한 갑만 집어넣고는 성큼 나서는데, 「그쯤 다
니니까 입장료구 뭐구 공짜거든, 따지구 보면 내 거기 쏟아놓
은 돈만두 집 한 채 족히 되겠다」 목청을 돋구는 것이었으나 형
남에겐 서투른 허세로만 보이는 것이었다. 이때껏 몰랐던 상덕
에의 쓰디쓴 혐오와 한편 안쓰러운 동정이 한데 섞갈린 뭉클한
심정인 것이었다. 그 달 급료를 받자, 형남은 만 환 뭉치 하나
만을 그림의 재료값으로 남기고 나머지를 통틀어 한 달의 경비
라 하여 상덕 앞에 내놓았다. 그건 그 안에서 상덕의 용돈도 적
당히 마련해 보라는 의도가 품어져 있었다. 「날 주면 어떡해?」
상덕은 돈뭉치를 마땅치 않게 노려보는 것이었다. 이때껏 쌀이
떨어졌다, 나무가 모자란다, 하고 윤주가 그시그시 상덕에게
알리면 그는 어쩔 수 없이 형남에게 전하곤 하는데, 형남은 마
침 수중에 돈이 있으니 제가 낸다는 양으로 해서 상덕에게 주었
던 것이다. 「최형한테 주면 되잖아?」 「상덕아! 갑자기 왜 그러
니? 무슨 오해라도 있는 것 같구나」 「오해? 오해가 어딨어? 생
각해 봐, 네가 번 돈이 빤한데 구태여 내 손을 거칠 게 없잖아?
도리어 이상하지 않냐 말이야」 「지금까지 그럼 네가 받은 일은
뭐야?」 「인마! 내 언제 최형을 내 와이프로 여겼더냐? 그랬음

내가 너한테 그랬겠냐 말이야. 거야 지금까지 습성으로 그리 됐지만 이젠 뭘 그리 복잡하게 할 까닭이 없지 않니?」상덕의 이 말에 형남은 울화가 치밀었다. 항변의 말이 마구 쏟아져 나올 것 같았으나 막상 무슨 대꾸가 그중 적합한지 망설여지며 필경은「……그래? 그럼 좋다!」하고 잘라버렸다. 상덕이 밉기도 했지만 보다 오히려 까닭모를 슬픔이 몰려드는 것이었다. 문득 대체 뭣이 아쉬워서 밤이면 허리가 뻐근하도록 간판장이 노동을 견디어가며, 상덕과 윤주를 부양하는가, 아니 그것은 고사하여 지난 일을 생각해서 달갑게 치른다 하자, 하나 이처럼 착잡한 갈등에 언제나 구질하게 살아야 할 의무란 도시 없지 않느냐고 생각되는 것이다. 윤주에의 애정이 자기를 얽매어두고 있는가? 그는 해답을 바랄 수 없는 반문을 되풀이하는 것이었다. 그는 상덕에 말한 대로 돈뭉치는 윤주 앞에 내놓았다.「이걸루 이 달은 어떻게 꾸려봐요. ……그리고 상덕의 용돈도 이 안에서 뽑아 봐요」하고 그네의 동정을 유심히 살폈다. 그네는 시무룩해서 돈을 싼 헌 신문지에서 눈을 떼지 않았다. 삼면 기사인 듯 자극적인 표제가 보였다.「상덕에게 주려고 했는데 마침 생각난 김에 이렇게 하니 달리 마음을 쓰진 말구……」그는 실상 거짓말을 하는 것은 아니었는데, 꼭 마음에 없는 소리를 너저분하게 지껄이는 그런 께름칙한 느낌인 것이다.「……공연한 자선이 아니었다는 걸, 그리구 지금도 아니라는 걸 내게 똑똑히 아르켜 주시는 거죠?」그네는 또박또박 떼어가며 말했다.「미스 최! 그런 당치도 않은!」「그만두세요」「이 돈이 말하자면 날 사겠다는 표시죠? 적어도 이 돈의 삼 분의 일의 금액으로, 아니에요?」그네는 비로소 눈을 치뜨고 날카로운 시선을 보내왔다.「그렇게 자기 자신을 업신여기면 못써! 미스 최, 나를 오해하고 또 자신

을 욕되게 하구」「당신에겐 부당하게 비싼 홍정인지도 모르고
어쩜, 너무 싼지도 모르죠」(그때 미스 최! 하고 형남이 질렀으
나)「……난 지금의 나를 나 이상으로 착각하지 않아요. ……당
신의 홍정에 응하겠어요. 돈은 내가 받아두지요. 나로서는 비싸
고 싸고 따질 여유가 있나요? 건 당신이 잘 아시겠지만……」그
네는 입술을 비틀며 억지 웃음을 짜냈다. 「최! 난 최를 사랑하
고 있다!」「……」「벌써부터 말하려 했다!」「아무도 날 사랑하
진 않았어요. 그리구 지금도」「난 나는!」「그만둬요, 사랑은 영
화 속에나 있는 거예요. 상덕 씨가 나를 사랑하고 있었다고 오
해했던 내 꼴을 보셨겠죠?」「최같이 젊은 여자가 왜 늙은이 소
릴 해!」「당신이 나를 사랑한다구요? 호호호! 그런다는 데야 낸
들 어떻게 못하지요. 하여튼 난 당신의 요구를 받을 테니까요」
「최는 그럼 상덕을 아직도 사랑하는가?」「흐…… 질투는 마시기
를…… 난 두 분 다 사……랑……하……지……않……죠!」발작
을 일으키듯 웃었다. 형남의 얼굴이 검붉어졌다.

　「으음! 그……래」짤막한 신음소리만 토했다. 애정의 폭발적
인 고백을 무참히 짓밟고 무안해하기는커녕 그를 비웃는 그네
에게 치솟는 분노를 겨우 참아냈다. 「흥! 그래? 홍정이 다 됐다
구? 좋아! 이젠 아주 간단하게 됐군, 현금 거래란 말이지? 그럼
나두 주판을 놔야겠는걸」그는 인중머리를 꿈틀거리며 표독스
럽게 빈정대는 것이었다.

　형남은 상덕의 외박을 기다렸다. 아니 빈틈없이 겨누며 노리
고 있었다. 윤주에의 욕망이라기보다, 그네를 짓밟지 않고서는
자기가 사내자식이랄 수 없이 지지리도 못난 놈이 된다는, 말
하자면 열등 의식에의 극악스런 반발이라고 할까, 무슨 일이
있든지 해치워야 된다. 그럴 수밖엔 없는 아슬아슬한 절정에 놓

여 있는 듯한 강박 의식에 억눌리는 것이었다. 그러나 한편 마음 한구석엔, 현금의 흥정에 응하겠다던 그네의 말을 그냥 고스란히 받아들이고 싶어하지 않는, 그러니까 윤주의 심리를 캐고 든다면 그때까지 상덕에게 다소라도 애정을 느끼고 있던 그네가 이번엔 상덕에게 앙갚음으로 해서 형남을 이용하려는 것이 아닌가 하는 의구가 좀체 사라지지 않는 것이었다. 두 사내에게 더구나 친구끼리인 두 사내에게 그네는 몸을 맡김으로써 상덕에게 소위 애정의 복수를, 형남에겐 돈에의 보복을 일거양득으로 일삼을 수 있는 것이라면, 미묘한 삼파전에서 본전마저 떼이고 나자빠지게 될 사람은 바로 형남이 자신임을 쉽사리 풀이할 수 있는 것이다. 그렇다면 신사적인 태도라는 미명 아래 아예 윤주에의 무관심으로 끝내 견디어볼까? 이까지 생각이 미치자 불현듯 윤주의 얇고 긴 입술이 떠오르며 그 입에서 어쩜 내 몸이 너무 비싼지도 모르죠! 하는 독기를 뿜는 듯한 말이 귀를 쑤시는 것이다. 그러면 어느새 또다시 아슬아슬한 절정에 놓인 자신을 의식하며, 윤주를 정복함이 마치 절박한 의무 같은 것으로 여겨지기까지 하는 것이었다. 그래야만 자신에 가장 충실한 행동일 수 있다고 수긍케 되는 것이다. 하나 형남은 내심 쓰디쓰게 웃었다. 웃지 않을 수가 없었다. 온갖 그럴싸한 천착이, 또한 요리조리 재주를 부리며 뚫어진 구멍을 꿰매어가는 바느질의 논리가, 윤주와 자고 싶다는 아주 단순한 욕심에다 대면 얼마나 공허하고 무력한 것인가를 어쩔 수 없이 받아들이는 자신에게 웃는 것이었다. 기회는 뜻밖에 일찍 돌아왔다. 그러나 완전한 하나의 창녀로 다루어주자던 결심은 윤주의 몸을 껴안자 「난 최를 돈으로 사는 게 아냐!」 「난 최가 좋다」 이렇게 중얼대지 않을 수 없었다. 그네는 물이 흠뻑 밴 육중한 나무토막에 지나지 않았다. 그는 그네가 생리적인 흥분에 허덕일 것을 집요하게 바랐다. 그러나 그는 인형에의 자독 행위와 다름없는 꺼림칙한 뒷맛을 어찌할 수가 없었다. 모욕이었다. 아무런 갚을 길이 없는 모욕이었다.

며칠 후, 상기 싸늘한 냉기가 목덜미를 감도는 이른봄의 오후였다. 상덕은 기원에 가고 없었다. 형남은 제 방에서 영화의 프로를 읽다가 시장기를 느꼈다. 안방에서 낮잠을 자고 있을 윤주를 깨우칠 생각이 없지 않았으나, 이제껏 그렇게까지 시켜 본 일이 없었기, 한동안 머뭇거렸다. 두드려 깨워서 부려먹어라! 네겐 그 권리가 있지 않으냐! 하고 마음속에서 고개를 세우는 〈소악마〉를 타이르고 있었다. 툇마루에 나와 기지개를 켜보았다. 남향인 안방 영창엔 밝은 햇빛이 보송보송 핀 햇솜처럼 보드랍게 머무르고 있었다. 그는 그날 밤의 윤주의 지체(肢體)를 그렸다. 어쩐지 그네의 시큼한 체취마저 풍겨오는 듯하였다. 자줏빛 바탕에 노란 국화가 피어 있는 이불은 그네의 젖가슴을 겨우 가리우고나 있을는지? 그의 공상은 그네의 몸을 구석구석 더듬기 시작했다. 이윽고, 가운뎃발가락이 그중 긴 그네의 발에서 맹랑한 애무가 멈추자 채 얼굴도 버젓이 못 들던 예의 〈소악마〉가 턱을 불쑥 내밀며 쾌활하게 웃어대는 것이다. 그는 사뭇 득세한 듯한 취기로부터 「내 최를 어려워할 게 뭐냐 말이다. 밥상을 차리게 해야지」 시장기에 따르는 가벼운 조바심과 함께 뇌어지는 것이었다. 「여봐! 미스 최! 점심 차려요」 그는 안방 문을 요란하게 열었다. 애들이 만세라도 부르는 모양으로 머리 위에 양팔을 뻗치고 검은 겨드랑이를 내놓고 있던 윤주는 왜 그러느냐고 눈으론 물으면서 입 언저리엔 냉소를 담는 것이었다. 「대담하신데요. 웬일이세요? 미스터 김답잖은 명령인데요」 형남

은 그네에게 패해서는 아니 될 시간임을 깨달았다. 「여지껏 내
가 최한테 명령조로 나오지 못한 건, 행동의 타성이란 거야. 오
늘부터 난 좀더 떳떳하고 어엿해야겠어!」 그는 배에 힘을 주며
말했다. 그러나 그네는 손바닥을 모아 뒷머리를 떠받치고 픽 웃
었다. 「떳떳하게요? 내 몸이 당신 맘대루 된다구 해서 낡아빠진
자기 아내를 다루듯 하시는 건 어리석은 일예요. 왜 이쯤 못 나
와요. 내 돈에 의지하는 여자니까 의당 맘대루 시켜먹겠다구 그
게 차라리 솔직하잖아요?」 형남은 윤주의 태도에서 흡사, 어떤
의젓한 긍지나 당당한 자세에서 간혹 받을 수 있는 그런 벅찬
감동에 휩쓸려드는 것이었다. 그네의 귓바퀴에 보얀이 돋은 솜
털이 그로 하여금 그네를 정녕 미워할 수 없게 하는 것일까.
……형남은 「아니 머 내가 최를 아내로 아는 줄 알어? 아내라면
낡았건 말았던 정이야 있겠지만, 난 그런 게 아냐, 오해하면
난처한데, 최 말대루 난 돈으로 샀기 때문에 점심쯤 시키는 거
야」 하고 손으로 턱 아래를 문질렀다. 「……그래요? 그럼 됐군
요, 일이 제대로 됐군요」 윤주는 말을 끊었다가, 「하지만 나 보
기엔 그런 거 같지 않거든요. 그 한계를 분명히 해주세요. 거야
난 여자니까 집안 살림을 맡는 것은 하는 수 없지만 너무 그렇
게 위압적으로 나오시진 마세요. 내가 먹는 대가로는 밤의 몇
시간이면 충분할 텐데요. 그래두 싼가요?」 하고 빤히 쳐다보았
다. 형남은 대꾸를 못했다. 얼굴이 확 달아올랐다. 그걸 감추려
고 애쓸수록 자꾸만 이지러져가는 자기의 표정이 보이며 윤주
앞에 배겨 있을 수가 없는 것이었다.

　이번에는 윤주가 상덕에게, 형남이 안방에 침입했노라 얘기
하진 않았었다. 대신 형남이 자신이 말했다. 「머? 그래, 그거
잘됐군! 그럼 그래야지 사내 대장부가!」 상덕은 형남이 기대했

던 바와 같은 불쾌한 얼굴은 도무지 아니었다. 도리어 진심으로
일의 성공을 기뻐하는 눈치인 것이었다. 그때 윤주가 고해 바친
자리에서 그네를 나무라면서도 딴판 숨길 수 없던 잔인한 만족
감에 이글거리던 얼굴이 꼭 형남의 착각으로 의심되리만치 활
달한 태도인 것이었다. 뿐더러 그것이 그 자리만의 연극이라고
는 할 수 없는 것이, 상덕은 그후로 눈에 선하도록 원래의 괄괄
한 호기를 거침없이 뿌리는 것이며, 너와 나는 한 여자를 의좋
게 나누고 있는 말할 수 없이 다정한 친구지 뭐냐는 듯, 만사에
도도해진 것이었다. 형남의 머리는 혼란하였다. 도시 어찌 되어
가는 판국인지 분간할 수가 없었다. 거야 따지고 보면 그에겐
아무 소득이 없는 생활임에 틀림은 없었다. 그런데도 거기서 벗
어날 결단을 내리지 못하고 영 지쳐버린 소달구지처럼 덜그럭
덜그럭 굴러가는 것은 그저 윤주에 대한 미련이나 애착 때문이
라고만은 할 수 없었다. 스스로의 가슴팍을 파헤쳐보면 물론 윤
주에의 애착도 엿보이려니와 또한 항시 혐오감을 갖게 하는 상
덕에게서도 섣불리 도려내 버릴 수 없는 어떤 집착을 느끼는 것
은 웬일인가. 한마디로 그 기괴한 살림의 얄궂은 매력에 끌려가
는 것이라 할까. 음산한 흡족이란 말이 있을 수 있다면 바로 그
같은 상태로 그날그날을 보내는 것이었다. 어쩌면 그런 음산한
흡족이란 형남의 심정은, 윤주가 갈수록 말이 적어지며 전에는
상상할 수도 없었던 메마른 표정에, 짐짓 무엇엔가에 항상 원
한을 품은 듯한 서슬이 번득이게 된 것으로 해서 형남이 그네를
가엾이 여기는 마음과 또 그에 못지않게 징그러운 쾌감이 서로
얽힌 착잡한 심정 바로 그것에 다름아니었을지도 몰랐다. 윤주
의 변화는 무엇인가. 상덕의 다변과 윤주의 과묵이 서로 반비례
하는 관계에 있다면, 마땅히 질투와 분개를 나타내야 했을 상

덕에게 노여워하는 것일까. 형남은 부인했다. 부인 아니할 수가
없었다. 그러지 않는다면 윤주가 아직도 상덕을 사랑하고 있다
는 반증을 시인하는 것밖에 아무것도 안 되는 것이다. 그건 싫
었다. 그럼 그네는 바야흐로 스스로에 절망을 느끼는 것일까.
입으로는 가장 냉철한 에고이스트이며 감상이란 어느 구석에서
도 찾을 수 없는 현실주의자인 체하지만 실상은 그네도 별수없
이 평범한 하나의 젊은 여자에 지나지 않는 것이 아닐까. 형남
은 윤주에게 측은한 생각이 들었다. 문득 윤주를 우선 이 사람
답지 않은 생활에서 벗어나게 할 것을 생각하였다. 차근차근하
게 그 방도를 궁리하기 전에 왜 이제껏 그런 아이디어를 얻지
못했는가고, 무척 즐거운 마음으로 스스로를 뉘우치는 것이었
다. 그네에게 직장을 얻어주면 되는 일이 아닌가. ……그러나
형남의 뇌리엔 이 집이 아닌 어디 조그마한 셋방에서 그와 윤주
가 밥상을 끼고 웃어대는 광경이 선명하게 떠오르는 것이다. 결
국 소원은 그것인 것이다. 그런 꿈의 실현이 전혀 가망이 없는
일임을 깨닫자, 역시 지금의 이 상태 그대로, 지탱해 갈 다른
아무런 도리가 없음을 체념하는 것이었다. 지난해도 그랬지만
올해도 봄은 짧았다. 어느새 서울은 여름에 접어들어 거리엔 가
지각색의 파라솔이 빌딩 그늘 밑에 날로 늘어갔다. 산에는 시원
한 나무 그늘에 토실토실하게 살찐 버섯들이 한창일 것이다. 하
루는 윤주가 사내들의 밤의 예방을 삼가 달라고 했다. 「그렇게
꼬박꼬박 어김없는 순서로 저를 찾아주시는 일이, 말하자면 내
밥줄이 아직두 끊어지지 않았다는 증거 아니에요? ……그러니
까 꾀병은 아니거든요」 윤주는 좀 겸연쩍어하는 사내들을 번갈
아보고는 「호……」 나직이 웃었다. 형남은 그네의 임신을 생각
했다. 전에도 그네가 멘스일 때는 미리 알리곤 했기에 별일이

아니었지만 왜 그런지 이번엔 꼭 임신 때문일 거라고 믿어지는
것이다. 애를 뱄느냐는 상덕의 물음에, 「아뇨, 그럼 어쩌죠」
「참, 그걸 전혀 예비 안했었군 그래! 아우! (형남에게) 도리 없
는 일 아닌가. 만일 임신했다면 도리 없지 않은가」 상덕은 그래
도 아무 대답이 없는 형남을 한참 바라보다가, 「……자, 그럼
우리 지금부터 박씨…… 아차, 실수군, 좌우간에 모모씨의 가
족회의를 열겠소이다. 불초 노관이 사회를 맡겠습니다. 에!(이
때 형남이 관둬! 했지만) 안건은 가족상속권을 가지구, 그러니
까 앞으로 최형께서 만일 소아를 낳게 되면 그애를 상속인으로
할 거야 분명한 일인데……」 상덕은 목을 옴츠리고 신파조로 말
했다. 형남은 「농이 아냐! 너도 계획이 있겠지. 새삼 무슨 수작
이야!」 낙태를 생각하며 말했다. 그러나 상덕은 「지금 상속인은
필요없다는 제안이 나왔습니다」 턱을 앞세우며 목을 길게 뽑았
다. 윤주가 벌떡 일어섰다. 상덕을 노려보는 눈을 손바닥으로
가리자, 돌아서면서 흐느끼기 시작했다. 「어! 어! 최형이 우
네, 최형이 다 우네!」 상덕은 그래도 빈정대는 말투를 고치지
않았다. 그때처럼 형남은 상덕에게 참을 수 없는 노여움을 가진
일이 없다. 「미스 최! 울지 마, 애 배기 전에 나가란 말야, 이
집에서 나가란 말야, 어디로라도 가야 돼, 왜 못해? 예보담 못
할 곳이 어딨어? 차라리 종삼으로 가는 게 낫지 그래, 애 배기
전에 가란 말야, 미련이 있는가? 무슨 미련이야, 미련이 뭣이
있단 말야, 있긴 뭣이 있어!」 그는 상덕의 존재를 잊고 그네에
게 발끈 성을 냈다. 「알았어요, 알았어! 당신이 안 그래도 알았
어! 그런 충고는 안 받아요!」 윤주의 울음은 서러워서나 분에
못 이겨 터뜨린 것이 아니었다. 설사 그랬다 해도 우는 동안
에, 가슴속이 훤히 트이는 성싶은, 뭣인지 자신에 타이르는 듯

한 그런 울음으로 느껴졌다. 「알았지? 알았지?」 형남의 목소리
는 분명 윤주의 이마에 부딪쳤다간 그에게로 되돌아오는 것이
며, 또한 자신을 채찍질하는 예리한 파열음으로 착각되는 것이
었다. 윤주는 부엌으로 들어갔다. 저녁을 지으려는 모양이었다.
형남과 상덕은 서로 서먹서먹한 기분에 담배만 연상 피우고 있
었다. 안방에서 마루로 자리를 옮겼다. 벽의 캔버스엔 쌍권총을
든 털보가 바위에 걸터앉아 있었다. ……부엌에서 저녁을 차리
던 윤주가 마당에 튀어나오더니 「그게 정말예요. 이 안에 애기
가 들었어요」 했다. 허어! 사내들은 일제히 들뜬 소리를 질렀
다. 「그래 ……뭣이 어디 들었다구? 어디 어디!」 한데 상덕은
그네의 아랫배 근처를 겨누어, 권투하는 시늉으로 마구 헛주먹
질을 하는 것이다. 「꼭 당신의 애인 것 같군요!」 윤주는 하늘을
보며 비꼬아 말했다. 주먹질을 멈추고 그네를 치켜본 상덕의 얼
굴엔 어리석은 듯한 눈웃음이 상기 가시지 않았는데, 이어 그
네가 「당신의 애처럼 귀여워진 거예요?」 했을 땐, 그의 얼굴이
진흙빛으로 달라지며 두 볼의 근육이 경련을 일으켰다. 「내 애
가 아니라군 어떻게 아는 거야! 응?」 「당신의 애두 누구의 애도
아니야!」 「그럼?」 「내 거죠!」 「바보 같은 소리 작작해! 애비가
누구냐 그 말이야」 「……길가에서 많이 보시죠. 내외 사이에 요
만한 애가 대롱대롱 매달려가는 광경을 보셨죠? 남자 둘이 애의
손목을 하나씩 붙잡으면, 난 어딜 잡으란 말예요, 다리를 떠메
고 가나요?」 「내가 애도 못 날 놈인 줄 알아?」 「누가 그렇대
요, 참!」 「그럼, 무슨 소리야?」 「모르시겠어요?」 그들의 대화를
묵묵히 듣고만 있던 형남은, 「소용없는 말다툼이 이제 와서 무
슨 도움이 돼! 해결이나 서둘러야지」 했다.

　「낳게 해!」 단호하게 상덕이 말했다.

292

「낳다니?」「누굴 닮았는가 두고 보잔 말야!」 하는 상덕의 말이 끊어지기가 무섭게 윤주가 나섰다. 「낳아라 낳지 말라가 다 뭐예요. 내 맘대로야, 왜 참견인지 모르겠네!」「어림없지, 최형 맘대루 하는 건 낳는 것뿐이지」「무슨 뜻이죠? 공갈인가요?」

윤주는 불그레한 잇몸까지 드러내 보이며 웃었다.

「상덕아! 최의 일도 생각해야지, 애를 낳아서 어쩌자는 거야?」 형남은 그네를 곁눈으로 보며 말했다. 그네는 「……아아 주! 애를 뗄 돈은 내게 있다는 얼굴이군요. 흐……」 하며 허리를 앞으로 꺾고 웃었다. 「그럼 대체 어떡허겠다는 거야?」 형남은 쓰디쓴 웃음을 지었다. 「낳죠!」 그네는 자랑스럽게 말했다. 「미쳤군!」 형남이 중얼댔다. 별안간 상덕이 주먹을 불끈 틀어쥐더니 무릎을 탁 내려치며, 「나를 꼭 닮았을 거야. 어허! 허……」 미친 듯이 웃어대는 것이었다. 「모두가 미쳤군!」 형남이 다시 입술을 눌렀다.

마당을 가로막는 앞집의 기와 지붕이 저녁놀의 역광을 받아 번질번질한 남색으로 물들고 있었다. 「난 나가야겠어요. 애는 아직 꿈틀거리진 않아요. 허지만 뭣이 꽉 차 있는 것 같아요. 그것까지도 당신네 장난감으로 맡겨둘 순 도저히 없어요. 상덕 씨! 머 그렇게 좋아하실 건 없는데요. 당신의 원대로 하겠다는 건 아니거든요. 당신에겐 아무 권리도 없어요」 잠시 침묵이 흐른 뒤에 윤주는 담담한 어조로 말했다. 낱말 하나하나를 조심스럽게 떼어놓는 그런 말이었다. 애비가 넌지 알지도 못하고 아니 알려 하지도 않고 나간단 말인가! 그런 어처구니없는 일이! 하고 형남은 그네를 힐난하고 싶은 충동이 북받쳐 올랐으나, 「내 물건이란 생각뿐이에요. 거야 틀림없이 두 분 중에 한 분이 애아버지겠죠. 허지만 그건 두 분이 다 애아버지가 아니라는 것과

마찬가지예요. 확실한 건 내것이란 것뿐이거든요. 당신들에겐
아무 권리가 없어요」하는 윤주의 어감 속에는 상식이나 논리로
는 도저히 움직일 수 없는 무서운 집념이 도사려 앉은 것을 느
끼며 힘없이 입을 다물지 않을 수 없었다. 「최형! 그럼 시방 당
장 나갈 수 있다, 그 말이지?」상덕이 허리춤에 손을 넣고 앞가
슴을 폈다. 「그렇잖아도 나가요!」「미스 최! 잘 생각해 봐! 무
턱대고 덤비지 말구」형남은 이젠 웬일인지 눈앞에 벌어지는 사
태에 흐뭇한 충족감을 스스로 즐기며 말했다. 그네는 온갖 일이
귀찮다는 표정으로 이마에 흘러내린 머리카락을 쓸어올리며 안
방으로 들어갔다. 「어두워진다! 밤이 다 됐다!」상덕이 그네의
뒷모습에 덮어씌우듯 소리쳤다. 그러나 대답이 없었다. 그런 윤
주의 침묵은 형남으로 하여금, 미구에 그네와 헤어질 애처로움
을 도리어 사무치게 하였다. 형남은 그때까지도 끝내 저버릴 수
없었던 한 오라기의 낙관이 설마 그렇게까지 나설 수야 없겠지
하는 자위가 이젠 산산히 부서져 버리는 것을 깨달았다. 윤주는
바보다. 천치다. 애를 밴 채 어딜 나가서 어떻게 하겠다는 거
냐. 애를 낳고 싶단 말이냐? 그럼 낳으라지, 이 집에서 낳으라
지, 내가 애비 노릇하지 난 그렇게 할 수가 있다. 윤주가 낳는
애의 애비 노릇을 하지, 아니 어쩜 정말 내 앤지도 모른다. 그
럴지도 모른다. 적어도 내가 상덕보다도 윤주를 사랑하고 있는
그만큼 내 애일 수가 있을지도 모르지. 정말 내 앤지도 모르지.
……마룻바닥에 한 손을 짚은 채 형남은 고개를 푹 숙이고 움직
이지 않았다. 대청 천장엔 전등이 켜졌다. 윤주가 흰 블라우스
에 곤색 플레어를 입고 안방에서 나왔다. 손에는 예의 보스톤
백을 들고 있었다. 「저녁이나 차려드리고 작별하려고 했지만 무
정도 해라. ……호호호 당장 나가라는 걸 할 수 없죠, 뭐」윤주

는 우정 노여움을 탄 표정을 지으며 웃었다. 구두끈을 매고 난 그네는, 앙코르에 답례하는 발레리나의 시늉으로 치마를 살짝 들어올리며 머리를 꾸벅 하더니 돌아서 버리는 것이었다. 「애비 없는 앨 어쩔라구 그러지?」 상덕이 이지러진 얼굴로 말했다.

「죽이든 살리든 내 맘대로 하니까요!」

두어 발자국 거닐다가 돌아서며 윤주는 쏘아붙였다.

「미스 최! 이봐!」

형남이 다급하게 말문을 열려는데,

「그만두세요. 애 아버지가 분명했던들 난 하자는 대로 했을 지 몰라요. 아시겠어요.…… 굿바이! 신사 여러분들이여!」

그러고는 덥석덥석 사내 걸음으로 걷기 시작하는 것이었다. 거기까지의 동작이 너무도 멋들어진 호흡이어서 중간에 형남이 가로지를 여유를 주지 않았다. 〈굿바이! 신사 여러분들이여!〉 하는 그네의 쾌활한 익살에서 형남은 뜨거운 울음 같은 것이 목 청에 치솟았다. 삐이걱! 대문을 여닫는 소리가 났다.

「제기랄! 잘됐다! 잘됐어!」 이렇게 내뱉는 상덕의 말이 형남 에겐 무슨 짐승의 울음 소리로 들렸다.

「미스 최! 미스 최!」

형남은 양팔을 허우적거리며 맨발로 뛰어내리자 그대로 대문 간을 향해 달려가는 것이었다.

박경리

1927. 10. 28 -

●

불신시대

1927년 경남 충무 출생.
　　　진주고등학교 졸업.
1956년 《현대문학》에 소설 「계산」으로 추천 완료.
1957년 「불신시대」 발표.
1962년 장편 『김약국의 딸들』 발간.
1965년 장편 『시장과 전장』으로 제2회 한국 여류문학상 수상.
1979년 『박경리문학전집』 발간.
1989년 장편소설 『토지』 전12권 발간.
　　　저서로 『표류도』, 『김약국의 딸들』, 『가을에 온 노인』, 『불
　　　신 시대』, 『토지』 등이 있다.

불신시대

9·28 수복 전야에 진영(眞英)의 남편은 폭사했다. 남편은 죽기 전에 경인도로(京仁道路)에서 본 괴뢰군의 임종(臨終) 이야기를 했다. 아직도 나이 어린 소년이었더라는 것이다. 그 소년병은 가로수 밑에 쓰러져 있었는데 폭풍으로 터져나온 내장에 피비린내를 맡은 파리떼들이 아귀처럼 덤벼들고 있더라는 것이다. 소년병은 물 한 모금만 달라고 애걸을 하면서도 꿈결처럼 어머니를 부르더라는 것이다. 그것을 본 행인(行人) 한 사람이 노상에 굴러 있는 수박 한 덩이를 돌로 짜개서 그 소년에게 주었더니 채 그것을 먹지도 못하고 숨이 지더라는 것이다.

남편은 마치 자신의 죽음의 예고처럼 그런 이야기를 한 수시간 후에 폭사하고 만 것이다.

남편을 잃은 진영은 1·4 후퇴 때 세살먹이 아이를 업고 친정어머니와 같이 제일 마지막에 서울에서 떠났다. 그러나 안양(安養)에 이르기도 전에 중공군이 그들을 앞질렀고, 유엔군의 폭격

밑에 놓였다. 수없는 피난민이 얼음판에 고꾸라졌다. 피난 짐을 끌던 소는 굴레를 찬 채 둑 밑으로 굴렀다. 피가 철철 흐르는 시체 옆에 아이가 울고 있었다. 진영은 눈을 가리고 달아났던 것이다.

악몽과 같은 전쟁이 끝났다.

진영은 아들 문수(文秀)의 손을 잡고 황폐한 서울로 돌아왔다. 집터는 쑥대밭이 되어 축대조차 찾아볼 수 없었다. 진영은 잡풀 속에 박힌 기왓장 밑에서 물신물신 무너지는 책 한 권을 집어들었다. 『프랑스문학의 전망』이라는 일본 책이었다. 이 책이 책장에 꽂혔을 때——순간 진영의 머릿속에 그러한 회상이 환각(幻覺)처럼 지난다. 진영은 무심한 아이의 눈동자를 멍하니 언제까지나 바라보고 있었다.

문수가 자라서 아홉 살이 된 초여름, 진영은 내장이 터져서 파리가 엉겨붙은 소년병을 꿈에 보았다. 마치 죽음의 예고처럼 다음날 문수는 죽어버린 것이다. 비가 내리는 밤이었다.

일찍부터 홀로 되어 외동딸인 진영에게 부쳐서 살아온 어머니는 「내가 죽을거로」하며 문지방에 머리를 부딪치는 것이었으나 진영은 허공만 바라보고 있었다.

아이는 앓다가 죽은 것이 아니었다. 길에서 넘어지고 병원에서 죽은 것이다. 그러나 그것뿐이라면 차라리 진영으로서는 전쟁이 빚어낸 하나의 악몽처럼 차차 잊어버릴 수 있는 일이었는지도 모른다. 그러나 그것이 아니었다. 의사의 무관심이 아이를 거의 생죽음시킨 것이다. 의사는 중대한 뇌수술(腦手術)을 엑스레이로 찍어보지 않고, 심지어는 약 준비조차 없이 시작했던 것이다. 마취도 안한 아이는 도수장(屠獸場) 속의 망아지처럼 죽어간 것이다. 그렇게 해서 아이를 갖다버린 진영이었다.

바깥 거리 위에는 쏴아 하며 밤비가 내리고 있었다.

누워 멀거니 천장을 바라보고 있는 진영의 눈동자가 이따금 불빛에 번득인다. 창백한 볼이 불그스름해진다. 폐결핵에서 오는 발열이다.

바깥의 비 소리가 줄기차 온다.

아이가 죽은 지 겨우 한 달, 그러나 천년이나 된 듯한 긴 날이었다. 진영은 가만히 눈을 감았다. 진영의 귀에 조수(潮水)처럼 밀려오는 것은 수술실 속의 아이의 울음소리였다.

진영은 벌떡 자리에서 일어나 술병을 들이켠다. 잠이 오지 않을 때 마셔보라고 동무가 보내준 포도주였다.

이불 위에 엎드린 진영은 산울림처럼 멀어지는 수술실 속의 아이의 울음소리를 듣는 것이었다.

어떻게 어떻게 해서 잠이 든다. 진영은 꿈속에서 희미한 길을 마구 쏘다니며 아이를 찾아 헤매다가 붕대를 친친 감은, 눈도, 코도, 입도, 보이지 않는 아이 모습에 소스라쳐 깬다. 흠씬 땀에 젖은 몸이 가늘게 떨고 있었다.

별안간 무서움이 죽 끼친다.

비가 멎었다. 새벽이 창가로부터 서서히 방 안으로 스며들고 있었다.

허공을 보고 있는 진영은 왜 무서움을 느꼈는지 알 수가 없었다. 아이가 이미 유명(幽冥)의 혼령이기 때문인지도 모른다. 그렇다면 이렇게 서글픈 인간 관계가 어디 있겠는가. 진영은 구역이 나올 정도로 자기 자신이 싫었다.

성당의 종소리가 멀리서 들려온다. 요다음 주일날에는 꼭 나를 성당에 데려가 달라고 갈월동 아주머니에게 부탁을 한 일이 생각난다. 바로 오늘이 그 주일날이다.

갈월동의 아주머니는 약속한 대로 여덟시가 못 되어서 왔다. 아주머니는 옛날에 죽은 진영의 칠촌 아저씨의 마누라였다. 자식도 없는 그는 아주 독실한 천주교의 신자였으나 근래에 와서 계로 인하여 상당히 말썽을 받았다. 진영이만 해도 그 짤짤 끓는 돈으로 겨우 다 넣어온 이십만 환짜리 계를 소롯이 포기하고 말았던 것이다. 그만치 계주를 한 아주머니의 사정이 핍박했던 것이다.

매미 날개같이 손질을 한 모시옷을 입은 아주머니는 울고불고하는 어머니를 위로하는데 아주머니가 말할 적에는 금으로 씌운 송곳니가 아른아른 보였다.

어머니는 아는 사람을 보기만 하면 언제나 손을 잡고 손주를 잃은 하소연을 했다. 진영은 그러는 어머니가 싫었지만 그러나 딸 하나를 믿고 산 어머니가 여러 가지 면으로 서러운 위치에 놓인 것은 사실이다.

「우시지 마세요. 형님, 산 사람 생각도 하셔야지. 진영의 마음이 오죽하겠어요. 이러지 마세요. 그리고 살아갈 길이나 생각합시다」

진영이 실직을 하고 있는 형편이라 살 길도 막연하긴 했다.

아주머니는 갖가지 말로 어머니를 달래다가 풀어진 고름을 여미며(아주머니는 적삼에도 반드시 고름을 달았다),

「우리 어디 사는 대로 살아봅시다. ……그리고 나도 생각하고 있었어요. 형님 돈만큼은 돌려드릴랴구, 원금만이라도요……」

어머니의 얼굴이 좀 밝아진다. 진영은 잠자코 양말을 신고 있었다.

세 사람은 거리에 나왔다. 아침이라 가로수가 서늘했다.

본시 불교도인 어머니는 성당으로 가는 것이 마음에 꺼렸으나, 그러나 아무래도 좋았다. 의사는 항상 딸에게 있는 것이었으니까…… 아주머니는 진영의 양산 밑으로 바싹 다가오면서 소곤거리기 시작한다.

「천주님이 계신 이상 우리는 불행하지 않다. 천주님이 너를 사랑하기 때문에 이런 기회를 주어 너를 부르신 거야. 모든 것이 다 허망한 인간 세상에 다만 천주님만이 빛이 된다」

신자이면 누구나 할 수 있는 꼭 같은 말을 아주머니는 말했다.

진영은 땅을 내려다본 채,

「지가 구원을 받자고 가는 건 아니에요. 천당이 있어서 그곳에 문수가 놀고 있거니, 그렇게 생각하고 싶어서」

「그래, 천당 갔다. 그렇게 착한 아이가…… 아암 행복하게 꽃동산에서 놀고 있고말고」

연장자답게 위로하는 것이었으나 말투가 너무 어수룩했다.

「아무리 꽃동산이래도 그애는 외로울 게요. 엄마 생각이 날 거예요」

진영은 혼자 중얼거리며 하늘을 보았다. 너울처럼 엷은 구름이 가고 있었다.

「그런 소리 말고 영세나 받도록 준비해. 상배(相培)도 영세를 벌써 받았어」

아주머니의 목소리는 먼 지평선(地平線)에서 울려오는 것 같았다. 진영은 기계적으로,

「그, 무신론자가…… 영세를……?」

「그애도 요즘 심경이 많이 변했어」

분 냄새가 엷게 풍겨온다. 진영은 금니가 아른아른 보이는 아주머니의 입매를 물끄러미 쳐다본다.

상배는 아주머니 댁에 하숙한 대학생이다. 지나간 봄에만 해도 그는,

「아주머니요. 예수가 물 위로 걸었다켔능기요. 하핫핫! 아마 예수는 왼발이 빠지기 전에 오른발을 올렸고, 오른발 빠지기 전에 왼발을 올렸던가배요. 하하핫······!」

그런 부산 사투리의 조롱이 자기딴에는 아주 신통했던지 상배는 콧마루를 벌름거리며 웃었던 것이다. 진영이 그것을 생각하는 동안 아주머니는 손수건으로 땀을 닦으며,

「그애도 우리집에서 쉬이 옮기게 될 거야. 아버지가 사업 때문에 서울로 오신다니까······ 그래서 나도 그애가 나가기 전에 영세받도록 할려구······」

부드러운 목소리였다.

그들이 성당 앞까지 왔을 때 은행나무에 자잔한 햇빛이 부서지고 있었다. 뜨락에는 연분홍빛 그라지오라스가 피어 있었는데 진영은 불교의 상징인 연화(蓮花)를 왜 그런지 연상했다. 그리고 엉뚱스럽게 그 꽃들이 자아내는 서양과 동양의 거리를 생각해 보는 것이었다. 막연한 생각이다. 그러나 다음 순간 진영은 얼떨떨하게 자기의 마음을 더듬었다. 문수를 위하여 신을 뵈러 온 마당에서 아무런 경건함도 없이 이렇게 냉정히 사물을 헤아리고 있었다는 것을, 그것을 다만 시각(視覺)에서 온 하나의 자연발상(自然發想)이라고만 할 수 있을 것인가, 그렇지 않다면 내 슬픔 속에 그만치 여유가 있었더라는 말인가, 진영은 문수에게 부끄러웠다. 미안했다.

진영은 땀에 젖은 분 냄새가 풍겨오는 아주머니의 젖가슴을 무심히 바라보았다.

나무 그늘 아래 아이들이 모여 있었다. 그 옆에는 중년 남자

가 한 사람 십자가 성경책 같은 것을 노점처럼 벌여놓고 팔고
있었다. 진영은 어느 유역의 이방인(異邦人)인 양 그런 광경을
건너다보았다. 분위기에 싸이지 않는 마음속에는 쌀쌀한 바람
이 일고 있었다.

진영은 성당 안으로 들어갔다. 아주머니는 신발을 책보에 싸
면서,

「주로 아이들을 위한 미사 시간이 돼서 시끄러워. 다음엔 일
찍 와요」

진영은 아주머니의 말보다 거추장스럽게 신발을 싸들고 가는
신자들의 모습에 눈이 따라가는 것이었다. 진영은 문득 예수 사
랑하려고 예배당에 갔더니 눈 감으라 해놓고 신 도둑질 하더
라, 그런 야유에 찬 노래를 생각했다. 그러나 진영은 곧 형용할
수 없는 두려움을 느꼈다. 신전(神殿)에서 신을 모독하다니 ──
그런 죄악 의식에 쫓기며 진영은 아주머니의 뒤를 따랐다.

얼마 후에 미사는 시작되었다.

「가여운 나의 아들 문수를 위하여 기도를 올리나이다. 진심
으로…… 진실로 비나이다. 그 고통으로부터 놓이게 하시고, 어
린 영혼에게 평화가 있기를……」

진영은 눈을 감고 그런 말을 중얼거렸다. 그러나 마음 한구
석에 있는 헤살꾼의 속삭임이 더 집요했다. 헤살꾼은 속삭인다.
문수는 죽어버린 것이다. 아주 영영 없어진 것이다. 진영은 눈
앞이 캄캄해 오는 것을 느낀다. 헤살꾼은 속삭인다. 칼끝으로
골을 짜개서 죽여버린 것이다. 무참하게 죽여버린 것이다.

진영은 눈앞에 시뻘건 불덩어리가 굴러가는 것을 본다. 헤살
꾼은 자꾸만 자꾸만 속삭인다. 어둡고 침침한 명부(冥府)에서
압축한 듯한 목 쉰 아이의 울음소리, 진영은 땀을 흘리며 눈을

떴다. 코앞에 닿은 어머니의 머리에서 땀내가 뭉클 풍겨온다. 현기증을 느낀다. 신자들의 머리에 쓴 하얀 미사포가 시계와 의식을 하나로 표백(漂白)시켜 버리는 것이었다.

얼마 동안이 지났는지 진영은 고개를 돌렸다. 구제품이 정렬한 듯한 성가대의 아이들이 눈앞에 나타났다. 아이들의 각색의 음계가 합한 성가는 바람을 못 마신 〈오르간〉의 잡음처럼 진영의 귓가에 울렸다. 이 손에서 무릎을 꿇고 앉았는 을씨년스런 자기 자신의 모습, 진영은 그것이 얼마나 어설픈 위치인가를 깨닫는다.

진영은 다시 눈을 감았다. 그러나 자기 자신이 미웠다. 결코 자기라는 의식을 버리지 못하는 것이 미웠던 것이다. 진영은 어떻게 해서라도 객관적인 자기 의식으로부터 벗어나고 싶었다. 진영은 잃어진 낭만을 찾아보듯이 신과 문수의 죽음이 동렬(同列)의 신비라는 것, 그리고 아무도 신과 죽음을 비판할 수 없다는 것, 그것은 사실이라 생각했다.

진영이 처음 성당에 나갈려고 결심했을 때 그것이〔宗敎〕가공에 설정된 하나의 가상일지라도 다만 문수를 위한다는 명목만으로 자신이야 피에로도 오뚝이도 될 수 있으리라 생각했던 것이다. 그러나 의식적인 맹목(盲目)은 끝내 맹목일 수 없었다.

미사가 거의 끝날 무렵이었다. 진영은 긴 작대기에 연금(捐金) 주머니를 여민 잠자리채 같은 것이 가슴 앞으로 오는 것을 보았다. 아주머니가 성급하게 돈을 몇 닢 던졌을 때 잠자리채 같은 연금 주머니는 슬그머니 뒷줄로 옮겨가는 것이었다. 진영은 구경꾼 앞으로 돌아가는 풍각쟁이의 낡은 모자를 생각했다. 그런 생각을 계기로 하여 진영은 밖으로 나와버렸다.

진영은 나무 밑에 주저앉아서 성당에서 나오는 어머니의 빨

간 눈을 보았다. 문수 또래의 아이들이 신발을 신으며 나오는
것도 보았다.

　여름 햇빛 아래 서 있는 성당이 가늘게 요동(搖動)하고 있는
것같이 진영에게는 느껴졌다.

　아침부터 진영은 마루 끝에 멍하니 앉아 있었다. 갑갑하게
그러지 말고 밖에라도 좀 나갔다 오라는 어머니의 말이 도리어
비위에 거슬려 진영은 이맛살을 찌푸리며 머리를 부여안는다.

　갑갑한 때문만이 아니다. 진영은 일자리를 찾아 밖에 나가야
하는 것이다.

　진영은 머리를 부여안은 채 도대체 어디를 가야 하며 누구에
게 매달려 밥자리를 하나 달라고 하겠는가, 더군다나 폐까지
앓고 있는 내가──

　진영은 문수를 생각했다. 살겠다고 버둥대는 어머니와 자기
의 모습이 한없이 비루하게 느껴지는 것이었다.

　마당에는 대낮 햇빛이 쨍쨍 쏟아지고 있었다. 그늘이 짧아진
쌍나무의 둘레로 잉잉거리고 다니던 파리떼들이 진영의 얼굴
위에 물린다. 어머니는 장독대 옆에서 빨래에 풀을 먹이고 있었
다. 넓적한 해바라기 잎사귀 사이의 그 찌든 옆얼굴을 바라보는
진영은 바다에 떠밀려 다니는 해파리를 생각했다. 그렇게 둔하
면서도 산다는 본능만은 가진 것, 그저 산다는 것, 진영은 어
머니에 대한 잔인한 그런 주시를 더 이상 계속할 수가 없었다.
진영은 성가시게 구는 파리를 쫓으며 마룻바닥에 들어눕는다.

　하늘이 파아랬다. 구름이 둥둥 떠내려가는 것이었다. 그러나
하늘이 갑자기 바다같이 느껴졌다. 구름은 바다 위로 둥둥 떠내
려가는 해파리만 같았다. 진영이 자신이 누워서 하늘을 보는 것

이 아니라 어쩌면 엎드려서 바다를 내려다보는지도 모른다는 그러한 착각이 든다.

해가 서쪽으로 좀 기울었다. 쌍나무의 그늘이 두서너 치나 늘어난 것 같다. 진영은 몸을 왼쪽으로 들쳐서 마루 밑의 땅을 내려다보고 있었다.

문이 삐거덕 하더니 열린다. 땅을 보고 있던 진영의 눈에 우선 사람의 그림자가 먼저 들어왔다. 그림자를 따라 천천히 눈을 치떴을 때 그곳에 바랑을 짊어진 신중이 서 있었다. 초현실파의 그림같이 그림자를 밟고 선 신중의 소리 없는 길다란 모습.

드디어 합장을 하고 있던 신중이 입을 열었다.

「아씨!」

완전히 조화를 깨뜨린 소녀와도 같이 카랑카랑하게 맑은 목소리다. 바랑에 휘인 어깨는 아무래도 사십 고개일 터인데── 신중은 부시시 일어나서 가만히 쳐다보고만 있는 진영의 형용할 수 없는 어두운 눈빛에 지친다.

마침 앞치마에 손을 닦으며 나오는 어머니를 본 신중은 잠시 숨을 들이켠 듯이,

「마나님!」

의연히 맑은 목소리다.

어머니는 마루 끝에 주저앉으며 긴 한숨을 쉰다.

「이 날로 부처님을 섬기고 잘살 적에는 절마다 불을 켰건만 무슨 소용이 있습디까. 공든 탑이 무너지지 않는다는 말도 헛말이더군……」

바야흐로 아이가 없어진 하소연이 시작되는 것이다. 판에 판박은 듯한 푸념이 언제 그칠지 모르겠다. 눈을 꿈벅거리며 말할 기회만 노리던 중이 드디어 어머니의 말허리를 꺾어버린다.

306

「……아이 딱하기도 해라. 그러게 말이유…… 그렇지만 시주하십사고 온 게 아니라…… 행여 쌀을 살려나 해서…… 아아주 무거워서요……」

그런 구슬픈 이야기보다 빨리 거래부터 하고 싶다는 표정이다. 진영은 값싼 동정까지도 인색해진 세상이 되었다는 생각을 했다. 동정을 바라는 어머니가 밉기보다 딱한 생각이 들었다.

아직도 말이 미진한 어머니는 좀 어리둥절한 얼굴이다.

「무거워서 어디 가져갈 수가 있어야지요. 좀 짐을 덜고 갈려구요」

신중은 마루 끝에 바랑을 내루며 의사를 거듭 표시한다. 그 제사 중의 수작을 알아챈 어머니는 여태까지의 감정을 일단 수습하고 치마 말을 추키며 재빨리 응수다.

「우리도 뒷쌀을 팔아먹으니 기왕이면 사지요. 되나 후히 주세요」

중은 바랑을 끌러놓고 쌀을 되기 시작한다. 어머니는 몹시 쌀되가 야위다고 보채고 중은 됫박 위에다 쌀을 집어엎는 어머니의 팔을 떠밀며 그러지 말라고 한다. 그러면서도 그럭저럭 거래는 끝난 모양이다.

셈을 마친 어머니는 인사로,

「시님이 계신 절은 어디지요?」

「네? 아아 네. 바로 학교 뒤에 있는 절이지요」

학교 뒤라면 쌀을 팔고 갈 정도로 먼 곳은 아니다.

중이 가고 난 뒤 어머니는 무슨 생각에 잠긴 듯이 우두커니 서 있었다.

「이애 진영아」

나직이 부른다. 진영은 대답 대신 어머니의 눈을 본다.

「문수를 그냥 둘라니 이리 가슴이 메인다. 이렇게 흔적 없이 두다니…… 절에 올려주자」

어머니를 쳐다보고 있는 진영의 시선은 그대로 고정되어 있었다.

「절도 가깝고 신당이니 만만하고…… 세상에 너무 가엾어. 아무래도 혼백이 울면서 떠돌아다니는 것 같아 잠이 와야지」

진영은 고개를 돌려 장독대의 해바라기를 바라본다. 한참만에,

「그렇게 합시다」

해바라기를 쳐다본 채 한 대답이다.

「그런데 왜 그리 중을 장사꾼 대접을 했어요? 아이를 부탁할 생각을 했으면서……」

진영의 시선은 여전히 해바라기에 있었다. 자기가 하는 말에도 별반 흥미를 느끼고 있는 것 같지 않았다.

「아따. 별소릴 다 하네. 공은 공이고 신은 신이지. 하기야 뭐 시주받은 쌀 팔고 가는 그게 진짜 중인가?」

진영은 그러는 어머니가 미웠다.

「그럼 왜 그런 중이 있는 절엔 갈려구 해요?」

「누가 중 보고 절에 가나? 부처님 보고 가지」

진영은 잠자코 옳은 말이라 생각했다. 그와 동시에 며칠 전에 아주머니가 우선에 쓰라고 돈 이만 환을 주면서 성당에 나가지 않는 진영을 나무라던 일이 생각났다. 이렇게 절에 갈 것을 동의하고 보니 왜 그런지 아주머니에 대하여 변절(變節)을 한 듯 미안하다. 그리고 돈만 하더래도 당연히 받을 돈을 받았건만 다른 사람들에게 베풀지 않았던 호의가 빚이 되는 듯싶다. 그러나 진영의 종교가 오직 문수를 위한다는 명목뿐이라면 성당보

다 절이 훨씬 표현적이다. 적어도 돈만 낸다면 절에서는 문수를
위한 단독적인 행사도 해주게 마련이다.

진영은 자리에서 후딱 일어섰다.

해가 서산에 아주 기울었다. 거리로 나왔다. 진영은 약국에
서 스트럽트·마이신 한 개를 사들었다. 내내 다니던 Y병원에
는 아무래도 가고 싶지 않았기 때문에 약을 산 것이다. 갈월동
의 아주머니는 Y병원의 의사가 같은 신자이니 믿고 다니라고
했다. 그러나 여태까지 주사 분량인 한 병에서 겨우 삼 분지 일
만 놓아주고 있었던 것을 알게 되었다. 그것을 안 이상 그 병원
에 다시 갈 수는 없었다.

약병을 만지며 길 위에 한동안 서 있던 진영은 집 근처에 있
는 S병원으로 들어간다. 이웃이기 때문에 의사와 안면쯤은 있
었다. 그러나 S병원은 엉터리 병원이었다.

진영은 모든 것이 서툴어 보이는 갓 데려다놓은 듯한 간호원
을 불안스럽게 쳐다보며 약병을 내밀었다. 진찰도 하지 않고 주
사만 맞으러 오는 손님을 의사는 언제나 냉대한다. 그래서 진영
은 애시당초 의사를 보지도 않았다. 그러나 환자를 진찰하고 있
던 의사가 뒤로 고개를 돌릴 때 진영은 놀라지 않을 수가 없었
다. 의사가 아니었다. 그나마도 근처에 사는 건달꾼이었던 것이
다. 진짜 의사는 그때사 서류 같은 것을 들고 안에서 분주히 나
오더니 바쁘게 밖으로 나가버리는 것이었다. 청진기를 든 건달
꾼은 진영의 눈살에 켕겼는지 우물쭈물 해치우더니 간호원에게,

「페니시링 이 그람!」

하고 밖으로 슬그머니 사라진다.

페니시링이라면 몰라도 만병통치약으로 건달이는 알고 있었
던 모양이다.

진영이 멍청히 섰는데 간호원은 소독도 안한 손으로 아주 서툴게 마이신을 주사기에다 뽑고 있었다. 진영이 정신을 차렸을 때 주사기에 들어가고 있는 액체가 뿌옇게 보였다. 약이 채 녹기도 전에 주사기에다 뽑은 것이다. 진영은 더 참지 못했다.

「안 돼요. 녹기도 전에 큰일 날려구!」

앙칼지게 소리치며 진영은 약병을 뺏어서 흔들었다.

페니시링을 맞으려고 기다리고 앉았는 낯빛이 노란 할머니가 주사기를 들고 엉거주춤하니 서 있는 간호원을 불안스럽게 보고 있다.

병원 문을 나섰다. 이미 밤이었다.

아까, 〈큰일 날라구〉 하면서 약병을 빼앗던 자신의 모습이 어둠 속에 둥그렇게 그려진다. 참 목숨이란 끔찍이도 주체스럽고 귀중한 것이고——몇 번이나 죽기를 원했던 자기 자신이 아니었던가.

진영은 배꼽이 터지도록 밤하늘을 보고 웃고 싶었다. 그러나 그 웃음이 터지고 마는 순간부터 진영은 미치고 말리라는 공포 때문에 머리를 꼭 감쌌다. 사실상 내가 미쳤는지도 모른다. 모든 일은 미친 내 눈앞의 환각인지도 모른다. 지금은 밤이 아니고 대낮인지도 모른다.

진영은 머리를 꼭 감싼 채 집을 향하여 달음박질을 쳤다.

밀짚 모자를 쓴 냉차(冷茶) 장수가 뛰어가는 진영의 뒷모습을 얼없이 바라본다.

달무리한 달이 불그스름했다. 비라도 쏟아질 듯이 뭉뭉한 더운 바람이 불어왔다.

진영의 어머니는 쌀을 팔러 온 중이 가고 난 뒤 백중날을 기다렸다. 백중날은 죽은 사람의 시식(施食)을 하기 때문이다.

백중 전날에 어머니는 문수의 사진과 돈 이천 환을 가지고 절에 가서 미리 연락을 해두었다. 그래서 다음날 아침에는 날이 휘번해지자 진영이도 과실 바구니를 들고 어머니를 따라 집을 나섰던 것이다.

B국민학교를 돌아 약간 비탈진 길을 올라서니 이내 절 안마당이 보였다. 백중맞이를 하느라고 한창 바쁜 절에는 동리 아낙네들이 와서 일을 거들고 있었다.

큼직한 몸집을 한 주지중이 어머니를 보고 반색한다.

「아이구 정성도 지극해라. 이렇게 일찍부터……」

어머니는 눈에 손수건부터 가져간다.

「시님. 우리 아이 천도 좀 잘 시켜주세요. 부탁입니다. 너무 가엾어서……」

콧물을 짠다. 어제 저녁에 실컷 어머니의 설움을 들었을 주지중은 새삼스럽게 그 말이 탐탁해질 리가 없다. 주지중은 극히 사무적으로,

「그런데 첫째로 하갔다던 서장 부인이 아직두 안 오시니 어떡허나」

잠시 생각에 잠긴다.

무슨 서장인지 알 수는 없으나 이 절에 있어서 대단히 소중한 손님인 모양이다. 어머니는 비굴한 웃음을 띄우면서 주지중을 쳐다본다.

「시님. 그만 우리 아일 먼저 해주세요」

주지는 한동안 어머니를 보고 있더니,

「……그럼 댁부터 해드릴까……」

주지는 그렇게 작정하고 마침 지나가는 중을 부른다.

「아우님」

아우님이라고 불리운 신중은 돌아본다. 얼굴이 조골조골 쪼그라진 그 신중은 아직도 팽팽한 주지에 비하여 훨씬 더 늙어 보인다. 게다가 표정마저 앙상하다.

「어제 저녁에 이천 환 낸 분인데 아직 서장댁이 안 오시니 우선 하나라도 먼저 끝내지요」

주지의 말투는 상대방의 의견을 존중한 것이었다.

늙은 중은 대답 대신 진영의 모녀를 훑어보더니 돈의 액수가 심에 차지 않아서 무뚝뚝하게 그냥 가버린다.

진영과 어머니는 법당 옆에 서로 등을 보이고 우두커니 서 있었다.

바라다보이는 산마루에 막 해가 솟고 있었다. 그 영롱한 아침을 진영은 벽화(壁畵)처럼 감동 없이 대한다.

진영은 최저의 돈을 내고 첫째로 하겠다고 새벽부터 온 것이 얼마나 얌치머리 없는 짓이었던가를 생각한다.

공양을 듣고 젊은 중이 온다.

「여보세요. 그 키 큰 시님은 안 계시나요」

어머니는 쌀을 팔러 온 중을 두고 묻는 말이다.

「그이는 절에 잘 붙어 있지 않아요」

젊은 중은 간단히 대답하고 법당으로 들어간다.

곧 시식불공이 시작되었다. 진영은 늙은 중이 목탁을 두드리며 조는 듯한 염불을 시작하자 적잖게 실망했다. 몸집도 크고, 목소리도 우렁찬 주지중이 아니었던 것이 섭섭했던 것이다. 기왕이면 굿 잘하는 무당으로—— 하는 따위의 기분이었다.

중은 염불을 하면서 열심히 절을 하고 있는 어머니 옆에 멍청히 섰는 진영을 흘겨본다.

　보랏빛깔의 원피스를 입은 진영의 허리는 말할 수 없이 가느
랗다. 핏기 없는 얼굴에는 눈만 검다.

　중은 여전히 마땅치가 않아 진영을 흘겨본다. 진영은 중의
눈길을 느낄 적마다 재촉을 당한 듯이 어색하게 엎드려 절을 했
다. 진영은 중의 마음이 염불에 있지 않고 잿밥에 있다는 속담
같이 지금 저 중의 마음도 염불에 있지 않고 절에 와서 예배를
하지 않는 내 태도에 있다는 것을 생각한다. 진영은 중과 무슨
대결이라도 한 듯이 점점 몸이 피로해지는 것이었다.

　얼마 동안이 지난 것 같았다. 주지중이 씨근덕거리며 법당으
로 쫓아왔다.

　「아우님 빨리 하시오. 지금 막 서장댁이 오셨구려. 대강대강
하시오」

　주지는 법당 구석에 걸어둔 먹물 들인 모시 장삼(長杉)을 입
으며 서두르는 것이었다. 늙은 중은 불전(佛前)에서 영전(靈前)
으로 자리를 옮긴다. 제대로 불경이나 끝마쳤는지 의심스러웠
다. 아까 공양을 나르던 젊은 중이 이번에는 넓다란 그릇을 들
고 들어온다. 그는 진영의 모녀를 돌아다보며 영가(靈架) 앞으
로 오라고 손짓한다.

　진영은 문수의 사진이 놓인 앞에 가서 엎드렸다. 차가운 마
룻바닥에 처음으로 뜨거운 눈물이 주체할 수 없을 정도로 쏟아지
는 것이었다. 문수의 손결이 생생하게 마음속에 느껴진 것이다.

　「문수야, 많이 많이 먹어라. 불쌍한 내 자식아!」

　진영은 어머니의 목소리를 이처럼 슬프게 들은 적은 없었다.
어머니는 향을 꽂고 빨빨한 은행에서 갓 나온 듯한 십 환짜리
스무 장을 영전에 놓았다. 진영도 일어서서 향을 꽂았다. 그리
고 돌아섰을 때 중이 목을 길게 뽑아가지고 영전에 놓인 돈을

기웃거리고 있는 모습을 보았다. 그 빨빨한 새 돈은 흡사 백 환 권으로 보이는 것이었다. 진영은 송구스런 생각에서 고개를 푹 수그리고 말았다.

그릇을 들고 온 젊은 중이 돈을 옆으로 밀어놓으면서 시무룩하게,

「영가 노자가 너무 적군요. 이 세상이나 저 세상이나 그저 돈이 있어야지. 동무하고 쓰고 놀다가 돌아가지 않겠어요?」

진영은 머릿속에 피가 꽉 차오는 것을 느낀다. 돈을 그렇게 밖에 준비하지 못한 어머니의 인색함을 격심히 저주하는 것이었다.

젊은 중은 들고 온 그릇에다 영가 앞에 차린 음식을 조금씩 덜어놓는다. 나물, 떡, 자반, 과실, 그렇게 차례차례 손이 간다. 마침 먹음직스런 약과에 손이 닿자 별안간 목탁을 치던 중이,

「그건 그만두구려!」

바락 소리를 지른다. 젊은 중은 진영을 힐끗 보면서 총총히 바깥 시식돌〔施食石〕로 음식을 버리러 나가는 것이었다.

진영은 기가 막혔다. 처음부터 거래임에는 이의가 없었다. 그러나 이쯤 되면 어지간한 감정도 폭발 아니할 수 없었다. 진영은 양손으로 얼굴을 푹 쌌다. 울음이 터진 것이다. 누구에게도 향할 수 없는 역정을 그는 울음 속에다 내리 퍼부었다. 울음 속에 그 목을 감던 문수의 손결이 느껴진다. 미칠 듯한 고독과 그리움이 치솟는 것이었다.

음식을 버리고 돌아온 젊은 중은 과실을 모으며,

「이걸 가져가셔야지. 보자기를……」

하며 어머니를 돌아본다. 진영은 새빨갛게 충혈된 눈으로 젊은 중을 노리며,

「일 없소. 그만두시오」

진영의 목소리는 악을 쓰는 것 같았다. 일을 다 마치고 법당 밖에 나온 늙은 중이,

「왜 가져온 걸 안 가져가슈」

쳐다보지도 않는 진영이 대신 어머니가,

「뭐 그걸……」

진영의 얼굴을 어머니는 숨어본다. 늙은 중은 침을 꿀꺽 삼키며,

「댁 같으면 중이 먹고 살겠수」

진영의 눈이 번득였다.

「조반을 자셔야 할 텐데 너무 일러서 찬이 제대로 안 됐어요. 좀 기다리실까요」

젊은 중은 그런 말을 남기고 가버린다.

진영은 법당 축돌 위에 주저앉았다. 〈이 세상이나 저 세상이나 그저 돈이 있어야지요〉 하던 말이 되살아온다. 물론 처음부터 거래였다. 그렇다면 화폐(貨幣)의 액수에 따라 문수에 대한 추모의 정이 계산(計算)된단 말인가. 진영이 그러한 울분에 젖어 있을 때 말쑥하게 차려입은 그 서장의 부인인 듯싶은 젊은 여인이 주지중에게 인도되어 법당으로 들어가고 있었다. 잠깐 후 불경 읽는 소리가 저렁저렁하게 밖으로 흘러나왔다. 잠들었던 부처님이 처음으로 일어나서 귀를 기울일 만한 뱃속에서 밀어낸 목소리였다. 진영은 발딱 일어선다.

「어머니 그냥 갑시다」

밥을 얻어 먹으러 절에 온 것은 분명히 아니다. 그냥 걸어가는 진영을 만류 못할 것을 아는 어머니는 뜰에 서성거리고 있는 늙은 중에게,

「그만 갈랍니다. 시님」

「아크, 아침이나 잡수시지…… 갈려오?」

굳이 잡지는 않았다. 그는 절문까지 전송을 하며,

「당신네들 같으면 중이 먹고 살겠수」

진영은 울화보다 어처구니가 없었다.

내리막길에서 잡풀을 뽑으며 진영은 말없이 울었다. 여비도 떨어진 낯선 여관방에다 문수를 혼자 두고 가는 것만 같은 생각이 자꾸 드는 것이었다.

진영은 불덩어리 같은 이마를 짚는다.

한여름 내내 진영은 앓았다. 애당초 극히 경미하게 발생한 폐결핵이 전연 방치되었기 때문에 점점 악화되어 갔던 것이다. 뿐만 아니라 다른 병까지 연속적으로 병발하는 것이었다. 찬물만 마셔도 배탈이 났다. 눈병이 나고 입이 부르트고 그것은 일수였다. 앓다 못해 귀까지 앓았다. 그리고 수년 내로 건드리지 않고 둔 충치가 일시에 쑤시어 밤낮을 가리지 않고 욱신거렸다.

진영은 진실로 하나의 육신이 해체(解體)되어 가는 과정 속에서 몸서리치는 무서움을 느꼈다. 그것은 마치 쨍쨍하게 내리 쬐이는 햇빛 아래 늘어진 한 마리의 지렁이 같은 생명이었다.

이러한 육신과 더불어 정신도 해체되어 가는 과정 속에 진영은 있었다.

밤마다 귓가에 울려오는 아이의 울음소리, 산이, 언덕이, 집이, 무너지는 소리, 산산히 바스라진 유리 조각이 수없이 날아와서 얼굴 위에 박히는 환각, 눈을 감으면 내장이 터진 소년병의 얼굴이, 남편의 얼굴이, 아이의 얼굴이, 분홍빛, 노랑빛, 파랑빛, 마지막에는 시커먼 빛, 그런 빛깔로 차례차례 뒤덮여 가

면은 드디어 무한정한 공간이 안개처럼 진영의 주변을 꽉 싸는
것이었다.

소리와 감각과 색채, 이러한 순서로 진영의 신경은 궤도에서
무너져 나갔다.

진영은 그 이상 견딜 수가 없어서 내버려두었던 몸을 끌고
H병원으로 갔다. 그러나 그곳에도 일 주일이 멀다고 그만 가는
것을 중지하고 말았던 것이다.

얼마 남지 않은 돈을 생활비에나 써야 한다는 이유도 있었
다. 그러나 직접의 동기는 외국제 주사약이 빈병들을 팔아버리
는 장면을 본 때문이다.

Y병원에서는 주사약의 분량을 속였고 S병원은 엉터리였다.
그리고 H병원에서는 빈 약병을 팔았다.

진영은 간호원이 빈병을 헤아리고 있을 때 직감적으로 가짜
주사약 생각을 했던 것이다. 그러나 H병원만이 빈 약병을 파는
것은 아니다. 또 그 빈병만 하더라도 반드시 가짜 약병으로 사
용된다고 말할 수도 없다. 잉크병으로 물감병으로 혹은 후춧가
루병으로 흔히 이용되고 있다. 그렇지만 사실 거리에는 가짜 주
사약이 범람하고 있는 것이다. 상인들은 의연히 그런 가짜를 진
짜 속의 진짜라고 나팔 불었다. 진영은 그것을 생각하니 인술이
라는 권위를 지닌 의사가 그런 상인 따위들 같아서 신뢰감이 사
라지는 것이었다. 물론 아무리 대수롭잖은 빈병일지라도 그것
은 전연 그 의사의 소유이며 처분의 자유는 그의 기본 권리에
속한다. 그래도 진영은 그의 기본적 권리보다 무수히, 마치 페
스트처럼 눈에 보이지 않게 만연(漫然)되어 가는 가짜 주사약
생각만 하는 것이었다.

해바라기의 꽃이 씨앗을 안았다.

며칠 전에 아주머니가 원금만은 돌려주겠다던 약속대로 마지막 남은 만 환을 가지고 왔다. 이것으로 원금 십만 환은 다 받은 셈인데 조금씩 조금씩 보내준 돈은 지금 집에 한푼도 남아 있지 않았다.

아주머니는 돈을 주고 난 다음 가려고 일어서면서 문수의 위패(位牌)를 절에다 모신 데 대한 불만을 말했다. 그리고 왜 그런 우상을 숭배하느냐고 나무라는 것이었다. 진영은 어느 것이면 우상이 아니냐고 말하고 싶었으나 곧 말하고 싶은 충동을 억눌러버리고 그저 멍멍히 아주머니를 쳐다보았던 것이다. 자기 자신이 지닌 모순을 설명할 도리가 없어서 그랬던 것이다.

추석날이었다.

진영은 어머니가 절에 가는 것을 말리지 않았다. 도리어 정성 들여서 사다놓은 실과를 바구니에 차곡차곡 넣어주었다. 배, 사과, 포도, 밤, 대추, 먹음직한 과자도 서너 가지 있었다.

어머니가 바구니를 들고 걸어가는 뒷모습을 문앞에서 바라보고 섰던 진영은 〈당신네 같으면 중이 먹고 살겠수〉 하던 말이 문득 생각났다. 문수가 먹을것을 중이 먹다니, 아깝다. 밉살스럽다. 그러나 진영은 다음 순간 부끄럼 때문에 얼굴이 붉어졌다. 이러한 파렴치한 생각을 내가 왜 했던고…….

진영은 문을 걸고 뒷산으로 올라갔다. 울고 싶었고, 외치고 싶은 마음에서였다.

산에는 게딱지만한 천막집이 군데군데 서 있었다. 들꽃 한 송이 나무 한 뿌리 볼 수 없는 이곳에는 벌써 하나의 빈민굴이 형성되어 말이 산이지 이미 산은 아니었다.

짜짜하게 괴인 샘터에서 물을 긷는 거미같이 가늘은 소녀(少女)의 팔, 천막집 속에서 내미는 누렇게 뜬 얼굴들——진영은 울고 싶고 외치고 싶은 마음에서 집을 나와 산으로 올라온 자기 자신이 여기서는 차라리 하나의 사치스런 존재였다는 것을 뉘우친다.

진영은 한참 올라와서 어느 커다란 바위에 가서 앉았다.

산등성이에서 바라다보이는 시가(市街)는 너절했다. 구릉을 지운 곳마다 집들이 마치 진딧물 모양으로 다닥다닥 붙어 있었다. 그 속에는 절이 있고 예배당이 있고, 그리고 서양적인 것, 동양적인 것이 과도기처럼 있고, 조화를 깨뜨린 잡다한 생활이 그 속에 있었다.

이러한 도시 속에 꿈이 있다면 그것은 가로수라고나 할까! 보랏빛이 서린 먼 산을 스쳐가는 구름이라고나 할까.

진영은 얄팍한 턱을 괴인다.

꿀벌떼처럼 도시의 소음이 귓가에 울려오는데 고급 승용차가 산장이 있는 고개로 미끄러지고 있었다. 진영은 산등성이에서 그것을 보니 그것은 별것이 아닌 한 마리의 딱정벌레 같은 것이라 생각한다. 꼬물꼬물 기어가는 딱정버러지.

진영은 새삼스레 사방을 두리번거렸다. 무의미하기 짝이 없는 충동들이다. 그래서 어쨌단 말인가, 진영은 이유 없이 자기를 다잡아보았다. 사실 그러했다. 그래서 어쨌단 말인가, 딱정벌레 같아서 어쨌단 말인가, 진딧물 같고, 가로수, 구름, 그래서——진영은 머리를 쓸어올린다.

모든 괴롬은 내 속에 있었다. 모든 모순도 내 속에 있었다. 신도, 문수의 손결도 내 속에 있었다.

그러나 그것은 아무곳에도 실제 있지는 않았다. 나는 창기(娼妓)처럼 절조 없이 두 신전에 참배했다. 그리고 제물과 돈을 바쳤다. 그러나 그것 역시 문수와 나의 중계를 부탁한 신에게 주는 수수료였는지도 모른다. 그 수수료는 실제에 있어서 중의 몇 끼의 끼니가 되었다. 결국 나는 나를 속이려고 했다. 문수는 아무곳에도 있지 않았을 것이다.

진영은 이마 위에 흘러내리는 숱한 머리를 다시 쓸어올린다. 파르스름한 손이 투명할 지경이다.

신비라고, 에고라고, 꿈, 아니야 그것은 우연의 일치였지. 문수의 죽음, 그것은 두말 할 것도 없이 인위적인 실수 아니었던가. 인간은 누구나 나이 들면 죽는다고? 물론 죽는 게지, 노쇠해서 죽는 거지…… 설령 아이가 그때 이미 죽을 목숨이었다고 치자, 그래도 그렇게 죽이고 싶지는 않았다. 도수장의 망아지처럼…… 사람을, 사람을 좀 미워해야겠다. 있는지도 없는지도 모르는 신을 왜 생각은 해. 아니 아까는 없다고 하고선…… 아니야 모르겠어. 사람을, 사람을 좀 미워해야겠다. 반항을 해야겠다. 모든 약탈적인 살인자를 저주해야겠다.

진영은 술이라도 마신 사나이처럼 두서도 없는 혼자말을 언제까지나 중얼거리고 있었다.

진영의 해사한 얼굴에 그늘이 진다. 한없이 높은 가을 하늘에 구름이 지나가는 것이었다. 시가에는 마치 색종이를 찢어놓은 것같이 추석 치레가 오가고 있었다.

진영의 열에 들뜬 눈이 그것을 쳐다보며 일어선다. 그에게는 이미 반항 정신도 아무것도 없었다. 허황한 마음의 미로가 끝없이 눈앞에 뻗어 있을 뿐이었다.

진영은 버릇처럼 머리를 쓸어올리며 산을 내려온다.

천막집에서 내미는 누렇게 뜬 얼굴들, 진영은 또다시 이곳에 있어서는 내 자신이 차라리 하나의 사치스런 존재라는 아까의 뉘우침을 되풀이하는 것이었다.

　음력 설이 임박해진 추운 날, 갈월동 아주머니가 목도리를 푹 뒤집어쓰고 찾아왔다. 웬일인지 몸가짐이 평소보다 좀 산란해 보였다.

「나 의논할 게 좀 있어서 왔는데…… 참 기가 막혀서……」

「……?」

　아주머니는 말을 꺼내기가 거북한 듯이 가만히 앉았다가,

「저, 저 말이야 돈을 좀 빌려준 사람이. 죽었구나 어떻게 해」

　진영은 의심스럽게 아주머니를 쳐다본다.

「지난 오월달에 가져간 돈을 이자 한푼 못 받고 그만……」

　진영의 변해 가는 표정을 보고 아주머니는 입을 다물어버린다. 오월이면 진영의 곗돈을 찾을 달이다. 그리고 제가 끝나는 달이기도 했다. 그것뿐이 아니다. 벌써 몇 달 전부터 곗돈을 받을려구 몸이 달아서 다니던 사람이 몇 명 있었던 것이다.

「빌려준 돈이 얼마나 돼요」

　진영은 처음으로 입을 열었다.

「오십만 환이야」

　진영은 속으로 놀랐다. 계를 해서 빚만 뒤집어쓴 줄 알았는데 그런 대금의 비밀 거래를 하고 있었다는 것은 무엇을 의미하는 것일까? 진영은 차갑게 아주머니를 쳐다본다.

　아주머니는 눈물을 글썽거리며,

「자식도 남편도 없는 내겐 그것만이 남겨진 것이었다. 낸들 얼마나 돈을 떼었니. 설마 내가 잘되면 빚이야 갚고 살겠지만 그때 그 돈마저 내주게 되면 난 아주 영영 파멸이지」

　진영은 어디 밑천 든 장사였더냐고 오금을 박아주고 싶었다.

아주머니는 한참 만에 눈물을 닦고 일의 경위를 설명하기 시작한다. 그 내용인즉 죽은 사람은 돈을 쓴 회사의 전무였으며 오월달에 빌려간 오십만 환의 이자라고는 한푼도 받아본 일이 없었다는 것이다. 불안해진 아주머니는 전무에게 원금을 뽑아 달라고 졸랐으나 영 내놓지 않아서 생각다 못해 같은 신자에게 의논을 했더니 그의 남편인 김씨가 일을 봐주겠노라 하기에 일을 맡겼다는 것이다. 그 김씨란 사람이 수단이 비상하여 마침내 사장 명의로 된 약속어음을 받게 되고 그 며칠 후에 전무는 교통 사고로 죽은 것이라 한다. 사장 명의로 된 약속어음을 받은 것은 무엇보다도 다행한 일이었으나 웬 까닭인지 김씨란 사람이 약속어음을 도무지 주지 않고 무슨 협잡을 하는지 알 수 없다는 것이다. 그렇다고 해서 그를 의심한다거나 비위를 거슬려 놓는다면 돈 준 사람도 없는 지금, 여자인 내가 어떻게 사장이란 사람에게 받아낼 수도 없고, 이렇게 속이 탄다고 하면서 아주머니는 가슴을 치는 것이었다.

이야기를 다 들은 진영은,

「대관절 그 전무란 사람을 어떻게 알고서 그런 대금을 주었어요」

「저…… 저 왜 그 상배 있잖아. 그 상배 아버지야」

「뭐예요? 영세받았다던 상배 학생 말이에요」

아주머니는 얼굴이 빨개진다. 진영은 기가 딱 막혔다. 그러고 보니 사업 때문에 상배 아버지가 서울로 오게 될 거라고 하던 말이 생각났다.

「샷뜻하게 종교를 이용했군요」

아주머니는 진영의 눈길이 부신 듯이 눈을 내려간다.

「글쎄 지금 생각하니 모두가 계획적이었어. 영세받은 것만 해도……」

「신용 보증으론 종교보다 더 실한 게 있어요?」

아주머니는 비꼬는 진영의 말에 풀이 죽는다. 진영은 풀이 죽는 아주머니로부터 눈을 돌렸다.

영세를 받았기 때문에 믿고 돈을 준 아주머니, 신자이기 때문에 믿고 일을 맡긴 아주머니, 단순했다고 할 수밖에 없다. 그런 생각을 하면서 진영은 다시 아주머니를 쳐다보았다. 그의 약점을 추궁할 마음은 이미 사라지고 없었다.

「그래서 어떡허실 작정이에요」

「글쎄 말이다. 그래서 의논이지」

「지 생각 같아서는 김씨가 일은 봐주되 어음은 아주머니가 가지시는 것이 좋을 것 같아요」

「그렇지만 어음을 찾아간다고 일을 안 봐주면?」

「그땐 벌써 그이에게 딴 야심이 있었다고 봐야지요」

「그럼 김씨가 일 안 봐줄 적에 너가 좀 협조해 줄 수 없을까. 여자 혼자니 아무래도 호락호락 보일 것 같아」

아주머니의 말투는 애원이었다.

「글쎄……」

그런 일에는 아주 딱 질색이었다. 그러나 진영은 약점을 안후 거절을 해버리는 것이 무슨 악마 취미 같아서 아무렇지 않은 얼굴로,

「같이 저도 가지요」

그러자 아무것도 모르는 어머니가 점심을 차려 왔다. 점심을 먹으면서 아주머니는 한결 마음이 후련해졌는지 여러 가지 잡담을 꺼냈다.

「글쎄 돈이 있어도 문제야. 이제 당초에 겁이 나서 남 줄 생

각이 없어」

진영은 무표정하게 밥을 삼키고,

「아무 말씀 마시고 돈 찾거든 장사허세요. 체면이고 뭐고…
저도 자본이나 장만해서 장사할래요」

「너야 뭐 취직하면 되지」

「취직이 그리 쉬운가요? 하다 안 되면 거리빵이라도 구어 팔
아야지요」

「너야 공부 많이 했으니까 할려면 취직 못할 것 없잖아. 난
정작 장사라도 해야겠어. 그러나 돈벌이긴 계가 제일이야. 힘
안 들고……」

아주머니는 숟갈을 놓고 성냥 가지로 이빨을 쑤시면서 말한
것이었다.

진영은 아무렴 그렇겠지. 그런 배짱이면…… 하다 말고 아주
머니의 눈을 들여다본다. 아무런 악(惡)의 그늘도 없는 맑은 눈
이었다.

「아무튼 돈을 벌어야 해. 돈이 제일이야. 세상이 그런
걸……」

이번의 말투에는 어느 사인지 모르게 저지른 자신의 일에 대
한 짜증과 반발 같은 것이 있었다.

「그럼. 옛날 속담 말마따나 자식을 앞세우고 가면 배가 고파
도 돈을 지니고 가면 든든하다고 안하던가」

어머니의 맞장구다.

진영은 가벼운 현기증을 느낀다. 시야 속에서 그들의 얼굴을
지워버리듯이 얼른 고개를 돌린다.

「형님, 이래서 천당 가겠습니까? 돈, 돈 하다가 흐흐……」

아주머니는 까르르 웃으며 일어서서 장갑을 낀다.

진영은 그 웃음 속에서 또 불안과 자포에 대한 반발을 느낀
다. 진영은 고개를 들어 아주머니를 쳐다보았다. 역시 괴롭고
고독한 사람이고——.

아주머니가 가버린 뒤 진영은 자리에 쓰러졌다. 솜처럼 몸이
풀어진다.

진영은 방 속에 피운 구멍탄 스토브에서 가스가 분명히 지금
방에 새고 있는 거라고 생각한다. 방 안에 가득히 가스가 차면
나는 죽어버리는 거라고 생각한다.

어느새 진영은 괴로운 잠이 드는 것이었다.

내장이 터진 소년병이 꿈에 나타났다. 진영은 꿈을 깰려고
무척 애를 썼다.

「모래가 명절인데 절에도 돈 천 환이나 보내야겠는데……」

어렴풋이 들려오는 어머니의 말소리다. 진영은 몸을 들치며
눈을 떴다.

「귀신이나 사람이나 매한가진데…… 남들은 다 저 몫을 먹는
데 우리 문수는 손가락을 물고 에미를 기다릴 거다」

잠이 완전히 깬 진영은 벌떡 자리에서 일어났다. 그는 외투
와 목도리를 안고 마루에 나와 그것을 몸에 감았다.

진영은 부엌에서 성냥 한 갑을 외투 주머니에다 넣고 집을
나갔다.

오랫동안 마음속에서만 벼르던 일을 오늘이야말로 해치울 작
정인 것이다.

진영은 눈이 사북사북 밟히는 비탈길을 걸어올라간다. 진영
은 고슴도치처럼 바싹 털이 솟은 자신을 느낀다.

목도리와 외투 자락이 바람에 나부낀다. 그러면은 잡나무 가
지 위에 앉은 눈이 외투 깃에 날아내리는 것이었다.

진영은 절로 가는 것이다.

진영이 절 마당에 들어갔을 때 〈당신네들 같으면 중이 먹고 살갔수〉 하던 늙은 중이 막 승방에서 나오는 도중이었다. 절은 괴괴하니 다른 인적기는 통 없었다.

진영은 얼굴의 근육이 경련하는 것을 의식하며 중 옆으로 다가선다.

「저 말이지요. 저희들이 이번에 시골로 가는데 아이 사진과 위패를 가지고 가고 싶어요」

고개를 푹 숙인 채 진영은 나지막하게 말한다. 허옇게 풀어진 눈으로 진영을 쳐다보던 중이 겨우 생각이 난 모양으로,

「이사를 하신다고요? 그럼 어떠우. 그냥 두구려. 명절에 우편으로라도 잊어버리지 않으면 되지」

진영은 숙인 고개를 발딱 세우더니 옆으로 획 돌리며,

「참견할 것 없어요. 사진이나 빨리 주시오!」

쏘아부친다. 중은 좀 어리둥절해하더니 무엇인지 모르게 중얼중얼 시부렁거리며 법당으로 간다.

이윽고 중이 문수의 사진과 위패를 가지고 나오자 진영은 그것을 빼앗듯이 받아들고 인사말 한마디 없이 절문 밖으로 걸어나간다.

화가 난 중은 진영의 뒷모습을 꼬누어보다가 중얼중얼 시부렁거리며 뒷간으로 간다.

진영은 중에게 화를 낸 것은 아니었다. 다만 진영으로서는 빨리 사진을 받아가지고 절문 밖으로 나가고 싶었던 것이다. 그래서 초조했던 것이다.

진영은 비탈길을 돌아 산으로 올라간다. 올라가면서 진영은 이리저리 기웃거린다. 어느 커다란 바위 뒤에 눈이 없는 마른

잔디 옆에 이르자 진영은 그 자리에 주저앉는다. 그리하여 문수의 사진과 위패를 놓고 물끄러미 한동안 쳐다본다.

한참 만에 그는 호주머니 속에서 성냥을 꺼내어 사진에다 불을 그어댄다. 위패는 이내 사루어졌다. 그러나 사진은 타다 말고 불꽃이 잦아진다. 진영은 호주머니 속에서 휴지를 꺼내어 타다 마는 사진 위에 찢어서 놓는다. 다시 불이 붙기 시작한다.

사진이 말끔히 타버렸다. 노르스름한 연기가 차차 가늘어진다.

진영은 연기가 바람에 날려 없어지는 것을 언제까지나 쳐다보고 있었다.

내게는 다만 쓰라린 추억이 남아 있을 뿐이다. 무참히 죽어버린 추억이 남아 있을 뿐이다.

진영의 깎은 듯 고요한 얼굴 위에 두 줄기 눈물이 흘러내리고 있었다.

겨울 하늘은 매몰스럽게도 맑다. 잡나무 가지에 얹힌 눈이 바람을 타고 진영의 외투 깃에 날아 내리고 있었다.

「그렇지 내게는 아직 생명이 남아 있었지. 항거할 수 있는 생명이」

진영은 중얼거리며 잡나무를 휘여잡고 눈 쌓인 언덕을 내려오는 것이었다.

《현대문학》 1957. 8

강신재

1924. 5. 8-

●

젊은 느티나무

1924년 서울 출생.
　　　이화여전 가사과 중퇴.
1949년 《문예》에 단편 「얼굴」로 등단.
1959년 단편 「절벽」으로 한국문협상 수상.
1967년 제3회 여류문학상 수상.
1970년 『젊은 느티나무』 발간.
1974년 『강신재대표작전집』 간행.
　　　소설집으로 『회화』, 『여정』, 『청춘의 불문률』, 『임진강의
　　　민들레』 등이 있다.

젊은 느티나무

1

그에게서는 언제나 비누 냄새가 난다.

아니 그렇지는 않다. 언제나, 라고는 할 수 없다.

그가 학교에서 돌아와 욕실로 뛰어가서 물을 뒤집어쓰고 나오는 때이면 비누 냄새가 난다. 나는 책상 앞에 돌아앉아서 꼼짝도 하지 않고 있더라도 그가 가까이 오는 것을——그의 표정이나 기분까지라도, 넉넉히 미리 알아차릴 수 있다.

티셔츠로 갈아입은 그는 성큼성큼 내 방으로 걸어 들어와 아무렇게나 안락의자에 주저앉든가, 창가에 팔꿈치를 짚고 서면서 나에게 빙긋 웃어 보인다.

「무얼 해?」

대개 이런 소리를 던진다.

그런 때에 그에게서 비누 냄새가 난다. 그리고 나는 나에게

가장 슬프고 괴로운 시간이 다가온 것을 깨닫는다. 엷은 비누의
향료와 함께 가슴속으로 저릿한 것이 퍼져나간다…… 이런 말
을 하고 싶었던 것이다.

「뭘 해?」

하고 한마디를 던져놓고는 그는 으레 눈을 좀더 커다랗게 뜨
면서 내 얼굴을 건너다본다.

그 눈동자는 내 표정을 살피려는 것 같기도 하고, 어쩌면 그
보다도, 나에게 쾌활하게 웃고 떠들라고 권하고 있는 것 같기
도 하다. 또 어쩌면 단순히 그 자신의 명랑한 기분을 나타내고
있는 것에 불과한지도 모른다.

어느 편일까?

나는 나의 슬픔과 괴로움과 있는 대로의 지혜를 일점에 응집
시켜 이 순간 그의 눈 속을 응시하지 않을 수 없다.

나는 알고 싶은 것이다.

그의 눈 속에 과연 내가 무엇으로 비치는가?

하루 해와 하룻밤 사이, 바위를 씻는 파도 소리같이, 가슴에
와 부딪치고 또 부딪치고 하던 이 한 가지 상념에 나는 일순 전
신을 불살라 본다.

그러나 매일 되풀이하며 애를 쓰지만 나는 역시 알 수가 없
다. 그의 눈의 의미를 헤아릴 수가 없다. 그래서 나의 괴로움과
슬픔은 좀더 무거운 것으로 변하면서 가슴속으로 가라앉아 버
리는 것이다.

그리고 다음 찰나에는 나는 그만 나의 자연스러운 위치──
그의 누이동생이라는, 표면으로 보아 아무 스스럼도 불안정함
도 없는 나의 위치로 돌아가 있지 않으면 안 될 것을 깨닫는다.

「인제 오우?」

나는 이렇게 묻는다. 그가 원한 듯이 아주 쾌활한 어투로. 이 경우에 어색하게 군다는 것이 얼마나 추태인가를 나는 알고 있다.

내 목소리를 듣고는 그도 무언지 마음 놓였다는 듯이,

「응, 고단해 죽겠어. 뭐 먹을 거 좀 안 줄래?」

두 다리를 쭈욱 뻗고 기지개를 켜면서 대답을 한다.

「에에 성화라니깐. 영작 숙제가 막 멋지게 씌어져 나가는 판인데……」

나는 그렇게 투덜거려 보이면서 책상 앞에서 물러난다.

「어디 구경 좀 해, 여류작가가 될 가망이 있는가 없는가 보아줄게」

그는 손을 내밀며 몸까지 앞으로 썩 하니 기울인다.

「어머나, 싫어!」

나는 노트를 다른 책들 밑에다 잘 감추어놓고 아래층으로 내려가서 냉장고 문을 연다.

뽀얗게 얼음을 내뿜은 코카콜라와 크래커, 치즈 따위를 쟁반에 집어 얹으면서 내 가슴은 비밀스런 즐거움으로 높다랗게 고동치기 시작한다.

그는 왜 늘 내 방에 와서 먹을것을 달라고 할까? 언제나 냉장고 앞을 그냥 지나버리고는 나에게 와서 달라고 조른다.

어떤 게으름뱅이라도 냉장고 문을 못 열 까닭은 없고, 또 누구를 시키는 것이 좋겠다면 부엌 사람들께 한마디 하는 편이 나을 것이다.

군소리를 지껄여대거나 오래 기다리게 하거나 그렇지 않더라도 줄곧 먹을 것을 엎지르거나 내려뜨리거나 하는 나를 움직이기보다는 쉬울 것이 확실하다.

(어쩐 셈인지 나는 이런 따위 일이 참말 서툴다. 좀 얌전하고 재빠르게 보이려고 하여도 도무지 그렇게 되질 않는다.)

쟁반을 들고 돌아와 보면 그는 창 밖의 덩굴장미께로 시선을 던지고 옆얼굴을 보이며 앉아 있다.

무엇을 생각하는지, 내가 곁에 있을 때는 보이지 않는, 조용히 가라앉은 눈초리를 하고 있다. 까무레한 피부와 꽤 센 윤곽을 가진 그의 얼굴을 이런 각도에서 볼 때 나는 참 좋아진다. 나에게는 보이려 하지 않는, 혼자만의 표정도 무언지 가슴에와 부딪는다.

그의 머리통은 아폴로의 그것처럼 모양이 좋다. 아주 조금 곱슬거리는 머리카락이 몇 올 앞이마에 드리워 있다.

「곱슬머리는 사납다던데」

언젠가 그렇게 말하였더니,

「아니 그렇지 않아. 숙희, 정말 그렇지 않아」

하고 그는 진심으로 변명을 하려드는 것이었다. 나는 그저 농담을 하였을 뿐이었는데…….

오늘도 그는 그렇게 내 방에서 쉬고 나더니,

「정구 칠까?」

하며 자리에서 일어섰다.

「응」

「아니 참 내일부터 중간시험이라구 하잖았던가」

「괜찮아 그까짓 거……」

사실 시험이고 무엇이고 없었다. 나는 옷서랍을 덜컹거리며 흰 쇼츠와 곤색 셔츠를 끄집어내었다.

「괜히 낙제하려구」

하면서도 그는 이내 라켓을 가지러 방을 나갔다.

햇볕은 따가웠으나 나뭇잎들의 싱싱한 초록 사이로 서늘한 바람이 지나가곤 한다. 우리는 뒷산 밑 담장께로 걸어갔다. 낡은 돌담의 좀 허수룩한 귀퉁이를 타고넘어서 옆집 코트로 미끄러져 들어간다.

옆집이라고 하는 것은 구왕가에 속한다는 토지의 일부인데 기실 집이라고는 까마득히 떨어져서 기와집이 두어 채 늘어서 있고 이쪽은 휘엉 하니 비어 있는 공터였다. 그 낡은 기와집에 사는 사람들은 이 공터를 무슨 뜻에선지 매일 쓸고 닦고 하여서 장판처럼 깨끗이 거두어 오고 있었다.

「아깝게시리…… 테니스 코트나 만들면 좋겠는데 응 그러면 어떨까?」

어느 날 돌담에 가 걸터앉아서 내려다보던 끝에 그런 제의를 했다.

처음에는 그는 움직이려 들지 않았으나 결국 건물께로 걸어가서 이야기를 해보았다.

이튿날 우리는 석회를 들고 가 금을 그었다. 또 며칠 후에는 네트를 치고 땅도 깎아내어서 아주 정식으로 코트를 만들어 버렸다.

그렇게까지 할 줄은 몰랐을 주인이 야단을 치면 걷어버리자고 주춤거리며 일을 했는데 호호백발의 할아버지인 그집 주인은 호령을 하지 않은 뿐더러 가끔 지팡이를 끌고 나와 플레이를 구경하는 것이었다.

이렇게 나이 많은 노인네의 표정은 언제나 나에게는 판정하기 어려운 것이지만 특히 이 할아버지의 경우는 그러하였다. 구태여 말한다면 웃고 있는 것 같기도 하고 신기해하고 있는 것 같기도 했지만 또 동시에 하늘 밖의 일을 생각하는 듯 아득해

보이기도 하였으니 기묘했다.

한두 번은 담을 넘는 나의 기술을 적이 바라보고 분명히 무슨 말을 할 듯이 하더니 그만 입을 봉하고 말았다. 말을 해봤자 들을 법하지도 않다고 짐작을 대었는지 알 수 없었다. 어쨌든 그곳은 아주 좋은 우리의 놀이터인 것이었다.

물리학 전공의 그는 상당히 공부에도 몰리고 있는 눈치였으나 운동을 싫어하는 샌님도 아니었다.

테니스를 나는 여기 오기 전에도 하고 있었지만 기술이 부쩍 느는 것은 대부분 그의 덕분이다. 그가 내 시골학교의 코치보다도 훌륭한 솜씨를 갖고 있음을 알았을 때의 나의 만족이란 이루 말할 수도 없는 것이었다.

머리가 둔한 사람을 나는 도저히 좋아질 수 없지만 또 운동을 전연 모른다는 사람도 매력적이라고 생각할 수 없다. 스포츠는 삶의 기쁨을 단적으로 맛보여 준다. 공을 따라 이리저리 뛰면서 들이마시는 공기의 감미함이란 아무것에도 비할 수 없다.

나는 오늘 도무지 컨디션이 좋지가 못하였다. 이렇게 엉망진창인 때면 엉망진창인 대로, 또 턱없이 좋으면 좋은 그대로 적당히 이끌고 나가주는 그의 솜씨가 적이 믿음직해지는 따름이었다.

「와아 참 안 된다. 퇴보일로인가봐」

「괜찮아. 아주 더워지기 전에 지수랑 불러서 한번 시합을 할까」

하늘이 리라빛으로 물들 무렵 우리는 볼들을 주워 들고 약수터께로 갔다.

바위 틈으로 뿜어나오는 물은 이가 저리도록 차갑고 광물질적으로 쌉싸름하다.

두 손으로 표주박을 만들어 떠내 가지고는 코를 틀어박고 마신다. 바위 위로 연두색 버들잎이 적이 우아하게 늘어지고, 빨간 꽃을 다닥다닥 붙인 이름 모를 나무도 한 그루 가지를 펼친 것으로 보아, 이런 마심새를 하라는 샘터는 아닌 모양 같지만 우리는 늘상 그렇게 하여 왔다.

「약수라니까 많이 마셔. 약의 효험이나 좀 볼지 아나」

「뭣 땜에?」

「뭣 땜에는. 정구 좀 잘 치게 되나 보려구 그러지」

이렇게 시끌덤벙 떠들던 샘가였다.

그런데 오늘 바위 언저리에는 조그만 표주박이 하나 놓여 있었다. 필시 그 할아버지가 갖다 놓아준 것이 분명하였다.

「오늘부터 얌전히 마셔야 해」

「산신령님이 내려다보신다」

정말 한동안 음전하게 앉아서 쉬었다. 그리고 그는 허리를 굽혀 표주박으로 물을 떴다. 그는 그것을 내 입가에 대어주었다. 조용한, 낯선 표정을 하고 있었다. 나에게는 보이는 일이 없는, 자기 혼자만의 얼굴의 하나인 것 같았다.

나는 아주 조금만 마셨다. 그리고 얼굴을 들어 그를 바라다보고 있었다. 그는 나머지를 천천히 자기가 마셨다.

그리고 표주박을 있던 자리에 도로 놓았으나 아주 짧은 사이 어떤 강한 감정의 움직임이 그 얼굴을 휘덮은 것 같았다. 그는 내 쪽을 보지 않았다.

나는 돌연 형언하기 어려운 혼란 속에 빠져들어 갔으나 한 가지의 뚜렷한 감각을 놓쳐버리지는 않았다. 그것은 기쁨이었다.

나는 라켓을 둘러메고 담장께로 걸어갔다.

〈오빠〉

그는 나에게는 그런 명칭을 가진 사람이었다.

〈오빠〉

그것은 나에게 있어 무리와 부조리의 상징 같은 어휘이다.

그 무리와 부조리에 얽힌 존재가 나다.

나는 키보다 높은 담장 위에서 뛰어내렸다. 그리고 뒤도 안 돌아보고 정원 안을 걸어갔다.

운동화를 벗어 들고 맨발로 걷는다. 까실까실하면서도 부드러운 잔디의 감촉이 신이나 양말을 신고 딛을 생각은 나지 않게 한다.

「발바닥에 징을 박아줄까? 어디든지 구두 안 신고 다니게 말야」

그는 옆에 있는 때면 그런 소리를 한다.

「맨발로 풀 위를 걸으면 고향에 온 것 같아, 아니 내가 내 자신에게 돌아온 것 같은 그런 맘이 드는 걸……」

나는 중얼중얼 그런 소리를 지껄이는 것이나 저녁 이맘 때가 되면 별안간 거의 수습할 수 없을 만큼 감정이 엉클리곤 하므로 그 뒤로는 완고덩어리 할멈처럼 입을 봉하고 아무런 대꾸도 하질 않는다.

시무룩해 가지고 테라스 앞에 오면——그 안 넓은 방에 깔린 자색 양탄자, 여기저기에 놓인 육중한 가구, 그 안에 깃들인 신기한 정적, 이런 것들을 넘겨다보면——그리고 주위에 만발한 작약, 라일락의 향기, 짙어진 풀내가 한데 엉켜 풋풋한 이 속에 와서 서면——나는 내 존재의 의미가 별안간 아프도록 뚜렷이 보랏빛 공기 속에 떠 있는 것을 보는 것이다.

내가 잠시 지녔던 유쾌함과 행복은 끝내 나의 것을 수는 없고, 그것은 그대로 실은 나의 슬픔과 괴로움이었다는 기묘한 도착(倒錯)을 나는 어떻게도 처리할 길이 없다.

오누이…….

동생…….

이런 말은 내 맘속에서 혐오와 공포를 자아낸다.

싫다.

확실히 내가 느껴온 기쁨과 즐거움은 이런 범주 내에서 허용될 수 있는 것이 아니었다.

날마다 경험하는 이 보랏빛 공기 속에서의 도착은 참 서글픈 감촉을 갖고 있었다. 나는 그의 곁에 더 오래 머무를 용기조차 없어진다.

검은 눈을 껌뻑이면서 그는 또 농담이라도 할 것이다. 내게 더 웃고 더 쾌활해지라고 무언중에 명령할 것이다.

그가 내게 해줄 수 있는 일은 그것뿐이다.

오늘 나는 가슴속에 강렬한 기쁨을 안았던 까닭에 비참함도 더 한층 큰 것만 같았다.

나는 그곳에 한동안 서 있었다. 그리고 볼을 불룩하니 해가 지고 마루로 올라갔다.

번들거리는 마룻바닥에 뿌연 발바닥이 남아난다. 그렇게 마루가 더럽혀지는 것이 어쩐지 약간 기분 좋다. 몸을 씻고 옷을 갈아입으면서 창으로 힐끗 내다보았더니 그는 등나무 밑 걸상에 앉아 있었다. 무릎 위에 팔꿈치를 짚고 월계 숲께로 시선을 던진 모양이 무언지 고독한 자세 같아 보였다. 그도 조금은 괴로운 것일까? 흠, 그러나 무슨 도리가 있담. 까닭 없이 그에 대해 잔인해지면서 나는 그렇게 혼잣말을 하였다.

나는 방에 불도 켜지 않고 밖에서 보이지 않을 구석에 가만히 앉아 내다보고 있었다. 주위가 훨씬 어두워진 연에 그는 벤

치에서 일어났다. 그리고 사라지기 전에 한참 내 창문께를 보며
서 있었다.

나는 어느 때까지나 불을 켜지 않았다.

저녁을 먹으러 내려가지도 않았다.

그 대신에 그가 마시다 둔 코크의 잔을 집어 들었다. 그리고
가만히 입술을 대었다. 아까 그가, 내가 마신 표주박에 입술을
대었듯이 ── .

2

〈그〉를 무어라고 부르면 마땅할까.

오빠라고 불러야 한다는 것이 나의 운명이다.

재작년 늦겨울 새하얀 눈과 얼음에 뒤덮여서 서울의 집들이
마치 얼음사탕들처럼 반짝이던 날 무슈 리에게 손목을 끌리다
시피 하며 이곳에 도착한 나에게 엄마는 그를 이렇게 소개했다.

「숙희의 오빠예요, 인사를 해. 이름은 현규라고 하고」

저 진보랏빛 양탄자 위에 서서 나는 그의 얼굴을 바라보았다.

「이과 대학의 수재란다. 우리 숙희두 시골서는 꽤 재원이라
고들 하지만 서울 왔으니까 좀 어리벙벙할 테지, 사이좋게 해
줘요」

엄마의 목소리는 가벼웠으나 눈에는 두려움이 어려 있는 것
같았다. 엄마는 열심히 청년의 두 눈을 주시하고 있었다.

V네크의 다갈색 스웨터를 입고 그보다 엷은 빛깔의 셔츠 깃
을 내보인 그는, 짙은 눈썹과 미간 언저리에 약간 위압적인 느
낌을 갖고 있었으나 큰 두 눈은 서늘해 보였고, 날카로움과 동

시에 자신(自信)에서 오는 너그러움, 침착함 같은 것을 갖고 있는 듯해 보였다. 전체의 윤곽이 단정하면서도 억세고, 강렬한 성격의 사람일 것 같았다. 다만 턱과 목 언저리의 선이 부드럽고 델리킷하여 보였다.

〈키도 어깨폭도 표준형인 듯하고…… 흐응, 우선 수재 비슷해 보이기는 하는 걸……〉

하고 나는 마음속으로 채점을 하였다. 물론 겉보매만으로 사람을 평가하리만큼 나는 어리석은 계집애는 아니었지만.

내가 그의 눈을 쏘아보자 그는 눈이 부신 사람 같은 표정을 하면서 입술 한쪽으로 조금 웃었다. 그것은 약간 겸연쩍은 것 같기도 하였지만 혼자 고소하고 있는 것같이도 보였다. 자기를 재어보고 있는 내 맘속을 환히 들여다보는 때문일까? 그러자 나는 반대로 날카로운 관찰을 당하고 있는 듯한 긴장을 느꼈다.

그러나 그는 지극히 단순한 태도로,

「참 잘 왔어요. 집이 이렇게 너무 쓸쓸해서 아주 좋지 못했는데……」

하고 한 손을 내밀어서 내 손을 잡았다.

나를 도무지 어린애로만 보았다는 증거일 게고, 또 아마 엄마의 감정을 존중한 결과였을 것이다.

아닌 게 아니라 엄마의 얼굴에는 일순 안도와 만족의 표정이 물결처럼 퍼져갔다. 나는 이 청년이 엄마에게 어떤 존재인지를 짐작하였다. 말하자면 그들 인공적(?)인 모자관계에서는 항상 세심한 배려가 상호간에 베풀어져야만 하는 것이다.

무슈 리는 매우 대범한 성질이어서 만사를 복잡하게 받아들이지는 않는 것 같았고, 그는 그저 미소를 띠고 우리를 바라다볼 뿐이고, 내가 고단할 게라는 소리를 몇 번이나 하였다.

어쨌든 그는 그로부터 나를 숙희라고, 쉽고도 간단하게 불러
오고 있다.

「헤이, 숙!」

하기도 한다. 그리고 나에게 무조건 관대하였다. 지나치리만
큼. 그래서 때로는 섭섭하리만큼.

그러므로 그가 이즈음 내 방에 와서 배가 고프다고 한다거나
손 같은 데에 약을 발라달라고 하게 된 것은 나에게도 대단히
귀중한 변화인 것이다.

그것은 어쨌든 내 편에서는 그를 오빠라고는 도저히 부를 수
없었다. 처음에는 너무 생소하여서, 그리고 나중에는 또 다른
이유들로.

이것은 무슈 리를 아버지라고 부르기 어렵다기보다 몇 갑절
이나 힘든 일이었다. 나는 자기가 대단한 고집쟁이인지, 또는
부끄럼쟁이인지 분간할 수 없다. 나의 이런 곤란을 그도 엄마도
어느 정도 알고는 있는 모양으로 요즈음 내가 그 말을 피하려고
이리저리 애를 쓰지 않고도 적당한 대답을 할 수 있도록 저편에
서 고려하여 말을 걸어준다. 이런 의미에서 사양 없이 나를 곤
경에 몰아넣곤 하는 것은 그러니까 무슈 리 한 사람뿐이다.

서울 와서 일 년 남짓 지내는 새에 나는 여러모로 조금씩 달
라진 것 같다. 멋을 내는 방법도 배웠고 키가 커지고 살결도 희
어졌다. 지난 사월에는 〈미스 E여고〉에 당선되어서 하루 동안
학교의 퀸 노릇을 하였다. 바스트가 약간 모자랄 거라고 나는
생각하고 있었는데 압도적으로 표가 많이 나와서 내가 오히려
놀랐다. 엄마는 좋아서 어쩔 줄을 몰랐고 무슈 리는 기막히게
비싼 손목시계를 사주었다.

그는 별 말을 하지 않았다. 농담조차 하지 않았다. 축하한다

고 한 번 그것도 아주 거북살스런 투로 말하고는 무언지 수줍은 것 같은 얼굴을 하고 있었다. 그런 것을 보니까 나는 썩 기분이 좋았다.

나는 성질도 조금 달라져온 것 같다. 동무도 많았고 노래도 잘 부르던 시골 시절보다 조용한 이곳에서 더 감정이 격렬해진 것 같다.

삶의 기쁨이란 말을 나는 이제 이해한다.

이 집의 공기는 안락하고 쾌적하고, 엄마와 무슈 리와의 관계로 하여 약간 로맨틱한 색채가 감돌고 있기도 하다. 서울의 중심에서 떨어진 S촌의 숲 속 환경도 내 마음에 들고, 무슈 리가 오래전부터 혼자 살아왔다는, 담쟁이덩굴로 온통 뒤덮인 낡은 벽돌집도 기분에 맞는다.

그는 엄마에게 예절 바르고 친절하고, 무슈 리는 내가 건강하고 행복스런 얼굴만 하고 있으면 어느 때고 지극히 만족해하고 있다. 그는 어느 사립대학의 경제학 교수인데 약간 뚱뚱하고 약간 호인다워 보인다. 불란서와 아무 관계도 없는 그를 무슈라고 내가 속으로 부르고 있는 까닭은 어느 불란서 영화에서 본 불쌍한 아버지의 모습과 그가 닮아 있기 때문이다. 무슈 리는 불쌍하지는 않다. 오히려 지금은 참 행복하다. 그러나 이렇게 호의덩어리 같은 사람은 자칫하면——주위가 나쁘면——엉망으로 불행해질 것같이 보이는 것이다.

괴테의 베르테르 같은 청년의 비극에는 날카로운 아름다움이 있다. 그러나 우리 무슈 리 같은 타입의 슬픔에는 오직 비참만이 있을 듯하다……(우리 엄마가 그의 곁에 와준 것은 하니까 얼마나 다행한 일이었을까!).

엄마는 줄곧 집에 들어앉아 있으나 행복해 보였고 예부터 특징이던 부드러운 목소리가 한층 더 부드러워진 것 같다. 다만 엄마는 엄마의 행복에 대해서 한편으로 죄스러움 같은 것을 느끼고 있는 듯한 눈치로서 그래서 바깥으로 나다니지도 않고 큰 소리로 웃는 일도 없는 것 같았다. 그러나 그는 늘 고운 옷을 입고 있었고 예쁘게 화장을 하고 있었다. 이 일도 내 마음에 흡족하였다.

그러나 이곳에는 뜻하지 않은 괴로움이 또한 있었다. 현규에 대한 감정은 언제나 내 맘을 무겁게 하고 있다. 너무나 고통스럽게 여겨질 때에는 여기 오지를 말았더라면 하고 혼자 중얼대는 일도 있다. 그러나 그 생각은 오래가지 않는다. 나는 만약 내 생애에서 한 번도 그를 만나는 일 없이 죽고 말 경우라는 것을 생각해 보면 가슴이 서늘해지기까지 한다. 아무 일도 이루어지지 않아도 좋았다. 나는 그를 만났다는 일만으로 세상의 어느 여자보다도 행복한 것이다. 그의 곁에서 호흡하고 있는 기쁨을 무엇으로 바꿀 수 있을까.

그러나 나는 여전히 슬프고 초조한 것도 사실이다. 정직히 말한다면 내 기분은 일 분마다 달라진다.

무슈 리가 요즘 외국을 여행 중인 것은 내게는 하나의 구원과도 같다.

아침마다 행복 그것 같은 얼굴로 인사를 하지 않아도 좋고 저녁마다 시간에 식당에 내려가지 않아도 좋기 때문이다.

「돌아오실 때까지 눈감아 줘, 응 엄마, 시간 지키는 거 나 질색인 줄 알잖우? 먹고 싶을 때 먹고 안 먹고 싶은 때 안 먹고 그렇게 응?」

무슈 리가 떠나는 즉시로 나는 엄마에게 이렇게 교섭을 하였다. 사실 현규의 얼굴을 보는 일이 두려운 때가 점점 잦아오는 것만 같다.

그는 대개는 엄마와 함께 저녁을 드는 모양이었다.

3

예절 바른 그가 식당에서 엄마의 상대를 하고 있을 동안 나는 멍하니 창가에 앉아서 저물어가는 하늘을 바라다보고 있다.

군데군데 작은 집들이 몰려 있는 촌락과, 풀숲과 번득이는 연못 같은 것들이 있는 넓은 들판 너머에 무디게 빛나며 강이 흐르고 있다. 강은 날씨와 시간에 따라 플래티나같이 반짝이기도 하고 안개처럼 온통 보얗게 흐려버리기도 한다. 하늘이 보랏빛으로부터 연한 잿빛으로 변하여 가는 무렵이면 그 강도 부드러운 회색 구름과 한 덩이가 되었다.

나는 여러 가지 감정이 뒤범벅이 된 혼란 상태에서 자기를 건져내야 한다고 그 어두운 강물을 바라보며 늘 생각하는 것이 있다. 마음 가는 대로 몸을 내맡길 수 없는 것이 나의 입장이고 또 그 마음 가는 일 자체에 대해서도 분열된 생각을 수습할 수가 없었다.

현규를 사랑한다는 일 가운데 죄의식은 없었다. 그런 것은 있을 수 없었다. 그러나 엄마와 무슈 리를 그런 의미에서 배반하는 것은 곧 네 사람 전부의 파멸을 의미하는 것이었다. 파멸이라는 말의 캄캄하고 무서운 음향 앞에 나는 떨었다.

이곳에 오기 전에 나는 시골 외할아버지의 집에 있었다. 삼사 년 전까지는 엄마와도 함께, 그리고 그 후로는 할머니 할아버지와 단 셋이서. 일하는 사람들은 여럿 있었고 과수원을 지키

는 개도 여러 마리, 그중에는 내가 특별히 귀여워한 진돗개 복
동이도 있었지만 나는 언제나 못 견딜 만큼 적적하였다. 엄마가
서울로 떠난 후에는 마음이 막 쓰라린 것을 참아야 했지만 그 엄
마가 같이 있었을 때에라도 나는 우리의 생활에서 마음 든든하
다거나 진정말로 유쾌하다거나 하는 느낌을 가져본 일은 없다.

　젊고 아름다운 엄마가 언제나 조용히 집안에서 세월을 보내
고 있는 일은 내게 어떤 고통을 주었다. 그 무릎 위에는 늘 내
게 지어 입힐 고운 헝겊 조각이나 털실 같은 것이 얹혀 있었지
만 그리고 그 입에서는 늘 나에 관한 이야기가 흘러나왔지만 나
는 그것이 불만이고 불안하기조차 하였다.

　그런 걸 만들어주지 않아도 좋으니 다른 애들 엄마처럼 집안
살림에 볶이어서 때로는 악도 쓰고 나더러 야단도 치고 어린애
도 둘러업고 다니고——말하자면 그녀 자신의 생활을 하고 있
으면 나도 흐뭇할 것 같았다. 할머니도 할아버지도 나에게와 마
찬가지로 엄마에게도 그저 유하고 부드럽기만 하였다.

　엄마의 그림자 같은 생활은 언제부터 시작되었는지 기억할
수 없다. 사변과 함께 우리가 시골 할아버지 댁으로 내려가던
때, 그러니까 지금부터 십 년쯤 전에도 이미 그랬었고 또 그보
다 전 서울서 국민학교에 입학하던 즈음에도 역시 그런 느낌이
던 것을 잊지 않고 있다.

　〈아버지〉에 관하여 나는 아무것도 모른다. 〈돌아가셨다〉는
설명을 언젠가 들은 적이 있었으나 어쩐지 정말 같지 않다는 인
상으로 남아 있었다. 사변 후에,

　「너의 아버지는 돌아가셨다」

　하고 할머니가 일러주셨는데 이때의 말투에는 특별한 것이
깃들어 있어서 그 후로는 그것이 진실이거니 여기고 있다. 아마

나의 엄마와 아버지는 내가 아주 어릴 때부터 별거하고 있었고 그러는 사이 그들은 다시 만나는 일도 없이 사별하고 만 모양이었다. 어쨌든 나는 내 부친에 관해서 아무런 지식도 관심도 감정도 갖고 있지 않다. 〈윤〉이라는 내 성이 그로부터 물려받은 유일의 것이지만 세상에 흔한 성이라고 느낄 뿐이다.

무슈 리가 피난지에서 할아버지의 과수원을 찾아온 것은 어떤 경위를 지난 뒤였는지 나는 알 수 없다. 그날 나뭇가지에 걸터앉아서 사과를 베어 먹고 있노라니까 좀 뚱뚱한 낯선 신사가 걸어왔다. 대문 앞에서 망설이듯이 멈추었다가 모자를 벗어 들고 걸어왔다. 나무 밑을 지나갈 적에 사과씨를 떨구었더니 발을 멈추고 쳐다보았으나 웃지도 않고 그냥 가버렸다, 도무지 어수선하기만 하다는 얼굴이었다. 나중에 방 안에서 정식으로 인사를 하였는데 그때의 판단으로는 나무 위로부터 환영받은 일을 까맣게 기억하지 못하는 것 같았다.

그는 하룻밤 체류하지도 않고 되돌아갔다. 그리고 할아버지와 할머니에게는 대단히 중요한 의논거리가 생긴 모양이었다. 밤에 가끔 사과밭 사이를 혼자 걷는 엄마를 보게 되었다.

무슈 리는 한 번 더 다녀갔다. 그리고 얼마 후에 엄마는 상경하였다.

「애초에 그렇게 혼인을 정했더라면 애 고생을 안 시키는 걸……」

어느 날 옆방에서 할머니가 우시며 수군수군 그런 소리를 하시는 걸 듣고 놀랐다.

「그럼 우리 숙희는 안 태어났을 것 아뇨? 공연한 소릴……」

「그저 팔자 소관이죠. 경애가 생각을 잘못 먹었었다느니보다도……」

애어멈이라고 하지 않고 그렇게 엄마의 이름을 대는 것을 듣고 나는 엄마의 젊은 시절을 생각하여 미소 지었다.

그림자처럼 앉아서 내 블라우스 깃 같은 것을 매만지는 엄마를 보는 서글픔은 이제는 없어졌다. 엄마가 그럭저럭 행복해진 듯한 것은 기뻤으나 뼈저리게 쓸쓸한 것도 사실이었다. 나는 밤낮 커다란 소리로 노래를 부르고 있었다. 산모퉁이 길을 학교에서 돌아오는 때에도 사과나무의 흰 꽃 밑에서도 또 빨간 봉선화가 핀 마당에서도.

「애야 그렇게 큰소릴 내면 남들이 웃는다」

할머니는 가끔 진정으로 그런 소리를 하셨다. 재작년 늦은 겨울 무슈 리가 내려와서 나를 데려가겠다고 우겨댔을 때에 제일 놀란 사람은 나 자신이었다. 두 분 노인네도 더러 망설였다. 그러나 무슈 리의 끈기 있는 태도에 양보를 하는 수밖에 없는 눈치여서 노인네들은 그만 풀이 없었다. 나는 무슈 리가 할머니 할아버지에게,

「무엇보다 엄마가 그걸 원하고 있으니까요. 말은 안하지만 절실히 바라고 있는 걸 내가 아니까요」

하고 열심히 이야기하는 것을 보다가 그만 빙그레 웃고 말았다. 나 보기에 할아버지 할머니는 이미 설복되어서, 무슈 리가 만약 그 연설을 잠시 끊기만 한다면 이내 대답을 할 것 같은데 그는 마치 그들이 결단코 나를 놓지는 않으리라고 굳이 믿는 사람처럼 애걸복걸을 하는 것이었다. 그가 말을 하면서 나를 흘낏 보았을 때 나는 조그맣게 끄덕여 보였다. 그랬더니 그는 말을 뚝 끊고 벙글 웃더니 손수건을 꺼내서 이마를 닦았다.

이래서 나는 서울 E여고로 전학을 하였다.

나는 생각한다.

무슈 리와 엄마는 부부이다. 내가 그를 아버지라고 부르기 어려운 것은 거의 그런 말을 발음해 본 적이 없는 습관의 탓이 크다.

나는 그를 좋아할 뿐더러 할아버지 같은 이로부터 느끼던 것의 몇 갑절이나 강한 보호 감정——부친다움 같은 것도 느끼고 있다.

그러나 나는 그의 혈족은 아니다.

현규와도 마찬가지다. 그와 나는 그런 의미에서는 순전한 타인이다. 스물한 살의 남성이고 열여덟 살의 계집아이라는 것이 진실의 전부이다. 왜 나는 이 일을 그대로 알아서는 안 되는가.

나는 그를 영원히 아무에게 주기 싫다. 그리고 나 자신을 다른 누구에게 바치고 싶지도 않다. 그리고 우리를 비끄러매는 형식이 결코 〈오누이〉라는 것이어선 안 될 것을 알고 있다.

나는 또 물론 그도 나와 마찬가지로 같은 일을 생각하고 있기를 바란다. 같은 일을——같은 즐거움일 수는 없으나 같은 이 괴로움을.

이 괴로움과 상관이 있을 듯한 어떤 조그만 기억, 어떤 조그만 표정, 어떤 조그만 암시도 내 뇌리에서 사라지는 일은 없다. 아아 나는 행복해질 수는 없는 걸까? 행복이란, 사람이 그것을 위하여 태어나는 그 일을 말함이 아닌가.

초저녁의 불투명한 검은 장막에 싸여 짙은 꽃향기가 흘러든다. 침대 위에 엎드려서 나는 마침내 느껴 울고 만다.

4

「숙희야, 나 이런 것 주웠는데……」

월요일 아침 아래층으로 내려가니까 소파에 앉아 있던 엄마가 손에 쥐었던 봉투 같은 것을 들어 보였다.

「뭔데?」

나는 가까이 갔다.

그리고 좀 겸연쩍어졌지만 하는 수 없이,

「어디서 주었수, 이걸?」

하면서 손을 내밀어 그것을 집으려고 하였다.

「잠깐……. 거기 좀 앉아 보아」

엄마는 짐짓 긴장한 낯빛을 감추려고 하면서 앞의 의자를 가리켰다.

나는 속으로 픽 하고 웃음이 나왔으나 잠자코 거기에 가 걸터앉았다.

지수는 K장관의 아들이다. 언덕 아래 만리장성 같은 우스꽝스런 담을 둘러친 저택에 살고 있다. 현규랑 함께 정구를 치는 동무이고 어느 의과 대학의 학생인데 큼직큼직하고 단순하게 생겨 있었다. 지프차에다 유치원으로부터 고등학교까지의 동생들을 그득 싣고 자기가 운전을 하여 학교에 가곤 한다.

나도 두어 번 그 차를 얻어 탄 일이 있다. 한번은 현규와 함께였으니까 사양할 것도 없었고 다른 한번은 시내에서 돌아오는 길목이라 굳이 싫다는 것도 이상할 것 같아서 탔다.

「작은 학생들이 오늘은 하나도 없군요」

「나 있는 데까지 시간 안에 오는 놈은 태워가지고 오고 그밖엔 뿔뿔이 재주대로 돌아오깁니다. 기차나 마찬가지죠」

그가 걸맞지 않게 적이 섬세한 표현으로 러브 레터를 써 보냈다고 해서 나는 우습게 생각하는 것은 아니다. 그러나 엄마의 엄숙한 표정은 역시 약간 넌센스가 아닐 수 없었다.

「글쎄 이게 어디서 났을까」

「등나무 밑 걸상에서」

「오오라, 참 게다 놨었군」

「오오라 참이 아니야. 숙희는 만사에 좀더 조심성이 있어야 해요. 운동을 하구 난 담에두 그게 뭐야. 라켓은 밤낮 오빠가 치워놓던데」

흐흥 하고 나는 웃었다.

「편지 보낸 사람에게 첫째 미안한 일 아니야?」

「참 그래. 엄마 말이 옳아」

그리고 나는 편지를 잡아채었다.

「귀중한 물건인가? 엄마 좀 읽어봄 안 되나?」

「읽어봐두 괜찮아. 안 되는 거라면 게다 놔둘까 감추지」

나는 조금 성가셔졌다.

「그럼 안심이군. 사실은 벌써 읽어봤어」

「아이 엄마두」

「그런데 엄마가 얘기하고 싶은 건 숙희가 자기 주위에 일어나는 일들을——이런 편지에 관한 거라든지 또 그 밖의 일들을, 혼자 처리하지 말고 그 요점만이라도 엄마한테 의논해 주었으면 좋겠어. 그건 그렇게 해야만 하는 거야」

듣고 있는 사이에 나는 점점 우울해져서 잠시라도 속히 이 자리에서 떠나고 싶은 생각밖에는 없어졌다.

「엄마가 언제나 숙희 편에 서서 생각하리라는 건 알고 있겠지?」

「응」

나는 선대답을 해놓고 천천히 밖으로 걸어 나갔다.

〈엄마의 아들을 사랑하고 있어요.〉

이렇게 말한다면 엄마는 어떤 모양으로 내 편에 서줄까?

엄마 힘에는 미치지 않는 일이었다. 무슈 리의 힘에도 미치지 않는 일이었다.

나는 편지를 주머니에 구겨 넣고 아침 이슬로 무릎까지 폭삭 적시면서 경사진 풀밭을 걸어 내려갔다. 되도록 사람을 만나지 않을 방향으로——멀리 늪이 바라다보이는 쪽으로 천천히 걸음을 옮겨갔다. 아카시아의 숲이니 보리밭이니 잡목 옆을 지나갔다.

현규와의 사이는 요즘 어느 때보다도 비관적인 상태에 놓여 있는 것 같았다. 나는 그와 마주치기를 피하고 있었다. 웃고 농담을 하고 아무것도 아닌 체 헤어지는 고통이 참기 어려운 것이다. 그가 예사 얘기를 하여도 나는 공연히 화를 냈다. 그러면 그는 상대를 안해 줬다.

머리 위에서 새들이 우짖었다. 하늘은 깊은 바닷물 속같이 짙푸르고 나무 잎새들은 빛났다. 여름이 무르익어 가고 있었다. 상수리 숲이 늪의 방향을 가려버렸으므로 나는 풀 위에 앉아 턱을 괴고 생각에 잠겼다.

세계적인 발레리나가 되어 보석처럼 번쩍이면서 무대 위에서 그를 노려보아 줄까? (한 번도 귀담아들은 적은 없지만 내 발레 선생은 늘 나에게 야심을 가지라고 충동을 한다.) 그러면 그는 평범한 못생긴 와이프를 데리고 보러 왔다가 가슴이 아파질 터이지. 아주 짧은 동안 그것은 썩 좋은 생각인 듯 내 맘속에 머물렀다. 그러고는 물거품처럼 사라져 없어졌다. 그러고는 이어 그에게 아무것도 바라지를 말고 식모처럼 그저 봉사만 하는 일에 감사를 느끼자는 생각이 떠올랐다. 그러자 슬픈 마음이 들기도 전에 발등 위로 눈물이 한 방울 굴러 떨어졌다.

나는 일어나서 돌아가려고 하였다. 그러자 와삭거리고 풀 헤치는 소리가 등뒤에서 나며 늘씬하게 생긴 세터가 한 마리 나타났다. 그 줄을 쥐고 지수가 걸어왔다. 건강한 체구에 연회색 스포츠웨어가 잘 어울린다. 그의 뒤에서 열 살 전후의 사내애와 계집아이가 둘 장난을 치면서 달려나왔다. 지수는 나를 보고 좀 당황한 듯하였으나 이내 흰 이를 보이고 웃으면서 다가왔다.

「안녕하셨어요. 산봅니까?」

「네, 돌아가는 길이에요」

아이들은 우리를 새에 두고 떠들어대면서 잡기 내기를 한다. 지수는 한 아이를 붙들어 세터를 맨 줄을 들려주고는 어서 앞으로들 가라고 손짓하였다.

우리는 잠자코 한동안 함께 걸었다. 아카시아의 숲새 길에서 그는 앞을 향한 채 불쑥,

「편지 보아주셨죠?」

하고 겸연쩍은 듯한 소리를 내었다.

「네」

「회답은 안 주세요?」

나는,

「네. 어떻게 써야 할지 모르겠어요」

했다.

그는 성급하게 고개를 끄떡거렸다. 귀가 좀 빨개진 것 같았다.

「그러나 여하간 제 의사를 알아주시긴 했겠죠」

나는 그렇다고 하였다. 그리고 이야기를 끝맺기 위해서 현규
가 가까이 또 정구를 치자고 하더라는 말을 했다.

「네, 가죠」

그도 단번에 기운을 회복하며 대답하였다.

그는 휘파람을 불기 시작했다. 그의 휘파람을 들으며 집 가
까이까지 왔다.

「오늘 대단히 기뻤습니다. 감사합니다」

그는 조금 슬픈 어조로 인사를 하였다. 그리고 내 어깨로 기
어오르는 풀벌레를 떨구어주었다.

「안녕히 가세요. 그리구 연습 많이 하세요. 저희들 팀은 아
주 세졌으니깐요」

그는 다른 일을 생각하고 있는 듯 입술을 문 채 끄떡끄떡하
였다.

잡석을 접은 좁단 층계를 뛰어오르자 나는 곧장 내 방으로
올라갔다. 지수가 한 듯이 휘파람을 불고 있었다. 어쨌건 기운
을 잃어서는 안 된다는 생각이었다. 내 팔뚝이나 스커트에는 아
직도 풀과 이슬의 냄새가 묻어 있는 듯했다. 나는 기운차게 반
쯤 열린 도어를 밀치고 들어섰다.

뜻밖에도 거기에는 현규가 이쪽을 보며 서 있었다. 내가 없
을 때에 그렇게 들어오는 일이 없는 그라 해서 놀란 것은 아니
었다. 그는 몹시 화를 낸 얼굴을 하고 있었다. 너무도 맹렬한
기세에 나는 주춤한 채 어떻게 할지를 모르고 있었다.

「어딜 갔다 왔어?」

낮은 목소리에 힘을 주고 말한다.

「……」

「편지를 거기 둔 것은 나 읽으라는 친절인가?」

그는 한 발 한 발 다가와서 내 얼굴이 그 가슴에 닿을 만큼 가까이 섰다.

「……」

「어디 갔다 왔어?」

나는 입을 꼭 다물었다.

죽어도 말을 할까보냐고 생각했다.

별안간 그의 팔이 쳐들리더니 내 뺨에서 찰깍 소리가 났다.

화끈하고 불이 일었다. 대번에 눈물이 빙글 돌았으나 그는 거들떠보지도 않고 방을 나가버렸다.

나는 멍청하니 창밖으로 시선을 던졌다.

연회색 셔츠를 입은 지수가 숲새 길을 걸어가고 있는 것이 보였다. 그리고 조금 전에 지수가 풀벌레를 털어주던 자리도 손에 잡힐듯이 내려다보았다.

전류 같은 것이 내 몸속을 달렸다. 나는 깨달았다. 현규가 그처럼 자기를 잃은 까닭을. 부풀어오르는 기쁨으로 내 가슴은 금방 터질 것 같았다. 나는 침대 위에 몸을 내던졌다. 그리고 새우처럼 팔다리를 꼬부려 붙였다. 소리 내며 흐르는 환희의 분류가 내 몸속에서 조금도 새어나가지 못하도록.

5

나는 어떻게 하면 좋을까.

밤에 우리는 어두운 숲 속을 산보하였다.

어두운 숲 속에서 우리는 손을 잡고 걸었다.

그리고 어떻게 하면 좋을까?

어떻게 해야 할지 점점 더 알 수 없어진다.

여하간 나는 숲 속에 가는 일을 그만두어야 한다.

지금 확실히 말할 수 있는 일은 그것뿐이다.

학교에서 돌아오니까 엄마가 기다린다고 안방으로 가라고 했다. 요즈음 인사도 않고 나가고 들어오던 나는 우선 가슴이 철렁 내려앉았다.

「인제 오니, 그런데 얼굴이 파랗구나. 어디 아픈 것 아닌가?」

엄나는 내 이마에 손을 얹어보았다.

「오빠는 밤 늦어야 돌아오고 숙희도 이렇게 부르지 않음 보기 어렵고……」

엄마는 조금 웃었다. 아무것도 알지 못하는 웃음 같았다.

「……편지가 왔는데 어쩌면 엄마가 미국엘 가야 할지 모르겠어. 그렇게 되면 일 년이나 아마 그쯤은 못 돌아올 것 같은데 숙희하고 오빠를 버리고 가기도 어렵고…… 그래 싫다고 몇 번이나 회답을 냈지만……」

엄마는 조금 외면을 하였다.

「어떨까. 오빠는 찬성을 해주었는데」

그러면서 내 눈 속을 들여다보았다.

「나도 좋아요」

우리는 그러면 어떻게 되는 걸까 하고 멍하니 생각하면서 나는 대답하였다.

「고맙다. 그럼 구체적으로 어떻게 할지는 내일이라도 또 의논하지. 큰댁 할머니더러 와 계셔달랄까? 그래도 미덥잖긴 마찬가지고……」

큰댁의 꼬부랑 할머니는 사실 오나마나 마찬가지였다. 엄마가 없는 이 집에서 어떤 일이 일어나려고 하는 걸까.

현규와 단 둘이 있어야 할 일을 생각하니 얼굴에서 핏기가 가시었다. 아무도 막아낼 수 없는, 운명적인 사건이, 이미 숲속에 가지 않는 것쯤으로는 어찌할 수도 없는 벅찬 일이, 생기고야 말 것이다.

잠을 잘 수 없었다. 내 온 신경은 가엾은 상처처럼 어디를 조금만 건드려도 피를 흘렸다.

며칠이 지나니까 나는 더 견딜 수 없어졌다. 할머니한테 갔다 온다고 우겨대어 서울을 떠났다.

다시는 그곳에 돌아가지 않으리라고 결심하였다. 다시는 학교에 다니지도 않으리라고 마음먹었다. 내 삶은 일단 여기서 끝막았다고 그렇게 생각을 가져야만 이 모든 일이 수습될 것같이 여겨졌다.

그것은 칼로 살을 도려내는 듯한 아픔이었다. 그러나 다른 무슨 일을 내 머리로 생각해 낼 수 있었을까.

날이면 날마다 나는 뒷산에 올라갔다. 한 시간 남짓한 거리에 여승들의 절이 있다. 나는 절이라는 곳이 싫었으나 거기를 좀더 지나가면 맘에 드는 장소가 나타났다. 들장미의 덤불과 젊은 나무들의 초록이 바람을 바로 맞는 등성이였다.

바람을 받으면서 앉아 있곤 하였다. 젊은 느티나무의 그루 사이로 들장미의 엷은 훈향이 흩어지곤 하였다.

터키즈 불루의 원피스 자락 위에 흰 꽃잎을 뜯어서 올려놓았다. 꽃잎은 찬란한 하늘 밑에서 이내 색이 바래고 초라하게 말려들었다.

그러고 있다가 시선을 들었다. 다음 찰나에는 나는 나도 모르게 일어서 있었다.

현규였다.

그는 급한 비탈을 올라오고 있었다. 입을 일 자로 다물고 언젠가처럼 화를 낸 것 같은 얼굴이었다. 아니 일 자로 다문 입은 좀 슬퍼 보여서 화를 낸 것 같은 얼굴은 아니었다.

그가 이삼 미터의 거리까지 와서 멈추었을 때 나는 내 몸이 저절로 그 편으로 내달은 것 같은 착각을 느꼈다. 사실은 그와 반대로 젊은 느티나무 둥치를 붙든 것이었다.

「그래, 숙희, 그 나무를 놓지 말어. 놓지 말고 내 말을 들어」

그는 자기도 한두 걸음 뒤로 물러서면서 말하였다. 그 얼굴에는 무언지 참담한 것이 있었다.

「숙희는 돌아와서 학교에 가야 해. 무엇이고 다 잊고 공부를 해야 해. 나도 그렇게 할 작정이니까. 우리는 헤어져 있어야 해. 헤어져서 공부해야 해. 어머니가 떠나시려면 비용도 들 테니까 집은 남 빌려주자고 말씀드렸어. 내가 갈 곳도 생각해 놓고. 숙희도 어머니 친구 댁에 가 있으면 될 거야. 그렇게 헤어져 있어야 하지만, 숙희, 우리에겐 길이 없는 것은 아니야. 내 말을 알아들어 줄까?」

그는 두 발로 땅을 꾹 딛고 서서 말하였다. 나는 느티나무를 붙들고 가늘게 떨고 있었다.

「그때 숲속에서의 일은 우리에게는 어찌할 수도 없는 진실이었다. 우리는 이 일을 잊을 수도 없고 이제 이 일을 부정하고는 살아가지도 못할 게다. 우리는 만나기 위해서 헤어지는 것이야. 우리에겐 길이 없지 않어. 외국엘 가든지……」

그는 부르쥔 손등으로 얼굴을 닦았다.

「내 말 알아주겠어, 숙회?」

나는 눈물을 그득 담고 끄덕여 보였다. 내 삶은 끝나버린 것이 아니었다. 나는 그를 더 사랑하여도 되는 것이었다.

「이제는 집에 돌아오겠다고 약속해 주겠지. 내일이건 모래건 되도록 속히……」

나는 또 끄덕여 보였다.

「고마워, 그럼」

그는 억지로처럼 조금 미소하였다.

그리고 빙글 몸을 돌려 산비탈을 달려 내려갔다.

바람이 마주 불었다.

나는 젊은 느티나무를 안고 웃고 있었다. 펑펑 울면서 온 하늘로 퍼져가는 웃음을 웃고 있었다. 아아 나는 그를 더 사랑하여도 되는 것이다…….

《사상계》 1960. 1

선우휘

1922. 1. 3 - 1986. 6. 12

●

반역

1922년 평북 정주 출생.
　　경성사범학교 본과 졸업.
1955년 《신세계》에 「귀신」을 발표하여 등단.
1957년 「불꽃」으로 제2회 동인문학상 수상.
1959년 소설집 『불꽃』 발간.
1965년 소설집 『반역』 발간.
1966년 장편 『사도행전』 발표.
1986년 장편 『노다지』 발간.
1986년 6월 12일 사망.
　　소설집으로 『불꽃』, 『반역』, 『쓸쓸한 사람』, 장편 『노다지』
　　등이 있고, 수필집으로 『아버지의 눈물』이 있다.

반역

　사람이란 저마다 마음이라는 것을 가지고 있다──라고 하면
너무나 당연한 소리여서 멋도 맛도 없다 할 것이다.

　그런데 그놈의 마음이란 것이 이상야릇한 것이어서 알 것 같
으면서 모를 것이 남의 마음일 뿐 아니라, 때로는 자기 자신의
마음조차 가늠하기 힘든 것이고 보면 사람의 마음이란 언젠가
도 풀 길 없는 가장 골치 아픈 인간의 영원한 수수께끼인지 모
른다.

　나에게는 동고향인 김·J라는 죽마지우가 있는데, 이 이야기
는 그에 관한──아니 그보다 그의 마음에 관한 것이다.

　그렇다고 내가 그의 마음의 창문을 들여다보고 누구보다 더
잘 안다고 믿는 탓은 아니다. 요즈음 와서 내가 더욱더 내 자신
의 마음을 모르게 되었다고 자탄하는 주제에 내가 남의 마음인
그의──김·J의 마음을 알 까닭이 없는 것이다. 그러나 나는
감히 그의 이야기를 쓴다. 그것은 그의 마음을 헤아리는 것이 어

쩌면 나 자신의 마음을 가늠할 수 있을는지도 모르는 까닭이다.

김·J와 내가——우리들이 자란 고장은 산 좋고 물 맑은 곳
이지만 뭐 그런 점이 그렇게 중요한 것은 아니다. 물론 어떤 개
인의 인격 형성에 있어서 그가 자란 자연 환경이나 사회 환경이
나 가정 환경이 적지않은 영향을 미친다는 데는 일리가 없지 않
지만, 대동소이한 환경에서 커온 그와 나의 성격이나 이제까지
의 행적이 판이한 것을 보면 각종 상황을 그렇게 중요시할 것은
없을 것 같다.

한마디로 말해서 우리들이 자란 고장이란, 봄이면 진달래가
피는 산이 있고, 개나리에 뒤이어 민들레꽃이 피는 들 한가운
데를 맑은 냇물이 흐르는——그리고 착한 사람도 짓궂은 사람
도 함께 어울려 사는 그런 시골이었다.

이 정도로 우리들이 자란 환경이나 사회 환경을 그리는 데
그치는 것은, 그런 것보다도 김·J의 마음——아니 그것을 엿
볼 수 있는 그의 행적을 그리는 일이 여기서는 더 중하고 급한
까닭이라 할까.

언젠가, 김·J를 포함한 우리 조무래기들은——국민학교(당
시는 보통학교) 사학년 때 일이니까 열한두 살이 되었을 것이다
——저녁 늦게까지 어두컴컴한 교실에 갇혀 있었다. 어느 누구
에게 무슨 큰 실수가 있었던 것은 아닌데, 우리네 반의 어느 누
군가가 같은 학년의 어떤 계집애한테 작지 않은 흙덩어리를 던
져 조금 면상을 상하게 했다는 것이 우리 조무래기들이 어둡게
까지 교실 안에 감금된 까닭이었다. 우리들 어느 누구도 우리들
가운데의 누가 그랬는지 그것을 몰랐다. 엄격히 따지면 흙덩어
리를 던진 장본인을 제외하고는——, 그래서 저마다 억울하다

고 투덜거려 보았으나, 우리네들 가운데 그런 장난을 친 놈이 있다는 이상 어쩔 도리 없이, 졸아들어만 가는 배를 자꾸만 허리띠로 졸라 매며 실없이 웅얼거릴 수밖에 없었다.

간신히 유리창에 남아 있던 저녁 햇빛 한 줄기마저 사라지며, 교실 안이 갑작스레 어두워지자 교실 한구석에서 훌쩍훌쩍 콧물을 짜내는 울음소리가 들려왔다. 그 소리를 듣자 이제까지 그저 투덜거리기만 하던 우리 조무래기들은 우리가 놓인 한심스러운 딱한 사정을 뼈저리게 실감하지 않을 수 없었다.

「어떤 자식이 그랬는지 이제 썩 나서라」

라는 고함소리가 튀어나오자, 교실 안의 분위기는 사뭇 살벌해 갔다. 처음에 한결같이 느낀, 계집애한테 흙덩어리를 던진 쾌거(快擧)에 대한 공명감이나 영웅시적 동경심은 그로 말미암아 깨끗이 가시고 만 셈이 되었다.

그러자 바로 내 옆에 말없이 앉아 있던 J가 불쑥 일어나더니, 흙덩이를 던진 게 누군지 확실치도 않은데 이렇게 우리네 반 전부를 늦게까지 가두어둔다는 것은 말이 안 된다는 뜻의, 담임선생에 대한 항의조의 역정을 내는 것이 아닌가.

나는 평소에 그다지 말이 많지 않은 그로서는 뜻밖의 언동이라고 생각했는데, J의 의견은 삽시에 대다수의 공명을 얻어 조무래기들은 얼굴을 붉히며 우리네 반 전원을 감금한 담임선생의 처사를 힐난했다.

그러나 잠시 후 고수머리의 담임선생이 어두운 교실 안으로 들어서자, 조무래기들의 힐난은 일순에 씻은 듯이 가시고 말았다. 눈동자마다 깃들였던 노여움의 빛은 어디로 사라졌는지, 바닷속같이 고요한 교실 안에서는 누군가가 간간이 훑어 올리는 콧물소리만이 들렸다. 흡사 고양이 앞의 쥐새끼들이 되고 만 셈이다.

교단으로 올라선 담임선생은 한번 쓰윽 우리들을 훑어보더니,

「언 놈인지 이제 정직하게 호명하고 나서봐」

라고 일렀다. 그러자 이제까지 간간이 들려오던 콧물소리조차 딱 멎고 마는 것이 아닌가.

무거운 침묵 속에 담임선생과 우리네 조무래기들이 대치한 채 몇 분이라는 견디기 어려운 시간이 흘렀다. 눈길을 책상 위에 떨어뜨린 나는 거의 질식할 것 같았다. 그러한 나의 귀에 J의 차차 거칠어 가는 숨소리가 들리는가 하더니, 얼마 후 그것은 분명히 끙끙대는 신음소리로 변해 갔다.

나는 그러한 그의 변화를 느끼면서, 그가 벌떡 일어나 담임선생에게 방금 털어놓은 역정을 되풀이하지나 않을까 하고 가슴을 졸이며 이제나 저제나 하고 기다렸다.

아니나다를까, 그는 가슴으로 책상 뚜껑을 냅다 튕기면서 벌떡 일어섰다.

순간 나의 전신은 헤아리기 힘든 전율에 떨었다.

그런데 그렇게 일어난 그의 입을 튀어나온 것은 내가 기대한 것과는 너무나 어긋난 뜻밖의 말이었다. 그는 고함치듯이 이렇게 말했다.

「선생님, 그것은 제가 했습니다」

나는 아연실색했다. 담임선생이 교실로 들어오기 직전, 흙덩어리를 던진 게 누군지 확실치도 않은데 이렇게 우리네 반 전부를 늦게까지 가두어둔다는 것은 말이 안 된다고 선동하고 나선 것은 바로 다름아닌 그가 아니었던가.

한편 담임선생은 그렇게 실토하고 나선 그를 흰자위가 승한 눈으로 한번 홀끗 쳐다보며,

「너냐?」

하고, 그러나 조금 뜻밖인 표정을 짓더니,

「그럼, 너 모두들한테 미안하다고 사과해. 너 하나 땜에 이렇게 늦게까지 남아 있어야 했으니까」

하고 일렀다. 그 소리에 그의 얼굴이 잠시 불그락푸르락하더니, 끄덕 고개를 숙이며,

「미안해」

하고는, 입을 한 일 자로 꾸욱 다무는 듯이 보이는 일순, 울음을 터뜨리면서 책상 위에 엎드리며 두 팔을 엮어 얼굴을 가려 버렸다.

우리네 조무래기들은 모두 얼떨떨한 표정을 지었다. 어떻게 이렇게 된 것인지 얼른 가늠할 수가 없었던 때문이었다고나 할까.

잠시 후, J는 담임선생에게 끌려 직원실로 가고 우리들은 모두 감금에서 풀려 어두운 교실을 뛰어나왔다.

그러나 운동장으로 나온 나는 곧장 집으로 가지 않고 아름드리 느티나무 밑으로 가서 쪼그리고 앉아 그가 놓여 나올 때까지 기다리기로 했다. 나는 아무리 하여도 그가 계집애한테 흙덩어리를 던진 장본인이라고는 생각할 수가 없었던 탓이다. 그리고 그의 집은 학교에서 오 리나 떨어진 나와 같은 마을에 있었다.

둘레가 완전히 어둠에 싸였을 때 나는 고개를 숙이고 축 어깨를 늘인 그가 검은 책보를 옆에 끼고 학교 현관을 나서는 것을 보자, 벌떡 몸을 일으켜 달음박질을 쳐서 그에게로 다가갔다. 그는 그렇게 다가간 나를 보자 흘끗 한번 쳐다보고는 말 없이 그저 걸음을 옮겼다. 나는 어둠 속에 희미하게 보이는 그의 얼굴을 조심스레 건너다보며 그의 옆에 붙어 걷고 있다가, 교

문을 저만큼 뒤로 하고서야 나직한 목소리로 물었다.

「너 그거 정말이니?」

그러나 그의 대꾸가 없었다. 나는 한번 발에 걸리는 돌멩이를 걷어차고 나서,

「난, 네가 한 것 같지 않은데」

그러자, 그는 역정을 내듯이 대꾸했다.

「내가 했으니까 했다 그랬잖아」

그러나 나는 그것으로 만족할 수가 없었다. 잠시 또 말없이 걷고 있다가,

「그 계집애가 흙덩이루 얻어맞았을 때, 넌 나하구 뒷산에서 아카시아꽃을 훑어먹고 있지 않았어?」

하고 따져들었다. 나의 그 말에도 한참 동안이나 그는 대꾸가 없었다.

「네가 안하구 어째 했다구 나섰어?」

내가 그렇게 연거푸 다그치자 그제야 그는 무거운 듯이 다시 그 입을 열었다.

「응, 사실은 내가 아냐」

「그런데 왜 나섰어?」

또 한참 동안이나 그의 대꾸가 없었다.

나는 은근히 그의 대꾸에 바라는 게 있었다. 그것은 내가 얼마 전 학교 도서실에서 빌려본 책에서 우리네의 아까의 일과 비슷한 사건이 일어났을 때, 어느 어린 학생이 억울하게 남아 있는 반원들을 위해 자기 희생을 각오하고 나섰다는, 소영웅이라는 이야기를 읽은 기억에서, 어쩌면 그가 그러한 희생 정신을 발휘한 것이 아닌가 생각했던 까닭이다.

그러나 잠시 후 들려준 그의 사연은 나의 기대에 어긋났을

뿐 아니라, 그가 자처하고 나섰다는 동기라는 것이, 그때의 어
린 나로서는 도저히 이해할 수가 없는 것이었다.

다시 무거운 입을 연 그는,

「응, 왜 그랬는지 그건 나도 모르겠어」

나는 그의 말꼬리가 사라지기도 전에,

「뭐, 네 자신도 모르겠다구?」

하고 반문하지 않을 수 없었다. 그러자 그는,

「응, 나도 모르겠어. 선생님이 들어오기 전에는 우리들을 공
연스레 가둬두는 선생님한테 역정이 갔는데, 선생님이 들어와
서 그런 놈은 호명하고 나서라고 하자, 그따위 짓을 하구 입을
다물구 있는 놈이 미워졌어」

그는 잠시 뜸을 들이더니,

「그런데, 잠시 후 어떻게 된 건지 그렇게 화를 낸 내가 미워
졌어」

「건 뭐야?」

나는 어둠 속에서 여우한테나 홀린 것 같은 느낌이 들었다.

「글쎄, 건 나두 모르겠대두」

나는 더욱 머리가 어수선해져서,

「그래서, 네가 했다구 일어섰단 말야?」

「응, 그것두 잘 모르겠어. 어떻게 일어나서 그런 말을 했는
지, 그것두 잘 모르겠어」

「그럼, 그……」

나는 더듬거리고 나서,

「그럼, 선생님한테 그 말을 했어?」

하고, 또 다그쳐 물었다.

「아니, 할까도 생각했었는데, 왠지 그러기가 싫었어」

이건 도무지 모를 일이라고 나는 내던질 수밖에 없었다. 오리나 되는 어둠길을 그와 나란히 서서 걸으면서 나는 김 · J가 무슨 괴물이 아닌가 하는 생각에 뇌골을 어지럽혔다.

그렇게 자기가 하지 않은 죄를 스스로 뒤집어쓴 그는 그후 그 벌로 한 달 가량이나 교실 소제를 하지 않으면 안 되었다.

그 당시를 생생히 되살릴 때마다 나는 이상야릇한 감회에 젖는다. 그리고 그가 그뒤 나와 함께 입학한 중학교에서 보여준 또 하나의 이상한 행동을 되새기는 것이다.

그것은 그러니까 당시의 중학——고등보통학교 사학년 때의 일이다. 여름방학이 끝나고 모두 제 고장으로부터 학교로 돌아온 우리들은, 개학 이틀째 되는 날 기하(幾何)를 가르치는 수학선생을 배척하는 화려한 스트라이크를 벌여놓은 것이었다. 학생들의 선생에 대한 배척 스트라이크의 명분이란 예나 지금이나 맹랑한 것이지만, 기억을 되살리면 그 수학선생이 아주 깐깐한 성격에서 채점에 인색했던 탓이었다. 우리들 가운데 일학기 성적에 낙제 점수인 육십 점 이하를 맞은 학생이 거의 반수나 되고 보니 그때의 나이로서 그럴 법도 한 일이었다. 낙제점을 면한 축도 팔십 점 이상을 맞은 학생이 하나도 없었던 만큼, 배척의 기세는 대단했다.

우리들은 한결같이 몇몇 선동자들의 선동에 뇌동하여 기하시간에 그 수학선생이 교실 안으로 들어서기만 하면 일제히 일어나서 책가방을 들고 교실을 나와버린다는 전술을 쓰기로 하였다.

모두 제자리에 앉아 책상 밑의 가방 위에 한 손을 얹고 수학선생이 나타나기를 기다리는 우리들의 가슴은 그야말로 서스펜스와 스릴에 충만해 있었다. 아마 어떤 경우에 있어서도 반항의

심리에는 그렇게 취하는 듯싶은 서스펜스나 스릴이 섞여 있는
것인지 모른다.

이윽고 그 수학선생이 잘잘 슬리퍼를 끌며 나타나더니 드윽
도어를 열고 들어섰다. 그 한 발자국이 문턱을 넘어서기가 바쁘
게 우리들은 우와 하고 기성을 지르며 책가방을 들자, 미리 열
어놓은 뒷문으로 쇄도해 갔다.

우리들은 삽시에 교실을 비우고 복도를 거쳐 교정으로 뛰어
나가자 축구 골문이 있는 곳으로 몰려갔다. 그리고 쾌감과 불안
이 범벅이 된 일종의 허한 마음을 가라앉히려는 듯이 저마다 공
연히 기성을 울렸다.

나는 거기 끼어서 허튼소리를 털어내다 보니 김·J의 모습이
보이지 않았다. 어찌된 일일까? 잠시 후 한 사람 한 사람 입을
다물어 으스스한 고요가 머리 위에 내려앉게 되자, 누군가가
김·J는 나오지 않고 교실에 혼자 남아 있다고 했다. 그 소리를
들은 나의 가슴은 뜨끔했다. 어쩌자고 혼자 남았을까? 잠시 후
그것을 확인하는 척후(斥候)가 뽑히게 되었는데, 그것은 공교롭
게도 내가 지명되었다.

나는 난처한 나머지 스스로 얼굴이 울상으로 이그러지는 것
을 깨달았으나, 살벌한 분위기에서 거절할 도리가 없었다. 하
는 수 없이 나는 가끔 열려진 창문으로 내다보는 선생님들의 눈
길을 피해 가면서 무거운 걸음을 옮겨 아까 우리가 뛰어나온 교
실로 기어들어서 유리창문 밑에 가서 몸을 숨겼다. 그리고 가만
히 고개를 빼어 유리창 너머로 겁먹은 시선을 안으로 보냈다.

나의 눈길에 잡힌 것은 이상스럽고도 감명 깊은 광경이었다.

교단에 선 수학선생은 교실 뒤편에 혼자 남아 있는 김·J를
상대로 까딱도 않고 수업을 하고 있는 것이 아닌가? 나는 잠시

동안 나의 척후임무를 잊고 그 광경에 취하지 않을 수 없었다.

그러나 눈여겨보니, 홀로 교실에 남아 있는 김·J는 한 팔을 구부려 얼굴을 가린 채 훌쩍훌쩍 울고 있는 것이 아닌가. 그것을 확인하는 순간 헤아릴 수 없는 세찬 전율이 나의 전신을 스치더니 그것은 뒤이어 파상적으로 엄습해 왔다.

잠시 후에 제정신을 거둔 나는 살그머니 그곳을 빠져나와 다시 축구 골문이 있는 데로 돌아가 내가 확인한 광경을 여럿에게 들려주었다. 그러나 김·J가 울고 있더라는 것만은 말하지 않았다.

며칠 후 스트라이크의 선동자 몇 명이 무기정학을 맞는 처벌로 다시 학교는 잠잠해졌는데, 무기정학을 당한 선동자들이 다시 복교하기 전에 김·J는 자진해서 학교를 그만두고 말았다.

물론 그것은 그가 동급생들의 눈총을 맞게 되어, 외톨이가 된 데 그 원인이 있었지만, 내가 추측하기에는 그런 까닭만은 아닌 듯싶었다.

스트라이크가 가신 며칠 뒤, 같은 하숙에 있었던 내가 그에게, 그때 교실에 혼자 남은 까닭을 묻자, 그는 어린 시절 스스로 죄를 짊어지고 어둠길을 돌아갈 때 그가 나에게 준 말과 꼭 같은 대꾸를 하는 것이었다.

「왜 그랬는지 그건 나도 모르겠어」

그러나 내가 더 그 사연을 다그쳐 묻자, 이렇게 혼자말처럼 중얼거렸다.

「내가 아마 가장 나쁜 기하 점수를 맞았을 거야, 오십 점이었으니까. 나두 누구 못지않게 수학선생을 싫어했지. 그런데, 모두 우르르 밀려 나가는데 어떻게 된 일인지 마루에 붙은 발이 떨어지지 않구 허리가 펴지질 않는단 말이야. 그래 하는 수 없이 그대로 주저앉아 있었지」

「어째 그랬을까」

「음」

그리고 그가 들려준 그의 말을 나는 어릴 때 그가 들려준 그
것보다 조금은 이해할 수 있을 듯싶었다.

「내가 만약 자네처럼 육십 점 이상의 급제 점수를 맞았더라
면 나도 함께 밀려 나갔을지도 몰라」

금세 그의 말뜻을 알아새기지 못한 우둔한 나였지만, 그와
나란히 자리를 같이하고 누워서 곰곰 생각하자, 어느 정도 그
의 마음씨를 헤아릴 수 있을 것 같았다.

그만은——최하 점수를 맞은 것으로 자처하는 그 자신만은
——김·J는 그럴 수 없었던 것이다. 차마 그 수학선생을 배척
할 수가 없었던 것이다. 반항할 수가 없었던 것이다. 그의 마음
이 그것을 용허하지 않은 것이다.

그후 고향으로 돌아간 그가 그 다음 해 전문학교 입학자격시
험을 쳐서 무난히 패스했다는 소식을 듣고, 나는 나의 우등졸
업보다도 더 기뻐했다.

얼마 후 나는 그가 일본의 모 관립고등학교에 무난히 입학한
것을 축하할 수 있는 이중의 기쁨을 가졌다.

그와 나는 그해 봄에 함께 현해탄을 건너서 일본으로 갔다.
나는 사립대학의 고등학교에 입학했던 탓으로, 그와 만나기보
다는 서신 교환으로 우정을 나누는 편이 더 많았다. 방학 때는
고향으로 돌아와 함께 무전여행도 즐길 수 있었는데 그는 고등
학교의 알트 하이델베르히적인 청춘 구가의 기풍에 젖기보다는
차차 더 내성적인 자기 탐구의 차원으로 그 스스로를 몰고 가는
듯이 보였다.

언젠가 그는 일본으로 건너가는 기차 속에서 일역으로 된
「아라비아의 로렌스」라는 이와나미신쇼를 탐독하고 있다가 감
개 깊은 어조로 마주앉아 잡지를 뒤적이고 있던 나에게 이런 말
을 하는 것이었다.

「좋은 말인데, 로렌스가 뼈저리게 느낀 것이 무엇인 줄 아
나?」

그리고 잠시 그는 차창 밖으로 스치는 여름 풍경을 내다보고
있더니,

「아라비아 부족을 이끌고 그처럼 초인적으로 싸웠고, 갖은
고난을 이겨낸 그가 가장 강적(强敵)이 누구냐 하면, 그것은 다
름아닌 자기 자신이었다는 거야」

그러면서 그는 얼굴에 서린 감개의 빛을 짙게 하며,

「그렇지! 인간에 있어서 최대의 강적은 자기 자신이야」

나는 그 무렵 제멋에 겨워 잔뜩 싱거웠던 만큼 그의 그러한
이야기는 나의 마음의 핵심(核心)을 건드리지 못하고 그저 귓전
을 스쳐 빗나가고 말았던 것이다.

최대의 강적은 자기 자신──그 말은 나에게는 너무나 거리
가 먼, 생소한 말이 아닐 수가 없었다.

숱한 일인 학생들 틈에 끼어 삼 년간 우수한 성적을 견지하
고 고등학교를 졸업한 그는, 나의 예상과는 달리 아예 관립대
학의 입학시험은 치르지도 않고 나와 함께 같은 사립대학에 입
학하였다.

그때의 일반적인 학생 풍조에서, 그러한 그의 대학 선택은
납득이 가지 않는 일이었다. 나는 또 한번 그에게 의문을 던지
지 않을 수 없었다. 그러나 그의 대답은 거침없이 시원스러운
것이 도리어 오만에 가까왔다.

「물론, 시험만 치렀으면 나는 어떤 관립대학에도 들어갈 수 있었지」

「그럼, 이 대학의 어느 교수 땜에?」

「아니 그런 것도 아니야」

다시 다그쳐 묻는 나에게,

「거개의 고등학교 학생들이, 무엇에 들린 것처럼 관립대학에 들어가려는 꼴이 싫었어」

「다만 그뿐인가?」

「능히 얻을 수 있는 것을 포기하는 것——말하자면 그것이 자기 자신에게 이기는 일이기도 하구」

자기 자신에게 이기는 일?

나는 마음속으로 그렇게 뇌까리고 그저 흐뭇이 웃을 수밖에 없었다. 김·J는 무엇을 생각하고 있는 것일까. 그때부터 그러한 의문이 하나의 수수께끼로 나의 마음 한구석을 차지하게 되었다.

우리들이 대학에 다닌 이 년간이라는 세월은 김·J나 나의 반생에 있어서 그래도 비교적 한가하고 즐거웠던 기간일는지 모른다. 그것은 그뒤에 우리들이 거의 쉴새없이 연이은 극한 상황 속에 몸을 떠맡겨야 한 때문이라고 할 수 있었다.

일본의 전시 하이면서 우리들은 그렇게 큰 경제적인 불여의를 맛보지 않고 대학 생활을 즐길 수 있었던 것이다. 둘이 다 영화를 즐긴 편인데 나는 가끔 노점에서 내가 좋아하는 여배우의 브로마이드를 사들였으나, 그는 그러한 나를 지켜볼 뿐, 한번도 나처럼 여배우의 브로마이드를 사들이는 일이 없었다.

한번 그가 읽고 있는 책갈피에서 사진 한 장을 발견하고 혹시나 했더니, 그것은 배우 사진이 아니라 인도의 시성 라빈드

라나드 타고르의 사진이었다.

나는 타고르의 사진이랑 어쩐 까닭이냐고 물었더니, 그는 타고르의 사진을 물끄러미 들여다보며 이 얼굴은 보통 얼굴이 아니라고 말하는 것이었다. 나는 좀 빈정대는 가락으로,

「왜 수염이 좋아서?」

라고 물었더니, 그의 대꾸는,

「아니, 이 얼굴은 자기에게 이긴 얼굴이야」

라고 대꾸를 하였다. 그의 그러한 대꾸를 듣고 나는 마음속으로 또 하나 혀를 찼다. 자기 자신——최대의 강적——언젠가 그가 기차 안에서 나에게 준 그 한마디를 되새겼던 것이다.

그와 하숙을 같이하고 같은 대학을 다니면서 날이 갈수록 느끼게 된 것은, 그와 나는 같은 고장에서 함께 어울려서 자라난 죽마지우(竹馬之友)이면서 기실 마음의 핵심(核心)의 채색도(彩色度)가 달라져 가고 있다는 점이었다. 아니 색채의 농도가 다른 것이 아니라 색채 자체가 다른 것인지도 몰랐다.

마음의 채색이 무엇인지 나 자신 그것이 확실치는 않았으나, 그러한 느낌은 나의 마음의 어쩔 수 없는 실감이었다. 그러한 실감은 실제로 확인될 때가 왔다. 그것은 그와 내가 함께 소위 학병(學兵)이라는 허울 좋은 징집에 걸리게 된 때였다.

며칠 동안 우리는 밤을 새워 가며 서로의 고민을 나누었다. 그러나 주고 받는 사설의 태반은 거의 내가 지껄이는 말이었다. 그는 그저 내가 하는 말을 묵묵히 듣고만 했고, 내가 열띠어 무엇인가 물으면, 이렇다할 의견은 전개하지 않고 그저 그 가부와 찬부를 표시할 뿐이었다.

나는 그러한 고민 끝에 기피하기로 결정하고 그에게 그 결의를 말했더니, 대꾸 없이 그저 고개만 끄덕거렸다. 나는 그가 나

와 같은 결단을 내린 것으로 알고 그 구체적인 방법을 말하려
하였더니 그는 그 무거운 입을 열어,

「나는 자진지원해 나가겠어」

하고 말했다.

나는 그의 그 말에 깜짝 놀라고 말았다. 이때까지 그와 주고
받던 이야기의 경위로 보아 그가 자진지원하리라고는 거의 생
각되지 않았던 까닭이었다.

「뭐, 자진지원한다구?」

그러한 나의 언성은 한 옥타브나 튕겨 올랐다.

「음, 그럴 수밖에 없겠어」

「그럴 수밖에 없겠다구?」

「음, 그런 결론으로 전환될 수밖에 없어」

「전환?」

「음, 처음에는 안 나가려구 생각했었는데」

「이제 와서 나가겠다는 건 어찌된 거야?」

「음, 나는 그 동안 끌려나가느냐 기피하느냐를 두고 자네 의
견도 경청하구 내 자신 곰곰 생각해 봤는데, 내가 그 동안 기피
하려는 편으로 기울어졌던 것은 자네 같은 명분과는 스스로 다
른 데 있다는 것을 깨닫게 되었어」

「나와 그 명분이 다르다구?」

「음, 내가 기피로 기울어진 것은 한마디로 말해서 자네같이
민족감정에서의 반발의식 때문이 아니라 공포에 있었어」

「공포?」

「음, 나가서 죽을는지도 모르겠다는 공포감 때문이었어. 민
족 감정의 발동은 제이차 제삼차적인 것이었어」

「그야, 누구나 그런 공포감이 전혀 없는 것은 아니지」

「그러니까, 나의 명분이란 쑥스럽고 데데한 거야」

「여보게」

나는 그의 마음씨가 어쩌면 그렇게도 돌아갈는지 모르겠다는 다소의 불안을 느끼고 있었던 만큼, 그의 그 말에 크게 놀라지는 않았으나, 예와는 달리 그의 마음이 그렇게 기울어진 데 대해 자신 있는 반발을 느끼며,

「공포감이 그래 어떻다는 거야. 그 자체 훌륭한 명분이지. 우리들이 느끼는 공포감에는 일본애들의 경우와는 달리 우리들에게는 한 가닥의 의의도 발견될 수 없다는 가치관이 작용하고 있어」

「아니, 내 경우는 단순한 공포뿐이야」

「단순한 공포감? 자네 그것이 뭐가 그렇게 나쁜가. 그래, 자네는 그러한 자기 자신의 공포감을 이기기 위해 맹랑하게 자네의 목숨을 잃어도 좋단 말인가?」

「음, 어떻든 내 자신의 마음이 기피를 용서치 않아」

「바보 같은 소리 좀 작작해」

「음, 나 자신이 생각해도 나는 바보인 것 같아. 그렇지만 마음이 그런 걸 하는 수 없지」

나는 속수무책으로 단정하고 내던지는 수밖에 없었지만, 그대로 입을 다물고 있을 수가 없어서,

「이번 경우만은 자네의 그러한 결단(決斷)에 공감이 안 가는걸. 자네 그렇게 그 마음인가에 집착하다가 언젠가 자기 모순에 떨어져 일을 그르치는 게 아냐」

그러나 나의 그 말 따위로는 그의 얼굴 표정은 미동조차 하지 않았다. 꾹 입을 다문 채 그는 그저 하숙방의 열려진 들창 너머로 손바닥만한 푸른 하늘을 올려다볼 뿐이었다.

그런데 기피하기로 결심한 나의 소원은 이루어지지 못했다. 나는 친척집이니, 절간이니 두루 숨어다니다가 지원 마감이 훨씬 지난 뒤에 형사에게 붙들려 하는 수 없이 지원을 강요당하고 말았다.

결국 나는 초겨울의 어느 날 우스개나 만화감 같은 전송을 받으며 쑥스러운 일장기를 어깨에 가로 맨 채 정이 든 고장의 조그만 정거장에서 기차를 타야 했다.

나는 다음해 봄에 중국 남경(南京)에서 그를 만났다. 거기서 함께 견습 사관으로서의 교육훈련 과정을 끝낸 그와 나는 꼭 같이 일군 소위로 임관되어 각기 일선 부대로 배치되었다.

그때 우리들은 어떠한 심경으로 어떤 말을 나누고 헤어졌는지 이제는 그 기억이 희미하다. 군대라는 일종의 극한상황에 던져진 그나 나는 하루하루 연이어 들이닥치는 고된 일과를 따라가는데 무엇을 생각하거나 무엇을 느낄 마음의 여유가 전혀 없었던 것인지 몰랐다. 당시의 생활에서 가장 절실한 희구는 첫째 먹는 일이요, 둘째는 자는 일이었으니까. 성욕도 제삼차적인 희구가 될 수 없이 전혀 망각된 욕구에 지나지 않았으니까.

다만 나는 그가 일선 부대에 배치되면, 그놈의 마음인가 때문에 그가 지나치게 그 임무에 충실한 나머지 결과적으로는 개죽음이 되는 맹랑한 비운을 당할 것이 아니냐는 불안감을 느끼며 그와 헤어졌던 것이라고 기억한다.

그런데 그후 김·J의 마음은 나의 예상과는 달리 어수선한 갈등과 상충을 거친 뒤에 의외의 결과를 나타내고 말았다.

그러한 경위를 일본의 패전 후, 나와 앞서거니 뒤서거니 하며 살아서 제 고장으로 돌아온 김·J 자신으로부터 들었다.

북지 태원 가까운 일선 부대로 배치된 그는, 처음 내가 예상했던 대로 너무도 충실한 소대장으로써 여러 차례의 소전투를 치러냈다는 것이다.

그런데 태평양 지역에서의 일본군의 열세는 어쩔 수 없이 중국 전선에까지 미치게 되어 나날이 패전 기운이 짙어가게 되자 일본군에 징집 편입된 소위 조선인 병사들은 틈을 타는 대로 한 명 두 명 대열을 벗어나기에 이르렀다. 부대를 탈주하여 중경(重慶)을 지향하게 된 것이었다.

일본 제국 군대의 충실한 육군 소위 김·J는 소대장이라는 직책 탓도 있어서, 처음 조선인 병사들의 탈주를 철저히 적극적으로 막아내는 데 무진 애를 썼던 모양이다.

그러던 어느 날, 그는 상사의 지시에 따라 조선인 병사들을 모아놓고 엄숙한 표정으로 탈주 절대 불가의 일장훈시를 내렸다. 그런데 그들의 무표정한 얼굴에 오히려 착잡한 표정을 느낀 그는 그만 저도 모르게 허리에 찬 일본도를 죽 빼어들었다고 한다.

「만약 너희들 가운데서 탈주하는 자가 나타나면, 이 김·J 소위가 그냥 두지 않을 테다」

그러나 다음 순간 그는 저도 모르게 빼어든 일본도를 어떻게 처리할 것이냐고 망설였다. 곤혹의 일순이 지나자 그는 또 한번 그 자신도 헤아릴 수 없는 해괴한 몸부림을 치고 말았다. 높이 치켜들었던 일본도를 한번 머리 위에서 휘두른 것이었다.

다음 순간 그는 확 눈앞에 검은 장막이 드리우는 것 같은 현기증을 느끼고는 당황히 빼어든 도신(刀身)을 칼자루에 집어넣고 해산을 명해 버렸다. 그는 그날 밤 한잠도 이루지 못하고 자리 안에서 전전했다.

그의 감겨진 안막에 새삼스러이 되살아오는 것은 조선인 병사들의 무표정한 얼굴들이 아니라 그 눈동자에 담겨 있는 분명한 조소의 빛이었다. 그 조소의 눈동자는 몹시도 그를 괴롭혔다.

그러나 그렇다고 충실한 일본군 소대장으로서의 그의 임무에 조금도 금이 가지는 않았다. 조소의 눈동자들을 뇌리에 되살리고, 자기 임무에 대한 의아가 찰나적으로 허공을 나는 유성(流星)처럼 그의 마음속을 스쳐갈수록, 그는 그러한 마음의 동요에 이기려고 무척 기를 썼다.

그런데 어느 날, 철통 같은 탈주 방지의 저지선을 뚫고 조선인 병사 두 명이 야음을 타다가 한 명이 사살되고 한 명이 붙들리는 사건이 일어났다.

그러나 김·J는 그들을 가엾게 생각하기보다 어리석다고 여기고 그와 같은 어리석은 탈주에 헤아릴 수 없는 노여움조차 느꼈다. 그런데 그러한 김·J의 마음을 완전히 건드린 것은 중대장의 한 마디였다.

중대장은 자신만만한 얼굴에 약간의 노기를 띠며,

「그것은 좋은 본보기야. 아무도 여기서 탈주할 수가 없단 말이야. 그걸 뇌골 속에 처넣어 주어야 해. 탈주 절대 불가능!」

그 소리를 들은 김·J의 머릿속에 일순 반항의 불꽃이 튀었다.

탈주 절대 불가능!

절대? 그럴까? 절대라! 누구도 절대로 탈주하지 못한다. 누구도! 물론 나 자신도! 그럴까?

그러한 자문자답이 그의 뇌리 속에서 반역의 검은 소용돌이를 이루면서 꾸물거리는 구렁이인 양 뒤틀렸다.

사흘 뒤 그는 영창 위병을 꾀어, 모진 욕을 보고 거의 녹초가 되어버린 탈주자들을 영창에서 끌어내어, 미리 대기케 하였던 중국인의 하마차에 태워 부대 주둔지의 바운더리를 벗어났던 것이다.

그는 안전 지대에 이르러 일본군 군복을 벗어던지자 하마차 위에서 고삐를 그러쥔 채 한참 동안 턱을 들고 크게 웃어젖혔다는 것이다.

그후 그는 일본의 패전으로 새로 편성된 광복군의 지대장으로 임명되었다.

그러나 그는 일 주일도 못 가서 아무에게 이렇다할 한마디 말도 없이 그 광복군의 대열에서 벗어나 거의 거지꼴로 혼자 상해까지 나와 귀국선을 타고 말았다.

까닭은 다른 데 있지 않았다. 그는 어느 날, 자기 부하 가운데의 한 명이 광복군을 팔아 무고한 교포에게서 얼마간의 금전을 갈취한 사실을 발견한 것이었다. 그것은 종전 직후의 혼란기에 흔히 있을 수 있는 불상사에 지나지 않았지만, 그의 그놈의 마음이라는 것이 남과 달리 어쩔 수 없는 절망감과 고독감을 느낀 것이 아니었을까.

그는 그렇게 말하지는 않았지만, 나는 그렇게 보아 잘못이 아니라는 것을 그의 얼굴 표정을 보고 느낄 수 있었다.

그렇게 해서 고향으로 돌아와 있던 그는 다음해 봄에 서울로 올라갔다.

얼마 후 내가 그를 뒤따르듯이 상경했을 때 그는 V신문사의 조사부에 근무하고 있었다. 조사부는 또 웬일이냐 했더니 사회부 기자를 몇 달 지내봤는데, 때로는 형사질 하는 느낌이 들어 자청하다시피 해서 조사부 근무를 하게 되었다는 술회였다.

나는 역시 자네답군 하고 그에게 흐뭇이 웃어 보였더니, 그도 바보 같은·얼굴로 나를 건너보며 덤덤히 웃어 보이는 것이었다.

그는 6·25가 일어날 때까지 V신문사 조사부에 근무했다.

한편 나는 중학교 교원을 지내다가 싫증이 나서 이렇다할 뚜렷한 동기도 없이 6·25가 일어나기 일 년 전 육군으로 뛰어 들어갔는데, 6·25를 당해 허겁지겁 후퇴해서 육군본부가 부산에까지 이동해 갔을 때 거기에서 〈김·J〉를 만났다.

김·J는 뜻밖에도 계급장 없는 군복을 걸치고 있었다. 어찌된 일이냐고 물었더니 국사편찬위원회에 밥탁을 댔다는 것이었다.

그는 걷어부치고 나서야 했겠지만, 이제 나이도 들어 삼십이 내일 모레인 데다가, 일본 군대 때의 경험에서 전투에 지휘관이 되어 남의 생명을 맡는 일처럼 어려운 일이 또 없다는 것을 깨닫고부터는 도무지 두려워서 끼여들 엄두를 낼 수가 없다는 술회였다.

「자기 혼자 죽고 살고 하는 것쯤이야 별일이 아닌데……」

그는 그렇게 말꼬리를 흐렸다.

그러던 그가 두 달도 못 가서 어디론지 그 자취를 감추어 행방이 묘연해지고 말았다. 알고 보니 그 계기는 이랬다.

당시의 S국방장관이 육군본부의 장교와 장교급 문관들을 모아놓은 자리에서 이 국가 초비상시에 모두 봉급을 반환하고 국가에 봉사하자는 일장훈시를 폈는데, 고급장교들조차 무어라 입을 열어 의견을 말하지 못하는데, 일개 문관인 김·J가 벌떡 일어나서 그것은 어불성설이라고 항의하면서 높은 양반들은 몰라도 우리들 같은 말단 문관으로서는 아무리 초비상시라 하더라도 봉급을 안 받고는 살아갈 수가 없습니다라고 말했다는 것이다. S국방장관이 양미간을 찌푸린 것은 물론, 감히 일개 문관이 그런 소리를 했다는 양심적인 악평을 받게 되어 숱한 눈총이 역겨워진 그는 소리도 없이 사라졌다는 것이다.

그래서 결국 그 탓으로 장교 대우의 문관인 그는 탈영이라는 아름답지 못한 죄명을 뒤집어쓰게 되었다.

나는 그후 수복된 평양 거리에서 그를 만났는데, 계급장 없는 허름한 군복 한 벌을 걸친 그는 자기는 탈영한 탓으로 이렇게 북진(北進)할 수밖에 없었다고 하면서, 그때의 이야기가 나오자 모두 명백히 봉급 반환을 못마땅하게 생각하면서도, 국방장관 앞이라고 한마디 말도 못하고 벙어리 냉가슴 앓듯 하는 것이 너무도 보기 민망스러워서 한마디 하지 않을 수 없었다고 하고는, 그렇지만 알고 보니 벌떡 일어서져 있기에 그대로는 주저앉을 수가 없던 게 아니냐고 덧붙이며 덤덤히 웃는 것이었다.

나는 그러한 그에게,

「또 저도 모르게 일어나진 게로군」

하고 농을 건네고 웃어버릴 수밖에 없었다.

그리고 나와 함께 냉면집에서 쟁반을 나눈 그는 다음날 또 온다간다 소리 없이 평양 거리에서 사라지고 말았다.

그후 나는 그와 좀처럼 만날 기회를 가질 수 없었는데, 사오년이 지나서부터 그의 이름을 자주 유력한 일간신문의 지면에서 볼 수 있었다. 부산 정치 파동을 계기로 기개 있는 독립지로서 이름난 S신문의 논설위원이라는 명색이었다.

나는 마음속으로,

「하아, 이제야 그가 그 좌표를 안정시킨 모양이군」

하고 뇌까렸다.

그후 나는 그가 거기 있다는 탓으로 S신문을 애독하면서 사설의 행간에 어리는 그의 체취를 맡고는 그를 생각하곤 했다.

그런데 자유당 말기에 이르자 사설의 논조보다도 몇 갑절이나 신랄한 시론(時論)이 자주 그의 이름을 박아 나타나는 데는

친구로서,

〈흠, 김·J가…….〉

하는 자랑도 느낄 수 있었지만, 한편 그와 정비례해서 커가는 걱정을 누를 수가 없었다.

당국의 언론 억제가 심해 갈수록 그와 반비례해서 그의 논란의 옥타브는 높아가는 것이 아닌가.

그러한 나의 걱정은 기우에 끝나지 않고 그는 끝내 필화를 입고 며칠 경찰에 갇혔다 나와서 당국과 S신문사 간의 타협의 희생이 되어, 신문사 간부들의 양해 하에 일시 신문사를 물러나오고야 말았다.

그런 일이 있은 지 한두 달 뒤 나는 허름한 빈대떡집에서 그와 약주를 나누게 되었다. 나는 약주 몇 잔을 들이켜고 나서,

「어디 이번에도 저도 모르게 그렇게 갈겨버린 것인가」

하고 빈정대듯이 물었더니,

「아니」

하고 그는 한 손을 세차게 휘젓고 나서,

「그런 게 아니야. 남들은 남의 속도 모르구 정부 당국과 맞붙어 싸웠다구들 하지만, 기실 나는 이번에야말루 정말 나 자신과 정면으로 맞붙어 싸운 거야」

하고 약주가 넘실거리는 대폿잔을 들어 단숨에 죽 들이켜는 것이었다.

「언젠가 자네가 말하던 최대의 강적인 자기 자신과 말인가?」

「그렇지」

그는 꿀꺽 생침을 삼키고 나더니,

「난 손톱만큼도 자유당 정권에 대들 생각은 없었어. 논설위원이랍시고 신문사에 밥탁을 대고는 있었지만, 뭐 그렇게 언론

이라는 것을 대단한 것으로 생각하지도 않았고, 또 정치란 것
은 어느 때 어디서나 더티 게임이라고 접어두고 있었으니까. 내
가 뭐 기를 쓰고 나서려고 한 것은 아니야」

「그럼?」

「게다가 나는 지난 십여 년 간 학병이다 6·25다 하고 어정거
린 탓으로 혼기를 놓쳤던 게 아닌가. 그런데 일 년 전 우연한
기회에 어떤 여자와 알게 되었어. 그러니 언론인의 기개를 발휘
한답시고 나섰다가 콩밥이라도 먹는다는 건 생각할 수도 없는
일이었어. 그리구 어디 나라라는 게 그렇게 간단히 망하는 법인
가. 사회라는 건 그저 그렁그렁한 과정을 밟아 발전하는 거지
뭔가, 그러니 싸우긴……. 그런데 그러한 생각을 하게 되자 사
설을 쓰는 데두 어쩐지 그전과 다르게 되었어. 몸조심을 하게
되었단 말이야. 어쩌다 걸려들면 어떡하나 하는 생각이 앞서니
붓을 요리조리 돌리게 될 수밖에……. 그러던 어느 날 나는 이
미 다 써서 주필 책상 위에 갖다놓은 사설의 한 구절이 마음에
걸려서 다시 주필실로 들어가 조금 문장의 뉘앙스를 고쳐놓았
단 말이야. 그리고 나오려는데 주필 영감이 안경을 너머로 나를
쳐다보며 흐뭇이 웃는 게 아닌가. 별뜻이 있어서 그렇게 주필이
웃은 것은 아니었을 텐데, 나는 그러한 주필과 눈길을 섞고 나
서 그만 도망치듯이 당황히 주필실을 나와버렸어. 그리고 한나
절 곰곰 생각해 봤지. 나 자신이 어쩌면 이렇게 데데하게 되었
는가 하는 자책이 정말 밀물처럼 가슴에 밀어닥치더군. 그것이
내가 이름을 박아 시론을 쓰게 된 동길세. 자유당 정부가 못마
땅해서 그런 게 아니라 그렇게 옹졸해진 나 자신이 못마땅해서
그렇게 쓰게 된 거야. 당국을 친 게 아니라 사실은 나 자신을
두들겨 친 거지」

「일종의 자학이군」

「글쎄 자학이랄까 나 자신이 미워서 그런 거지. 그런데!」

그는 길게 한번 술 냄새 섞인 한숨을 내쉬고 나서,

「그런데 사람들은 그런 남의 속도 모르고 이러니 저러니 나를 치켜올리기도 하지만 우스개감이지」

「그러니 정녕 강적인 자기 자신과의 싸움이었군」

「뭐, 그 다 쑥스러운 거지. 그놈의 마음이란 게 탈일 뿐이지」

4·19 의거가 일어난 석 달 뒤, 그는 그간 사귀던 그 여자와 어느 예식장에서 아주 간소한 결혼식을 올렸다. 나는 공교롭게도 그때 상을 당한 까닭에 거기 참석할 수가 없었다.

그후 길가에서 두세 번 부인을 동반한 그를 만나고 얼마 전 틈이 나서 그의 전셋집을 찾아갔더니, 그는 아랫목에 앉아서 두 살 난 아들에게 걸음마를 가르치는 데 열중하고 있었다.

그 부인이 차려온 간소한 술상을 마주하고 한참 자커니 권커니 하다가 내가 농조로,

「어디 이제 강적은 없어졌는가」

하고 물었더니, 그는 무연한 표정을 얼굴에 흘리며,

「이젠 저놈이 강적이야. 그런데 귀여운 것은 귀여운 거란 말이야」

하고 저만큼 부인의 무릎에 앉아 있는 그 아들을 가리키고는 크게 팔짱을 끼면서,

「저놈 때문에 약고가 죽어 있지만 이제 더 가만히 앉아서 참고 있을 순 없을 것 같아」

「또 자기 자신에게 반역하려나」

「어디 제 버릇 개 주겠나」

그리고 김·J와 나는 서로 얼굴을 마주 보고 소리를 내어 웃었다.

『반역』 수록, 정음사. 1965.

엮은이의 말

한국의 현대소설은 그 이전의 한국문학과 연결성이 약하고 또 출발도 뒤늦었던 셈이지만, 그 동안 훌륭한 작가와 작품을 많이 배출하였다. 특히 타 분야에 비해서 단편소설 분야는 높은 수준의 작품을 많이 낳았고 또 독자들의 사랑도 많이 받아왔다. 지금도 소설문학상의 대부분은 단편소설을 대상으로 하고 있다.

한국의 현대 단편소설은 1920년대 초, 김동인으로부터 시작된다고 볼 수 있다. 그 이후 불과 10여 년 만에 많은 작가들에 의해 다양하고 수준 높은 작품들이 발표되어 1930년대 한국의 소설문학은 이미 성숙한 모습을 보여준다. 그후, 식민지 시대 말기의 가혹한 상황과 해방 직후의 비극적 역사는 한국문학의 발전에 큰 장애물이 되기도 했지만, 한국의 소설문학은 세대를 이어가면서 꾸준히 발전해 왔고, 많은 수작들을 축적하였다.

모든 선별이 다 그러하지만, 수많은 한국 현대 단편소설 가운데에서 대표작을 가려낸다는 것은 쉬운 일이 아니다. 그렇지만 이미 대표작을 가려내기 위한 작업 또한 꾸준히 있어왔다. 여러 형태의 단편소설 선집이 간행된 바 있었던 것이다. 이 책 역시 그러한 기존의 작업들을 계승하고 있다고 말할 수 있다. 즉, 기존의 작업들을 크게 참조하면서 약간의 변화를 모색했다고 할 수 있는데, 시대의 변화에 따라 호소력이나 문제성이 떨어지는 작품들은 과감하게 제외시켰다. 그리고 기존의 문학사에서 언급되는 작품이라고 해서 무조건 존중하는 일 없이, 한

편 한 편의 수준과 문제성을 나름대로 재검토하여 선별하였다.

이런 작업을 함에 있어서, 작품의 선별 못지않게 어려운 일이 표기법의 문제다. 특히 식민지 시대에 발표된 작품들은, 지금은 쓰이지 않는 어구들을 많이 구사하고 있다. 그리고 지금의 맞춤법과 틀린 부분들이 많다. 뿐만 아니라 당시의 열악한 인쇄 사정을 감안할 때 잘못 인쇄된 부분도 꽤 있으리라 짐작된다. 한국 단편소설들에 대한 연구가 상당히 축적되어 있기는 하지만, 이러한 표기법을 정리하여 결정본을 확정짓는 그러한 연구는 상대적으로 소홀했다고 할 수 있다. 이에 각 작품의 표기법을 어떻게 확정해야 하는가 하는 문제는 여전히 숙제로 남아 있는 실정이다.

이 책에서는 표기법을 될 수 있는 대로 오늘날의 독자가 쉽게 이해할 수 있는 것으로 수정하여 게재하고자 하였다. 그러나 그 경계가 모호하고 또 그 뜻이 쉽게 표준말로 옮겨질 수 없는 것들이 적지않았는데, 그런 것들은 그대로 두는 수밖에 없었다. 또 그 문학적 효과를 위해서 그대로 둬야 할 부분도 많기 때문에, 아주 분명한 것 이외에는 표기법을 조심스럽게 바꾸었다.

문학은 현실의 반영이라고 하지만, 여기에 실린 한국 단편소설들은 지난 시대의 삶을 재생시켜 주고 있다. 그러면서도 거기에 머무르지 않고 삶의 보편적 문제들에 대한 깊은 통찰을 담고 있다. 이 소설들이 한국의 독자뿐만 아니라 세계의 독자들에게도 널리 읽히기를 희망한다.

1999년 2월
이남호

세계문학전집 **20**

한국단편문학선 2

1판 1쇄 펴냄 1999년 3월 1일
1판 59쇄 펴냄 2024년 3월 4일

지은이 김동리 외
엮은이 이남호
발행인 박근섭, 박상준
펴낸곳 (주)민음사

출판등록 1966. 5. 19. (제 16-490호)
서울특별시 강남구 도산대로1길 62(신사동) 강남출판문화센터 5층 (우편번호 06027)
대표전화 02-515-2000 팩시밀리 02-515-2007
www.minumsa.com

© (주)민음사, 1999. Printed in Seoul, Korea

ISBN 978-89-374-6020-3 04800
ISBN 978-89-374-6000-5 (세트)

세계문학전집 목록

세계문학전집은 계속 간행됩니다.